龍史 —— 著

「新聞自由」 有毒

我們需要怎樣的媒體環境

謹以此書獻給我的妻子 Chloe

自序

　　十多年前，當我還在中國大陸當記者的時候，我們經常通過內部電視看境外媒體的報道。

　　當見到香港的「大新聞」，整個辦公室的人都會停下來看向電視。例如，香港媒體動用起重機將記者帶上半空，只為拍攝到陷入「僭建」醜聞的高官候選人；後來，我看到有數以千計的香港人在維多利亞公園手捧蠟燭集會，以提醒人們勿忘歷史……

　　這些場景都給我帶來衝擊：這樣的新聞自由、民主社會如此美好。

　　數年後，我終於來到香港，參與到六月的燭光晚會中。但當我看著現場高呼口號的組織者、臺下不斷呼應的人群，那讓我感覺熟悉、陌生而帶來一絲恐懼。儘管它有積極的意義，但後來我也沒有再參與過這個集會。

　　恐懼的是，我和現場的人、甚至很多香港人，似乎都在被某種力量（可能是媒體行業、市場、政治利益）推著走而無法察覺。現場一些不斷重複的政治口號和發言美好而可疑。很多觀點不能說錯，但與我在多年採訪中所理解的中國大陸有所出入（可能是我理解有誤）。它似乎告訴我，像過去採訪的各種群體爭議事件，良善的背後有著錯綜複雜的利益、目的。我反問，這是我當初認定的優質的、可持續的「民主自由」嗎？

　　在「激動至死」的社會情緒下，媒體人也陷入身份政治中。我覺得要稍微跳出來，讓自己停一停。有人說，大聲表達的勇氣十分可貴。同樣，在現在信息爆炸的時代，更需要勇氣去冷靜下來，拒絕站隊。特別是對於媒體人，因為他們的一句話影響會很大。

在香港的十多年讓我認識到，過去各種事件都展示了香港公民社會的軟實力，但是近年連串事件顯示了一種民主轉型下的不成熟民意（當然後來也體現其快速回復的生命力）。特別是 2019 年社會氛圍下，因為不同意「自由民主」，異見者（例如我身邊不少講普通話的「港漂」）被敵視威脅、甚至暴力「私了」，而這些反民主、反自由的言行居然被廣泛容忍甚至得到支持，讓人側目。

　　最令我詫異的是，在相對自由的環境中，很多香港人理解中國甚至世界的二元對立思維如此普遍。

　　我們生活中有很多二元類比，本身並無問題，但將其變成「非黑即白」就很容易出問題。例如人們傳頌的：「雞蛋和高牆之間我永遠選擇雞蛋」，「無自由毋寧死」等。延續這些類比，我們可以有無數反問：誰是雞蛋？有沒有扔蛋的人？

　　它們大多方便理解呈現，但如果脫離語境去代替精確的論證，都在扭曲單一真相。更可怕的是，它會破壞追求真相的價值和文化。

　　同樣，人們常說人民對政府、自由對專制、民主對獨裁等。但任何一個國家都有一定程度的專制與自由，兩者並不矛盾；而完全自由主義的國家幾乎不能長久存在。或許複雜多元的混合才是常態，正如每個人都是偉大和自私的結合體，每個國家亦正亦邪。

　　那樣二元對立的認識從政治領域延展到新聞等各領域，激起更多對立。例如「藍黃」、「中港」陣營被創造出來，各種標籤也誕生，例如「黑警」、「廢青」、「左膠」、「五毛」、「小粉紅」、「送中」等。現實各種媒體（包括香港本土、大陸官媒）有意無意的塑造並放大了對立分裂而無法對話，形成廣泛的寒蟬效應——這才是對香港乃至整個中國最危險的，也是西方樂見的。

結果，人們樹立敵人，但卻不能客觀冷靜了解他們。例如，有傳媒人提到，香港很少有容忍支持共產主義、中國大陸的空間。很多所謂的批判性思維只是批評中國大陸的思維，對中國問題如數家珍，但是對其可供香港學習的方面所知有限。

正如有國際關係學者提到，新聞自由是社會的鴉片。很多人認為自己有新聞自由，可以比其他人知道更多真相、作出更好的選擇。但很不幸，事實並沒有如此持續發生，新聞自由反而將一些國家推向深淵。他們對西方以外的國家地區（包括中國大陸）缺乏共情和全面的認識。

似乎認識到任何人都可能被洗腦才是自由的開端，畢竟每個接受信息的人都可能被影響。很多人意識到審查制度的洗腦，卻躲不過「自由」的洗腦。有人說，香港政治話語缺乏想象力和包容性，還沒形成符合自己社會發展的新聞論述。

自由命題背後的權利義務、成本收益的平衡問題十分關鍵。但是在西方輿論、本地傳媒和教育界的灌輸下，這些都不受待見。

自由是否可持續需要考慮成本，而最根本就是憲制和統合基礎。過去香港新聞界不斷渲染自由被收窄，但其超然的「自由」很多是反憲制的，世上絕無僅有，也註定不可持續。它就像無線的風箏，貌似沒有牽制會飛更高，但是註定會墜地。最終它在媒體塑造的對立氛圍下倒逼中央出台《香港國安法》，真正實現了自我預言的「收窄」，實質是大體回歸正常。

對自由和管治的調整從來是功利的。一個健康的社會不應該只有一個聲音，但也不應該謠言橫流。例如在 2019 年的香港，不同角度的流言橫行，一般人難以知道真相。

過去二十多年，香港確實存在政制、社會等深層次內部矛盾，但是這些問題都被反對派、資本及其主導下的媒體所放大，導致仇恨、政治爭論甚至暴力佔據社會。大眾「激動至死」，他們從中獲利。過於自由而沒有規範所帶來的思想混亂、族群對抗或者政策拖延，與「只有一種思想」同樣可怕，因為理性和科學無法在辯論中勝出，讓社會整體誤判。難怪有人反問，我們為保護那些不應該保護的言論付出的代價是否過高？例如政策實施中，冗長的諮詢、討論、甚至議會「拉布」，就是社會為自由付出的重稅。

　　此外，可持續的自由還依賴社會的資源稟賦。我們容易將西方作為自由的樣板，但為何其他社會模仿而無法成功？如果美國的人均可耕地面積等同中國，而大量人口勢必讓它走向更強的管制與審查，成為社會契約的一部分。這或許部分解釋中國政權為何並未如很多預言家所說的「專制必倒台」。同時，有國內媒體學者仍然認為，一些宣傳紀律對於社會是有一定必要的。

　　儘管日常感受不到，世上絕大部分人都與國家整體資源和利益綁定，這是香港要更多理解的現實，從中去平衡。例如中國在網絡防火牆下的宣傳體系備受詬病。但另一方面，它讓非侵略、非殖民、非依附式的國家發展模式成為可能。

　　最後，人們更多相信「觀點自由市場」最終會帶來真相，應該讓人民去決定。但這實際上和商品市場一樣會失效。其次，市場調整的成本誰去承擔？蘇聯解體前夕對媒體的全面開放就是一個教訓。過去多年中央幾乎完全放棄對香港話語權的爭奪，也是成本轉移的問題，最終有人要買單。

要承認，中國在特定政治領域的自由度仍然是比很多西方發達國家低的。它的很多審查問題不道德也不合法，其次還有很多粗糙與生硬的宣傳手段。但我們同時要解答無法用「審查」、「宣傳」概括的問題：它的實質信息流通量和多元程度是如何？我們需要怎樣的信息環境以平衡各種價值？

　　現實已經告訴我們，信息的管制和自由同樣是歷史發展的趨勢，都在不斷拓展。特別是那些為了保護自由而進行的管制。

　　我們不是反對自由。恰恰相反，我們鼓勵博弈爭取自由，但也要均衡不同因素，同時讓人們避免被信息操控，讓自由更可持續發展。

　　首先，我們要感謝那些為了大眾能正常生活而發聲的人。而一定的新聞自由有助政府改善治理，但在世界大多數地方仍然缺乏；同時，審查如何能夠更為透明公平、管制如何法律化，也是需要思考的。和香港一樣，中國大陸遲早要面對越來越強烈的政治供需問題：人們需要更多合理的權利和自由，媒體越來越多參與。如果條件許可，總是過度考慮「國家安全」、「社會穩定」的極端狀況不應該是社會的常態。

　　所以，我們也反對毫不區分的 whataoutism（那麼主義）。一些人看到歐美很多政治正確、社會性審查、西方媒體的失實報道等，從而認為其他國家沒做好，那麼我們也不需要做好，甚至認為自由沒用。這容易陷入我們開始所說的對立思維當中。

　　任何時候，我們都應儘量冷靜、客觀，全面了解自己的「敵人」，汲取各種信息，起碼避免成為我們所討厭的樣子——西方（主要是盎格魯撒克遜國家及其聯盟）傳統的新聞自由有值得我們學習的地方，也作出了很多優秀的報道，但它也慢慢通過有傾向的內容造成了人們對於世界的扭曲理解。

對自由的追求並不阻礙我們對「自由至上」論述的質疑，畢竟證明審查的罪惡並不等同於證明自由的美好。我們的世界有很多表面美好但不可持續的自由。例如國際層面，話語權國家對「新聞自由」的雙重標準越來越成為其致命傷，難以被發展中國家認同及信任：西方所推舉的「自由」如何實質上以幫助非西方國家變得更好？同時，數以億計的貧困人口仍面對「數字鴻溝」的問題。

　　正如有人提到，評估信息環境不再只看自由程度，還要看大多數人是否能夠平等獲取有效信息。成熟的民主都是基於參與者獲得全面均衡的資訊的基礎上，形成深思熟慮的民意。僅有「自由」不能保證這個結果，也不應該稱為「消極不干預」的理由。

　　這也是為何我們提倡，儘量在減少管制的同時去提供更多信息基建、信息教育等。這要求政府有更優秀的宣傳、教育和信息治理手段。

　　儘管「宣傳」這個中性詞慢慢被污名化，但國家和政府面對更多的反向宣傳，要進行更多的積極宣傳。正如喬治·凱南的啟示，國家缺乏精神活力（spiritual vitality）很可能導致衰敗。我們已經看到，媒體對負面信息的極端嗜好導致一個社會的精神活力下降，過去香港也陷入外國話語權对中國的「誅心」之戰中。

　　一定的「正面宣傳」在國內和香港都需要。它不是只說好話，而是說更多正當的話，儘量讓理性務實的觀點勝出。人們更能掌控多元信息，既警惕不計成本自由化的理想主義，也警惕類似「低級紅」那樣表面愛國但可能幫倒忙的情緒。政府和社會都不能免責。同樣，在中國崛起甚至變得越來越大之際，香港將來如何聰明務實地發揮助推和監督的作用至關重要。

要說明的是，我在書名中對「新聞自由」加上引號，更多是批判傳統「新聞自由」的一些論述，而不是自由本身。畢竟我亦在香港相對自由的環境獲益，更容易比對各種觀點。

這裡要感謝過去多年來那些為我提供各種事實和觀點的人。他們讓我無數次推翻很多原來不成熟、不嚴謹的觀點，思考新聞自由的核心與行業的價值。

當然，本書畢竟不是嚴謹的學術著作，仍有很多不足。現在看來，一些觀點未能脫離個人觀感，存在個案式（anecdotal）的「倖存者偏差」，邏輯上有欠嚴謹。

無論如何，君子和而不同，希望讀者能從本書中獲益，也歡迎指正。

龍史
2023 年 2 月

目錄

第一章

「新聞自由」

的牢籠

那些典型的胡說：從「人民對政府」說起

現代社會流行認為，民主就是人們制約政府以保衛人民的利益，社會分為人民和政府，而人民是統一的整體。這些都是典型的胡說。[1]

大多數將政府與個人比喻為「雞蛋」與「高牆」的敘事都顯得可疑，儘管並非不存在濫用公權力的問題。畢竟我們真的能夠確認自己出於條件反射所支持的一方就是「雞蛋」？那種二元類比將各種矛盾和利益衝突簡單化，生硬地塑造「卑賤者最高貴」、「人民最可愛」的典型故事，從制衡所有權力轉化為簡單的「制衡公權力」。

先不論具體事件中哪一方是「雞蛋」或是「高牆」，我們還要看看，到底是誰在把雞蛋扔向高牆。媒體也可能是扔蛋的人。

這是我們在二元思維下往往忽略的重要問題，但也正正是我們理解新聞環境要突破的基本點。類比只幫助理解真相，但是可能偏離真相，讓其不被理解。

很多情況不是雞蛋與高牆的問題，而是複雜的利益均衡和社會治理問題。例如在中國大陸曾經廣泛報道的「唐慧事件」、「宜黃拆遷事件」等。[2] 在事件初期，唐慧被塑造為一個為了女兒不畏強權的偉大母親現象，輿論幾乎一面倒支持唐慧，其被塑造為對抗高牆的「雞蛋」。但之

1　趙汀陽：2017 年，253-254 頁。類推出來，「人民利益」的概念存在很多模糊之處。見孫平：2016 年，35 頁

2　唐慧事件指的是湖南永州居民唐慧的女兒被強姦及強迫賣淫案，唐慧因上訪而被勞動教養，之後唐慧起訴永州勞教委等一系列事件。「宜黃事件」指江西省撫州市宜黃縣發生一起因拆遷引發的自焚事件，鐘家三人被燒成重傷。

後有報道提出反轉的情況：唐慧對公眾、媒體的論述存在很多錯誤或者矛盾的地方，被媒體放大去宣傳，導致案件司法程序受到外部壓力影響，從而對案件被告的量刑過重。最後已經無人關心被輿論推想過重量刑的被告。[3] 那些被告在媒體權力下也是一隻「雞蛋」。

而「宜黃拆遷事件」中，拆遷當事人鐘家的行為一開始就被美化，媒體對其涉嫌危害公共安全等罪卻都視而不見、故意回避。[4] 因為這些內容會影響媒體所努力塑造的「高尚的勞動人民對抗強權政府」的主流故事。另外，媒體又對事件中某些特定群體保持冷漠與沉默，通過輿論壓力「合法合理」地剝奪了其他拆遷戶的發展權、合理自辯權等。與鐘家一樣要拆遷的其他拆遷戶，他們的聲音始終沒在媒體上出現過，在媒體上往往是「被」沉默的。[5]

在多數涉及公權力的新聞故事中，無論在大眾還是媒體中，都有傾向認為「卑賤者最高貴」、「人民最可愛」。[6]《天下無賊》、《泰囧》等影視作品中，底層也被塑造成拯救中產階級的道德淨化劑：一個人的收入越低，似乎道德就越高尚。[7] 其中的代表是至今依然出現在各類紀實報道中的「感動新聞」或者「人性化報道」，多少帶有「新新聞主義」色彩。

但這類通過「感動瞬間」體現人情味的報道也變得越來越有爭議。對這些「瞬間」的追求關鍵點在於喚起情緒。這樣的新聞業明顯地帶有

3　柴會群：邵克，2014 年；柴會群：邵克，2013 年；陳柏峰：2018 年，第 59 頁；徐達內：2013 年；姜英爽：2012 年。

4　陳柏峰：2018 年，8-13 頁

5　蕭武：2011 年

6　孫皖寧、苗偉山：2016 年

7　孫皖寧、苗偉山：2016 年

操縱性質。[8]這反而讓社會群體無限靠近一種極權狀態，似乎符合公眾道德，但同樣壓縮少數人利益。[9]

城管和小販的衝突事件就是這樣一種典型。例如，在攤販崔英傑殺死城管李志強一案中，《南方週末》的「人性化」報道從「攤販崔英傑其實是好人」展開，講述他曾被評為優秀士兵，勤勞工作等。在這種敘事下，崔英傑奮力抵抗並殺死城管的行為似乎變得可以諒解。[10]

同樣地，在小販夏俊峰殺死城管案中，媒體也不斷講述夏俊峰兒子的故事，渲染夏俊峰「為了兒子，我什麼都不怕」，同時記者渲染他兒子的繪畫天賦。[11]分析者認為，這樣不平衡的報道不利於向讀者呈現事件事實，甚至可能造成偏激的輿論導向，走入民粹陷阱。[12]最後可能激發讀者對基層城管群體的敵視，令網民在網絡中興奮地歡呼「又死了一個狗城管」。

這類城管小販衝突事件的「人性化敘事」沿著一個固化的思路走向，往往為了指向公共權力與公民權利、政府管理與個人生存的矛盾。[13]在

---

8 詹姆斯・T. 漢密爾頓：2016 年，217 頁。例如「為了孩子的未來」、「為了公義」、「感動全城」等。

9 人們往往表現出極高的群體「道德」水平，甚至將表現出一時的獻身精神、捨己為人、渴望平等、不計名利等；但這時，個人的價值往往就可能被群體價值所壓縮，社會走向了另一種極權。見馮克利：轉自古斯塔夫・勒龐：譯序 14-18 頁

10 劉燕：2009 年

11 周華蕾：2011 年

12 張強強：2014 年

13 陳柏峰：2018 年，93 頁。媒體這種「悲天憫人」的情懷，表現很強的教條主義和泛道德化情緒，結果因為缺乏對實際社會環境的考量而帶來反效果。學者孫旭培提到一個例子，有老人家聲稱有人騙他錢，然後到法院起訴，但是由於拿不出證據而被司法駁回。結果新聞記者由於同情老人，就以「天下沒有講理的地方」為題大做文章，但明顯缺乏法律常識。孫旭培、劉潔：2003 年

「平民─政府」這種二元對立的語境中，批判視角的人總是想象底層人民的對抗性解讀。媒體傾向於找社會抗爭的證據，「如果找不到，就自己發明證據」。[14]

「人民最可愛」或者「感動瞬間」都可能是投機的。如果有機構總是高聲聲稱「為了人民」、「為了民意」，我們就需要保持一定警惕。人們常說，勇氣最缺乏，特別是對於不公義的事情。這種似是而非的說法也可以套用到審慎的態度上：對於所謂的「不公義」，審慎理性的態度也同樣缺乏，也更需要勇氣。

官方和底層的關係是立體的。用學者的話來說，他們並非總是「控制─反抗」的對立，有的時候雙方是相互協商的，有的時候是相互滲透和利用的，「沒有絕對的控制，也沒有徹底的反抗」。[15] 即使底層人民也並非總是排斥主流的官方話語（例如中國央視等主流媒體的宣傳），反而不時會引起農民工的共鳴。[16]

實際上，人們常說的民主更多是人民內部不同利益集團（或大眾觀念）鬥爭博弈的策略。只有分散的利益集團利益剛好一致，才有可能是對抗政府的。[17] 很多矛盾並不只是政府與人民的矛盾，甚至更多是利益

14　孫皖寧、苗偉山：2016 年。有學者談及中國底層的抗爭時認為將社會抗爭放在市民社會維權的框架下凸顯了國家社會的二元對立，卻遮蔽了市場對社會的暴力作用。見呂新雨、趙月枝：2010 年

15　孫皖寧、苗偉山：2016 年。對於中國絕大部分的人、尤其是底層民眾，新媒體使用的主要目的無非是生活聯絡或進行娛樂，從未涉及政治需求或抗爭需要。見呂鵬：2017 年

16　孫皖寧、苗偉山：2016 年

17　趙汀陽：2017 年，253-254 頁，280 頁。自由需要民主，但是民主未必保護自由，甚至可能是損害少數人利益的手段。那種所謂公平透明的博弈實際上只是現存利益集團的博弈，容易忽略長遠的公共利益，後者正是政府這個最重要的上層建築要做的。

集團之間的利益博弈，同一個人又可能同屬不同利益群體。

　　結果，如同《獨裁者手冊》中提到，只要社會符合了「致勝聯盟」或者社會中至關重要者的利益，其實社會是否西方式的民主制度，本質差別不大。[18] 一般人更關心是否能夠從致勝聯盟的滴灌效應中獲得足夠的利益和自由空間。相比民主，弗朗西斯・福山所說的「歷史的終結」更實質的是法治下有效自由的拓展。[19]

　　同樣，我們常常批評政府如何做得不好。「政府」是各種問題最合適不過的批評對象，但是很多時候這只是無的放矢，特別是對於分裂的政府。甚至很多政府部門、公職人員也是人民的利益的延伸，反映為社會治理的分割。政府就是強勢人民群體的權力。借用喬治・奧威爾式的比喻，我們可能慢慢看到：人民就是政府，政府就是人民。

　　過去一段時間的香港就是這樣的社會。而作為資本代理人的媒體成功將矛盾的視線轉移並塑造了「民意」，扭曲了事實。這是對自由媒體的又一次反諷。

　　新聞工作者往往聲稱自己為了「公共利益」而報道，不惜對抗政府公權力。他們提到的「公共利益」如此模糊，往往成為媒體倫理縱樂主義的一個藉口，為商業利益或記者的名利讓路。有人認為，大多數媒體

18　布魯諾・德・梅斯奎塔、阿拉斯泰爾・史密斯：2014 年

19　歷史終結認為，西方的民主自由是人類社會演化的終點，是人類政府的最終形式。如果歷史都已經終結了，那麼還有什麼多元化可言？《歷史的終結》的支持者反映的是對社會發展和限制的漠視、對民主制度神聖化。矛盾的是，民主制度本身就是出於對個人私利的懷疑，但是同樣卻對某種促進私利制度的全盤接受。對於唯物主義者來說，如果不適應生產力發展水平，任何制度都隨時可以替換。正如錢穆在《中國歷代政治得失》中提到，「制度是死的，人事是活的」、「任何一種制度，亦絕不能歷久而不變」。正如我們今天看到神化的歐美政治制度如何阻礙了人事變動而陷入死路。民主的價值是值得追求的，但是人們爭議較多的是，怎樣的制度才能體現民主？

口頭上聲稱「為公民權利鬥爭」，而實質上只是服務於公司商業利益而已。[20]

英國 1960 年代曾經代表數百萬勞工階層利益的《每日導報》的倒閉就表明人民內部不同利益群體博弈的現實。還有，我們看到香港的媒體通過操控身份政治，讓市民「激動至死」，加強了社會的分化和整體誤判，忽視更實質的問題。同樣，它們只是表面上聲稱代表人民，更多還是借用民粹，實質代表商業利益和資本權力。

或許這種將經濟因素視為決定傳播的首要因素的「經濟決定論」也可能有所武斷。[21] 有時候，媒體所有者出於聲譽的考慮也確實會避免自利的行為。[22] 現實中，在不同地區，一些家族式的媒體企業的所有者也可能會樂意為了他們心中的「公共利益」犧牲部分利潤。[23] 但認為他們會只為公共利益服務就是幼稚的。

正如李金銓形容香港媒體時提到，當大多數媒體是商業或專業導向時，它們就會呈現「週期性地激進或溫順，有公德心或自私自利」的狀態，同時媒體對政治經濟壓力的反應會是「高度環境決定的、不穩定的、甚至是矛盾的」。[24]

但整體上，從新聞的時效性、傾向性以及越來越少的公共利益看，我們難免認為新聞信息更多是一種商品，公共利益反而成了一種附帶價值。而且媒體沒有任何對公共利益的質量保證。

20　Wasserman Herman: 2015

21　陳世華：2014 年

22　小牆：2016 年。默多克集團和時代華納旗下媒體的電影評分數據，發現媒體給同一集團的電影打分並不相對慷慨，給競爭對手的打分也並不相對嚴苛。

23　詹姆斯・T・漢密爾頓：2016 年，36 頁

24　李鯉：2017 年

英國《衛報》曾經有社評文章認為：「24 小時的新聞週期很少能夠提供了解我們所處時代的重大事件而言必不可少的新聞。新聞機構已經退化。世界上很多地方被遺忘，或被錯誤的看法所籠罩」。[25]

例如，歐美媒體只執著於對其他國家地區的錯誤的負面報道。這也被認為是出於商業利益：「關於非洲的錯誤信息在西方成為了一個發展很快的產業」。[26] 有學者比較過不同的報道，發現西方媒體更傾向於負面報道，而正面報道基本上是極少的。[27] 為什麼很多時候在《紐約時報》的報道中，非洲瀕臨滅絕的動物死亡可以成為新聞頭版，但是一場威脅幾百萬非洲人生命的乾旱卻不是？[28]

而其他非歐美國家也接受了這些塑造的形象。例如，說到埃塞俄比亞，很多人都認為它作為非洲國家一定很落後，但是卻不知道它在過去多年來都有著近 10% 的 GDP 增速，並不比過去中國的發展速度差。[29]

從新聞內容（例如國際新聞）來看，很多被認為「嚴肅」的新聞內容根本與公共利益無關。

我們常常讀到的對犯罪案件的報道或許也是如此。美國地方新聞節目也把非常少的時間用於真正的新聞，而是包括了大量與社會實質利益關係不大的或者駭人聽聞的事件。他們更多報道諸如謀殺案、災難、事故，然後問倖存者「你現在感覺如何」。[30] 美國社會學學者 Jack Katz 也曾經提出這樣的問題：為什麼千篇一律的犯罪事件可以成為我們每天的

---

25 劉肖、董子銘：2017 年，100 頁

26 龍小農：2009 年，11 頁

27 張威：1999 年

28 龍小農：2009 年，15 頁

29 世界銀行，鏈接：https://data.worldbank.org/country/ethiopia

30 凱斯・R・桑斯坦：2005 年，254 頁

新聞？[31] 高密度的犯罪新聞究竟體現什麼樣的公共利益？更不用說氾濫的「黃色新聞」。[32]

同樣地，選舉中關注候選人領先程度的「賽馬式」報道、關注官員失言或者失態的「失態新聞」，看似是與人們的知情權有關，但是焦點並不在於政策討論，更像是全民娛樂業的發展。例如，美國記者在競選中對「賽馬式」報道有著長期的偏愛，但卻對於關鍵議題的興趣卻不足，電視新聞中在報道競選過程中，提及關鍵議題的新聞數量還不到報道總量的三分之一。[33] 媒體也並沒有將討論從簡單的情感框架提升到更為理性的政策辯論中去。[34]

單個群體聲稱「公共利益」本身具有極大的不確定性，其存在與否本身就是一個價值觀問題。[35] 公共利益既可能是經濟利益、也可能是指社會的總體福祉，還可能包括國防、教育、衛生、環境等各個方面的利益。我們也越來越感受到，社會似乎存在多種不同的但同樣正當、同樣合理的「善」的理念。[36] 美國哲學家約翰・杜威認為，任何社會中都存在多個公眾群，不同的公眾群有各自的「公共利益」。他們往往從自身的利益出發看待和解決所遇到的問題。[37] 有學者甚至指出，就連所謂的

---

31 Katz Jack: 1987

32 1998 年有統計顯示，香港當時公信力較高的《明報》一年的犯罪新聞總數達到約 700 條，配圖犯罪新聞比例高達 35% 左右。相信至今，對犯罪新聞的報道都是極容易獲得記者的青睞。

33 傑拉德・馬修斯、羅伯特・恩特曼：2010 年。「賽馬」式新聞報道指的是只關注競選者領先情況的報道。

34 Callaghan Karen, Schnell Frauke: 2010

35 公共利益的內涵和外延與社會的發展階段、經濟發展水平、社會政策等也有著緊密的聯繫。

36 劉擎：2013 年，170-171 頁

37 羅伯特・威斯布魯克：2010 年，319-323 頁

「大眾」也是媒體自己發明的。[38]

那些「公共利益」也與誠實信用、公序良俗等道德概念類似，具有高度抽象性和概括性。[39] 儘管新聞工作者常常聲稱他們為「公眾利益」服務，以此抵抗來自政府公權力的壓力，但實際上公眾是分裂的、社會階層是分化的。[40] 很多問題的本質並不一定是政府對人民，而是「人民內部矛盾」（儘管很多人不喜歡這個詞）。這就取決於個人在某個時刻所處的利益集團是哪一個。[41]

公共利益是否更多是話語權者的利益？他們往往定義符合自己利益的公共利益。

同樣地，人們常常聲稱的「真理」、「真相」、「民意」、「公義」、「宣傳」、「洗腦」等一系列詞彙往往也是模糊不清的，只是標籤式地將事情簡單化。[42] 一個利益集團所謂的「真相」更多是代表了一種功利性的結果，否則就不是真相。對於新聞環境的要求，一定不只是抽象的真相，而是功利性的，例如社會整體是否變好。

我們看到中國文革期間的「大字報」將社會主義推向了崩潰邊緣，起到了極其惡劣的作用；但在文革後期，又有一批揭露和批判林彪、四

38　傑夫・賈維斯：2016 年，16 頁

39　王利明：2006 年

40　Wasserman Herman: 2015；姜華：2014 年，174 頁

41　關於中國城市管理的紀實著作《城管來了》提到一個有趣例子：有年輕男子投訴市場攤販佔用了車道，要求取締市場攤販，結果有老太太與城管爭執說，市場取締會讓老人家買菜更不方便，後來卻發現這個老太太是年輕男子的母親。
見隨風打醬油：2011 年，75-77 頁

42　「民意」往往用於「政府對民意」的二元對立之下，但其實是「不同集團之間、集團與政府」的多元關係。同時，「民意」往往只是用「聲量大小」來突出，可能被媒體塑造出來，本身就存在不確定性，甚至可能代表部分利益集團的短期功利期待。到底是資本的民意，還是具體哪個群體的民意？

人幫的「大字報」冒出來，推動了文革的結束。[43] 同樣的工具可以完全達致不同的效果。主動權掌握在誰的手上、用於什麼目的，是我們要留意的。

我們花了大量篇幅去質疑「人民對政府」的流行論述，是因為這會影響我們對更多元的媒體環境的理解。過去這種二元式的思維讓媒體工作者、學者聚焦在審查制度和政府控制，認為政府通常壓制人民自由、媒體為自由鬥爭。但這些在了解世界各國的環境中越來越走不通，例如中國的媒體環境。這已經讓西方造成整體誤判。

再例如在東南亞，很多人在研究當地媒體時以國家為中心，但忽視當代媒體的多元性等其他問題。學者指出，現今當地媒體不能準確反映社會問題的原因並非在於政府，而在於其自身的缺陷（例如缺乏專業精神、媒體偏見、工作環境等）；限制媒體自由的不再是國家，而是錯綜複雜的所有權和黨派壁壘。[44] 這正是我們被二元思維所慢慢帶偏的。

簡單來說，媒體並非鐵板一塊，政府並非鐵板一塊，而公眾也並非鐵板一塊。這是避免陷入西方「新聞自由」陷阱的第一個思想武器。

43　牧惠：2002 年
44　雅爾諾・S・朗：2020 年，49-56 頁

可疑的「天賦人權」？

　　我們常常聽到，權利是自然天賦的，因此政府無權限制。新聞自由（或者言論自由）同樣是天賦的，是神聖不可侵犯的。但不可能被否定的語句，其實本身並無價，跟沒有說過一樣。就像我們都知道自由越多越好，但怎麼可持續地、廣泛地實現自由才是問題。

　　人權是肯定存在的，但是具體指代的是什麼、從哪裡來的呢？「人權」不能被否定不代表這兩個問題不能被質疑。

　　相反，正確的錯誤最難糾正。

　　甚至有人認為「天賦人權」自古就是政府正當性存在的基礎，歐美民主國家就給我們提供了理想的樣板。但是如果真是這樣，曾經對印第安人和黑人奴隸壓迫的美國政府現在看來連立國的合法性都不存在。（當然，我們也不能忽略這段歷史的背景，畢竟用今天的視野去看待幾百年前的事情並不公允；但用後物質社會的視角看待後發階段的社會也可能不公允。）

　　按照法國保守主義學者柏克的說法，盧梭所提出的「天賦人權」是一種愚蠢的抽象權利，世上只存在具體的人賦人權，而用「天賦人權」這種抽象的理論去指導具體的實踐，極有可能導致理性的無用，因為人類的政治實踐是變化莫測的。[45] 在他看來，自然權利理論正是法國革命的罪魁禍首。人們享有的權利不能訴諸任何抽象、普遍的先驗原則，每個社會成員都有權利在社會中獲益，而不是享有空洞的自由權。[46]

45　埃德蒙・柏克：2014 年
46　亦言：1997 年

「人權」本質更像是一種基本利益分配問題。儘管並非什麼利益都可以變成權利。爭奪公共空間之戰才是自由的決定性戰爭，表面是權利，背後仍然是利益。[47]

哲學家麥金泰爾更是直接指出，人權是一種發明，是人們虛構的。因為它的存在完全缺乏證據，根本無法證實。[48] 即使到了今天，回顧西方社會對於人權的各式雙重標準，哪些人到底有人權、其重要程度如何都是話語權者賦予的。[49] 這是與「天賦人權」天然的諷刺：人權是否存在或者重要與否是需要特定國家去指定。

《美國獨立宣言》的開頭以「真理」宣示：人皆生而平等，其英文為「All men are created equal.」。有人就指出，那麼誰來製造（create）這個「平等」的權威？如果不存在這個更高的權威，那麼權利的範疇就一定是協商性。[50] 在保守主義領軍人艾德蒙·柏克看來，人權是人賦予的。或者說人權是社會所構建出來的（socially constructed）。

畢竟「天賦人權」存在明顯的悖論：如果人權是天賦的，那麼就要應該是絕對的、固定的（起碼是確定的），大家都應該遵守，但事實不是這樣。例如，《兒童權利公約》涵蓋所有人權範疇，保護兒童各方面權利，共有 196 個締約國。但是截止至 2022 年，當中只有美國沒有加入。那麼，這個「人權」是否不是天賦的，而是需要話語權者承認的？

47　趙汀陽：2017 年，256-258 頁

48　趙汀陽：2017 年，238-239 頁

49　人們對於「西方」的認識存在不少分歧，本身也有簡單化的問題。我們這裡所指的「西方」主要是指北美洲的美國、加拿大，以及西歐的英國、法國、德國、意大利和亞洲的日本等資本主義發達國家。西方國家如同中國內部一樣，並非鐵板一塊。歐洲和美國有經濟衝突，也有價值衝突，例如氣候變化問題。他們的媒體可能對對方都不待見，有些議題也並不是特別針對中國。但是他們總體上在對打壓中國上相對一致。

50　Gardels Nathan: 2011

所謂的「天」虛無縹緲，唯有話語權者是真實的。似乎符合強者的利益和價值觀才是天賦人權。

歐美往往嚴厲批評中國對學生運動的鎮壓。但是在中美撞機事件之後，實際上中國政府不得不重新加強對中國媒體的控制，以抑制部分人特別是中國學生高漲的反美情緒。在這之前，美國轟炸中國南斯拉夫大使館事件之後，中國的示威學生用石頭攻擊美國駐華使館時，美國媒體就抱怨中國政府「鎮壓不力」，甚至有美國人認為這些攻擊美使館的中國學生是受了中國政府的煽動。[51]

當有利益糾纏其中，人權顯得十分脆弱。

回想在香港 1999 年的居港權事件中，即使香港終審法院裁決為非婚生的子女提供了居港權，開始的時候多數人都支持判決，讓他們獲得居港權，因為這是「人權」。人們獲得對於擁護人權的名聲。但是當市民知道裁決會令 167 萬獲得居港權的大陸人分攤社會政府資源後，大家就支持政府申請釋法改變法院的裁決。媒體也從而轉向支持政府。這時他們已經不是從人權角度去考慮事件了。[52] 人權是存在的，但是更現實的體現形式是公民權利，這就需要憲制或者社會對身份的認同（例如國籍）。

對於權利來自何處，美國法學者艾倫‧德肖維茨提到，權利的觀念來自最大的罪惡——或者人們過去一段時間內最恐懼的事情。[53] 例如德國人對納粹的歷史保有記憶，因此會對違反人權的情況更為敏感與恐

51　趙心樹：2002 年
52　江麗芬：《我們是否偏頗？居留權爭議的報道》，1999-2000 年度，《記者之聲》1 期，4-6 頁。轉引自李少南：2015 年
53　艾倫‧德肖維茨：2014 年

懼。[54] 我們的權利也會因為我們的恐懼而變化。

但是這個說法不完全準確。很多恐懼歸根結底依然是利益博弈與妥協的一部分。人們既害怕失去收益或承擔更多成本，但是也期待收益可以超越其他社會，人們在富裕之後一定會嚮往更高的自由權利。

但是同樣值得留意的是，權利的壓縮也同樣可能是因為某種恐懼。比如美國在二戰中對日本裔人士的壓迫，或者在冷戰時期麥卡錫主義下人們對共產主義恐懼而剝奪人權。

如果人權是天賦的、絕對的，「人權」的實現為何取決於他人？

首先，一個殘酷的現實是，在可預見的很長時間內，人權是否能夠可持續地實現是取決於國籍的，依賴於政府和國家。儘管政府是一種不可避免的罪惡，代表了利益集團對其他集團的壓迫，但因為當代的全球競爭是國家競爭，一般人的利益又與身份交纏綁定在一塊。政府在國際環境中保障後者的權益。

同時，權利的具體內涵是怎麼樣的？我們常常會聽到「不傷害原則」——也就是一個人的自由應該以不傷害他人利益為限制；只要不傷害他人利益，就是合法的權利。這似乎在原則上成立，但是在實踐中不少情況下很難有操作的可借鑒性，因為根本上「不損害別人的自由」是一個模糊的標準，很難衡量，「彈性很強，意義卻很薄」。[55]

首先，因為究竟誰才是「別人」是需要被定義的。例如，多個殖民國家對某些地方的利益分贓實際上互相不影響各自殖民國家的利益，但那是不合理的。能夠定義的又往往是分贓的話語權者。

54　劉擎：2013 年，209 頁
55　梁鶴年：2014 年，394-398 頁

其次，每個人的自由有上下限，而個人主義傾向於按照自己想法去做，但是每個人對於限度的想法不一，自己並不能夠確定。一方面，我不該損害別人的自由；但另一方面，我的自由被那些可能被我傷害自由的人所左右，實際上別人的自由可能會令自己的自由是受到傷害的。按照經濟學家提出的「帕累托自由悖論」，人們在爭取自己利益最大化的同時必然影響甚至傷害到別人的利益。[56] 美國傳媒作家李普曼也認為，一個人利益的獲得恰恰是通過傷害其他的利益來實現的。[57]

因此，有學者認為，「天賦」不能推導權利的自然，與他人的共存才是，自由權利也就是他人同意由本人自行決定行為空間。[58] 例如在「言論自由」實際上就涉及表達、廣播與被聽到的權利，一個人的言論空間已經與他人的言論空間交錯。這就往往涉及到成本。如果只有一個人說而沒有人選擇聽取與否，這種言論自由確實存在，但毫無意義。相反，在網絡群組例如微信群聊天，我們也會對說話者有所期待，因為一定程度上這是大家付出了注意力和傾聽時間的，出讓了部分權利。

因此有人認為，所有權利都是公共財產而不是私人的。[59] 因為權利的成本決定了權利獲得允許才算是權利。所謂的「權利是私人的」也是因為得到社會中的統一合意。自由的限度並非個人所確定，而是社會所定的：最大的個人自由是「天賦」，屬人權的論述，而最小的個人自由是約定俗成的最大容忍度，屬民主的決定。結果要麼是實現大多數人對個人的獨裁，要麼就是讓一個人的自由損害他人的自由。[60]

56　陳世清：2014 年
57　董山民：2012 年
58　趙汀陽：2017 年，258-260 頁、324-326 頁
59　王紹光：2015 年
60　梁鶴年：2014 年，396-398 頁

必須承認的是，「人民」並不如歌頌者（或者說奉承者）所說的那麼偉大和聰明，反而人性的弱點是可以被利用的。每個人都是偉大和自私的結合體。我們出讓某些權利去成就他人的權利是因為我們能夠支付得起。但是個人利益的收支平衡被打破，我們就會拒絕出讓的權利。

　　就像 2022 年 5 月上海新冠疫情之後，人民對於中國政府清零抗疫政策的轉變：當一般人生活遭受各種抗疫政策干擾的時候，再加上媒體報道的各種社會成本問題，人們從開始的支持到後來開始慢慢出現抗議疲勞和抗拒心態。

　　目前流行的人權概念及其側重點也是西方定義的。他們本意並非不對，但確實也淪為霸權工具，並未貼近其他地區的真實情況，也沒有獲得真正普遍的認同。很多所謂的「權利」缺乏正當性與可行性。我們很難知道哪些權利優先，哪些權利具有正當性，而各種不同的權利之間就出現越來越多矛盾。

　　同時，這很自然造成一種「無聲者無權」的尷尬：「人權」的是非輕重通過話語者去決定，但是被漠視的人丟失話語權，甚至失去基本生命權，成為新聞報道中的一串數字，就不會干涉話語者的話語。

　　正如各種西方雙重標準，天賦人權理論破壞了公正原則。發達國家更強調政治權利或消極權利——「不自由毋寧死」，將來還可能拓展出「天賦貓權」、「天賦狗權」；相比，其他國家的人更需要經濟權利或積極權利。過去各地餓死人的情況同樣是人間悲劇，但卻成為可以容忍的，特定人權被置於其他價值之上。例如全盤按照「天賦人權」對罪犯免除死刑或者大大減免刑罰，實際上是將罪犯的人權凌駕於受害人的人權之上。[61]

61　趙汀陽：2017 年，240-241 頁，332-336 頁

我們今天看來是「天賦人權」的事實，往往並不是因為「天賦」，而是我們特定社會的資源分配與文化都默認某種事實，這讓我們誤認為這是天賦的（甚至在所有社會背景下都是天賦的）。一種權利之所以能夠長期被保留並維持，一定有超越表面意識形態的合理性。例如我們所提到的概念化的「普世人權」能夠長期被堅持下來，主要的可能性是因為它給現代社會帶來了巨大的實際效益。[62]

過去美國對於黑人奴隸、女性的權利解放並不只是因為那樣符合人們提升的道德要求，也因為那樣符合社會對於解放勞動力等各方面的利益需求。但是同樣，只要某種權利可能威脅更大的利益，就可能面臨收縮，對權利的公然侵犯變得可以被接受。

包括最初的彌爾頓，自身利益在他的觀點的形成中也許也起到重要作用，從而令其寫出《論出版自由》。他提到許可證制度是產業壓力的結果，因為書籍銷售中某些專利獲得者和壟斷者存在欺騙行為，剝奪其他出版者的經濟利益。[63] 這就為「自由」打開銷路。

但矛盾的是，在彌爾頓在《論出版自由》的結尾，就明確拒絕「寬容教皇制度」，並建議焚燒那些有害的書籍。[64] 同時期與彌爾頓一起反對印刷管制的威廉·沃爾溫（William Walwyn）承認為了國家利益進行某種形式的印刷管制的理論必要性，但是也反對將特許制度延伸到不同意見的討論。[65]

但在亨利八世到詹姆士一世之間近一個世紀內，英國國王賦予了大出版商特權，限制了歐洲大陸思想在英國的自由傳播，客觀上也保護了

---

62 蘇力：1996 年

63 約翰·彌爾頓：2016 年，50 頁

64 約翰·C·尼羅等：2008 年，64 頁

65 焦緒華：2007 年

英國的出版業。這個時期，王室特權、專利壟斷、許可制度和書商公會
的註冊登記都成為審查的有力手段。[66]

他們的自由從來是有條件的、功利的。《論出版自由》更像是《論
我方的出版自由》。

到了現代，在「9‧11事件」之後不久，美國有線電視新聞網的一
次民意測驗表明，公眾更願意國家加強新聞檢查。72%的美國人認為政
府可以讓一些信息不向傳媒或民眾公佈；而皮尤研究中心的一項民意調
查也顯示，有一半以上的受訪者認為政府應該審查那些有可能威脅國家
安全的新聞。[67]類似情況還有二戰期間美國對日本裔權利的侵害、麥卡
錫主義的興起等。儘管今天我們在現存資源條件下都覺得這些做法有道
德問題，但當時都被大眾所認可，大眾認可也是其產生的根基。

正如社會的條件在變化，權利的內涵也在變化。在美國歷史上的任
何十年間，言論自由的概念經常與此間前後各十年的概念完全不同。[68]
「天賦」這種看似永恆的論述實際是不確定的，實際上是相對的。

總之，我們的權利都是在動態平衡的螺旋中拓展的（或者說「鬥爭
中前進」），不能沒有平衡，當然也不能讓其停滯不前。美國大法官小
澤卡賴亞‧查菲也曾經指出，即使法官也應該避免考慮絕對自由主義者
所喜歡的「自然權利」，轉而考慮真實的社會條件，根據社會價值來衡
量利益。[69]我們也希望各種權利是在鬥爭中前進，在亦步亦趨下拓展。

66　王青雲：2006年；張聰：2014年，22頁

67　馬凌：2011年

68　凱斯‧R‧桑斯坦：2005年，300頁

69　Berry William E., Braman Sandra, Christians Clifford, Guback Thomas G.,
　　Helle Steven J., Liebovich Louis W., Nerone John C., Rotzoll Kim B.: P53

權利首先是公共財產

正如上述提到，權利更像是公共財產。在荒野中權利可能是最不受公權力侵犯的，但是缺乏與人的接觸，權利毫無意義。

在「天賦人權」之外，我們也需要一種更優的人權概念，要考慮真實世界是否支付得起、是否會導致混亂和其他問題。[70] 不過，我們是否能夠提出一個比「天賦人權」更優的概念？很難。起碼目前一些發展中國家提出的人權概念依然單薄。

實際上更合適的說法應該是「預付人權」——我們平等地獲得預付的人權，但是要履行人責才可能享有人權。[71] 人權也是在一定資源稟賦下被社會賦予的。

正如上述提到，權利和自由在為個人和社會帶來好處的時候，個人和社會都在支付成本。只是在現代國家中，這些成本太小而被忽略不計或者被認為是理所當然的，也有部分融合在一個社會的統合基礎中，例如國家、政府以及法律，通過公共手段去確認。

首先是經濟上的稅收。美國兩位法律學者在《權利的代價》提出，不管保護什麼權利都必須依賴由公共財政支撐的警察、檢察、法院、監獄等政府機制，沒有公共財政的支撐就根本無法運作。[72] 至於言論自由，

70　趙汀陽：2017 年，325-326 頁

71　趙汀陽：2017 年，339-340 頁。也有中國學者提出「祖賦人權」這樣的概念，即使在美國這樣的政治共同體，有並非一直對所有的人敞開懷抱，只有祖先在美國的人才能享受美國公民的自然權利，實現其「天賦人權」。見徐勇：2021 年

72　史蒂芬・霍爾姆斯、凱斯・R・桑斯坦：2003 年

當人們要在公園這樣的公共論壇抗議、示威或者辯論，都需要大量費用去維護和清理公園；當我們進行某種議題的辯論，也要多數人守法，極需要大量警力。[73] 當然，如果社會的公民支付稅項或者符合某種條件，社會和政府都應該保證其權利的實現。

其次，我們衡量成本的標準不僅包括經濟的，還有社會、環境、人文、美學和文化。[74] 有人就認為，對於言論自由，其真正的代價在於允許骯髒的和無知的言論有他們的聲音。[75] 例如文藝創作帶來精神產品，也可能帶來淫穢荒誕的出版物；科學討論可能帶來新發現，但也可能被用以支持各種迷信故事、虛假廣告銷售。

因此，我們的人權有很多，但資源有限，需要解答人權的輕重緩急問題。如果人權是如此明確的「天賦」，我們似乎並不需要法治。對於法院來說，只要它保護一種權利，那麼實際上也必然進犯另一種權利。這就是權利的相互性：不同權利之間也並非可以簡單劃清界限的。[76]

正如墮胎權保護了懷孕婦女的平等和自由，而墮胎禁令則保護了未誕生嬰兒的平等和自由。[77] 再例如生育問題，生育是一種權利，但對於社會發展也是一種責任——只是現在政府很難強迫人們選擇生育與否，但是可以用其他方法鼓勵助推人們生育。

73　凱斯・桑斯坦：2016 年，102-103 頁

74　托尼・朱特：2012 年，156 頁。有時候我們保護色情方面保護言論自由、表達自由也正是從文化、美學、藝術等出發考量。一個社會也不只是從經濟利益出發，但是如何權衡是一個問題。

75　布魯斯・N・沃勒：2015 年，306-307 頁

76　蘇力：1996 年。有學者認為權利的衝突是偽命題，因為任何權利實際上都有自己的特定邊界，主要大家找到邊界，限定其範圍，就不存在權利的衝突問題。見郝鐵川，《權利衝突：一個不成為問題的問題》。

77　路易斯・邁克爾・希德曼：2017 年，10 頁

權利的保護和侵害隱含的人民內部集團之間的利益博弈，而非表面的公權力和抽象的人民之間的問題，特別是集團代表人的利益。

當言論附帶了人們對利益的期待、身份的認同，我們所提到的不少言論往往已經不是純粹的言論本身，而是帶有價值判斷以及影響力的某種輿論或者觀點。這甚至會影響了原本的資源分配。

例如美國「傑作蛋糕店訴科羅拉多州民權委員會案」。傑作蛋糕店老闆是一名虔誠的基督信徒，他拒絕為同性戀配偶的婚禮設計製作蛋糕。當地民權委員會認為其行為違反相關的反歧視法。那麼，誰的權利和自由應該被保障，蛋糕店老闆還是同性戀配偶？在他們看來，性別取向和宗教自由分別代表言論自由的不同表達。

在 2018 年 6 月 4 日，美國最高法院對案件中作出判決：科羅拉多州民權委員會對蛋糕店主的信仰自由展示出一種「明確且不可被容許的敵意」（clear and impermissible hostility），而蛋糕店老闆的宗教自由應該得到保障。[78]

但兩者的矛盾並未能簡單解決。早在美國 2015 年的 Obergefell v. Hodges 一案中，有異議法官就提到這樣的意見，「同性婚姻合法後，宗教自由可能會遭到影響，婚姻合法可能被用來排除異己，淪為限制宗教自由的工具」，多數派的觀點會被用於攻擊那些反對同性婚姻的人。他們往往是宗教信仰者，也容易被政府、雇主或者學校標籤化為「偏執狂」（bigots）。隨著同性戀在美國被宣佈合法化之後，種族平等隨即遭遇宗教自由及言論自由的衝擊。[79]

---

78 Masterpiece Cakeshop, Ltd v Colorado Civil Rights Commission, Link: https://goo.gl/LxeJGL

79 劉擎：2011 年

在言論自由與其他價值的衝突中，我們之所以在某些情況下傾向保護言論自由，而在其他情況傾向於其他價值，也是出於我們對成本—效益的衡量。言論一旦有利益的映射，就有可能被規制平衡。一旦涉及到規制平衡，就需要公權力的介入去裁決，將公共情感、利益演化為合法的介入。

就像過去數十年美國關於競選改革（政治捐款數額限制）和言論自由的激烈博弈，在 2002 年認定改革法案合乎憲法後，2007 年其又認為某些限制違反第一修正案對言論自由的保護。[80]

談論自由和權利的道德問題是輕鬆的，但權利並非是道德上對錯的問題，而是一定時間內實效的問題。在實踐中，我們考量權利的重要性時要考慮邊際效益的問題：降低一種現象 1% 的出現概率，可能要付出99% 的代價。

難免有人認為，在大多數國家推行廢除死刑並提供囚犯高福利，可能是一種人權的倒退：殺人者的權利保護遠高於被害人及其家屬的權利保護。另一方面，在一些國家，監獄對囚犯「人權」保障程度非常高，只要可以治療，就會不惜成本治療；而監獄外的人患重症而陷入等死的絕境，甚至有人故意犯罪入獄獲得醫療保證。我們並非說囚犯沒有人權，而這種高成本的人權主張下的權利不平等是對「冠冕堂皇」的制度的諷刺。

類似地，司法上行使沉默權可能是小心謹慎地保護犯罪嫌疑人權利，但在某些社會，這種制度也將使得逮捕罪犯和預防犯罪代價更高，

80 安東尼・劉易斯：2010 年

有可能影響社會治安，甚至對其他人的利益有著傾斜性的破壞。[81]

　　還有一種情況是我們常常討論的公共利益和少數人利益的衝突。

　　個人當然有著其產權保護的訴求，社會也不能因為大多數人利益而忽視少數人利益。在 1705 年自由主義代表作《蜜蜂的寓言》中，荷蘭人伯納德・曼德維爾也提到，「私人惡德即公眾利益」。[82] 在西方主導的、弱肉強食的國際競爭中，或者在公權力嚴重濫用的社會，這可能是正確的。

　　但各種拆遷事件的「公地悲劇」或許給我們一個反思。例如，上述提到的「宜黃拆遷」中，當事人鐘家由於獲得媒體而最終得到了特殊照顧。但與鐘家一樣要拆遷的其他拆遷戶，他們的聲音始終沒在媒體上出現過，在媒體上往往是「被」沉默的。[83] 我們很難知道究竟誰才是真的弱勢群體。

　　哥倫比亞大學法學教授邁克爾・赫勒（Michael A. Heller）於 1998 年提出「反公地悲劇」，1978 年，美國航空業取消管制，乘客周轉量翻了三倍，但此後的二十年間美國只新建了一座機場（即 1995 年建的丹佛機場），因為新建機場所需的土地整合困難重重。當地居民想方設法地推遲、阻撓機場建設。涉及公共利益的土地開發以及重要的基礎設施建設需要整合產權，往往受制於易分難合的傳統所有權，承受產權分散帶來的隱性成本。[84]

81　陳柏峰：2018 年，167-170 頁。類似還有其他權利，例如動物權的供應及保護也確實是一些社會和政府不一定能夠達成共識的，除非它能夠支付額外的成本去承擔。

82　伯納德・曼德維爾：2002 年

83　蕭武：2011 年

84　陶然、王瑞民、史晨：2014 年；Heller Michael A.: 1998

這種情況同樣存在在繼承英國法律體系的印度。超前的法律全面保護土地產權、小業主權力，歸根到底都是因為既得利益無法突破，這種「正確」的錯誤很難被糾正。[85]

一方面，對產權進行適當的限制，讓當事人進行自主選擇，是至關重要的；但是同時，每個人都應該交出一部分權利，或以土地發展權交換新的權利，這樣可使大多人（包括自己）都能享受更多的權利。

公共權利和私人權利都是在具體情況相對的，將他們簡單劃分對立也是危險的。一些社群主義者（桑德爾、麥金泰爾等）指出，我們過去受西方自由主義的影響非常深，讓人們只專注於保護個人財產而忽視社會共同體的共享利益。

現今，中國社會也在慢慢朝西方國家靠攏，接受並提升部分「人權」。其中一部分原因是因為我們已經能夠支付這種制度的成本，甚至這些制度在一定的條件下反而是減少社會成本的。甚至有學者指出，相比西方強調個人權利與國家權力兩者之間的矛盾，當前中國式的人權更強調兩者之間的互動合作，更強調實質性的民生，並非不是一個值得思考的模式。[86] 當然，很多過去留存或者欠發達地區的一些現實的人權問題依然需要去解決和改善。

但是，我們要提出實際的解決方案而不是來自先發國家的俯視式的、表面的偶發性關注。我們要問，誰是話語權者？輕重緩急是否貼合實際？這些問題是否真的只是因為政府或者制度的問題？或者因為他們欠缺我們同樣的資源稟賦等？我們社會整體是否願意分割資源幫助？如何幫助？

85　毛克疾：2019 年、2020 年
86　羅豪才：2014 年

這些問題才真正觸及人權的核心：人權更像是分配的問題，而不是「天賦」的。而這種分配依賴本身社會的沉澱。利比裡亞聯邦在 1847 年就經美國殖民協會同意，並以美國憲法為藍本起草了憲法並成立共和國。但是它歷經百年依然是一個失敗的國家。制度的成敗大部分取決於各種複雜的要素（特別是長期的社會選擇和沉澱），而不只照搬一個抽象的價值觀或者理念。

　　關鍵是誰是「人」，而誰又在支付成本。

成本支付轉移：為何自由只屬某些人？

有人指出，我們不是自由太多，而是自由太少。當我們自小就生活在一個不自由的環境，我們就可能錯誤地認為這種不自由的狀態是正常的。[87] 這是要提醒我們追求更自由的社會。

但是這種似是而非的說法也是一種簡單的二元思維，因為我們也不能因為生活在自由的世界中就錯誤地認為自由的狀態是理所當然。就好像我們在談論生活的時候，很少會關注空氣的重要性。

「天賦人權」背後，西方對「民主自由」論述體系還要解決一個現實問題：很多社會（包括中國）的人民與歐美國家的人所期待的並無差別，並非不想要更多的自由和權利，但為何自由權利不能在所有國家廣泛可持續地實現？

長期被當作自由制度成功典範的大部分依然是歐美國家。特別是二戰之後，享有高度自由的國家依然是在西方宗主國和被選中的工業轉移專制地（例如韓國、臺灣等地區的繁榮還一定程度上是從初期的專制制度中獲益的）。有人說，「民主自由」的制度之所以在發達地區、現代的民族國家比較成功，也是因為他們高度相似的民眾和比較接近的經濟水平。[88]

而那些非歐美國家的自由不足真的只是政府的問題，或者是制度的問題？當然，一部分困難由制度內部治理水平、利益分割問題所致。但是如果只是制度問題，為何歐美外的不少國家（例如阿富汗等）改變制

87　周保松：2015 年，228 頁、230 頁
88　趙汀陽：2017 年，279 頁

度後依然沒能帶來可持續的自由，甚至社會治理更糟糕？即使獨裁者被推翻，造成這些社會自由缺乏的因素依然存在。

近數十年來西方糅合的「民主自由」觀念的核心漏洞在於其無法解決其他地區的實際問題，其次就是話語權者的雙重標準。到了今天，儘管新自由主義仍然是這個時代的主要經濟和政治範式，但是 2020 年後因為新冠疫情、全球地緣政治將其短板暴露無遺。[89] 其並未為其他追隨的國家帶來好處，反而將它們帶入深淵。[90]

要知道，即使是自由主義標杆的美國社會也是在上世紀初期才開始有更多自由主義法官提出影響後世的反對意見，但是當時仍然是少數。後來新自由主義產生的背景就在 1970 年代成為對美國一個頗具吸引力的選項：美國樹立其美元霸權，並指望美國公司、資本流動保持其主導地位。[91]

中國學者溫鐵軍所提到成本轉嫁理論，或者可以解釋大多數發展中國家按照發達國家的政治體制來構建本國上層建築的全部失敗：一是發達國家向發展中國家輸出、主導、強加的自由、民主、人權等意識形態的上層建築成本過高；二是發達國家為支撐其本國的高成本上層建築，通過不同手段向發展中國家轉嫁代價，而發展中國家的經濟基礎承擔的

89　多維新聞：2021 年 1 月 1 日

90　在經濟領域，在 1980 年代到 90 年代中，美國帶領世界銀行、國際貨幣基金組織以貸款為誘在非洲各國強制推行新自由主義，要求取消農業補貼。但是歐美各國卻都在進行農業補貼。這沒有讓非洲走出困境，反而讓歐美企業獲得了高額利潤。見周志發：2015 年

91　薛子遙：2020 年 12 月 13 日。到了新冠疫情流行，自由主義政府卻未能保護其公民最基本的生命權；另一方面，歐美的藥企由於新自由主義政策可以轉移利潤，讓美國本身損失百億美元的稅收。

是雙重的高成本上層建築的壓力。[92] 他指出，世界上很多看起來冠冕堂皇的政治活動，往往都在掩蓋對弱勢群體、弱勢國家的制度成本轉嫁。[93]

例如，美國的資本在一方面輸出為資本服務的機制，如自由貿易和精英政治，另一方面又輸出為資本侵略緩衝的美式人權、婦女解放、環保、民權和工運。國內的問題通過美式自由民主的外銷獲得疏解轉移，也分化了國外社會的對抗。[94] 在美國及其盟友的「反恐」戰爭中，自由主義中的女性主義框架就被調用起來，以「拯救阿富汗婦女」的名義為帝國主義目標服務。[95]

在批評霸權主義的方面，美國學者喬姆斯基認為，這些國家的人民通過民主制度這樣的高成本上層建築在懲罰他們自己，以及世界其他地方的人們——後者被迫通過掠奪自己的資源和其他可怕的方式來維持西方國家依舊很高的生活水平。[96]

很多抽象的自由也是需要有人支付成本的去支撐的。在實體的資源層面，2012 年出版的《綠化媒體》（*Greening the Media*）中，作者試圖分析電視對於環境生態的影響：當我們看電視的時候，無論是通過什麼裝置來收看的，其消耗的碳能影響都是巨大的。作者提到，「每次當

92　董筱丹、薛翠、溫鐵軍：《發達國家的雙重危機及其對發展中國家的成本轉嫁》；溫鐵軍：2019 年 10 月 14 日。本質上對於相對發達的國家來說，在海外促進民主改革和保護國內人民的福利之間存在著天然的張力。見布魯諾・德・梅斯奎塔、阿拉斯泰爾・史密斯：2014 年，388 頁

93　溫鐵軍，見鏈接：https://www.youtube.com/watch?v=a7OnoYzs_X4

94　梁鶴年：2014 年，465-467 頁

95　趙月枝、邱林川、王洪喆：2014 年，256 頁

96　諾姆・喬姆斯基、安德烈・弗爾切克：2016 年，229 頁。也有人認為，西方國家對於「民主自由」的「靜好歲月」一直是依賴國際貿易中不等價交易所帶來的巨額利潤，用發展中國家的壓榨去支撐其誘人的福利系統。見徐實：2019 年

你通過手機或者平板電腦看電視的時候，你都會成為某個生產鏈上的一部分，而這個生產鏈會牽涉到非洲浩大的內戰或亞洲剝削式的勞動關係。」[97]

直到今天，贊比亞依然有大量兒童在銅礦上工作生活，他們提供了世界大量的銅，讓我們有機會通過電纜遠程通信，但是他們自己卻無法享受遠程通信的好處。這是現實的悲劇和惡性循環：無聲者無權，無權者無聲。

我們在某個社會所享有的言論自由是否也間接支持了非洲政府對其人民言論自由的壓迫？在一個社會發達地區的人們的言論自由是否建基於其他地區信息資源稀缺的基礎上？如果沒有一定的成本支撐，我們的自由是否能夠持續？我們支持所謂的「自由」思潮是否因為我們是利益鏈的上游？正如《了不起的蓋茨比》中的一句話：「每當你覺得要批評什麼人的時候，你要切記，這個世界上的人並非都具備你稟有的條件。」[98]

很明顯，我們所有「自由」言論被廣播出去的過程都不是免費的。目前大型社交媒體在世界各地的利益收割一定程度上體現了某種成本支付轉移。

我們提到，權利是通過稅收去支付的。但是現在很多歐美的社交平台實際上從當地輿論信息中獲利而不用承擔當地的社會風險。相反，它們很多成本被轉嫁到當地，並不能通過傳統的稅收去體現。[99] 也就是說，

97　托比・米勒、馮應謙：2012 年

98　原文：「When ever you feel like criticizing anyone, just remember that all the people in this world haven't had the advantages that you've had.」正如有學者提到的，要知道不同社會的「資源稟賦」差異。

99　劉尚希：2021 年 12 月 2 日

它們的獲利遠超所需要承擔的社會環境治理（ESG）成本。

　　1992 年印度涉及宗教矛盾的阿瑜陀事件或許能夠給我們同樣的反思，其影響至今遠沒有消除。[100] 印度媒體嘗試限制清真寺被破壞的視頻鏡頭在廣播媒體傳播，以控制過激行動。但是很多的媒體依然能夠可以從外國新聞媒體（通過衛星或者錄像帶等）獲取這些視頻。這些外國媒體機構根本不認為要對這些視頻的傳播有任何社會、政治或者道德限制。

　　而在 2017 年到 2018 年間，印度地區一系列關於綁架兒童的假消息在 WhatsApp 軟件上廣泛傳播，結果無辜的 40 多人被憤怒的群眾陸陸續續殺害，另外還有 40 多人被重傷。近年，新聞制度上較為自由的印度也開始對互聯網通訊軟件公司 WhatsApp 施壓，要求其鎖定假消息並想辦法阻止假消息傳播。[101]

　　在 2002 年，西方媒體的負面宣傳，就給尼日利亞帶來巨大的損失，最後記者非理性的、激動而不負責任的評論激發了穆斯林教徒走上街頭。[102] 在巴西，YouTube 視頻為了提高流量，通過算法激化了其內部的各種矛盾。[103]

　　對於美國人看來，社交平台和視頻網站 YouTube 表現的個人自由問題，但是在其他一些國家看來，它們都是攻擊手段。[104]

　　同時，這些媒體、社交平台和廣告主從流量中獲得巨大收益。而這

100　藍筱涵：2013 年，167-173 頁
101　Goel Vindu: 2018; Wiki: Indian WhatsApp lynching, Link: http://bit. ly/2G2vGB4
102　龍小農：2009 年，13 頁
103　Fisher Max, Taub Amanda: 2019
104　約瑟夫・奈：2015 年，172 頁

些收益流向美國，在當地的稅務卻沒有與其營收匹配。相比之下，被這些平台進行信息廣播的地區的人要支付巨大的社會成本。

　　新加坡學者馬凱碩（Kishore Mahbubani）在評論上述印度阿瑜陀事件的時候就說到，那些愉快地傳播這些視頻片段的人從來不需要承擔傳播這些視頻所激起的仇恨後果：「他們舒適地坐在亞特蘭大、格魯吉亞或者香港的家，而由於傳播視頻而給印度所帶來的騷亂根本不會波及他們在這些國家的家園。不幸的是，這些媒體從不認為他們可以通過克制行為去拯救其他人的生命」。[105]

　　現在，面對互聯網這種不同於傳統時空概念的新事物，各國需要重新衡量其所催生的成本收益問題。這不只是發展中國家的問題。近年，法國、西班牙、澳大利亞等不少西方國家開始從 Facebook、谷歌等跨國公司徵收數字稅。[106]

　　不能回避的是，由於工業和科技發展的不均衡，世界範圍內長期的權利發展水平傾的斜很大部分依然是國際上不平等的成本支付轉移。現代化進程中，殖民主義和軍事主義國家力量伴隨著那些自由制度創新而存在的，至今仍有巨大影響的，我們也不能一筆帶過。[107]

　　至今，在電視台傳輸系統方面，拉丁美洲國家都通常採用美國國家電視標準委員會的標準，後者可以通過專利有效地控制技術的發展、增加利潤並進一步加強控制程度。拉丁美洲國家在政治上獲得獨立已達一個世紀之久，但它們也仍然對美國存在著依賴。[108]

105　馬凱碩：2004 年，77 頁

106　Bunn Daniel, Asen Elke: 2022.8.9

107　呂新雨、趙月枝：2010 年，84-85 頁

108　羅伯特・福特納：2000 年，49-50 頁、70 頁；劉肖、董子銘：2017 年，48 頁

西方自己都知道，這種自由（包括經濟自由）並非可持續的。他們國內社會的不均再不能以國外的無限度擴大和掠奪去疏散，環境和自然資源的消耗有其極限。[109] 美國前總統奧巴馬說過，世界不可能承受讓中國人過上如美國人一樣的生活。但是他們從來沒有想過將自己的權利成本降下來。

而目前國際形勢下，歐美的「後花園」（南美、中東、亞洲等地區）已經不如過往數十年那樣馴服地接受支付轉移。歐美社會內部越來越對立的立場是否繼續仍然可以順利通過支付轉移解決？這是問題的答案越來越明確。

當然，「一國國民的自由是以他國人民的自由為代價」的說法不能完全解釋所有現象。我們確實不能以政府的資源分配去合理化其不合理的干預，或者忽視國內存在的內部問題。例如，一些統治集團確實剝奪了很多本身可以支付給民眾的自由，特別是那些毫無預見性的、尺度較低的輿論治理手段。

遺憾的是，相對而言，發達社會的人民往往是看不到成本是被轉嫁到目標國家的，或者認為轉嫁是理所當然的。這也是西方「人權」、「自由」論述依然主導現實的基礎。而其他國家也還沒有一個現實更優的論述。

另一方面，「無聲者無權」造成了被轉嫁的國家地區幾乎毫無話語權去作出改變。這也可能是實力政治下的「成王敗寇」結果：經濟實力和話語權不足下的一種無能為力。極為諷刺的是，在西方過去長時間的成本轉移支付中，「新聞自由」又是其中重要手段之一。

109 梁鶴年：2014 年，408-409 頁

一個社會內部的制度等問題要解決，但是如果這個巨大的成本支付轉移問題無法解決，我們也很難實現自由的可持續實現的問題。

　　兩者並不矛盾，也都需要我們去解決。起碼我們不能從簡單的「政府對人民」或者「境內社會對境外敵對勢力」去單向解讀，避免陷入死胡同。

「新聞自由」的國籍：施捨與誅心

西方所宣稱的「新聞自由」非常理想，似乎只存在教科書中。

起碼目前現實看來，跨越國界之後，傳統的經典自由主義、專業主義都似乎敗下陣來。[110]

傳統西方新聞理論說，媒體制衡權力，但為何一些國家的公權力在國際上並沒有得到媒體有效制衡？如果強勢的西方媒體與西方政府合謀，誰能夠制衡？在國際上給西方媒體更多自由，我們會得到什麼？

有人提到，一些國際媒體例如路透社是跨國的，並不被一個國家的形式所掣肘。[111] 這種想法要麼是利益已經融入西方媒體體系中，要麼就是天真。

早在 1882 年，英國媒體也為英國入侵佔領埃及發揮了推波助瀾的作用，駐埃及的記者用帝國主義的觀點影響英國公眾去支持戰爭。[112] 英國和法國在埃及問題上勢不兩立，而代表兩者利益的路透社和哈瓦斯社也陷入了同樣的政治競爭。[113] 後來，英國媒體在福克蘭群島事件對自身國家利益的偏向，BBC 對新聞客觀主義的追求也並不會去違背英國核心國家安全和利益。[114] 事實上，英國一些專業媒體從撒切爾政府時期就從獨

---

110 注意的是，儘管在下文中我們對霸權主義多有批判，但是這也不能被歸納為世界傳播現狀的唯一論述，並將其作為解釋一切或者合理化國內濫用公權力的藉口。

111 梁淑芬：轉自郭中實、陳穎琳、張少威：2017 年，187 頁

112 張聰：2014 年，90 頁

113 張聰：2014 年，96 頁

114 劉肖、董子銘：2017 年，74 頁

立的操作中漸漸變味，儘管仍然有一些獨立的報道。

同樣有學者認為，美國媒體也已經成為國家權力的明顯資源。在 70 年代中後期的大規模媒體股權交換後，「自由媒體」的時代就已經結束，成為國家恐怖主義和霸權主義的宣傳機器。[115]

在 2001 年中美軍機相撞事件中，大部分美國媒體首先斷定中國政府把美國的機組人員扣作人質，並認定中國政府是要煽動中國人的反美情緒去羞辱美國。儘管仍然有部分報刊極力進行客觀報道，但是在選題選材等方面還是難免存在偏見，而廣播媒體則極為情緒化，積極為美國辯護。儘管中國政府與媒體也在盡力回應或者提出事實證據，但總體上，美國媒體都呈現了強烈的偏袒性，對多個關鍵問題回避辯論。在國際衝突中激烈反對中國或者其他國家的共識也就是這樣形成的，構成一種「失衡螺旋」。[116]

有學者提到，新聞價值是意識形態的問題，而新聞事實必然是價值事實，其背後是利益原則，涉及國家、集團、民族、階級和社會等。[117]我們在特定範圍內的「新聞自由」一定有一個主流的意識形態，而這種意識形態決定了媒體的「底線」。

即使西方媒體聲稱沒有公權力的「新聞審查」，但卻眾多的涉華議題中做到驚人的統一。

例如對於新疆的反恐紀錄片，西方主流媒體都沒有什麼報道，幾乎漠視來自中國的聲音；即使西方媒體長期參與中國外交部記者例會，但

115　孫旭培、趙悅：2008 年

116　趙心樹：2002 年

117　呂新雨：2015 年（2），181 頁、186-188 頁

是趙立堅等中國外交部發言人要求調查美方設施等主張卻不予報道。[118]

確實，西方媒體尖銳、批評的風格與幾百年西方輪流執政的憲法框架相適應，媒體經常相互揭短；而同時，在商業利益的驅使和話語霸權的偏見下，在涉華報道中顯得更為苛刻與責難。[119]

對於中國「六四」事件、韓國光州民主化運動兩件性質相同的新聞事件，美國媒體報道態度在很大程度上受到了美國政府態度和政策的影響。儘管中國在「六四」發生前持較開放的態度讓外國記者去自由報道，但是歐美主流媒體在報道中國時更多引用抗議學生和示威者的話語。而相比之下，在當時軍人執政的韓國，外國記者對光州事件的報道往往引用官方的話語。這樣造成了一種結果是，讀者會更傾向認定中國的學生運動更有積極意義，而韓國政府鎮壓運動更為合理。[120]

這不是只出現在對中國的報道中。2000 年到 2002 年，津巴布韋在土地改革和選舉問題的危機中，接納了美聯社、CNN、路透社等許多大媒體的記者報道。但是最終這些媒體卻跟隨西方國家的利益對津巴布韋進行妖魔化報道。正是這些不公正和有偏向的報道，誘發津巴布韋議會在 2002 年通過了《新聞法》，旨在規範媒體在新聞報道和信息獲取等方面的行為。這些都是針對西方媒體的。[121]

這給天真的人當頭一棒：「開放自由」並不一定能夠換來理解，而「自由」最終也變成了強者和既得利益者的武器。

118　寧南山：2020 年 4 月 11 日

119　董子銘、劉肖：2011 年

120　Sung Tae Kim：2000 年。類似地，在韓國光州運動兩年前的伊朗「黑色星期天」事件：儘管巴列維國王命令軍隊德黑蘭的賈赫勒廣場開槍打死 87 人，但是時任美國總統吉米·卡特在電話中仍然明確支持巴列維國王。見任孟山、張建中：2016 年，58 頁

121　龍小農：2009 年，56 頁

再例如，「越戰」經常被用來讚揚美國記者的勇敢偉大，因為他們被認為推動了美軍撤出越南。但在戰爭初期，主流媒體都沒有質疑為何美軍要進入別人國家，甚至與美國政府步調一致，是越戰的實質推手；而後來媒體卻成為了結束戰爭的「英雄」。[122] 實際上他們只是代理美國人民的利益和意志：美國人民不是不喜歡對外發動戰爭，而是不喜歡打不贏的戰爭。越戰結束是因為對於美國成本太大，而不是什麼正義，同樣還有後來的阿富汗撤軍。

我們要理解與承認，一方面，西方記者總體上在自由價值上是高度一致的，已經形成共識。他們不少人有著較高的新聞操守，同樣批評自己的政府，希望自己的文字可以帶來正面效應，推動社會進步。[123] 例如，西方國家的一些重大醜聞也是西方媒體先提出，例如丹麥媒體曝光美國監聽盟國的事情、或者 BBC 對於西班牙採摘番茄工人強迫勞動的人權問題；再或者關於斯諾登事件的紀錄片可以在奧斯卡獲獎。公權力對媒體的這種表面上容忍度依然是難得的；但是深究，這依然是他們在主導世界下的內部權力遊戲。

畢竟他們所謂對自由價值的共識並未脫離自身的框架，更傾向於展示維護己方立場與利益的報道、解讀和評論。[124] 因為他們的主要是服務於西方的讀者。正如有人指出，西方媒體在過去兩個世紀的國際報道中已經建構起來一種集體性價值標準和集體共識，助長西方自身的傲慢、偏見與盲目。[125] 一些報道自降標準，過度依賴一面之詞、缺乏直接證據，在「新聞專業主義」的掩護下進行意識形態議程的宣傳，更多體現的是

122 劉肖、董子銘：2017 年，126-127 頁
123 搶佔外媒高低：2020 年
124 青蘋：2021 年 7 月 24 日
125 青蘋：2021 年 7 月 24 日

私利而非公共利益。[126]

　　其中典型例子包括，2018 年《彭博商業週刊》僅憑無法追蹤的個別揣測報道中國軍方在美國服務器主板植入間諜芯片的情況，另外還有 2019 年澳大利亞媒體爆出的「間諜王立強投誠事件」、《華盛頓郵報》關於「新冠病毒來自武漢實驗室」的報道等等。已經有太多例子暴露西方媒體在自我糾錯機制的失靈。[127]

　　後來在 2021 年初「新疆棉花」的輿論戰中，即使西方媒體對中國的報道存在多方面的缺陷和漏洞，西方國家還是以人權問題為由排擠中國棉花及其製品。[128] 這是一場媒體和國家霸權的合謀。

　　西方對於中國「戰狼外交」、「新疆種族屠殺」這類話語陷阱，根本目的就是要奪取話語權，定義國際標準和話語權規則。[129] 甚至香港過去社會事件所暴露的香港人身份認同問題，也與國際輿論對中國的口誅筆伐相關聯。

　　由此看來，西方整個主流媒體系統未能完全擺脫地緣政治、意識形態衝突影響，把立場帶到新聞報道，迎合西方話語對中國的特定敘事。[130] 儘管他們可能對政府多有批評，但在涉及國家利益的報道中，他們的職業觀念多數會讓渡給國家利益。

126　明叔：2020 年

127　尤利：2020 年

128　荏苒：2021 年；蘇子牧：2021 年。即使 BCI 等多個國際組織按照不同標準進行各種盡職調查，但依然沒能找到實質的強迫勞動證據，但是依然根據一方的指控作出「有罪推定」。同時，BBC 等多個報道存在單一信源以及證據鏈條缺乏的問題。

129　皇金：2021 年 7 月 27 日

130　尤利：2020 年

因此更清醒的認識是，輿論戰爭涉及話語權，最終涉及國家集團之間的利益博弈。媒體對如何監督本國政府都沒有絕對的義務，並未對他國的發展有實質的責任。對強勢的國際媒體毫無保留地敞開自由的大門，就跟對公權力抱有幻想一樣危險，甚至更荒謬。[131]

儘管我們確實看到不少超越國家利益的報道，例如斯諾登事件。這是我們要公正審視的。但涉及關鍵問題時，大多國際媒體都是有「國籍」的——混合利益與價值觀的認同。

一方面，這體現在西方新聞報道中的各種「雙重標準」中，主要涉及兩方面：哪些事件應該被報道與否、如何被報道。有一項關於恐怖襲擊事件的研究發現，「西方人」和「非西方人」所能得到的報道是完全不在一個優先級：2015 年，全球範圍內在恐襲中喪生的每一個西方人，平均獲得了 665 篇報道，而非西方人只有 60 篇。[132]類似的還有香港的示威活動，報道的數量遠超某些其他地方的示威活動，但是缺乏多樣性，似乎都在急於為示威活動定性。[133]

另一方面，在國家利益或者身份認同方面，幾乎所有國家的人民大都傾向維護國家認同，而不是承認國家民族的「黑歷史」。也就是說，你可以批評某個政黨或者代表，但是你不能「誅心」——長期攻擊整個

---

131 有人提到大數據存儲項目 GDELT 的數據，說明外國媒體並非熱衷於報道中國負面新聞。但是實際上這樣的推導經不起推敲。例如論者把簡單的「情感指數」轉換為「是否負面報道」的做法是張冠李戴，而且其中很多情感指數劃分帶有明顯的立場色彩；其次，取樣同樣出現問題，很多對於中國部分的內容是關於烹飪等，被認為是積極的。最後，取樣多少並未反映實質影響力問題，大型媒體如 BBC 的一篇偏頗報道的影響力已經蓋過其他取樣網站的多篇報道。這個報告並未證明「外國媒體對中國是善意的」。見耿冕：2020 年

132 Darling-Hammond: 2016

133 Macleod: 2019

身份共同體。畢竟身份和利益形成是緊密聯繫的。[134]

在英國，2007 年媒體進行了「禁止奴隸貿易」200 周年的報道，這樣的主題就已經是主動排除自己的進行奴隸貿易的歷史。他們突出有利於國家聲譽的一面「我們終結了邪惡的奴隸制」，而不提到他們發動並長期實行奴隸制的黑歷史。[135]

明治維新之後的日本學者可能會認為自己比其他亞洲國家更為西化，更加開放，也傾向民主與自由的價值，事實上也有一定的言論自由，大家可以發表不同的觀點。但是，至今那裡仍沒有多少學者可以完全放開地去談論日本在二戰的罪行。[136]

再例如，在 19 世紀末，利奧波德二世是比利時和剛果的統治者，他在統治剛果期間屠殺的人數在 1000 萬到 1500 萬左右。這個數字與希特勒所屠殺的人不相上下。當他在剛果的雕像在 2004 年被剛果人砍掉手部，而在比利時，他依然受到敬仰，因為他通過剛果的殖民統治帶來的財富為比利時人作出了巨大的貢獻，其中包括以此建立的五十周年紀念公園（Arcade du Cinquantenaire）。[137]

但是你不會看到他們有多麼勇敢地不停反思嘮叨這方面的歷史問題。所謂眾口鑠金，積毀銷骨。偶發的批評可能是一種善意施捨，但是長期惡意的誣謗就是一種「誅心」，會摧毀基本的身份認同。

這些問題體現西方「自由主義」近年慢慢暴露的困境：一方面，自由主義的國際推進往往未能蓋過民族主義的反彈以及現實主義的制約；

134　雅爾諾・S・朗：2020 年，5 頁

135　龍小農：2009 年，50 頁

136　馬凱碩：2004 年，86 頁

137　Encyclopedia Britannica: LeopoldII: KINGOFBELGIUM, Dateunknown, Link:
　　 https://goo.gl/aYK62V

而另一方面，自由主義過度介入並深陷他國政治發展的脈絡。更根本上，自由主義霸權時常帶有白人對其他人種的歧視和高高在上的體制優越感，而很多民主化的非西方國家仍未能與西方獲得平等尊重的地位。[138]

西方國家以及媒體在潛意識內將西方的思想和實踐視為具有普遍性權威的唯一標準，認為凡是不順從西方（特別是美國人權觀念）的政權都是專制和非法的。這種慣性思維實際上也是一種典型的文化帝國主義行徑。[139]

例如，美國所宣稱的「邪惡軸心國」包括朝鮮、伊拉克和伊朗等。我們往往都傾向於認定這些政權不得人心，應該會很快倒臺，但這只是一廂情願。例如，研究朝鮮問題的瑞典傳媒人希爾伯斯坦（Benjamin Silberstein）認為，朝鮮政權比人們想象的要穩定。[140] 我們值得反問，在西方論述下，我們對這些國家是否真的了解？他們如何塑造了我們的想象？我們要有所意識、有所保留。

到了現在互聯網時代，大型社交媒體及其利益代表將這種「國籍」下的雙重標準更會體現得淋漓盡致：一方面在外支持對其無關痛癢的「絕對自由」；另一方面，它們有「合理」的理由去限制特定群體的自由。

一向標榜自由主義的歐美社交媒體公司在「阿拉伯之春」、伊拉克、突尼斯等外國革命事件中宣稱自己為人類帶來了啟蒙、自由和更好的未來。[141] 在中國等其他國家面對種族矛盾、恐怖主義或者仇恨言論的時候，他們認為是「自由」而不是「恐怖主義」，不需要干預。

138　林嘉禾：2020 年
139　龍小農：2009 年，75-76 頁
140　莉雅：2016 年
141　Streitfeld David: 2017; Patrikarakos David: 2017

但在影響到本國利益及其盟友利益的時候，美國的政客才指出，社交媒體上的內容並非中立，要通過更積極的辦法去解決這個問題。2015年美國眾議院一致通過《打擊恐怖主義使用社交媒體法案》（Combat Terrorist Use of Social Media Act of 2015）。[142]後來劍橋分析公司的事件，他們更加認為有必要控制社交媒體，以免操控本國選舉；之後來自中國的抖音、華為公司被打壓，以保護歐美媒體及其基建的強勢地位。

這些意識形態產生的雙重標準都在不斷消解西方媒體的專業性，越來越成為壓垮其在非西方國家形象的最後一根稻草。

反過來，這更提醒我們要避免聚焦於這種雙重標準的矛盾紛爭，因為那只會讓自己越來越陷入其中。有人就提醒到，西方媒體「不是天使，也不是魔鬼。」[143]

任何時候都需要謹記西方「自由」這樣的兩面性。例如，在國際領域，一方面是洛克主義，講究自由平等；另一方面是霍布斯主義，奉行的是弱肉強食。西方列強一方面以帝國擴張建立自己的民族國家，以帝國資源積累民族財富，同時又利用「文明」讓帝國獲得正當性。[144]如果我們只理解其中一方面可能都會對美國乃至西方的情況造成誤讀。

例如，簡單的認為美國外交100%是出於利益，或者100%是為了民主自由的意識形態，都是有問題的。儘管他們說支持世界民主自由的發展，但同時也依然是眾多專制獨裁國家的緊密盟友，並參與推翻那些違背其意志的民主制度。根據國際關係學者王緝思的說法，「美國外交

142　Nossel Suzanne: 2016

143　明叔：2020 年

144　許紀霖：2016 年，219-228 頁。類似的是，在美國內部，同屬民族主義的沙文主義和「救世主情結」這樣兩股思潮就處於對立狀態：前者在國外推行侵略政策，煽動仇恨；而後者讓美國人堅信民主與憲法價值，並在世界推廣他們的自由與民主。見阿納托爾・利文：2017 年，中文版序言第 4 頁、10-11 頁

思想的最大特點，是現實利益考慮與意識形態考慮之間的矛盾交織」。[145]

天下攘攘，無利不往。最安全的做法，我們要務實地看待這些利益問題。這不只是美國的情況。同樣，任何國家的政策和取態都和群體利益變化相關，而不會一成不變或者永遠表現得「大義凜然」。總體上，美國在保護人權的實踐中依然是「國內強，國外弱」的情況。[146] 畢竟它沒有絕對義務保護其他地區的人權。

我們不是說對西方媒體保持敵意，而是不能太天真。畢竟他們對別國的「自由」沒有絕對的義務，而他們背後的力量更可能對利益感興趣。

145　王緝思：2009 年
146　丁學良：2017 年

被定義的自由不是自由

「不自由，毋寧死」這句名言在發達國家產生廣泛共鳴，但對發展中國家的多數人似乎是一種空想。

經濟學家科斯曾經指出：「對大多數國家（也許是所有國家）的大多數人來說，衣食住房的供應要遠比『正確思想』的供應來的重要，這還是在假定我們知道哪些思想是正確的前提之下。」[147]

按照以賽亞·柏林的說法，我們有兩種自由：不受強制和干預的自由為消極自由（negative liberty），而個人處於自主狀態則為積極自由（positive liberty），即有條件進行某種活動。[148] 前者大致指公權力應該消極、不干預個人的自由，後者指公權力應該積極提供條件去滿足個人的自由。在言論和新聞領域，積極自由針對的是人們沒有條件的「不能說」，消極自由針對的是人們被權力干預的「不許說」。

柏林對積極自由十分警惕，擔心它會被共產主義利用，而傾向希望提升「消極自由」而不是「積極自由」。[149] 在不少國家，強調生存權等積極權利的做法往往被濫用，成為打壓自由的藉口。例如在發展中國家，不少人會認為言論自由是奢侈品，對於貧窮國家，不應該太促進民主。

147　Coase R. H.: 1995
148　Berlin Isaiah: 1969
149　Jones Josh: 2014

這種「糟糕」的想法多少有點問題。[150] 哈耶克也並不認同積極自由，他關注個人的私人空間（私域）是否得到保護並免於干預，而不是關注個人是否有足夠的渠道獲得想要的成果。[151]

我們要警惕濫用自由進行專制和獨裁的危險，但是拒絕積極自由卻是錯的，因為失去了積極自由，自由就不完整了。[152]

如果只是強調消極自由，饑寒交迫的人不會感激社會給予他們與富人一樣免於政府干預的自由。或許有人會滿足與這種空想的自由，但他們更可能會退出社會，放棄消極自由，甚至賣身為奴而獲得更多的自由。這是現實的悲劇，也體現了消極自由的問題。[153]

美國人也似乎忘記了總統羅斯福在上世紀 40 年代提出《第二權利法案》，其中提到國家實力與經濟安全這類「積極自由」對於消極自由的重要性，並支持政府干預——在那個時代，還沒有人真正反對政府干預。但在混亂的個人主義觀點成行的後世，這法案的核心被推翻或者被拒絕納入憲法框架。[154] 包括弗朗西斯‧福山在內的學者也指出，無論新興國家還是老牌民主國家都面臨同樣的重大任務：提供國民所期待的實質性功能，包括人身安全、共享的經濟增長、衛生、教育等等。[155]

---

150 阿馬蒂亞‧森：2013 年。但有部分反對的人認為應該先發展民主而不是經濟自由，這種說法也是簡單化。現實中，兩者並非絕對矛盾的，可以同時發展。問題在於，在資源有限的情況下，是否兩者都能夠以滿意的狀態共同發展，還是先讓哪部分人滿意？對於不少國家，這也是類似於民主和獨裁元素之間「共識性」和「時效性」的問題。

151 Friedman Jeffrey：2015 年，69-70 頁。有觀點認為，這些權利實際上是福利，被人們混淆當成人權。

152 趙汀陽：2017 年，249-250 頁

153 趙汀陽：2017 年，249 頁

154 凱斯‧桑斯坦：2015 年，35-46 頁

155 弗朗西斯‧福山：2015 年，48 頁

只是由於歷史特定性，西方學者往往更關注積極自由被濫用的危險（特別是在過去的半個世紀）。[156] 例如，「新聞自由」在西方語境中往往被認為是一種消極自由，也就是免於政府強制或干預的自由。他們不只是僅僅是關注自己國家同胞的自由，也更有興趣捍衛其他國家的人的消極自由，使其行動不受威權政府所限。[157] 這種關懷也有著道德層面的精神回報。

但這種將「消極自由」作為「唯一真正的自由」的哈耶克式自由觀也有其內在矛盾。[158] 在完成現代化、處於後物質時代的國家，「免於社會經濟不平等的自由」的地位往往不如「公民權利和政治權利」。前者也在「國際流行」的各種自由指數計算標準中消失。[159]

例如國際上流行的一些如「自由之家」、「無國界記者」的各種調研或者「自由指數」都體現了這個問題。畢竟，很多中國人都無法理解的是，那些指數認為中國的新聞自由、言論自由竟然與戰亂中或者移動網絡普及率不足的國家是同等的。

而中國過去數十年在社會經濟自由（如通信基建）的提升工作對新聞自由和自主有明顯的積極作用，但是這種「積極自由」並不在這些指數的考慮之內。

---

156 劉擎：2015 年

157 沈旭暉：2015 年：第 144 頁

158 劉小楓：2018 年，138-141 頁

159 Brooten Lisa：2013 年。學者 Lisa Brooten 也指出，北半球發達國家對於人權的定義往往限定在政治範疇，而忽略經濟和社會文化方面，從不將「免於饑餓和疾病」納入為一種權利，部分是因為他們想繼續以此維持國際社會的主導性。而西方那種帶著霸權主義推銷「消極自由」的的做法，也反向激發近中國在近年來賣力推銷「溫飽權、生存權、發展權」的論述，以對抗美國的人權觀。見沈旭暉：2015 年，145 頁

這些指數可以參考，但也要留意其本質更多是構建話語的工具。[160]

西方話語權和評價體系下，當「自由」都需要被他人去定義的時候，你並不能真正的擁有自由。同樣，這也會逐漸造成西方社會整體的誤判。我們看到很多媒體帶動了民粹主義，讓人民得到自我的快感，卻不會考慮國際間長期的現實利益博弈。

西方儘管更偏好消極自由的方面，但是卻無法否認自己已經在積極自由享受著紅利，例如信息基建。積極自由帶來的共享利益是人們實際最大的但少有關心的利益。但是各個社會對更高物質的需求並未遠離。

保羅・肯尼迪在《大國的興衰》裡面提到的「時間滯差」似乎也在呼應這種想象：軟實力的發展先是滯後於硬實力，然後又超過了硬實力。[161] 從英國、美國等國家的發展就是如此。對於大多數要努力邁入現代化的發展中國家來說，在特定歷史時期，建設經濟和提升國力是壓倒一切的首要任務。[162] 難免有人認為，很多所謂的軟實力，背後很大可能是依仗長期的硬實力積累，大多對軟實力的崇拜部分實際上是崇拜硬實力（人民的財富、物質選擇的空間等）。

正如有馬克思主義學者提到，形式自由在面對堅硬的經濟現實都很可能表現無力，自由主義者甚至轉向極權主義、右翼民粹主義尋求庇護，只要解決了自由主義背後的物質利益及生產方式的難題，自由主義所承

---

160 這種自由指數本身是一種參考性的指標，往往都難以反映真實的情況。在統計學上，這種排名、指數榜單在預設調研方法的時候就可能已經帶有一定的偏見。人們對其引用就是對其話語權的承認以及推動，用網友的話來說就是，「我給你們排一下隊，你們就引用我的排隊方式，這就是我對你們的話語權」，但以此去斷定一個國家的具體情況往往是不全面的。

161 張聰：2014 年，209 頁；保羅・肯尼迪：2006 年

162 趙靳秋、郝曉鳴：2012 年，45 頁

諾的個性自由才能夠實現。[163]

　　類似地，越來越多發展中國家的人開始相信，西方式的民主政治並非經濟發展的前提。相反，中國、新加坡、智利等國家和地區（近幾十年的歷史）正在表明，經濟發展才是民主政治持續可行的前提條件。[164] 在中國和印度兩國之間，西方國家往往讚揚印度的新聞自由，而對中國的新聞狀況嗤之以鼻。而事實上中國新聞在過去 30 多年來發展都比印度快得多，而且更早開始現代化的進程。[165]

　　現在，南半球國家推廣的「生存權」、「安全」這類的「積極自由」往往蓋過言論自由的「消極自由」，也獲得大眾的認可——至少是默認，甚至對政府公權力介入新聞報道更是持支持態度。[166] 例如新加坡的審查制度就一度獲得廣大新加坡公眾的認可。[167] 這種認為群體利益大於個人自由民主的「亞洲價值觀」也一度在印尼等國獲得記者的贊同。確實，它有其明顯的瑕疵，在西方國家受到詬病（例如借用極其嚴厲的威權去實現經濟發展）。[168]

　　但這也值得我們思考：為什麼這些國家的民眾甚至記者會認可這種觀點？真的只是因為威權的控制？我們不能脫離特定社會發展和政治環境去談這個問題。

163　吳婷：2021 年 6 月 27 日

164　Moyo Dambisa: 2013

165　馬凱碩：2004 年，77 頁

166　沈旭暉：2015 年，142-145 頁。但是從某一種程度上，過去對於「政府介入」、「宣傳」的批判都難免陷入全盤否定的偏執中，而所有政府都在一定程度上從事宣傳活動。詳見哈羅德‧D‧拉斯韋爾：《世界大戰中的宣傳技巧》，2003 年，16 頁

167　趙靳秋、郝曉鳴：2012 年，69 頁

168　學者 Angela Romano 認為，亞洲也有民主的認識，例如中國和日本都有平等共享權力的理念。見雅爾諾‧S‧朗：2020 年，45-46，64 頁

兩者的衝突根本上是政治問題、資源和價值分配問題，而不是道德問題。信仰和言論自由至關重要，如果政府將資源優先用於保護這些權利，那麼用於保護窮人福利的資源就會相應減少。[169]

　　沒有人不想要自由文明的生活。中國人並非不傾向於消極的「新聞自由」，但是多數人都是傾向「穩定」的世俗理性主義。這有其外部性考量，又有社會整體對於長期國際受壓下「受害者」心理建設的歷史因素。

　　認真細看，柏林所謂的兩分法更多是政治性的。[170] 儘管柏林的這種劃分極大地推動了個人自由的發展，但背後仍然是助長了「政府與人民對抗」的二元性思維，也為轉移人們對殖民歷史的視線。但這帶來了各種教條，例如，消極自由被認為大於積極自由，並且似乎是不證自明的。學者許紀霖認為，如果我們只講求消極自由，避諱積極自由，其結果是可能是，我們得到了私人領域的個人權利，卻放棄了公民的責任和民主的希望，而這正是威權主義所歡迎的。[171]

　　「積極自由」和「消極自由」細究起來是難以區分的，例如「免於饑寒」不正是「可得飽暖」？[172] 從美國法律學者桑斯坦等人看來，實際上兩者涉及政府特權，都需要政府付出一定的代價——通過稅收去實現。[173]

169　王紹光：2015 年
170　趙汀陽：2017 年，255 頁
171　許紀霖：2001 年
172　梁鶴年：2014 年，401 頁
173　凱斯・桑斯坦：2015 年，168-169 頁

或者對於兩種自由更務實的理解是經濟學家阿馬蒂亞・森（Amartya Sen）所提到的「能力集」：所有能夠兌現的自由才是王道。[174] 這是我們所理解的「自由越多越好」。

　　例如，在新聞自由上，如果政府不提供人們進行新聞通訊的基建，這樣跟剝奪媒體報道機會的做法並沒有什麼不同？在西方主流通訊社主導的輿論下，發達國家支持「新聞自由」，但是弱勢國家的人民是否能夠發聲並被聽到，完全取決於西方媒體的偏好與憐憫。他們讓你能夠表達，但是不被聽到，這實際上也是一種對消極自由的打壓。

　　西方世界很少提及的是，與積極自由一樣，消極自由也有被權力濫用的可能。正如自由可能成為強者的武器，倡導政府不干涉的自由曾經被用來支持各種弱肉強食的政策，反過來卻可能危及自由權利和民主制度。這是某種程度上的不作為和腐敗。那種消極自由觀傾向無視那些在社會、經濟、文化、政治上弱勢的個人。[175]

　　近年，南半球對於「積極自由」的呼聲越來越多見。對於他們，如果個人沒有滿足基本需要並獲得實際能力去運用這些自由，不能閱讀與書寫、無法購買教育資料或上網，如果政府與相關商業機構並不提供資訊，那麼談論信息自由流動也是無意義的。[176] 目前相當多沒有經濟條件的人被甩到了「新聞自由」的邊緣，只能充當被動受傳者，而不是同等地位的傳播者或者分享者。[177]

　　我們看到世界上還廣泛存在「數字鴻溝」問題：發達地區的人可以自由上網，發展中地區的人無法上網獲取信息。這進一步加劇了原來的

174　趙汀陽：2017 年，254-255 頁

175　Wasserman Herman: 2006

176　Alegre Alan; O'Siochru Sean: 2018; Brooten Lisa: 2013

177　孫旭培：2008 年

不平等。[178] 即使發達國家內部也是如此。有研究表示，群體中地位較低、受教育程度較差的成員，如非洲裔美國人、女性成員，在討論的群體中比其他群體的影響要少得多。[179]

很多人都相信這樣的道理：「倉稟實，知禮節。」無論是對於向自由靠近的國家還是那些已經達到自由制高點的國家，這才是一個可持續的自由之路。

智利在 2001 年通過了《意見、言論以及新聞活動自由法》，走向了法治化新聞自由的道路。[180] 不過值得注意的是，智利是在經濟發展的良好基礎上才讓民主制度得以持續可行地發展。相比之下，另一類國家如印度、拉美的部分國家，採取自由的態度讓不同位階的價值雜然共處，但「至今還在混亂和貧困的前現代的泥坑裡打滾」。[181]

印度的民主制度和新聞自由在消極自由觀念下是成績斐然的。但是在實質的積極自由方面還是進展緩慢，例如女性的表達自由的地位比戰亂中的敘利亞和阿富汗還要低。[182] 這不是道德的事情，但是這些社會的集體選擇值得我們思考。

最大的危險在於，這已經讓大多數社會陷入這種二元的爭辯中，難以掙脫被定義的命運。

現實的殘酷也間接讓發展中國家的人民對「溫飽」與「自由」中產生誤解，認為兩者是絕對對立的。這樣的想法可能又會轉向偏激的道路。那種觀念不一定是政治正確的，但存在其廣泛的社會基礎和歷史因素。

178　凱斯‧桑斯坦：2003 年，12-13 頁
179　凱斯‧桑斯坦：2016 年，109-110 頁
180　陳力丹、劉慧：2017 年
181　許向陽：2003 年
182　Narayan Deepa: 2018；Thomas Maria: 2018；王生智：2016 年

歷史的狡猾之處在於，很多革命是為了把獨裁者趕下臺，但是最終並沒有建立革命所聲稱的民主政權，而是另一個獨裁故事的開始。[183]

如同亨廷頓所說的「現代化邏輯」，很多時候，社會的抗議運動的主要力量不是來自最貧苦的階層，而是來自受教育的中產階級。他們的政治意識無法再容忍「缺乏政治和經濟機會的挫折感」，並促使他們反對體制壓制，要求更多政治參與的要求。這也是社會發展的必然要求和方向，只是各個地區有不同的輕重緩急。

例如在過去 20 多年，埃及和突尼斯的「人類發展指數」都增長了30%，但是人們依然是發起了抗議運動。[184] 畢竟社會經濟發展也無法完全化解民主訴求的壓力。但是同時，偏重經濟發展的失敗也不能證明偏重民主訴求的成功。

我們還是對「二元論」十分小心，很多真相就是在簡單對立的論述中扭曲的。「積極自由」和「消極自由」也並不總是矛盾的。例如，西方論述中屬「消極自由」的新聞自由一定程度上保護了人民的福利權利或財產權。

一方面，我們也不能以「積極自由」的優先為由去限制「消極自由」的合理發展，人們總希望自由越來越多。如果教條地迷信這種邏輯，那麼我們可能也會嘗到壞的後果：我們總是陷入不自信的宏觀原因中，例如總是考慮所謂的「特殊國情」而擱置了基本權利的實施，甚至錯失先行一步的機會。[185] 畢竟「國情」也是可變的，而且某些時候也是應該變

---

183 任孟山，張建中：2016 年，64 頁。現實中並非沒有成功的民主化嘗試，但是很多所謂的民主化只是面子上的改革，實質上並沒有改變國家「致勝聯盟」的構成。

184 劉擎：2013 年，120-121 頁

185 孫平：2016 年，94-96 頁

化的、進步的。

另一方面，有中國學者建議，在國內層面，在實現消極新聞自由的
（主要是解除新聞審查和官方干預）的同時，我們也必須確保有相應的
平等和多元的傳播體制（例如媒體所有權和設立媒體自主機制），從而
在一個極不平等的社會中實現最大程度的知情權、參與權、表達權和監
督權。[186]

面對越來越複雜的環境，我們對政府的要求越來越多樣，既要求國
家權力保護表達自由，同時又要需要通過積極的作為去讓更多人們享有
平等的自由，例如發展大眾傳播事業保證低收入以及邊遠地區的人們可
以真正行使其基本民主自由。[187]

---

186 潘忠黨等：2008 年
187 于海湧：2013 年，10 頁

不平等，毋自由

在 19 世紀 70 年代末，當英國處於世界霸主的地位，代表英國軟實力的路透社影響著美國人對一切重大事件的觀點。美國人心中也認為，「在很大程度上，英國人的看法成了我們的看法」。[188] 而今天，當美國及代表其軟實力的美聯社崛起的時候，我們應該保持同樣的警惕：西方的看法可能成為我們的看法。

國際上新聞話語權的不平等也是現實存在，缺乏足夠的制衡。現在世界四大新聞通訊社仍然壟斷了各個發展中國家大部分的國際新聞發稿量。[189] 不少學者都能找到大量例子證明，這些通訊社儘管有專業主義加持，但是往往集中在這些發展中國家的陰暗面，有著明顯的傾向性與偏見。另外，英語過去一直是首要的國際傳媒語言，語言本身就是一種世界觀。[190]

這種情況下，美國主導的消費主義讓第三世界國家傳播業對發達國家的依附加深，國內和國際範圍內的同質化日益明顯，導致創新性在減弱。[191] 目前世界的聲音就缺乏多元化的競爭。

不少第三世界國家往往批評國際信息是「不平衡國際新聞流」——新聞信息從部分發達國家流向其他邊緣地區的單向性以及不平等。[192] 所

188　張聰：2014 年，95 頁

189　郭紀：2009 年

190　趙瑞琦：2016 年

191　陳世華：2014 年

192　Masmoudi Mustapha：1979

謂「國際聲音」一直是代表了歐美日等少數國家的聲音而已。[193] 帶有美國血統的各種社交媒體與傳統媒體配合，形成對其他聲音的圍城。

加拿大傳媒學者斯邁思認為世界範圍內的「信息自由流通」實際上是美國主導的信息單向流通，美國主宰的各種技術和資本聯盟掌控著國際信息流通，美國式的意識形態和商業主義通過這個口號流傳到世界各地，傷害了廣大第三世界國家的文化生態。

中國新聞理論界在國際新聞交流的問題上，基本認同發展中國家所提出的有關反對西方國家「新聞控制」和「新聞侵略」的觀點，因為在國際經濟和新聞事業發展不平衡的情況，國際間「新聞自由」僅僅是發達國家的新聞自由。因此有人支持中國政府對國際新聞信息進入中國採取較為嚴格限制的政策。[194] 這並非是高尚的，但是難以完全回避的。剩下最大的爭議點在於如何做到合理的限制。

儘管今天西方在衰落，但是「西方」的範疇也擴展到日本、韓國等認同西方政治價值觀的亞洲國家。[195] 包括好萊塢也是話語霸權的一部分。甚至是被認為最應該是「人畜無害」的兒童節目上，美國也實質上支配了全球的兒童節目市場，影響下一代的價值觀。[196] 這讓他們在全球議程的設置上有著更大的權力。

同時，中國、印度、巴西、俄羅斯等新興國家在國際社會的話語權日益增長，會對美國有所牽制。今天在其他國家流行的社交平台程序「小紅書」、「抖音」等也是中國話語權的一部分。對於話語權的爭奪是西

193　儘管國際社會的信息流動是不平衡的。但是即使是歐美的媒體與國家、政府的關係也並不總是合作的，也同樣存在對抗的。

194　劉瀾昌：2018 年，116-117 頁、128 頁

195　張聰：2014 年，214 頁

196　托比·米勒、馮應謙：2012 年

「新聞自由」有毒

71

方限制這類平台工具的真正原因。我們也要看到，改變已經開始，但要改變現存世界格局仍然需要很長一段時間才能實現。[197]

　　與此相關，「信息自由」和「信息主權」的爭鬥持續了近半個世紀。有不少國家提出「世界新聞新秩序」，在 1979 年發佈題為《多種聲音，一個世界》的報告（又名《麥克布萊德報告》），以「溝通權」取代「表達自由」，賦予那些被邊緣化的人或者群體有更多的實質權利，讓其不但可以接收信息，還可以表達自己的觀點、構建自己的故事與形象。[198]

　　這就要在公共領域為所有人能夠參與透明的、知情的、民主的辯論並有人提供空間與資源。另外，這還要確保文化的多元性以提升和豐富共同的利益。其中的措施就包括接受基礎教育權、運用自己母語進行溝通的權利等。[199] 但這多少與英語媒體的強勢現狀是有衝突的。

　　這種提議遭到美國及其盟友的抵制，因為它們認為這違背了新聞自由的原則——為了達致一種較為平等的話語水平，政府就會有理由去介入，並可能對新聞機構或者個人的自由進行壓制。反對者對「為自由創造平等」的想法表示擔憂也有其道理，因為如果真相傳播只能依賴執政者以及政府各層的良心，往往也是不完全可靠的。

　　也有觀點認為，美國及其盟友反對這種均勢的要求是因為其挑戰了美國商業媒體在國外市場的權利。[200] 美國及其盟友一直支配著文化勞動的輸出，而信息自由是美國基於其絕對的傳播優勢地位進行利益最大化的藉口。[201] 「觀點自由市場」的觀念在大媒體集團特別流行，東歐國家

197　臧具林、陳衛星：2011 年，100-107 頁

198　Brooten Lisa: 2013

199　MacBridge Sean: 1980

200　Brooten Lisa: 2013

201　臧具林、陳衛星：2011 年，105 頁

在社會主義倒臺後就流行完全的自由主義。但這只是幫助了歐美國家的跨國媒體公司在這些市場贏得可觀的利潤。[202]

類似地，在國際商品市場上，冷戰結束後，美國曾經一直推動以「自由貿易」為核心的全球化，但是由於各種壓力，現在又突然以「公平貿易」為訴求，推翻「自由貿易」的大旗。有人認為，無論「自由」還是「公平」，美國都是為了維護自身霸權利益而已。[203]

難免有人認為，只要在市場、科技、軍事和經濟的不平等發展仍然在維持某種平等，那種西方「人權」、「新聞自由」話語也是形式主義，是虛偽的和自相矛盾的。[204]

自由更像是強者的武器。在一些爭議事件中，西方利益代表及一些「自由主義者」將這些理念武器化。其體現的「雙重標準」似乎走向極端，表現有失公允，甚至脫離現實。更為根本的是，自由主義越來越成為權貴的盟友，幫助其在私有化中獲利。[205]

西方霸權根本的錯誤在於宣佈階級矛盾的終結，並讓其與弗朗西斯・福山的「歷史的終結」論述相互勾結。[206] 美國學者喬姆斯基就提出過西方世界的「非人」概念：在西方社會長期歷史甚至到今天，並不是所有人都可以歸類為他們眼中的「人」。他們所談論的價值只應用於他們認為的「人」。

---

202 陳力丹：2006 年，29-30 頁

203 21 世紀經濟報道：2018 年 09 月 26 日

204 呂新雨、趙月枝：2010 年。在一些人看來，這樣特定的、涉及「人權」的國際道德不過是權力的偽裝。見劉肖、董子銘：2017 年，140 頁

205 應濯：2019 年

206 潘毅：2018 年，4 頁

有學者提到「重返階級」的說法，儘管階級的概念曾經被污名化為「政治不正確」（我們也不可能總是惦記階級鬥爭）。[207] 甚至有西方學者提出「跨國資本階級」的概念：跨國資產階級操控了媒體和學術；在國內層面，城鄉關係、少數族裔、性別和地域問題都涉及到階級的概念。[208] 例如，在疫情期間，儘管其他地方也面臨類似的疫情管控問題，但上海等大城市的聲音會比其他地方要大，獲得更多關注。

甚至很多時候，相比抽象的自由，在民族國家之間或者民族國家內部不同群體之間，話語權和傳播資源的公平分配問題更應該是將來傳播體制改革的關鍵。[209]

對於一個集團來說，自由並不總是要實現的唯一價值，平等和自由可能同樣重要。即使美國不少人也認為，言論和出版自由是美國的一項基本價值，但是它並非總是至高無上的。[210] 在歐美國家，涉及言論自由的平等與自由的衝突從來沒有消停，而仇恨言論、色情言論的傳播都有著特定的限制，因為這一類言論讓他人參與自由辯論的地位受到貶損。[211]

在美國法律領域，這種衝突也經常演變為《第一修正案》的言論自由權利與《第十四修正案》中的平等保護權利的緊張狀態。[212] 美國法學家波斯納提到，現代對第一修正案的解讀反映的是過去數百年的法律思考與利益取捨，但我們需要在科技和社會變化的語境下重新思考這些利益取捨。[213] 有人也指出，對過去形成的有關第一修正案「保護言論自由」

207　趙月枝、邱林川、王洪喆：2014 年
208　Sklair Leslie: 2009；趙月枝、邱林川、王洪喆：2014 年
209　趙月枝、邱林川、王洪喆：2014 年
210　安東尼・劉易斯：2010 年，62 頁
211　歐文・M・費斯：2005 年
212　布魯斯・N・沃勒：2015 年，302-303 頁
213　Eckholm Erik: 2015

墨守成規的遵守，就讓美國陷入一條「死胡同」（blindalley）中，往往難以轉身，無法看清全域，也可能讓其他應受保護的言論自由面臨各種困境。[214]

國際領域上，似乎有多大的國際文化霸權，就有多大的民族主義。經濟領域階級矛盾遠沒有消失。資本主義國家內部不斷惡化的經濟危機也加劇了階級矛盾，迫使資本爭相將危機引向第三世界國家，而不平等的政治、經濟、軍事和文化霸權強行進入第三世界國家，為資本的全球流動掃清障礙。[215] 從世界銀行、貨幣基金組織這類國際組織對第三世界國家的限制來看，資本主義國家所聲稱的自由並不是在平等基礎上的。[216]

最後，即使「文化霸權」這樣的論述同樣可能將全球化環境下的新聞信息流動簡單化，因為實際情況可能比這個更複雜。[217] 也有不少人認為，現代社會權力變得廣泛而分散，談論「霸權」的類似話題似乎是沒有意義的。[218]

我們也要留意，拋棄「平等」往往會讓我們沉浸「自由」的美好，而忘了「自由」當初是從何而來的、代表誰的利益的、為何「自由」今天依然無法廣泛普及。先富起來的人是否真的帶動後面的人富起來？因為我們要看到，當初的「自由」的普及同樣不是通過廣泛的程序正義獲得的，而是充滿野蠻、專制的鬥爭的。

---

214 Waldron Jeremy：2009 年。甚至某種程度上，美國需要改革，而且是根本性的制度改革，但是就意味著對憲法根底的推翻以適應時代，而不是修修補補。

215 潘毅：2018 年，12 頁

216 Eiras Ana: 2003

217 Allan Stuart: 2010, P128-129

218 約瑟夫・奈：2015 年，XVIII

實際上，「不平等，毋自由」與「不自由，毋寧死」都是反映一種不考慮現實成本的不妥協態度，往往很難解決問題。現實的複雜性往往不是二選一就可以解釋的。矛盾的是，對平等的恐懼讓我們對共產主義保持警惕，但是我們對不平等的恐懼同樣喚醒對政府干預的需求。

「新聞自由」是社會的鴉片

我們常常聽到類似的表達：美國之所以偉大是因為有言論自由和思想自由。這句話可能有兩個意思：第一，言論自由帶來各種實質經濟和社會成就；第二，美國有較高的言論自由表達，所以是一種偉大的表現。

首先，美國之所以發展到今天的高度，主要依賴的是複雜的天時地利人和，民主自由是其中一個因素或者是上傳建築的部分派生構成而已。這類似於有學者提到的「制度派生說」。或者如錢穆在《在中國歷代政治得失》所提到的「制度必須與人事相配合」。[219] 同時它與社會狀況也有相互影響、促進的關係。[220] 簡單歸因於言論自由就帶來實質發展是偏頗的，忽視其歷史發展脈絡中的偶然性和原始積累，而認為一個國家可以有言論自由就偉大，也顯得過於離地。

中國曾經火熱的《大國崛起》紀錄片曾經提出這樣一個問題，那些發達國家之所能夠崛起，是因為它們創造了近現代都很有優勢的制度，例如民族國家、市場、股票、銀行、信用等。這不可否認。但學者提醒，我們不能一筆帶過至今仍有巨大影響的殖民主義和軍事主義國家力量，這些都是伴隨著制度創新而存在的。[221] 我們不能脫離原始積累去談西方制度的文明偉大。

而同時，他們大力對外推動「自由」，卻通過集權和國家力量去強化利益。這些都是很多人在討論西方制度優勢時所常常忽略的。

219　錢穆：2001 年，序
220　多維新聞：2021 年 1 月 8 日
221　呂新雨、趙月枝：2010 年

在西方傳媒教育中，新聞自由的美好被反復提到。最主要集中兩點：自由是「人之所以為人」的需求；自由能夠制衡公權力，社會只要有自由，就可以獲得真相，甚至一切問題就可以迎刃而解，而一切問題都是因為不自由。

但是細究之下，兩者都不完全成立。首先，自由更多是人與人關係的產物，而不是內生性的。在自然狀態我們最自由，但是那種「自由」脫離社會屬性，因為生存是第一命題。

第二，自由有其價值，但是很多人將其誇大、絕對化，壓過其他價值。功利地看，新聞記者常常將自己看成民主的堡壘，但是實際上建設民主的作用較為有限。[222] 借用新加坡學者馬凱碩在《亞洲人會思考嗎？》一書中直接指出，新聞自由可以充當社會的鴉片。[223]

人們都認定，正是美國媒體通過展示越南戰爭的殘酷而讓政府被迫提前結束戰爭。但國際傳媒學術團體「格拉斯哥媒體小組」提出有力的反駁：媒體的報道很大程度上受到上層權力的控制，具體表現在對精英階層信息源的依賴等方面，而越南戰爭也只有在上層精英出現意見分歧時才能成為更多媒體批判的對象。[224] 從一些媒體史研究也顯示，「自由」的媒體會容易受制於精英階級的掌控。[225]

不可否認，越戰作品後期確實形塑美國人對越戰的看法，也成為新

222 Gans Herbert J.: 2011

223 馬凱碩：2004 年

224 Eldridge John: 2006, P7-8

225 詹姆斯·卡倫：2006 年，42-45 頁。在話語權不平等的情況下，我們都傾向反對精英的掌控；但是另一方面，我們也對大眾民粹式的傳播形式保持恐懼，儘管它承諾可以帶來政治權力的「平等」共享，但是卻沒有帶來更加平等的社會。

聞工作者為社會利益勇敢發言的典型，也產生了很多典型作品。[226] 而我們也提到，正是美國媒體推動了越戰的發生，反映了美國人的整體意願而已。

當所有美國士兵撤出越南，所有美國記者都感到很有成就感。但後來北方的勝利也暴露了美國記者所支持的革命者並非善類，柬埔寨發生了數百萬人種族清洗事件，而數十萬的越南難民在南中國海喪生或者在再教育營被折磨致死。[227]

這些事件中越南、柬埔寨死亡人數都遠遠超過越戰的死亡人數。在整個歷史事件中，美國記者當然不會承認有什麼報道失誤，可能是因為他們「並未感到有需要考量撤軍行動對於非美國人（越南人、柬埔寨人）的影響」。[228]

西方新聞行業這類「造神」宣傳也顯示媒體「探照燈」效應：媒體聚焦部分群體的時候，其他人的利益就會被忽略了。[229] 正如我們提到，媒體往往集中在部分畫面豐富的議題上，但是對於社會貧富不公、大量人口營養不良等「灰犀牛」現象卻熟視無睹。媒體讓大家活在了某種想象或不真實的現實中。用鮑德里亞的話來說，這些「現實」比我們日常生活的現實更「真實」。[230]

人們對「新聞自由絕對好」的信念仿佛是一種宗教原教旨認識：他們會將自然美麗而正面的結果歸功於自由，卻很少將醜惡與負面的現實

---

226 朱錦華：2017 年
227 Williams Sarah: 2013
228 馬凱碩：2004 年，77-79 頁
229 喬姆斯基在著作《以自由之名》將這些被帝國主義忽略的群體為「非人」。
230 石義彬：2014 年，255 頁。在張藝謀的電影《一個都不能少》有這樣一幕：人們可以對自己身邊衣衫襤褸的流浪兒熟視無睹，但在電視屏幕上出現的一切卻讓他們不能再無動於衷。

歸咎於自由。[231] 一些所謂的自由主義者往往強調新聞自由所帶來的好處，而對其帶來的壞處歸咎於其他因素。

經常被引用的例子是17世紀布魯諾因為宣揚「日心說」被教廷燒死，成為科學史上的第一位殉道者。這個例子存在很多疑點：例如布魯諾本身並非科學家，其獲罪與其科學觀點無關，甚至其推動的觀點甚至是帶有迷信色彩的。但是最終他被冠以「捍衛科學」，被利用起來說明捍衛言論自由的重要性。[232] 這裡的問題依然是一種功利的態度去說明自由的重要性。畢竟「日心說」在古希臘早已有之，包括日心說模型的提出者哥白尼本人也沒有被宣佈為異端。這樣似是而非的典故更多是服務了某種利益博弈而已。

仔細一想，很多類似對「捍衛自由」的經典故事本身就帶有宗教意味和宣傳意味。或者依然是一種典型的「勝利者書寫歷史」。

在越戰初期，正是媒體製造了美國人對發動戰爭的共識。美國左派學者諾姆・喬姆斯基在其《製造共識》一書中就提出，當時所有主流媒體都在說美國在各處的兵力不足，但是沒有媒體質疑美國何以有權利對越南動兵。[233] 沒有人會提起，在越南戰爭伊始，美國媒體與政府保持步調一致，如《紐約時報》、《華盛頓郵報》都很少報道反對戰爭的新聞。歷史的大部分留給了對記者的讚美：人們最後只是不斷讚揚美國媒體「倒戈」讓越戰提前結束的「功績」。[234]

另一方面，我們看到也必須承認的「新聞自由」的罪惡一面。有一

231 艾倫・德肖維茨：2014 年，121 頁。艾倫・德肖維茨在書中作出這樣的類比：1999 年古巴難民岡薩雷斯兒童獲救，人們祈禱感謝上帝，說「上帝拯救岡薩雷斯」，但是沒有提到岡薩雷斯死亡的母親，也不會將其死亡歸咎於上帝。
232 聶建松：2016 年
233 邢春燕：2016 年
234 劉肖、董子銘：2017 年，126-127 頁

些「問題」並不是天然存在的，而是媒體所製造發酵放大的。

在 1991 年的海灣戰爭，西方媒體展開了宣傳攻擊，讓伊拉克成為世界敵人。[235] 回到這個世紀初，2003 年《紐約時報》記者朱迪斯·米勒以兩篇失實報道也加入推動美國發動錯誤的伊拉克戰爭。難免有人提到，當代西方的自由左派理論大師（如美國的羅爾斯、德國的哈貝馬斯）所努力構建的「自由」理論不僅沒有實現其「永久和平」的理想，反而可能無意中淪為國際霸權的理論工具，為帝國主義和新殖民主義辯護。[236]

美軍入侵伊拉克之前，小布什總統就說到「促進自由是當前時代的召喚，我們國家的召喚。」[237] 正如羅蘭夫人所說，「自由自由，多少罪惡假汝之名而行」。「自由」的新聞推動了其他國家的悲劇，將成本轉移給它們去支付。[238]

在後真相時代，現代媒體的自我演進似乎讓真相變得越來越難獲取。畢竟，所謂的「真相」是相互疊加的：用戶提出不同的看法，形成多樣的解讀文本，可能會逼近事實的全貌，也可能更大地偏離所要的「真相」。[239]

235　劉肖、董子銘：2017 年，75 頁

236　劉擎：2013 年，26-27 頁；大衛·哈維：2016 年，220-221 頁。例如，羅爾斯提出的「無知之幕」認為人們會先驗地認為「個人自由比別的事情重要」。但是，在不知道社會、時代和資源的條件下，人們可能會在自由、平等、公平和共產中，更傾向選擇共產。見趙汀陽：2017 年，303 頁

237　大衛·哈維：2016 年，220-221 頁

238　當然，「新聞自由」對民主國家自身治理的負面影響也並不少。美國媒體在對阿富汗、伊拉克戰爭上推波助瀾，卻很少有反對聲音，結果讓國家陷入多年的戰爭泥淖中。再如，在金融危機的初始，不斷有報紙預測哪些公司破產，製造了恐懼氣氛。這種情況下，西方的新聞自由與多黨政治、民粹民主相作用，使政府負債指數不斷升高，以致債臺高築。見孫旭培：2013 年。

239　陳力丹，李林燕：2016 年

其賴以存在的基礎——傳媒透過提供資訊讓人在知情下作出更好的決策——也在瓦解。[240] 例如對風險的預警能力已經受到質疑。冰島是世界上新聞最為自由的國家之一，但是也並未在席捲全球的金融危機中倖免，第一個宣佈破產。[241] 對於那次金融危機，儘管有一些傳媒和專家預警了風險，但由於信噪比過低，這些文章由於從眾的壓力等，被淹沒於大量唱好「經濟繁榮」之中的文章。[242]

同時，單純的新聞自由並沒有如不少人認定的那樣讓社會變得更好、更有序。美國的新聞媒體比幾十年前越來越有攻擊性，對美國政府監督也越來越緊密。但是它們卻沒有阻止政府、企業向壞的方向發展，而是讓美國從最大的債權國變成最大的債務國。另一方面，人們也一度認為新聞自由在一戰後對非洲裔美國人的政治解放發揮關鍵的作用，但自由的新聞即使再怎麼盡力，也沒有根本解決種族歧視的問題。[243]

有學者批判，臺灣有著大量媒體自由發展的環境，卻並未真的能夠帶來民主、多元和公正的結果，否則它早就成為「亞洲之光」。[244] 同樣，在自詡為西方平等自由教育樣本的香港社會，本地社會在近年對公然的仇恨言論行為的沉默和縱容令人感到驚訝。[245] 香港的高度自由是其複雜

---

240 黃永、譚嘉昇、林禮賢、孔慧思、林子傑：2017 年，15 頁

241 程思遙：2012 年

242 理查德・波斯納：2009 年，62 頁；李清池，2010 年。英國《金融時報》總編輯萊昂內爾・巴貝爾在 2009 年曾提到，危機起源於信貸市場，但是有權力決定版面的編輯在危機來臨前對這個領域不感興趣，反而更傾向於報道房地產價格上漲或經濟增長等「好消息」。見馬凌：2011 年

243 馬凱碩：2006 年，80-82 頁

244 呂新雨：2009 年

245 閻小駿：2016 年，147 頁。如果這是他們心中的自由主義，他們對自由主義可能存在什麼誤解：西方國家確實存在撕裂，但是主流對於這種威脅、恐嚇、仇恨等遏制言論自由的方式也不可接受。起碼目前我們也看到一些聲音表示對這種不擇手段的抗爭方式不認同，但是來自「自由主義」陣營的人比較少有明確的公開的批評與「割席」。

地緣政治下的特殊現象，但自由是否真的是如人們所聲稱的是其核心價值，還是一種相對的價值或者投機取態？畢竟「核心價值」的概念都是模糊不清的。

目前相對而言，香港、臺灣是相對自由的，但卻還不是一個理想的、成熟的公共領域，顯然僅僅自由是不夠的。正如有批判者指出，在去中心化和碎片化的信息時代，毫無節制的信息自由反而帶來社會的分裂、部落政治和虛無主義。[246] 我們已經看到，自由的言論空間，並不一定會產生共識、寬容和多元共存；相反，觀念的分流、極化、互不相容、信息繭房會變成常態。[247] 這是自由的一個陰影面。

另外，西方傳媒教育的一個主要假定是好社會需要自由新聞以制止權力的濫用，而新聞自由阻止了「壞政府」的形成，公共意見的交流和傳播乃是遏制政治腐敗的最有力途徑。[248]

但是這個說法反過來也可能是正確的：新聞自由可能也會導致「壞政府」的出現，新聞自由與好政府之間可能只存在偶然關係。[249] 我們看到，媒體會追逐那些動態的腐敗，而對那些系統性的「不作為」忽視，結果政府效率極低。例如香港媒體已經比較進取，但是這樣監督下的公務員系統形成了「少做少錯、慢做不錯」的官僚文化，這種長期頑疾亟待改革。[250]

我們至今仍然不能完全確定新聞自由在社會的作用究竟有多大。正如法律學者艾倫·德肖維茨提醒，我們可以有足夠的理由說明政府審查是存在問題的，但是我們說言論自由一定會帶來什麼好處，就可能缺乏

246　兔主席：2021 年 4 月 13 日
247　範勇鵬：2020 年
248　安東尼·劉易斯：2010 年，40-50 頁
249　馬凱碩：2004 年，80-84 頁；盧山：2005 年
250　林艷、段曉魯：2021 年 9 月 8 日

足夠的說服力。[251] 很多強調自由如何美好的案例多少都有點個案性的後知後覺以及話不對題：它們更多在於說公權力審查內容的不道德性，而不是自由有多好。如果公權力審查帶來了好的後果，可能反對就弱很多。

更核心的是，我們很難量化因為缺少某類新聞報道帶來的確切罪惡到底有多少，而社會科學現在並沒有提供「多少新聞足夠確保民主代議制決策運作良好」這一問題的好答案。[252]

當然，我們並不能否定自由的價值而陷入虛無主義。自由對我們的社會是重要的，至少沒有一個制定成文憲法的國家敢在憲法中明目張膽地去直接剝奪人民的言論自由。但更重要的是，我們要將「自由」放在一定時空中合適的位置。畢竟媒體環境還是社會治理的一部分，而「自由」（或者說「合適空間」）只是這個環境的一部分。

在新聞學上，如果將新聞自由作為一個社會新聞事業理論的整體或者主體，是有偏差的。如果自由是所有社會的終極解藥的話，我們根本不需要社會治理的問題。因此，一個良好的媒體環境必然有著其他同樣重要的考量。

---

251 艾倫·德肖維茨：2014年，155頁。其原話為：「比起反對政府審查的經驗驗證，支持言論自由的經驗驗證要弱上許多。」

252 詹姆斯·T·漢密爾頓：2016年，6頁。當然，反過來推論，某些信息也不見得對政府管治有多大的影響，這些時候，政府的管制多少給人以過度或者濫用公權力的印象。

誰的「第四權」？

在民主社會，新聞媒體甚至被譽為三權分立外的「第四權」。首先不提是否存在真正意義的「三權分立」，是否真的有第四權就更可疑。[253] 有傳媒人甚至認為，監督制衡政府本來就是公民的一部分權利，反而被抬舉到第四權，本身就是一種誤導。其結果只是讓媒體霸佔了整個公民社會的權力，然後抽象化成自己的權力。[254]

可能存在的情況是：即使沒有新聞媒體，制衡權力也有可能成立；甚至媒體也是應該被制衡的一部分權力。其次，新聞自由一般為專業新聞機構所享有，但這種權力的確立必須建立在社會對什麼是新聞機構的共識上。這些似乎有著高度共識的社會認知已經模糊，例如對 Facebook 等互聯網平台是否新聞機構也存在爭論。[255] 不同群體所聲稱的新聞自由到底是誰的自由？其本質又是什麼？

---

253 中國憲法學者林來梵認為，「權力不僅分散於不同機關之間，也分散於不同政黨之間，由此出現了權力分立的複合結構。」林來梵也認為，「可以說孟德斯鳩所勾勒的經典意義上的三權分立形體在當今國家基本上已經不復存在了，即使在美國也出現了較大變遷。」三權分立有其價值，但是其實並未跳脫利益分割的問題以及腐敗的問題，在過往中國關於「言官」、「諫官」歷史中，許多的分權制衡要麼造成分裂、要麼造成集體腐敗。到了今天的美國，當美國議長南希・佩洛西在 2022 年訪問臺灣。議長去做外交事務，實質上損害了美國的三權分立，而且她以公務資源帶同兒子出訪，毫不避嫌。儘管媒體對她確實有批評，但是並沒有人真的能夠制衡她。

254 香港電台：2017 年、2019 年。當然，也有學者批評「公民社會」這個概念是新自由主義者編造的迷思，在概念上實際上含糊不清，而人們強調所謂的「公民社會」就是為了形成社會與國家的對立。

255 于品海：2021 年 7 月 13 日

如之前提到，平等是一個大問題。言論自由的理想模型預設了每個人可以平等地感知、接收和消化其他人的觀點。但現實並非如此，而是充滿了不平等性。[256] 即使在「無國界記者」新聞自由指數上排名較高的南非，由於歷史、社會和經濟的原因，這個理想模型的預設並不成立，因為它至今還存在高度的不平等。[257]

現實中，社會的不平等已經不可能通過普遍選舉那樣的簡單的程序就消失，「不過是每隔若干時日給予人民一種主權在民的幻象」。現實的低投票率，所謂的多數也變成了少數，民主政治也變成了精英「分贓」的結果，而不是理性妥協，與他們所批評的「獨裁」相差不遠。而媒體的掩護下，政客反而有了更多的權力空間和避責空間。[258] 現代民主並沒有促進自由，只是把對自由的直接傷害變成隱形傷害。[259] 或者在更隱蔽地將國內的自由成本在其他社會通過經濟、軍事等手段進行轉移支付。

我們現在所看到的新聞自由實際也並非我們所掌握。人民似乎有監督權，但是他們似乎看不到根本問題，也沒有實際改變的能力與空間。反而，「自由」將人們打散並灌輸特定的觀念，難以形成共識和一致的行動。[260]

保護新聞界也並非一定是保護公民或者社會共同體。只有當新聞自由和公民權利及公共利益整合在一起，新聞自由才包括那些新聞業者的權利。[261]

256　Alegre Alan, O'Siochru Sean: 2018

257　Wasserman Herman: 2015

258　蔡東傑：2015 年

259　趙汀陽：2017 年，256 頁

260　于小龍：2021 年

261　新聞自由委員會：2004 年，12 頁；凱斯·R·桑斯坦：2005 年，250 頁

相反，我們看到太多「第四權」在濫用的案例，特別是新聞自由和隱私權、人格權的衝突。因為不滿自己女兒的婚宴被媒體大肆報道，美國法官塞繆爾·沃倫就與好友撰寫了《隱私權》，開啟公民隱私權保護的歷程，而隱私權的保護就往往體現其與新聞自由的對抗性。[262]

　　言論自由和新聞自由的尺度並非普適的。有時候人格權不但要防禦國家權力的侵犯，還要防範出於私人經濟利益的新聞媒體的干擾。[263] 我們也提到，與中國相比，美國法官面對人格權與言論自由的衝突時，更傾向保護言論自由。他們似乎對來自私人的侵害可能不以為然，會把言論看作與公共利益更相關。[264]

　　按照法國 1791 年《憲法》起草者雅各賓·佩蒂翁的說法，活躍而自由的新聞自由對於維持一個自由的政府來說必不可少，但是過分自由的新聞媒體會威脅到「私人」也是不爭的事實。[265]

　　言論和出版自由的保護對於人類自由是重要的，但是對於構建一個健康的社會，這不是唯一重要的：一個開放的社會並不意味著要容忍對個人隱私的公開；否則，所謂言論自由的勝利以個人隱私為代價，則是令人恐懼的，即使那些隱私是對人毫無影響的、不涉及任何公共利益的虛光性隱私（false light privacy）。[266] 一定意義上，隱私這種獨處權也是言論自由的一種。

262　于海湧：2013 年，64 頁
263　孫平：2016 年，226 頁
264　孫平：2016 年，226 頁
265　孫平：2016 年，217-218 頁
266　安東尼·劉易斯：2010 年，66 頁、80-81 頁

如果一個人的名譽因失實報道受損，也不是一個文明開放的社會所樂見。[267] 在美國舒爾曼訴 Group W 製作公司案（Shulman v. Group W Production）中，有法官就指出，政府不得規定媒體應該報道什麼，但是也不允許媒體打著新聞的名義實現新聞專制，去窺視民眾。[268]

在香港，因為媒體侵犯隱私或者虛假報道而引發的自殺更是不在少數。[269] 在香港打官司的時間長、訴訟費巨大，一般人都玩不起這樣的遊戲，往往只能啞忍。敢於和媒體人打官司的一般都是社會名流、富商、政府官員等。[270] 香港在 2000 年推出《保護青少年免受淫穢及不雅物品荼毒諮詢文件》，似乎政府對傳媒不當行為及不良內容不再容忍，因為「不願意為了維護言論及新聞自由而繼續忍受傳媒公器私用所帶來的惡果」。[271]

在媒體與一般人力量差異的情況下，西方提出的「觀點市場」是真理較量的最好渠道嗎？有人就反問道，「在古雅典的集會上，商人與普通市民的地位是一樣的嗎？」[272] 在美國《時代週刊》訴希爾案，哈倫法官就提到「不可挑戰的不實」（unchallengeable untruth）：如果一般人要駁斥媒體的報道，媒體發表其文章的可能性非常低，而思想必須自由競爭的「言論市場」在這種情況是行不通的。[273]

---

267 安東尼・劉易斯：2010 年，92 頁

268 安東尼・劉易斯：2010 年，73 頁、80 頁

269 劉瀾昌：2018 年，152-153 頁

270 劉瀾昌：2018 年，194 頁。能夠對抗媒體的個體也是少數。例如德國施密特案中，原告可以通過其他報紙去發表意見，批評曾經批評他的《明鏡》雜誌，並將該雜誌的風格形容為「道德賣淫」。

271 梁偉賢：2015 年，246 頁；香港政府：2000 年

272 陳力丹：2006 年，29-30 頁

273 安東尼・劉易斯：2010 年，70-71 頁

人們也應該關注一個大問題：為什麼只有大型企業和有錢有勢的人才能在互聯網的傳播中獲益。如何才能讓權力回到一般民眾手中？[274]

例如，石油和天然氣行業可以花費數千萬美元做廣告，宣傳他們的社會責任、經濟效益。這些聲音就會把那些關心油氣開採安全、環境風險、居民健康等各種聲音所淹沒。

真正的言論自由應該給予觀點各方「平等的時間」。[275]我們媒體往往自詡有著巨大的動力去為弱者發聲，發揮監督作用。[276]但這面臨先天的挑戰：掌握生產資料決定了話語權和聲音被聽到的可能性。

此外，要留意的一種謬誤是，民主國家人民有著更高的自由度，但是實際上民主是反自由的，保證自由度的更多是法治。[277]矛盾的是，民主的本意是讓不同觀點都可以自由表達去克服「一言堂」，但是一旦可以自由表達就成了多數決的「民主叢林」，多數的、錯誤的、極端的觀點往往勝過少數的、正確的、理性的聲音。[278]這種「優勢觀點」往往只是代表了人多，而不是獲得更好的公共選擇。

自從美國及其盟友在冷戰中意外獲得勝利，曾經分別代表美蘇兩邊的民主和自由就都變成了歐美的專利，並與「專制」、「獨裁」形成二元話語，讓我們的對話和思考失焦。現實情況是，在不同國家的相同的管治政策，在「民主」和「專制」語境下就會變成完全不同的兩件事。

274　薛子遙：2021 年 1 月 13 日

275　布魯斯・N・沃勒：2015 年，312 頁

276　Wasserman: 2009

277　趙汀陽：2017 年，276-277 頁

278　趙汀陽：2017 年，291-292 頁

而實際上，不同國家聲稱在制度上不同，但是都是在民主和獨裁之間找到一個過渡。如果一個政權沒有「心系天下」，無論表面制度是什麼，民眾也有道德權利去推翻，剩下只是時間問題而已。當然，我們需要對「民主」在兼顧程序正義和實質正義有更精緻的理解。

　　同樣，無論對哪個國家、文明，沒有單純的好壞善惡，也不要簡單以所謂專制民主與否去判斷，而應該再看看國家利益的出發點，並關注差異發展的歷史脈絡。畢竟美國對於中東、拉美獨裁國家的支持證明其對民主並沒有多麼純粹。如果西方真的如此真誠支持民主，那麼他們為何對他們認定的專制國家有完全不同的態度（例如中國和沙特阿拉伯）？

　　作家柏楊所說的「醜陋的中國人」這類論述，實際上不是單個民族的特有，只是在不同歷史文化社會條件下程度不同而已。所有民族可能會有一些特質和傾向，但是人性都是差不多的。起碼，沒有那個國家和政府是絕對的善良或者邪惡的，大部分是是國家利益使然。

　　「新聞自由」是西方所塑造的「普世」話語權和評價體系的一部分，左右了各種事件的定義。最終的對錯與否總是會回歸到「國家善惡」、或者亨廷頓所說的「文明的衝突」上？

　　對於其他國家，被定義的自由不是自由，「第四權」也很少真正屬大眾。

為何要接受無用的「新聞自由」？

　　一個揮之不去的疑問在於，現代我們有了更多的自由，但是卻沒有讓自由有效地、廣泛地創造幸福。

　　在近年，有傳播學者提出，民主國家不僅需要自由的新聞業，更需要真正能夠起作用的新聞業。[279] 其實不只是民主國家，所有國家都一樣需要其作用的媒體環境。

　　西方體系更強調固有價值（intrinsic value），強調過程和程序而不是結果。但是「自由主義」的流行也是經過現實的功利測試才得以實現的，是基於某種實質結果。甚至被推崇的程序本身，也是因為其帶來某種正義甚至帶來更好的整體社會利益而被證成。同樣，將結果正義和程序正義對立容易產生另一個誤區。

　　我們很少聽說，一個經濟落後而自由的國家值得學習。反過來，我們是崇尚自由本身還是崇尚一個社會的物質發展水平？世界上被認為有「民主自由」的國家很多，那麼為何人民更多是談論美國而不是其他國家？

　　過去菲律賓享有在東南亞國家最長時間的自由（儘管有部分中斷期），但同時也是經濟發展和現代化遇到最大困難的國家之一。[280] 我們需要向菲律賓學習這種「自由」嗎？大多數樸素的功利主義者極有可能對此不感興趣。

　　自由本身的證成就是功利主義的體現。其獲得推崇是由於主要社會

279　McChesney Robert W., Nichols John: 2010
280　馬凱碩：2004 年，83 頁

集團從中獲益，但同樣，只要其威脅集團的利益，就會被捨棄或者消減。自由太抽象和不確定，它能同時代表兩種完全不同的利益，談論實際利益得失才是王道（包括精神和物質的）。[281]

在談及言論自由的時候，我們一直被提醒要避免對思想言論做價值判斷，但是在美國關於第一修正案的各種案例中卻無時無刻不在做價值判斷。[282] 自由一直被話語權者描述為絕對化的，但是實際中一直是相對化的。我們應該直面這個問題，它不是道德問題，而是利益博弈問題。

傳媒人很矛盾，認為不應該為自由設限，但自身卻又無時無刻不在設限。同時，他們不能回避的是，過去數百年「新聞自由」的興起都是基於功利主義的：也就是說，「新聞環境」獲得支持是因為對某個社會有用，而「有用」就註定了「自由」是有一定度量的。

因此，民眾對於「自由能夠帶來什麼」最為樸素的問題需要更精確的解答：如果是媒體是自由的，輿論戰爭中弱勢集團（例如發展中國家和社會中的弱勢群體）的利益誰去保障？不然，無法解決「新聞自由」在這些群體中特別是發展中國家民眾的認可度和觀感問題。

回想在中國北洋政府、國民政府時期，光在北京就有 300 多個黨，有議會、有選舉、有言論自由。[283] 曾經被譽為大師輩出的百花爭鳴的「自

---

281 例如，今天看來，封建時代的「男尊女卑」是十分愚昧落後的，其剝奪了女性的權利和自由。但是如果在當時對各類資源（例如水資源）的競爭中，這是令不少群體整體獲益的無奈策略。在很多農村地區，即使到了近代，很多中國農村依然是「法不下鄉」的狀態，村與村之間對灌溉水資源的爭奪依然是通過男性為主的武力去搶奪。同樣，後來自由的地位被推高部分就是因為其滿足了勞動力解放的需求，也是更符合程序正義的博弈方式。

282 我們看到不少經典的最高法院案例被推翻。2022 年，影響美國政治的「羅伊訴韋德案」同樣在不同派系的法官比例下被推翻。似乎即使再好的法治體系，都離不開人治的元素

283 惠風：2017 年

由」年代，為不少人嚮往。但這樣的社會沒有因為這種「自由」有什麼根底的變化。因為這些「自由」主要屬資產階級的，儘管表面有著公開的政治博弈制度，但很少惠及平民。文人掌握話語權，偶爾對平民的憐憫也是矯情。相比之下，更多的貧苦老百姓，是沉默的。即使當時中國有 8% 的經濟發展速度，但是發展的代價過分向弱勢群體傾斜，轉嫁給弱勢群體，其結果是社會被顛覆。[284]

有人提出這樣的觀點：相比所謂的新聞自由，一個國家文明的推動越來越取決於一種信息平權意義上的民主。這不是信息的氾濫和爆炸，也不只是信息獲取上的「搜索能力平等」，而是在「可信信息」的平等獲取。[285]

例如，在新冠疫情下，美國新聞實踐依然自由，但是卻無法幫助有效信息的平等獲取，也無法有效解決疫情問題。畢竟，用少部分人的自由和利益換取大部分人的安全，這種犧牲在美國是不可接受的，哪怕最終死亡人數以百萬計。[286]

根底上，我們並不知道怎麼樣的思想市場才算是良好運作的。[287] 我們並非否認新聞自由的現實價值，但是對其被抬高的超然地位有所懷疑。

經濟學家阿瑪蒂亞·森曾經對比在 1940 年代末到 70 年代末中國和印度的饑荒情況。在民主和資本主義制度下的印度，基本上沒有發生大規模的饑荒，而中國在 50 年代末經歷數年嚴重的饑荒。他認為差異原因

---

284 溫鐵軍：2019 年 10 月 14 日

285 大包：2019 年

286 由於一直以來的「小政府」理念，美國政府也不需要對此負責任。即使時任總統特朗普要早點認真防疫，也極有可能被新聞界和民主黨所阻止。見馬國川：2021 年

287 凱斯·R·桑斯坦：2005 年，269 頁

在於印度「存在敵對新聞和反對派的政治體制」；而中國則是明顯的信息的錯誤傳遞（misinformation），因為沒有新聞自由，沒有反對派。[288]

但是學者喬姆斯基指出，實際上印度有一億人由於各種政府醫療改革、教育改革或者援助項目的失敗而導致餓死。這個死亡人數平均下來每年要比中國多數百萬人。[289] 而這一段長達三十年的時期剛好是始於印度從英國殖民統治中獨立出來，當時的尼赫魯政府下的報刊享有相當大的報道自由。[290] 而今天，「專制」的中國在信息更為通暢的情況下已經永久地杜絕了饑荒，但是印度至今仍然沒有做到這一點。[291]

無論怎麼說，對於任何國家，大量人口餓死都是政治罪過，都值得我們反思。[292] 以上例子中，新聞自由在防止廣泛的饑荒上或許能發生作用，但是在減少不必要的死亡率上卻並未起到特別的決定性作用，甚至長期放任了這些問題。自由的媒體關注了明顯的罪惡，卻也可能對長期存在我們生活的普遍罪惡「選擇性失明」。[293]

288　Chomsky Noam: 2000, P176; Chomsky Noam: 2009; Dreze Jean, Sen Amartya: 1991

289　諾姆‧喬姆斯基、安德烈‧弗爾切克：2016 年，32-33 頁；Chomsky Noam: 2000, P177；儘管森認為廣泛發生的饑餓與營養不良並不等同饑荒。見 Massing Michael：2003 年

290　王生智：2016 年，117 頁、98-117 頁

291　韓毓海：2014 年，52-53 頁。韓毓海認為，印度的饑荒不是由於缺糧而造成的，根本上還是因為糧食的壟斷者故意操縱糧價。而這是自由市場所帶來的。

292　Dreze Jean, Sen Amartya: 1991, P212

293　當然，我們還要理解的是，在英國、美國以及受英國影響的印度等地，社會認為，政府不應該干預私人生活太多，而進行饑荒救濟不是政府的責任，因為要靠每個人自己謀生（行乞也是一種自由）；同樣，社會治安（例如夜間出行）即使再有問題，也不認為是政府的責任；而新冠疫情下死亡數百萬人也沒有西方政府的具體人員擔責的。但是這些在中國是無法想象的，這是有具體的東西方差異的。

怎樣的媒體環境才是可以持續良性發展的？如何既不能讓愚蠢和極端的言論當道，也不能讓社會沒有異見空間？是否更應該達到一種符合社會的動態平衡？自由與秩序的邊界如何動態劃分？這些都是要解答問題。

我們既不能低估市場失靈，也不能低估政府失靈。如同言論、新聞的「自由市場」也可能會危害社會，這個是我們要面對的；政府也並不總是邪惡的，它也應該通過確保觀點的多樣性去促進對公共問題的更大關注。我們也應該為政府規制「低層次」的、非政治性的言論提供更大的空間。

僅僅依賴「新聞自由」作為唯一主要論述是越來越不符合現實，或者說，目前對新聞自由的主流定性存在各種問題。正如與新聞自由密切相關的民主，其最終目的並非是簡單讓人民來選擇，而是讓應該被理性和知識主導，最終實現「人民能夠選擇對人民最有利的事情」。[294] 儘管香港媒體被賦予了超高度的自由，但將沒有實現這樣的目的。這是值得反思的。

---

294 趙汀陽：2017 年，37 頁。這個「人民」甚至包括將來一段時間內的群體利益。

第二章

「新聞自由」的罪惡

「新聞自由」自反性：看門狗還是打手？

　　如果獲得真相是新聞自由的目的，那麼目前往往被資本、市場權力等控制的新聞媒體似乎根本就沒有存在的必要，因為這剛好違背「追求真相」的目的：如果佔社會少數人口的傳媒業者的敘事成為主流甚至唯一敘事時，就遮蔽了現實的另一面。[295] 比起言論自由，我們要支持新聞自由的理由更弱。

　　電視媒體是明顯的例子。有學者就提到，電視媒體具有反交流的傾向，以拋棄邏輯、理性、秩序和規則為特徵：節目生產中的嘉賓選擇、談話主題、交流環境和講話時間都存在各種限制，排斥了多數人的有效參與，往往「重論爭輕辯論、重論戰輕論證」，因而與民主嚴重相違背，僅僅是一種媒主（mediacracy）。[296]

　　從某個角度上看，目前所流行的新聞自由更像是走向最終多元言論自由的畸形過渡，類似於「言論自由」的封建時代或者資本主義時代。

　　這是所謂「自由主義者」天然的理念矛盾。幾乎每個自由主義者都會拒絕給自由附加條件，但是在其他情況下又主動附加限制。早在上世紀初，英國新聞界就建立了對新聞和消息來源的壟斷，並盡最大努力去鉗制當初剛剛建立的英國廣播公司（BBC），讓其不得廣播特定新聞機構之外的其他信息和新聞。[297]

295　趙月枝、邱林川、王洪喆：2014 年
296　陳佑榮：2017 年
297　羅納德・哈裡・科斯：1974 年

例如，在美國聯邦無線電委員會（後改為聯邦通訊委員會）成立後的 40 多年中，廣播電台的節目一直受到政府管制，但新聞界從來沒有表示過異議，儘管這種管制明顯與美國第一修正案有衝突。[298] 美國學者科斯認為，矛盾的原因在於知識分子、新聞界的自私與自負。畢竟思想市場是知識分子經營自身行為的市場。[299]

有觀點認為，以專業一致性形式出現的「一言堂」（monovocality）減少了那些有關社會現實的不同意見的表達，降低了相反觀點的聲音，結果導致了倫理準則中「真理」的縮水。[300] 中國媒體人也曾提到傳統傳媒人的內心矛盾：「不許當政者再走回頭路，不讓極左死灰復燃，對思想鉗制、對壓抑個性，深惡痛絕；然而恰恰是我們自己，也可能會以種種『正義』壓抑他人。」[301]

自由主義根本困局在於其自反性：它借助對傳統的反叛而興起，但最後卻又只能依附某種傳統來維繫。[302]

對於新聞媒體行業，這是矛盾的：我們媒體所要追求的就是平等對話，但是實際上卻創建另一種不平等的權力結構；而沒有這種權力架構，現存的專業主義及一切可能都不復存在。正如「歷史的終結」一樣，這

298　羅納德・哈裡・科斯：1974 年。有人提出多種理由為管制辯護，例如認為無線電頻道是稀缺資源，所以需要政府的管制。但是科斯批評，土地、勞動力、資金都是稀缺性資源，但其本身卻並不要求政府管制。見羅納德・哈裡・科斯：1959 年，《聯邦通訊委員會》

299　羅納德・哈裡・科斯：1974 年

300　Nerone John, Barnhurst KevinG.: 2003

301　錢鋼：2007 年。如同哈耶克在《通往奴役之路》所說的：「在我們竭盡全力自覺地根據一些崇高的理想締造我們的未來時，我們卻在實際上不知不覺地創造出與我們一直為之奮鬥的東西截然相反的結果，人們還想象得出比這更大的悲劇嗎？」

302　劉擎：2013 年，24-25 頁

是一種意識形態相當極端的理念，排除和拒絕了其他所有可能性。既然它限定了最終結果，還有什麼民主自由的空間去容忍其他可能性？

我們崇拜的更多是自由，還是實質獲得的權力？柏克說，人們總是既喜歡自由也喜歡權力。[303] 其中「新聞自由」背後部分是對議程設置權力的爭奪，而不是自由。《紐約時報》的新聞被認為設定了美國嚴肅人士的智慧和情感議程。[304] 在大西洋另一邊，英國 75% 的報業被三個右翼人士控制。有人批判，它們可以任意為國家政治話語設定議程，是「嚴重的功能缺陷」。[305]

我們現代被廣泛認同的自由、自主的主流概念實際排他地界定了自由的界限，而任何針對這種定性的挑戰都會受到無情地鎮壓。這正是學者馬爾庫塞所說的「壓迫性包容」。[306]

在 2019 年中美貿易戰的高潮中，中國官方媒體 CGTN 對美國國會、參議院的採訪資格就被取消。[307] 再比如美國對外國媒體「今日俄羅斯」的限制、對社交媒體傳播內容的限制；在 2019 年倫敦舉行的「全球新聞自由大會」中，俄羅斯媒體不被允許參與。沒有異見的參與，這種武林結盟式的「自由」究竟是否健康？[308]

畢竟，如果有人決定哪些人可以說話，哪些話不可以說，附加上道德壓力，這個還可以算是自由嗎？

---

303 趙汀陽：2017 年，247 頁

304 馬克斯韋爾・麥庫姆斯：2018 年，序言、2 頁

305 Toynbee Polly: 2003

306 大衛・哈維：2016 年，225-226 頁

307 Delaney Robert, Gan Nectar: 2019

308 正如傅瑩的提問：如果美國的民主制度是如此優越，為何會擔心華為？

例如在香港地區，追隨西方自由主義的香港記者協會一直壟斷了香港媒體業對「新聞自由」的定義，對不同立場的媒體記者呈現明顯的雙重標準與不專業。其就被認為是單純反政府權力的陣地，帶著偽善和雙重標準。[309] 實質上，這也是一種深層的專制，與他們聲稱所反對的權力濫用是異曲同工的。

這也是一種「去政治化」的政治性：通過新的政治性安排置於「去政治化」表像之中，令新的社會不平等被自然化。[310] 媒體可以將人塑造成英雄，也可以讓人身敗名裂；他們既能有效監督批評政府，也能誤會政府、綁架政府；他們不再只是「為民發聲」，他們已經有了獨立政治理念、經濟利益訴求。[311]

無論是西方資本主義社會還是社會主義國家，傳媒的政治性都是不能回避的現實。[312] 我們以為，只要媒體擺脫政府的干預，政治權力就會消失，但是事實遠非如此。媒體自身是政治壓制的工具，但也是推翻壓制的工具。[313] 或者說，媒體是秩序的來源，也是失序的來源。

而這種政治投機也變成了一門可觀的生意。這種有西方色彩的「新聞自由」理念在香港也獲得較大的支持。[314] 它們傾向通過政治化的「反宣傳」要將人們導向「新聞自由被壓制」、「新聞自由岌岌可危」的情節，而不是通過證據去劃清職業利益與真相的邊界。歸根到底，香港記者協會這類組織最大的問題在於其明顯的政治立場，而不是專業性，在多個

---

310 陳柏峰：2018 年，132-133 頁、119 頁

311 魏程琳、呂德文：2016 年

312 陳柏峰：2018 年，2-6 頁

313 任孟山、張建中：2016 年，46 頁

314 在一次響應香港記者協會的遊行示威中，參與者有數千人，而反對該協會的人同樣發起遊行示威，卻只有百多人。

事件中對不同立場的媒體的取態並非真正的自由主義。[315] 其在行業內基於「政治正確」而漠視相關問題，遲遲不願形成一套足以捍衛「新聞專業」的清晰論述，甚至是作出違背專業的行為。[316] 不斷出現的「雙標」事件很大程度上消解了它的權威。

與此同時，在新聞傳媒內部形成了一個個「山頭」——一種代表權威的陣營，「就是將自己當作一個山頭，我要捍衛這個山頭」。[317] 甚至於，哪些題材應該報道與否，怎樣報道都需要獲得行業的首肯與認定。[318] 其聲稱討厭評價體系，卻通過壓力形成自己的評價體系。對於什麼內容才是有新聞價值、什麼時候是新聞審查、什麼才是新聞自由等，新聞媒體及相關組織總是急於集中對事物主動定性，既做裁判又是運動員。各地的傳媒圈子形成了自己的規訓，類似於福柯所提到的「開放式的監獄」。[319]

例如，通過塑造英雄宣傳自由的信仰並轉移自己的無能。在 2014 年 2 月，香港《明報》前總編輯劉進圖被人襲擊重傷，引起當地新聞界激烈反應。真實原因一直沒有得到證實。但不少香港新聞媒體人已經認定這次暴力事件與新聞自由有關。而另一個也曾經遭遇暴力的香港媒體老闆施永青認為暴力事件不一定與新聞自由有關，香港的政治鬥爭中各方也不至於動用暴力來噤聲。[320]

---

315 關昭：2015 年。在 2018 年底，香港媒體《香港 01》在採訪臺灣台獨人士的報道中注明了其反對台獨的立場。香港記者協會對此發表聲明說，新聞工作者在處理報道時，應力求中立，毋須就內容表態，而《香港 01》是次加注立場的做法儼然畫蛇添足。見環球時報：2018 年

316 林海安：2020 年

317 盧少明：轉自郭中實、陳穎琳、張少威：2017 年，148-151 頁

318 李立峰：2016 年；羅恩惠：2009 年

319 米歇爾·福柯：28 頁

320 Now 新聞，鏈接：http://bit.ly/2ZqLvcw

按照香港媒體人劉瀾昌的說法，新聞暴力事件的不斷發生，卻不能排除與報業商業競爭加劇、新聞報道的傾向和採訪方式等因素有關。[321]即使結果未知，但這個行業的話語者急於通過猜想去進行裁決（裁決真理正是自由媒體所一直反對的），設置特定政治議程，某種程度上反映的是新聞行業的無能。我們應該反對暴力，但是不一定認同這些人跳躍式的「造神」邏輯。

　　這種傾向甚至形成了一種可能盲目的行業保護，用於批評他人，對他人的批評卻尤為敏感。甚至有媒體人認為，在香港大多數對媒體的批評都可能被亂扣帽子為「干預新聞自由」，這源於新聞媒體對新聞自由的畸形理解。[322]他們都傾向認為新聞自由應該是絕對化的，已經達到過度敏感和強烈「病態」的地步。[323]香港電台的員工曾經高舉團結的口號：「當見到不義的事情，就批評，若（我們）給人批評，我們就團結」。[324]

　　是的，媒體極少可能設置議程批判自己。公共知識分子被認為是一個狹隘的圈子，他們幾乎持有相同的自由主義立場，形成自己的「回音室效應」或「同溫層效應」，選擇自己喜歡的內容。但因此他們很難聽得進去民眾的意見，更少去思考民眾情緒背後所蘊含的生活態度和倫理意識。這實際上也是一種反民主。[325]

　　或者說，這本身就是一種不自由，或者是另一種審查，畢竟他們與政府管制一樣，都可能導致聲音的單一。

321　劉瀾昌：2018 年，155-156 頁

322　劉瀾昌：2018 年，導言，16-17 頁

323　劉瀾昌：2018 年，99 頁

324　區家麟：2017 年，192 頁

325　陳柏峰：2018 年，42-43 頁

權力的剩餘：「公共利益」還是「精英堡壘」？

如果有哪個媒體聲稱是代表民意，我們就需要有所警惕。

有人提到，在世界不同國家，新聞記者都會將自己作為人民的代言人，為社會尤其是底層群體發聲，以此突出新聞報道的合法性和道德追求。[326]

例如默多克及其新聞集團往往採用小報化、名流化的策略迎合讀者和觀眾；在美國，他利用民眾政治疏離感和對主流媒體的極端不信任，打造了「反主流媒體」的新型媒體。[327] 事實上，《世界新聞報》等很多強調「人民」的民粹媒體與民粹主義的理念相去甚遠。「人民」的最終指向還是規模龐大的市場，體現市場化導向的新聞民粹主義。甚至有研究者提到，英國《太陽報》等所謂的民粹報紙比一般嚴肅報紙更為精英化，激進的民粹主義也是陪襯而已。[328]

掌握人們的情感本身對於精英掌控的媒體就是一筆巨大的財富。其背後仍然是精英主義瞄準大眾的商業偏好為主。儘管民粹主義表面看是「為人民」的，但是實際上並非人民的運動，而主要是知識分子的運動。[329] 例如，在印尼經歷 50 年的威權時代到民主化時代，媒體依然是權力的代表，是精英和既得利益者的「密切夥伴」。它集中在少數人手上，自上而下發揮作用。[330]

326　姜華：2014 年，259 頁
327　姜華：2014 年，260-261 頁
328　姜華：2014 年，260-263 頁
329　姜華：2014 年，259 頁
330　雅爾諾・S・朗：2020 年，45 頁

在一些社會，部分記者逐步養成了與社會疏離的工作習慣，而自身經歷及社會背景又使其進一步保持了社會精英的民主觀念。他們首先不會質疑憲政秩序；在此前提下，他們更為看重精英階層的誠實與否及能力高低，而不是公眾參與或社會結構的改造。[331]

專業主義只是為媒體的霸權確立了合法性地位。[332] 有批評認為，新聞人一直所推崇的專業主義不過是「狹隘的精英利益的堡壘，並不代表整體的、社會的和民主的利益」。[333] 有人甚至認為，新聞業從根本上乃是警力的分支，以及稅務機關和各種消費者團體的代表。[334]

背後仍然要看生產資料掌握在誰的受眾，是哪個階級享有新聞自由。加拿大傳媒學者斯麥茲認為，政治經濟權力仍然決定著傳播的結構和內容，公眾在傳播政策制定上仍然蒼白無力；而傳播資源仍然被當作權勢階層的私有財產受到控制，知識私有化的趨勢愈演愈烈，公眾只是獲得了表面的使用權。[335] 美國憲法《第一修正案》所保護的首先是知識分子或中產階級的言論自由。[336]

同時，這個群體對於政府干預有著內在的矛盾心態，因為在一個市場中看來有害的政府干預可能在另一個市場卻會對其大有裨益。如科斯提到，美國那些最賣力要求政府管制其他市場的人，恰巧就是那些最熱衷於要求執行第一修正案中禁止政府干涉思想自由條文的人。[337]

331　查爾斯・埃德溫・貝克：2008 年，177 頁

332　呂新雨、趙月枝：2010 年，105-106 頁

333　Wasserman Herman: 2015

334　阿蘭・德波頓：2015 年，50 頁、54 頁

335　陳世華：2014 年。要留意的是，「保護私有財產」的理念的偉大並不能掩蓋當初私有財產的來源問題：現在的財產分配是怎麼形成的。

336　盛洪：2013 年

337　Coase R.H.: 1974

可能自然而然地出現的一種結果是，弱勢聲音會被邊緣化。在 1964 年的英國，讀者大部分是勞工階層的激進報紙《每日導報》（*The Daily Herald*）因沒有足夠的廣告收入而倒閉，儘管它的讀者數量達到 474 萬，超過《泰晤士報》、《金融時報》和《衛報》這三份迎合統治階層和中產階層的報紙的總數近一倍。[338] 從類似的情況預想，如果國家將利潤最大的一些媒體服務放開去競爭，從盈利出發的媒體企業可能就沒有必要兼顧農村偏遠地區的公民對信息服務的需要。

新聞記者往往來自社會中產或者精英階層的專業人士，在敘述的故事往往帶著精英視角。本來公共領域的精髓在於其批判性，但是最後卻成了精英一家之言的領域。[339] 在過度的市場化下，當中國農民們打開電視機，他們能夠得到的往往是帶有城市中心主義和消費主義的觀點對他們的改造。[340]

在大多情況下，很多人都沒有對新聞自由的實際使用權。我們確實看到一些批評媒體的例子。在德國施密特案中，原告施密特博士由於《明鏡》週刊曾在報道中對其有所抨擊，便在報紙上撰文反擊，並將《明鏡》的作風形容為「道德賣淫」，甚至在德國憲法法院的官司中勝訴。[341] 但是，並未每個對抗媒體的人都有這樣的對抗的力量；宏觀上，一些國家也沒有與西方媒體對抗的力量。

米歇爾・福柯曾經提到，「知識是權力的剩餘」。[342]

338 趙月枝：2010 年

339 石義彬：2014 年，60 頁

340 呂新雨、趙月枝：2010 年，73-74 頁

341 孫平：2016 年，213 頁

342 石義彬：2014 年，273-274 頁

「新聞自由」有毒

媒體為了獲取戲劇性、娛樂性政治新聞渠道就更需要與政客、公關打交道，政客和公關也需要通過提供媒體偏愛的內容去服務自身的目的。[343] 政府也會常常策劃或者舉辦記者招待會、部長會議等來吸引媒體的注意與報道，從而影響媒體的看法。[344]

有人批評，在水門事件和越戰之後，美國媒體在 2001 年「9·11 事件」之後的表現似乎是失敗的，他們更多是政府的速記員，或者迫於「愛國壓力」而對很多不尋常的政府壓制行為表示了認同（儘管他們後來曾經從這種思維中跳出來）。[345]

2005 年，美國公民自由聯盟在其官網發佈了 44 份來自美國軍方的屍檢報告，曝光美軍在伊拉克、阿富汗對當地人實施酷刑的行徑。但據相關數據顯示，美國 98% 的日報沒有報道這一消息，美聯社也只是發佈了一條相關報道。這些美國主流媒體被認為有十分明顯支持美國政府的意圖和傾向。[346] 在美軍虐囚事件中，只要美國政府高層打來一個電話，就足以使哥倫比亞廣播公司（CBS）延遲播放阿布格萊布監獄虐囚照片；為了隱瞞五角大樓文件，尼克松政府則以危害國家安全的名義，運用其特殊權力對媒體濫施法律。[347]

儘管他們對公權力有監督批評，但其還是支持主流政治權力的外延而已。新聞媒體之間對於這種主流價值觀的互相參照也讓我們的新聞議題變得千篇一律，「結果創建了高度相似的議程」。[348]

343　劉肖、董子銘：2017 年，70 頁

344　劉肖、董子銘：2017 年，106 頁

345　安東尼·劉易斯：2010 年，141-143 頁

346　Phillips Peter: 2006

347　邵文光：1998 年；石義彬：2014 年，472 頁

348　馬克斯韋爾·麥庫姆斯：2018 年，187 頁

另一方面，有人提醒，「媒體和政府之間並不存在所謂的一致的『陰謀』，媒體不能被簡單認定是政府的工具。」[349] 在市場化下，媒體有著獨立的利益，有時候可能為了保護自身利益而順便保護了公共利益，但是也可能因為某種公共利益影響了自身的利益，而與國家、政治集團或其他利益集團達成妥協。[350]

在西方，媒體在浪漫主義的精神鼓勵下對政治提出挑戰，也可以由於意識形態或者市場壓力而對政治權力形成依賴。兩者從不決裂，而形成「共生」的關係。自由主義體制下的新聞工作者也與政府官員有著強大的制度化聯繫。[351]

類似地，南非學者 Wasserman 提到南非的情況，中產階級擁有並組成的主流媒體對日常生活的體會，和那些民主制度之下仍然處於貧困和沉默中的社會大部分公民的生活體會大不相同。而媒體對社會狀況的描述往往就像學者提到的「來自城郊的景象」。[352]

那種認為沒有公權力干預就意味著自由和民主的想法太簡單化，因為只有城市、消費主義和強勢權力的聲音的時候，社會「底層」的訴求並未被足夠表達。那也是一個不民主的社會。[353]

幸運的是，互聯網給媒體的衝擊就部分解決了這種矛盾：互聯網讓專業媒體走向衰落，信息獲取的權利變得平面化，所有人都能成為信息的分享者。客觀上，無效的信息增多了，社會的撕裂也可能嚴重。但同時，有希望成為有價值信息的線索也增多了。

349　石義彬：2014 年，472 頁

350　汪暉：2009 年

351　劉肖、董子銘：2017 年，68 頁、138 頁；張巨岩：2004 年，228 頁

352　Wasserman Herman: 2015

353　呂新雨、趙月枝：2010 年，80 頁

在現代科技帶來媒體平面化的情況下，大家通過娛樂化的方式解放了那些「沉默大多數」的表達權和選擇權。就像中國的短視頻平台「快手」、「抖音」等。儘管大多數媒體人都會痛呼「娛樂至死」，但這些平台讓數億農村人可以通過這些渠道發表迥異於中產階級的聲音，讓沉默的大多數不再沉默。

觀點市場既然是市場，就可能失效

　　普遍認為，最早由英國政論家約翰‧彌爾頓在 1644 年的《論出版自由》提出類似「觀點的自由市場」的說法：真理是通過各種意見、觀點之間的自由辯論和競爭獲得的。其與「觀點的自我修正」理論被認為是西方自由主義新聞學的理論根基。[354] 後來，英國哲學家洛克、法國啟蒙學者孟德斯鳩和盧梭、美國政治家傑斐遜等都對這樣的理論加以豐富。[355]

　　實際上，約翰‧彌爾頓並沒有提到任何關於「觀點的自由市場」的字眼，也並未真的成形，儘管其本身的觀點有其價值。這可能也是學者和新聞人有意或無意造成的一個普遍的迷思。在西方「勝利者」書寫的歷史中，這種真相無關重要。從彌爾頓、甚至大憲章等去追溯自由的繼承，更像是為自由所建立的宗譜──就像成功的中國人也會找到古代同姓名人去扯上血統關係。[356]

　　實質上，「觀點自由市場」的首次出現大致是在上世紀 30 年代。美國霍姆斯法官在談及政治言論就經常提到「思想的市場」：對真理的最

354　王進昌：2013 年

355　陳力丹：2003 年

356　類似於西方社會對英國《大憲章》地位的推高。其本身價值也需要解答一些質疑：例如，當時波蘭地域的大憲章中制約王權的成文比它還要早，為何歐美不是推舉波蘭的大憲章？它在誕生後幾百年實際上都並未給當時的社會帶來實質改變，甚至到 16 世紀後才被提起；它最初只是照顧「自由人」的貴族而非一般人，其本質是否有推翻階層的剝削？不過，這些都不影響它被西方提高到了「法治」、「制衡王權」的宗譜地位。

好檢驗是看一個言論是否在市場中為人們所接受。[357] 其最初在兩次世界大戰之間發生的法律與政治辯論中產生，並在 50 年代的冷戰中形成。[358]

這種迷思認為，虛假思想可能會取得暫時勝利，但真理會在大多數人的整體中通過自我修正過程達到最終勝利，作出正確的決定。[359] 有學者借助統計理論發現，如果同時存在真實的言論和虛假的言論，而且都有大量各自獨立的證據能提供與問題本身相關的信息，那麼理性的受眾能分辨出真假新聞。[360]

這種論述體現擁護者的一種樂觀而天真的心態。這個「思想市場」的說法似乎很符合我們看到的現實，但是不談實際時空條件與成本就是耍流氓。例如，有多大機率才能達致「大量各自獨立」的證據？那是一個如何的狀態？

畢竟，在自由和公開的環境中，「真理」得不到彰顯的例子比比皆是。臺灣小學老師洪黃祥就用 2022 年奧斯卡頒獎禮上韋爾‧斯密夫掌摑主持人的事件告訴學生：在是否支持掌摑主持人的行為上，當老師引用了不同的資訊，七成學生可能由於提供的信息不同而左右搖擺。[361] 媒體和社會構造「真相」的可操作空間太大了。

要知道，在美國過去數百年中，許多偉大的司法意見實際上是與當時大眾的意見相違背的，要多年的沉澱才被廣泛接受。例如提及「思想

357 安東尼‧劉易斯：2010 年，36 頁，173 頁。彌爾頓就在《論出版自由》提到：「讓真理與謬誤爭鬥，誰曾聽說在自由和公開的衝突中真理會處於劣勢。」見約翰‧彌爾頓：2016 年，45 頁

358 Nordenstreng Kaarle: 2007

359 弗雷德裡克‧西伯特、西奧多‧彼得森、威爾伯‧施拉姆：2008 年，36 頁

360 Gentzkow Matthew, Shapiro Jesse M.: 2008

361 鏈接：https://bit.ly/3OlxINE

市場」的霍姆斯等人就曾經力排眾議反對懲罰激進言論。[362] 即使今天的信息發達的香港，對由《逃犯條例》引發的一系列事件，我們至今仍然無法知道始末。[363] 如果真相遲來，對一些人來說，還有什麼意義？

「真相」本身十分可疑。媒體既可能減少信息差，也可能在創造信息差。畢竟現實被傳媒主宰的輿論環境中，問題複雜程度超出想象。[364]

與過去不同，現代信息的流通與傳播的平面化提供了參考，從信息的「垂直流動」變成了更多的「水平流動」。[365] 在某種意義上，媒體也可能是信息自由的敵人。

美國法學家艾倫·德肖維茨就對觀念市場是否能夠運行表示懷疑，特別是在一個市場中，被有能力購買媒體時間的人所嚴重扭曲的世界裡；而諸多經驗證據顯示，收看、收聽或閱讀某些新聞媒體的人會對顯然錯誤的事情信以為真。[366] 這裡涉及兩個問題：平等和理性。

當我們提到思想市場各種美好的時候，我們應該平行對比另一市場——商品市場。但有趣的是，知識分子（特別是新聞工作者或者學者）都往往傾向於抬高思想市場而貶低商品市場。他們認為商品市場需要管制，而思想市場則不需要政府管制。[367]

過去一段時間，自由市場曾經促進社會化，而全球化的自由經濟也不僅創造了財富的擴展，也在倫理上增進了人們的道德品格。[368] 新自由

362 安東尼·劉易斯：2010 年，168 頁
363 劉甯榮：2019 年
364 陳柏峰：2018 年，第 146 頁
365 羅伯特·D·帕特南：2001 年，205 頁
366 艾倫·德肖維茨：2014 年，155 頁
367 羅納德·哈裡·科斯：1974 年
368 劉擎：2013 年，66 頁

主義者相信自由主義市場經濟能夠通過價格調節，並反對任何形式的國家干預，將社會主義和計劃經濟看成是是哈耶克所說的「通往奴役之路」。[369] 但是「新自由主義」讓不少拉美、亞洲國家如何已經走上「被西方繼續奴役之路」。

更為令人不解的是，人們常常出於抬高其地位，將「觀點市場」和另一個政治性的「意見廣場」混為一談，前者是商業性的，花言巧語的說服（或者宣傳炒作）更容易通行，而不是理性論辯。[370]

但既然是一種「市場」，就應該存在一種自由的交換與比較，因此也就存在失靈的可能，畢竟媒體股東不會只看公共利益。而失靈的市場就需要干預。

自由主義確實在某些方面增進了道德（特別是個人的自由選擇上），但是另一方面卻侵蝕了某些傳統美德。我們既要看到柏林牆的倒塌、蘇聯的解體，也應該看到華爾街的潰敗和拉美國家從自由主義的轉向。正如商品市場，新聞市場的自由是自相矛盾的：因為在市場中，生產者經常行使壟斷權，在沒有政府干預的時候很少會以提高公眾利益的方式行事。[371]

市場的失靈與政府的失靈一樣，都不能被高估或者低估。如果政府不干預，行業壟斷、信託、公會等就有可能干預，將市場自由變成虛幻。在 19 世紀末到 20 世紀初，報業在許多國家都出現了不同程度的集中和壟斷。[372] 這時候也只能依賴政府的干預與介入。到了今天，大型媒體通過控制削弱了公民社會，左右各地議程。這樣的市場化並沒有帶來民主

369　潘毅：2018 年，第 11 頁
370　趙汀陽：2017 年，290-292 頁
371　羅納德・哈裡・科斯：1974 年
372　于海湧：2013 年，13 頁

化，因為他們只是給予消費者而不是公眾權力。[373]

對商品市場經營者的管制在知識分子可能同樣適用。更何況有時候商品和思想兩者並不容易區分，例如商業廣告究竟其屬商品市場的一部分，還是思想市場中對觀點的一種表述？

我們在談論「新聞價值」的時候，可能涉及到時效性、衝突性、地域性、特殊性以及趣味性等。[374]這些與商品市場中的競爭條件差別不大。在分析什麼因素促使美國大部分報紙進行傾向性報道的時候，有研究者指出，無論是報紙的所有者還是當權政客所屬的政黨都不可能對報紙的內容施加實質性的影響，而應對市場的需求才是造成傾向的主要原因。[375]

我們不得不懷疑，儘管新聞可能有著自身的特點，但現代的新聞在大多數時候首先是一種商品，而「公共利益」更多是一種附加屬性？相反，難道商品市場沒有促進公共利益嗎？

如果我們回顧英國《世界新聞報》一百多年的新聞實踐，該媒體揭露了不少政治醜聞，對於社會的發展起到了一定的促進作用，但從本質上講，這些報道都是其「商業追求的副產品」。[376]

同樣，香港的《壹週刊》也確實帶來了很多有影響的調查報道，但同時也帶來了各種備受批評的「低俗報道」。他們是在販賣信息，也可能定期販賣情感產品（焦慮、激動、民粹、本土主義等）以供不同讀者消費。很多所謂媒體的政治立場對立，更多是市場競爭，包括在香港的建制和反對派媒體之間在政治取態的表面競爭。媒體不同偏向有部分是

373 雅爾諾‧S‧朗：2020 年，52 頁
374 黃天賜：2013 年，16 頁
375 Gentzkow Matthew, Shapiro Jesse M.: 2006
376 姜華：2014 年，121 頁

源於新聞市場的經濟因素。偏向更多是經濟上的選擇，而非人的弱點或者缺陷。[377]

另外，「觀點的自由市場」有一點迷惑性。有時候，市場上看起來的言論「自由」，可能正是對於言論自由的損害；而政府對言論的規制也並不一定是對言論自由的損害。[378] 私利交織下的「觀點自由市場」中，報紙與廣播行業的這種基於利益的「自治」本身就是對於自由的削減。[379]

有人指出，如果市場幾乎不能帶來什麼政治討論或多樣化的觀點，那麼這個市場本身也是違反美國憲法的。[380] 美國學者桑斯坦認為，言論上的「自由市場」會將表達的機會配置給了那些聽眾願意為之付費的人，但這並非民主社會一個富有吸引力的表達自由觀念，也不利於保障審議民主。[381]

對於社會整體，如果更多的自由無法兌現其對真相的功利性承諾，我們還如何大膽去推進更多的自由？

「觀點自由市場」並非沒有用。但如果要運行有良好的結果，我們需要很多條件去配合，自由實踐不能抽離於各種社會條件。[382] 挑戰在於，我們很難知道一個良好運作的思想市場應該是怎樣的。究竟大眾傳播對

377　詹姆斯・T・漢密爾頓：2016 年，139 頁、1 頁。有學者認為，新聞自由是新聞民主的基礎，同時變異的新聞自由又帶來新聞消費主義的興起，而新聞文化民主觀的變異又導致了新聞民粹主義的風行。這往往導致新聞自由、新聞民主、新聞民粹主義和新聞消費主義這四種形態並存於一國或異地的新聞業之中。見姜華：2014 年，33-34 頁

378　凱斯・R・桑斯坦：2005 年，240-241 頁

379　凱斯・R・桑斯坦：2005 年，239 頁

380　凱斯・R・桑斯坦：2005 年，253 頁

381　凱斯・R・桑斯坦：2005 年，導論，14 頁

382　周保松：2015 年，238 頁

第二章　「新聞自由」的罪惡

114

促進社會共識、找到真相所起的積極作用究竟有多大？我們也沒有明確
的答案。

「謠言止於智者」就是謠言

很多人傾向認為，謠言並不會對社會有多大危害，更不需要抑制。因此，要讓謠言不攻自破，最好的辦法是實行新聞自由。[383] 有些人提到，謠言和陰謀論之所以產生、謠言之所以令人不舒服，是因為權力無法控制這種信息，而這種信息是一種反權力。[384]

確實，部分謠言的擴散經常顯示出一種對官方媒體的不信任，甚至對政府本身也缺乏信任。政府也應該主動做好宣傳工作，減少謠言的流通。在經歷 2003 年「非典」疫情的危機之後，中國政府後來在處理禽流感疫情變得更為及時，讓權威信息有效流通，禽流感期間社會上確實沒有太多的「謠言」和「小道消息」流傳。[385] 當然，政府對待謠言的處理方式確實可以發揮關鍵的作用。

也有學者認為，在缺乏信息自由的社會裡，謠言成長得最好。[386] 但是這個未必如此。

例如，在香港等新聞自由更為發達的地區，傳統媒體上就有大量似是而非的「煲水新聞」，而社交媒體上的謠言更是豐富多彩，變成有利可圖的商品（例如各種涉及中國政治的「小道消息」堂而皇之地成為商品，並經久不衰）。而很多所謂的「謠言」和「真相」可能只是同一觀點在不同價值取態的差異而已。

383　徐貴：轉自潘忠黨等：2008 年
384　讓・諾埃爾・卡普費雷：2018 年
385　李一言：2003 年
386　胡泳：2011 年

如果說絕對自由就能帶來好的媒體環境，或者說政府管制會帶來更多謠言、陰謀論，那都是以偏概全的。

問題要看是什麼謠言。畢竟不同的謠言的產生和傳播還涉及到不同利益或者取態。可能有時候根本與信息的自由程度無關。而在新聞領域談論謠言，不少人也往往是從政治、社會事件去談論。

上述「謠言是反權力」的觀點是典型的「國家對社會」、「自由對控制」的簡單二元論思路。[387] 在香港 2019 年後的一連串社會事件中，我們看到來自主要對立兩大陣營的謠言不相伯仲。[388] 如果說謠言是反對權力，他們各自反對的又是什麼權力？在 19 世紀下半葉，在美國人們心中，他們相信這樣的謠言：中國人將滲透到美國社會並最終將其接管。[389]那麼，這個又是反對什麼樣的權力？

我們可以說人們對公權力不信任導致了謠言，但在很多情況下，人們對於公權力還是有所依賴的。社會出現的「叫魂」現象也可能是因為公權力不足所帶來的。[390] 我們也不要忘記，在防止社會上一些欺騙行為的宣傳上，我們基本上都是支持政府干預控制這類謠言的。

另外，即使說謠言是一種反權力，新聞人並不值得為此高興。實際上新聞傳媒也是這種「權力」的一部分，而有一部分謠言也是針對這部分權力而產生的。在對抗「伊斯蘭國組織」對美國人的宣傳時，當地仍

387　趙月枝、邱林川、王洪喆：2014 年
388　Banjo, Lung: 2019；伍逸豪：2021 年 6 月 1 日
389　諾姆·喬姆斯基、安德烈·弗爾切克：2016 年，75 頁
390　在 2013 年，河南杞縣發生「核洩漏」的謠言在民間傳播，一個居民在採訪時是這樣說的：「當時聽有人說工廠要爆炸，我們就跟著出來了。後來聽說政府說沒事，就又回來了……要是政府早點說沒事就好了，不管出現什麼情況，老百姓最相信的還是政府。」見鄧紅陽：2009 年

有大量人因為不信任政府、主流媒體而傾向於相信極端言論。[391] 或者說，在一定程度上，媒體的過度自由也可能是助長謊言的因素，也是壓迫的工具。如果謊言符合媒體的商業利益，媒體很多時候就會主動成為謊言的推手，然後美其名為「知情權」和「公共利益」。

這和那些聲稱「謠言止於智者」的人一樣有著同樣盲目的自信。畢竟，智者在大眾中的比例極低。[392] 況且，即使學識不錯的人也會相信某些謠言。例如，資深的傳媒人也可能出於激動或者各種原因去轉發那些「似是而非」但符合情緒宣洩的「深度文章」。[393] 在 2018 年中國的權健公司傳銷事件中，那些努力轉發權健惡行、揭露傳銷詐騙事件的群體（多數是中產人士），也正是那些將保健品推上銷售神壇的年輕人，其中不少也正是主流媒體的受眾。[394]

當然，謠言更像是社會的必需品，或者社會人的心理保健品，會永久存在。[395] 而謠言的流行除了因為個人認知能力的局限、信息公開的不透明，還有著特定的社會環境基礎的。[396] 有人稱之為「夾雜了個人對這世界如何運轉的主觀臆測的公眾傳播」，表達了人們試圖認知自身生存環境的人們的憂慮和困惑。[397] 與其說謠言的產生是因為「反權力」，不如說是各式各樣的恐懼、焦慮與欲望等在起作用。

其次，與之相關的一種「謠言」認為，政府不需要處理謠言或者「假新聞」，也不能干預觀點的自由市場。

391　Lake Eli: 2017

392　田飛龍：2020 年

393　魏武揮：2018 年

394　今夜九零後：2019 年

395　阿萊特・法爾熱、雅克・勒韋：2017 年

396　唐興華：2020 年

397　胡泳：2014 年

謠言的存在有著各種成本。而在人類生活中，擴大恐懼要比縮小恐懼容易得多。[398] 正所謂「造謠一張嘴，闢謠跑斷腿」，假新聞傳播的速度是真相的 10 到 20 倍：當被轉發最多的假新聞在 1000 到 10 萬人中傳播，而真相卻很少傳播超過 1000 人。[399] 而更令人擔憂的是，假新聞可能產生螺旋效應或者槓桿效應，塑造了某種虛假的事實，例如西方對新疆強迫勞動報道的螺旋效應。

　　在信息市場中，造謠的代價太低，收益卻非常高。在 2016 年美國大選期間，歐洲國家北馬其頓就有數百名年輕人每天通過製造大量關於美國的假新聞維生，對美國大選造成不公平的影響。[400] 而現在很多大型社交媒體都間接從大量假新聞的傳播中獲利。

　　一些明確有害的信息是需要遏制的。最主要原因在於社會存在的不當恐懼可能會讓國家投入過多的財力解決小問題而忽略大問題，會導致公共資源的錯誤配置。[401] 在 1973 年發生於德國的石油危機導致需求的急劇增長，事實上刺激需求增長的是大量報紙的報道，而並非現實的供給減少。[402]

　　一個社會應該力圖在新聞自由、人權保障和必要的民主防衛機制之間取得平衡。但是有人提醒，如果有人利用人性弱點、社會矛盾或者政治商業動機操作而導致假新聞、仇恨言論氾濫成災，那麼人們可以正式地、理性地、平等地對話的基礎已經被破壞。這只會讓民主生活與公共領域的基礎岌岌可危。[403] 美國前總統奧巴馬也提到，如果我們失去了分

---

398 New York Times: 2001

399 Vosoughi Soroush, Roy Deb, Aral Sinan: 2018

400 英國那些事兒：2019 年 6 月 2 日

401 凱斯·桑斯坦：2015 年，49-54 頁

402 馬克斯韋爾·麥庫姆斯：2018 年，26-44 頁

403 羅世宏：2019 年

辨真假的能力，「思想市場」就會失靈，民主也就失靈。[404]

在經濟活動上，如果市場不能解決所有問題，政府的適度干預就有了合理性。[405] 美國法律學者桑斯坦更認為，極端言論的實質危害不可能通過公共討論去消除，因此呼籲政府的強力干預。[406]

美國公共關係學者愛德華·伯納斯認為，只要各種宣傳活動能「公開競爭」，就不會造成嚴重的社會後果，甚至在面對錯誤宣傳的時候，我們必須發動更多的宣傳。[407]「宣傳」這個此本來是中性的，但是在國際對抗中被賦予上負面性質。這是十分危險的認知。[408] 儘管被污名化，政府宣傳本身並不是問題，甚至宣傳不可避免。[409] 例如我們常常看到政府的防騙宣傳廣告等。

監督政府權力和反對謠言並不矛盾。矛盾的更多是博弈下利益衝突。我們也確實看到，國家公權力也習慣將謠言「妖魔化」。[410] 某種意義上，人們實際上並不反對管治信息，甚至在支持一定程度的管治。他們所討厭的更多不公平的、毫無預測性的管制。例如管治手段的落後，

---

404 Nyce Caroline Mimbs: 2020.11.17

405 馬凌：2011 年

406 Sunstein Cass: 1995

407 劉海龍：2008 年，112 頁。按照布萊克字典所指，宣傳指意圖影響全部人民看法以及態度的、被系統性扭曲的資訊。關鍵取決於誰使用它以及如何使用。當我們認為中國的宣傳做得比較拙劣，其中可能並不只是宣傳技巧的問題，可能是話語權、文化等結合的結果。另外，儘管中國的一些宣傳顯得無趣，但是總體上其信息量還是豐富的。

408 劉海龍：2013 年，《宣傳：觀念、話語及其正當化》

409 聯合國也曾經回避使用「宣傳」的字眼，其仍然難以避免自身陷入宣傳中。它曾經推出「普世認同的事業和運動」、「世界未來」等詞語，但並非所有國際社會的成員都支持聯合國的這些措辭及其相關措施。見 Alleyne Mark D.：2003 年，102 頁

410 胡泳：2014 年

特別是那種生硬控制方式（例如毫無解釋的刪帖行為）。

相反，人們也並非反對「自由」，而更多是對自由的名義下其他權力被濫用、民主基礎被破壞的無奈。我們依然需要從社會效益的功利角度看待這個問題。

我們也不能美化所有「謠言」而認定其人畜無害或者無足輕重。也有人認為，在一個法治和新聞自由得到充分保障的社會，所謂造謠的問題也許就不是什麼嚴重的問題。[411] 香港有著良好的法治以及較高的新聞自由，但是我們仍然沒有看到任何謠言減少的趨勢，甚至是新聞媒體自身開始製造各種捕風捉影的虛假新聞（當地稱之為「煲水新聞」），並加深了社會撕裂。而後來在 2019 年香港的社會運動中，我們看到，在缺乏統合基礎上，法治對於濫用自由的媒體實際上的制約作用有限。

曾經發生的麥卡錫主義也可能對美國沒有什麼威脅，但是它也提醒我們，一個平庸的煽動者要想利用恐懼、誇大威脅可是太容易了。[412] 對一些危害信息是否包容取決於不同人群對其的感受有多痛。

現實的情況是，越來越多國家包括西方在思考推進反假新聞的立法，並為管控社交媒體上的假信息而做出嘗試。[413] 其實假新聞的問題並非新鮮事物，是自由原生的陰暗面。在回歸前的香港，港英政府布政司認為發佈虛假新聞是一項嚴重的事情，要強行實行《公安條例》的「虛假新聞」條款，並認為這個條款的實行與維護新聞自由沒有必然衝突。後來這個條款在 1988 年獲得通過，但是在 1989 年又被當局撤銷。這個過程就被認為可能與政策博弈有關。[414]

411　周保松：2015 年，238 頁
412　托尼・朱特：2012 年，36 頁
413　Wang Hang: 2019
414　劉瀾昌：2018 年，286-287 頁

利益平衡依然是調整自由的核心。如何定性假消息以及如何執行是操作中的難點。

如果沒有任何謠言或者謠言氾濫，我們的社會會變得怎樣？有些謠言對社會危害性較低，不會造成社會混亂，應該引導而不宜進行法律懲戒。[415] 例如，我們看到，微信、微博等社交平台確實有很多謠言，但是並未對我們的社會有什麼致命的影響。此外，有些謠言確實也在扮演民眾情緒宣洩的渠道，推動社會改良。

今天的社會除了需要開放和自由，同樣也需要人們關注秩序和責任。這一方面要靠國家努力，還需要依賴人民群眾。[416] 在這種多元聲音的環境下，真相是否會被掩蓋或者誤導，就依賴每位讀者的辨識能力——如同我們在菜市場上購買合適的商品一樣。[417]

只是如何劃分界限並實施是一個難題。這需要對「謠言治理」的細分理性，進行法律上的正確定義和區分。[418] 這也要求政府有著更高明的、良性的官民互動的公共治理思維與能力，更多是「助推」而不是「強迫」。[419] 那種強制方式的治理成本高昂，效用也在衰減，但是不治理也有其社會成本。

有人認為，最好的平衡還是在依法打擊破壞性謠言和合理保護商談性言論之間，同時讓危害性低的言論有多元的空間，而中國也不必有境外對言論自由的宗教背景理解及其保護高度。[420] 我們應該期待這樣的機

---

415 唐興華：2020 年

416 唐興華：2020 年

417 程映虹：2016 年 10 月 15 日

418 田飛龍：2020 年 1 月 31 日

419 正如桑斯坦在《助推》中提到，只有通過設計精巧的誘導和貌似積極正面的鼓勵，才能讓老百姓發自內心地作出行為改變。

420 田飛龍：2020 年

制：能有效應對突發事件的公權力系統、能夠及時對不合理部分進行糾偏的治理體系，以及一個能容納不同聲音的公私權互動機制。[421]

---

421 秦小明：2020 年

「真理越辯越清」本身就不清

我們常說，「我不同意你說的觀點，但是誓死捍衛你說話的權利。」一個自由社會的公民也足夠勇敢、開放去聽取不同的意見。[422] 這是一種偉大的思想理念，值得我們社會的個人都去追求。

確實，正是過去社會對那些貌似危險的、不少人憎恨的言論和文化的包容和開放，才讓這些現象得以生存與發展。我們對話語的社會尺度在不斷拓展。這讓我們發現更多可能性。而這種包容也對政府管治智慧要更高的要求。

但它有兩個問題：一個是近乎苛刻的實現條件。人們需要有極高的素養才能達致這樣的一個條件。即使沒有公權力限制，社會上的人們也容易通過壓力或者其他各種方式去剝奪其他聲音的表達空間。現代的人似乎更大度、公權更謹慎，但是我們仍然看到很多聲音被沉默、孤立的情況，例如過去幾年社會對抗陣營之間的壓迫手段（香港「藍黃」陣營通過互相貶損和敵視而破壞對話基礎）。

其次，它體現的是對話背後的深刻問題——理解不保證接受，例如以文化多元論為名但是以相互冷漠為實的「政治正確」，因為「接受」才是對話的根本問題。[423] 在過去英國貴族大多能夠在適當的時候作出妥協，為國家帶來了平穩發展，避免的類似法國大革命那樣的震盪。[424] 但是現在那種基於程序的妥協精神似乎越發衰落。

422　安東尼・劉易斯：2010 年，171-175 頁

423　趙汀陽：2017 年，352-354 頁

424　張聰：2014 年，52 頁

這就變成了「我捍衛你說話的權利，但是誓死不同意你的觀點。」

在涉及利益博弈的政治對話中，追求所謂的「真理」是錯的，因為堅持「真理」意味著取消了相互讓步和相互接受——特別是涉及到制度、文化、價值觀的精神衝突，追求「真理」就更為困難。[425] 對於道德、價值、良善等問題，我們談論得越多，我們就有可能發生分歧，即使我們都是理性的人。[426] 例如美國國內關於墮胎的討論，基本上要達致「真相」並讓人們互相理解的希望十分渺茫。再例如在相對自由的香港近年興起的「藍黃」陣營引申的身份政治鬥爭。

人們都希望通過對話解決衝突，例如進行各種討論和辯論。中國改革開放初期的對於「實踐是檢驗整理的唯一標準」的大辯論，就被認為是一個成功的例子。在方法論上，某種程度上民主是由「討論」來治理。[427]

但對話本身就是一個悖論：因為它是衝突的表現方式或者製造衝突的一種方式。[428] 很多大規模的公共觀點交鋒很容易失控，結果事件不是是通過辯論去達成共識的，反而越是開放的辯論越可能強化各自的觀點。[429] 法國哲學家米歇爾·福柯認為，話語只是欲望，傾向於鬥爭與控制，那種認為充分溝通就可以達成共識的想法純粹是烏托邦。[430] 這有些極端，但是提供了一些清醒的認識。

更核心的是，從實效看，很多所謂的辯論在現實社會中是失效的。

425　趙汀陽：2017 年，353-354 頁、359 頁

426　劉擎：2013 年，171 頁；布魯斯・N・沃勒：2015 年，2 頁

427　劉擎：2013 年，154-155 頁

428　趙汀陽：2017 年，347 頁

429　鄭若麟：2019 年；宋魯鄭：2019 年；宋魯鄭：2019 年

430　石義彬：2014 年，第 278 頁

「真理越辯越清」和「謠言止於智者」、「歷史會證明一切」、「眾所周知」等一樣，枉顧辯論的主題和環境去作出預測。說出這樣話語的人更像是一種帶著強烈自信的自我精神勝利法。

首先是人的理性問題。美國法律學者凱斯・桑斯坦在 2002 年的《網絡共和國》提到「群體極化」問題；在 2006 年的《信息烏托邦》中，他又著力研究了「信息繭房」和「群體盲思」現象。人們往往只喜歡和他們圈子的人交談，過濾掉自己不想聽的聲音，結果聚合信息的努力可能把人們帶向極端主義、安於現狀和錯誤（儘管這種極端在民權運動、女性平權運動和反奴隸運動中發揮巨大的作用）。[431]

例如近年互聯網平台的智能推薦算法、個性新聞，已經演變成每個用戶的「信息繭房」（或「同溫層」）。這些算法可能非但沒能幫我們開發出豐富而飽滿的個性，反而「加重了我們的病態，沉澱了我們的平庸」。[432]

在這些不同的繭房之間的競爭，容易形成「沉默的螺旋」：和主流觀點持相反意見的人由於同輩壓力而保持沉默，從而導致少數派的聲音越來越小，多數派的聲音越來越大，形成一種螺旋式上升的模式。[433]

其實，相反也可能是成立的，也就是「優勢觀點」的螺旋，或者說「喧囂的螺旋」：即使少數聲音，但如果獲得某種優勢，也能夠達致「喧囂的螺旋」，壓倒多數派聲音。按照「觀念波動模型」的理論，一個空間內各種觀念最終的波動均衡，取決於那些最頑固地堅持自己觀念的人，而不是取決於那些更願意修正自己觀念的人。[434]

---

431 凱斯・桑斯坦：2003 年，47-54 頁；凱斯・R・桑斯坦：2008 年，59-64 頁

432 阿蘭・德波頓：2015 年，227 頁

433 伊麗莎白・諾爾 - 諾依曼：2013 年，4-7 頁

434 Acemoglu Daron, Como Giacomo, Fagnani Fabio, Ozdaglar Asuman: 2010

現實中，動態的、極端的或者負面的聲音比理性的聲音傳播得更快，更有戰鬥力。例如，越是與權力階層充滿對抗、言辭激烈的新聞信息和極端言論，越容易在虛擬空間獲得認可、讚譽和轉發。[435]

面對更有戰鬥力的言論，我們不認為西方的公權力會坐視不理。在2001年「9·11事件」之後，「美國之音」頂著政府壓力向全世界播放了塔利班領導人奧馬爾四分鐘的講話，被美國政府認為其間接為塔利班進行了宣傳。[436]值得我們反思的是，當恐怖分子越來越懂得「新聞價值」的含義並製造適合西方媒體價值的內容，從而影響美國國內社會，美國媒體才開始建議決策者要周密部署「正面報道」。[437]宣傳的內涵都是相對的。

人們的意見不是來自理性的判斷或者直接經驗，而是可能在宣傳的影響下達成表面的一致。[438]因此，我們不免懷疑，自由社會的很多所謂的「民意」同樣極有可能是被塑造出來的；隨後，公私權力又通過這些「民意」構建了某種事實，從而影響政策。

在信息市場中，新聞人也傾向於選擇那些能夠被看到而且表面清晰簡單的新聞故事，而不是關注某個關乎社會長遠發展的議題。[439]即使在正式的議會上，大聲辱罵對方的人要比那些得體地提出問題的人更有機會在電視上被報道。[440]但是這些簡單的新聞故事容易造成曲解。

435 凱斯·R·桑斯坦：2010年，1-26頁

436 劉肖、董子銘：2017年，57頁

437 龍小農：2009年，70頁

438 劉肖、董子銘：2017年，17頁

439 區家麟：2017年，60頁

440 布魯斯·N·沃勒：2015年，3-4頁

2004 年調查顯示，美國人認定自己遭受恐怖襲擊的機率大於 SARS 病毒。[441] 之後在 2014 年，美國境內因為恐怖主義暴力而死亡的只有 18 人，而相近時期因為槍支暴力而死亡的人數以千計。在選舉中，主張控槍的民主黨還是敗給主張限制移民的共和黨，高頻的槍支暴力反而成為「灰犀牛」事件。[442]

在這些情況下，新聞媒體可操控的空間實在很大。媒體不斷販賣情緒推波助瀾，讓曝光度高的事物更可能變成「真相」。這也是美國總統特朗普能夠成功地宣傳自己的一部分原因：「這或許會激起矛盾，但只有這樣才能達到宣傳效果。」[443]

最危險的是，這些構建的「事實」反向加強了原來的「民意」，產生不斷螺旋循環和槓桿作用，最終導致社會整體誤判。香港過去十多年的身份政治就是如此。

這是自由的其中一個代價。

有時候，對抗那些有傾向的社會優勢觀點比制衡政府更為艱難。這種「螺旋」對其他聲音的壓制後果可能帶來與某些政府管制相同的後果：觀點同樣可以是變得同質化，而不是多元化。那些情況下，理性的聲音明顯是多數，但是卻容易被邊緣化。[444]

如果我們無法傳播自己所要的思想，我們起碼也可以保持沉默。[445]

---

441 凱斯・桑斯坦：2015 年

442 黃亞生：2017 年

443 泰勒・科爾曼：2016 年

444 第一財經：2020 年

445 一個包容的社會同樣應該可以有合理的沉默，只要這個沉默並未破壞對話身份的平等；相反，對仇恨言論、極端行為等的沉默是值得警惕的，因為這類言行實際破壞了辯論中一方參與平等對話的身份。

但是沉默或者拒絕站隊的表達也會被污名化，特別是在政治爭鬥熱化的地方，人們要被迫發聲表態，而且只能表達某種特定的「優勢觀點」才能免受壓力。但要知道，沉默也是一種言論自由，類似於「獨處權」——它代表了對抗公權力的一種手段，也是最有價值、應用最廣的權利。[446]

因此，很多時候，我們的言論都被附加了太多的價值觀和利益。辯論並不如想象中有用，畢竟程序也不是萬能的。民主也不能消除價值和認識上的分歧。[447] 桑斯坦在《信息烏托邦》提到，協商並不能對群體性判斷的質量作出重大改善。[448] 英國議會是辯論規則的一個代表，被認為可以使各種意見和利益都能公正地得到公開闡述和討論的機會，更曾經被認為無所不能。[449] 但當我們回顧英國議會在處理脫歐方案時出現的亂局，這個曾經被認為無所不能的辯論主會場卻「什麼也做不了」。[450]

辯論的價值更多是一種程序正義的道德性，但結果是否良好具有偶然性。它可能有助於國家少犯錯誤，但是不一定能使其強大。如同有些人針對西方大型辯論的失效指出，辯論的成功背後更核心的是「分蛋糕」還是「做大蛋糕」的問題。在「蛋糕」缺乏的情況下，這些辯論的機制和辦法還有多少意義？[451]

我們要留意另一個極端：所謂的辯論淪可能為某些集團獲利的程序，而不是正義。辯論活動背後是資源與效率問題。如果國家要這樣精於議

---

446 安東尼・劉易斯：2010 年，70-72 頁

447 張乾友：2015 年

448 凱斯・R・桑斯坦：2008 年

449 李店標、沈賞：2012 年。關於英國議會，上世紀初曾經有這樣一句話：「對英國法律家而言的根本原則是，議會可以做任何的事情，除了不能把一個女人變成一個男人、把一個男人變成一個女人之外。」見王建勳：2017 年，51 頁

450 陳文茜：2019 年 1 月 20 日

451 宋魯鄭：2019 年

會程序及辯論程序，必須對資源（如時間和金錢）置於辯論的各種限制保持敏感。[452] 程度的複雜性應該保留在一定程度上，不然可能就淪為某些利益所得者的工具。美國這樣強調辯論和程序的律師社會成為濫訴社會（litigious society）。[453]

畢竟民主社會的健康發展不只是需要一套程序和制度，還需要強勁和善於思考的公民精神。

儘管我們不能確定辯論對民主社會的絕對作用，但知識分子仍然熱衷推進各種辯論。畢竟，辯論或者爭議熱點本身對知識分子來說，有其特定的市場價值。對於他們來說，如果思想市場出現壟斷，或者有廣泛的管制，知識分子能夠提供的服務需求量也會降低。[454] 從讀者的角度來看，真理與謬論的論戰比真理本身更有興趣。或者如同不少人提到的，有時候觀點比事實更重要。[455] 這些論戰也催生了各種觀點的作家和演講者的需求，畢竟作家、演說家、記者的收入或者信息產業的興旺很大程度上取決於是否有論戰。

從對生產資料的掌握情況看，美國第一修正案所保護的首先是知識分子或中產階級的言論自由；功利地說，這是他們從事經營的市場（同時他們在社會推行言論自由的時候也確實推動了思想供給的多元化）。[456] 第一修正案對言論自由的保護孕育了大量的媒體企業，而那種自由理念也往往符合媒體企業自身的利益。[457]

452　Fiss Owen M.: 1996
453　Slaughter Anne-Marie, Bosco David: 2000
454　Coase R.H.: 1974
455　魏武揮：2018 年
456　盛洪：2013 年
457　路易斯・邁克爾・希德曼：2017 年，88 頁

例如，「中國崛起論」和「中國威脅論」、「民主最優論」和「民主缺陷論」等論戰都能吸引大量的注意力。從 80 年代開始就有大量唱衰中國的論述。同樣，在金融危機之後就有多部論述美國走向衰落的著作。這種「美國衰落論」甚至被稱為「美國最大的增長性行業」。[458] 對於他們，真相是否能夠得到並不如想象重要，因為「為了維持爭論存在，真理絕不能取得勝利便再無對手」。[459]

香港有持民主抗共、反對北京政府的《蘋果日報》等媒體，也有其他相反政治傾向的媒體。也有觀點認為，儘管不排除有政治勢力的介入，但是這些媒體所反映的政治傾向對抗根本上仍然是商業集團之間的競爭，其本質還是商戰，而不是政治戰。[460]

相反，如果沒有商業價值，辯論可能無以為繼，真相也難以到場。有人認為，知識分子所支持的理性辯論是排外而虛偽的。當代知識分子往往對公共政策的基本事實沒有多大的興趣，而是在明顯的倫理規範的議題上進行干預或者抗議，結果將有益的辯論留給了政策專家和智庫，而非傳統的意見和公眾很少有立足之地，或者被排斥在外。[461]

今天我們對於對於媒體的使用可能更多是一種儀式性的使用，用以滿足娛樂性和想象性，幫助其受眾獲得逃避現實的快感，而不是實用性。[462]

特別是要挑戰人們注意力週期的時候，媒體就顯示它們無情的一面。例如，當俄烏戰爭歷經數個月之後，其輿論價值已經被各方用盡，

458　劉擎：2013 年，144-149 頁
459　Coase R.H.: 1974
460　劉瀾昌：2018 年，76 頁
461　托尼・朱特：2012 年，116-117 頁
462　李康樂：2018 年

人們也對「俄烏戰爭」感到信息疲勞，很少再認真關心局勢的發展；同樣，在層出不窮的國際衝突事件下，當初的西方支持者還有多少人關心緬甸昂山素季被逮捕後的情況？

而人們對一件事的判斷和決定，會被這件事在最初的用詞、設定框架和情境所影響的效應。[463] 我們都見過很多「反轉報道」，但是人們的注意力都是停留在最激動的時候，即使後續發現更多推翻前論的證據，也並無太多用處。[464] 對於大多數人來說，有些「真相」無足輕重，更何況這些「真相」還會遲到。

從媒體選擇哪些「真相」需要辯論的時候，真相已經被扭曲了。這可能導致出現普特南所提到的「獨自打保齡」現象。最後社會資本的流失，公眾缺乏參與感，民主就沒有穩固存在的根基。[465]

自由並非人們獲得真相的充分條件。畢竟今天已經不是《論自由》發表的時代，最大的困難在於如何分配平等的知情權，而不是一部分人的自由。

最後跳出來看，一個社會也並不一定需要那種「市民社會」式的辯論。例如北歐國家的情況，如果公民不會對各項議題公開提出意見。這個社會也能夠是良好的社會，只是這個社會「可能比較沉悶」。[466]

463 Levin I.P., Gaeth G.J.: 1988; Tversky A., Kahneman D.: 1981
464 陳柏峰：2018 年，134 頁
465 羅伯特‧帕特南：2011 年
466 艾倫‧德肖維茨：2014 年，155 頁

「自由」如何讓真相遠離？

對比前人，現代人總是能夠輕易獲取更多的知識，但今天的媒體在根本上卻沒有改變人們在接受有限信息時的思維架構。

「真相越辯越清」的一個前提是理性。我們認為自由可以通過辯論得到真理，往往是以大家是理性辯論為基礎的。[467]「人人都想參與辯論」是符合知識分子對「公共領域」、「市民社會」想象的產物。但是事實上這也是一廂情願的。[468]

在 18 世紀末，有美國國會議員在眾議院地板上幾乎將另一議員毆打致死。到了今天，人們辯論的時候仍然處於很不友好的氣氛中，很少有建設性的對話。[469] 例如我們在電視上看到的各種議會暴力事件，更不用說互聯網上正在流行的文革式謾罵而不是理性辯論。[470]

「觀點自由市場」假定人都是傾向於理性的並想認識真理去取得成功和幸福」。[471] 但理性辯論是如此的稀缺。

以民主國家的選舉作為例子。美國學者塞繆爾・帕普金在《理性選民》提到，大多數人甚至一些包括受教育水平高的人，都極少擁有關於

467 呂新雨：2009 年
468 按照葛蘭西的說法，市民社會不屬經濟基礎的層面，而是屬上層建築的層面。它既是統治階級制定和傳播意識形態的領域，也是各種政治力量進行意識形態鬥爭的領域。見葛蘭西：2008 年
469 布魯斯・N・沃勒：2015 年，3 頁
470 潘忠黨等：2008 年
471 陳力丹：2003 年

公眾議題的詳盡、深層的知識。[472] 儘管盧梭在其《社會契約論》中提出「公意永遠不會犯錯」的論證，但我們也只能保證直接民主的全體一致在道德上的合法性，而不能保證「公意絕不會犯錯」。[473]

在具體的政治選擇行為上，例如選舉投票、回答民意調查問題，人們都會使用經驗法則、直覺捷徑或者零碎信息做出判斷，而不是根據所有信息儲備進行全面分析。[474] 即使選民花很多時間去研究競選，最終換來的結果可能並不給選民帶來任何巨大的回報；保持無知反而更符合成本收益的考量（這就是所謂的「理性的無知」）。[475]

根據孔多塞陪審團定理，當每個人做出正確選擇的概率都略大於 0.5 的前提下，人數越多，做出正確選擇的可能性的確就越大。[476] 但我們也要看到另一面：每個人的正確選擇的概率也有可能是小於 0.5，隨著人數的增加，群體多數正確決定的概率將降為零。[477]

過去有著這樣的「公理」，即具有共同利益的人們一定會自願和自動地組織起來為共同利益而行動，理性追求公共利益。確實，除了個人利益，在特定條件下社區意識也是一個重要的影響因素。有研究顯示，在大選中，即使選民有著強烈的個人主義信念和自我意識，他們在衡量候選人的立場的時候，仍然會考慮到國民經濟的整體狀況，而不只是個

---

472 Popkin Samuel: 1991, P43

473 貪涼：2015 年

474 Popkin Samuel: 1991; Tversky Amos, Kahneman Daniel: 1973

475 詹姆斯·T·漢密爾頓：2016 年，16 頁。至少在關心總統選舉上，不太知情的選民比那些更知情的人對政治競選的內容更有條理地做出反應。相對地，高度知情的市民有很多好的民主的美德，但是他們也可能變得死板、道學和有偏向。見詹姆斯·T·漢密爾頓：2016 年，332 頁

476 Black Duncan: 1987, P159-180

477 李靜：2014 年

人的經濟利益。[478]

但曼瑟‧奧爾森在《集體行動的邏輯》中就推翻了這個「公理」：有理性的、尋求自我利益的個人不會採取行動以實現他們共同的或集體的利益。[479]

實際上，多數人的錯誤正是通過民主程序表現出來的，清醒和知情的人通過法律剝奪少數人的權利，產生托克維爾所說的「多數人暴政」。[480] 無論是英國脫歐公投，還是 2016 年美國總統選舉、1991 年阿爾及利亞大選等，都是人們理性選擇的反證。[481]

另外，所謂的「理性」對於一般人是不少的負擔，儘管它讓人們可以獲取更多元、更全面的信息。所謂「善未易明，理未易察。」新聞的讀者想要得到一個答案，就必須關心時事並跟蹤後續的報道，同時獨立思考、對事實數據進行證成，形成自己的意見。[482]

另外，更大的挑戰在於信息爆炸、碎片化。畢竟人類對於信息加工能力有其先天局限性，一般人在一定期限內只能留意幾個議題。[483] 人們之所以趨向非理性，不是因為他們幾乎沒有信息，而是因為他們有太多的信息。[484] 在現代社會，信息數量難測，速度驚人，但從理論、意義或宗旨上看卻是斷裂分割的；要在大量經過篩選的、扭曲的事實和畫面的

478　Kinder Donald R., Kiewiet D. Roderick: 1981

479　曼瑟‧奧爾森：2018 年（2），新版譯序 3 頁、導論 3 頁

480　張千帆：2016 年，23-24 頁

481　曼瑟‧奧爾森：2018 年（2），新版譯序 5 頁

482　詹姆斯‧T‧漢密爾頓：2016 年，16-19 頁

483　Miller George A.: 1955；美國心理學家喬冶‧米勒在其著作《神奇的數字：7 士 2》提到，許多不同的實驗成果顯示，人類短時記憶的容量限度平均為 7。

484　詹姆斯‧T‧漢密爾頓：2016 年，17 頁

宣傳信息中尋找真相是一大挑戰。[485]

　　其次要對抗人自身的注意力週期，畢竟注意力是一項稀缺資源。甚至有學者認為注意力是有價值的貨幣，媒體的職能也變得和銀行一樣。[486]個人在傳媒消費上擁有越來越多的選擇和機會。[487]在許多曾經轟動一時的新聞事件中，人們對事件的關注往往只停留在最高潮的數天，然後被遺忘的很快，所謂對正義的訴求、對公序良知的維護也來去匆匆。在這樣的背景下，過去一直受到認可的偵查式報道能夠改變社會的能力也逐漸下降。[488]

　　再有，就是娛樂至死消耗更多的注意力。有人將讀者分為以理性認識為目的的「主智受眾」和以感性娛樂為目的的「主情受眾」。根據媒體分佈得出兩者在香港的比例遠低於 1：10，也就是說，大部分香港受眾都是「主情受眾」。[489]例如在 2000 年，香港 200 萬讀者中只有兩千人響應某些組織對於黃色新聞的「罷看罷買」活動。[490]畢竟很多讀者看來，批評媒體與閱讀其報道並不矛盾，罵完了可以再買。對於他們，閱讀觀看新聞並不是為了真相，而是消遣。很多人表面都批評這樣「黃色新聞」，但是私底下依然會看。[491]

　　其實，「主情受眾」在大多數國家地區都是主體。在臺灣地區選舉中，最具煽動性的民主黨候選人蘇貞昌相比其他候選人，並沒有在演講

---

485 尼爾・波茲曼：2017 年，41 頁；Solomon Norman, Erlich Reese, Zinn Howard, Penn Sean: 2003, Pxviii

486 Simon Herbert A.: 1978；張雷：2017 年，148 頁、170 頁

487 艾倫・B. 艾爾巴蘭：2016 年

488 黃永、譚嘉昇、林禮賢、孔慧思、林子傑：2017 年，25 頁

489 劉瀾昌：2018 年，242-243 頁

490 劉瀾昌：2018 年，240 頁

491 劉瀾昌：2018 年，215 頁、157 頁

中提到施政綱領，而是呼喊簡單的口號，但反響卻是最強烈的。相比之下，以知識分子為主的「新黨」，演講十分注重施政的說明與論證，但是應者寥寥。[492] 其實在世界範圍內，很多理性的「中間派」都面臨著市場狹小的問題。

人們傾向認為，民主政治的真正敵人一定是凌厲的新聞審查制度，因此言論自由或出版自由應該是文明的天然盟友。但是現在我們看到，碎片化的敘事方式遠比新聞審查更具危害。[493]

很多人已經提到，統治者（或者資本權力）要鞏固權力也完全不必要費力去下達禁令做這種不討好的事情。他們只需要讓新聞機構源源不斷播出大量犯罪案件、娛樂八卦、短訊並不斷切換話題，民眾就自然喪失對於現實的把握以及改變情勢的決心。正如有英國政治劇提到：討好媒體不如轉移注意力。

而在特定的情況下，市場越自由，我們可能越難達到所謂的「真相」。最為致命的是，新聞自由可能是社會的鴉片：我們把獲得真相的期望放在自由市場上，以為「新聞自由」就是一切，結果卻忽視了其他影響社會民主的因素，讓無知成為美名。

畢竟在自由的市場，讀者始終無法逃避媒體、資本以及各種權力的操控空間。媒體對很多東西先進行了某種定義，將複雜的社會問題濃縮為簡單口號，進行標籤化。媒體和政府都可以利用人們的成見、想象去進行宣傳。這並沒有幫助讀者完全地思考和理解各種新聞事件，反而往往會掩蓋事物的本來面目。

492　呂新雨：2009 年
493　阿蘭·德波頓：2015 年

總而言之，如果一個「理性讀者」要想在活躍的思想市場上受益，其應當能夠過濾相當數量的辱罵、誇張及推測。這是必須付出的代價。[494]可能先承認自己的無知並遵從客觀邏輯推導，才能更靠近真相。

---

494 魏夢欣（Katherine Wilhelm）：2012 年

激動至死及娛樂有理

「八卦」才是真正的普世價值。

很多以真相或者監督公權力之名所進行的「嚴肅報道」實際上並未真的以追求真相為目的，而是走向市場需求。很多標榜政治題材的新聞報道也是一種娛樂新聞而已，或者說是政治新聞娛樂化。例如，2021 年美國副總統的辯論上，人們最大的關注點是候選人彭斯頭上的蒼蠅什麼時候飛走。

美國社會學學者富瑞迪（Frank Furedi）在批判「維基解密」時甚至指出：「這不是新聞業，而是窺視癖」，所謂的知情權已經被操縱，並被塑造成「真相」的重大部分。[495] 媒體只是通過犬儒的方式將窺視變為美德。[496]

例如對競選選情的「賽馬式」報道——只關注競選者領先情況。這種所謂的「政治新聞」被批評對社會生活和政治參與毫無價值，反而在政治與公眾之間設置了一道鴻溝，使公眾厭倦並遠離了政治生活。[497]

「失態新聞」是另一個例子，指當權人物因一時疏忽而說漏嘴或做錯事，即使該言行並不代表其真實觀點，但新聞媒體卻揪住不放，堅持認為失態言行背後必然隱藏著見不得人的真相。其背後映射的是新聞記者技窮下的憤怒：記者知道問題的嚴重，但卻缺乏渠道或應對官僚主義的耐心，導致其無法精確指出問題，而權勢人物的失態就為這些無力的

---

495 Furedi Frank: 2010
496 劉擎：2013 年，104-105 頁
497 姜華：2014 年，201 頁

記者提供了一個報復的機會。[498]

很多人往往從尼爾‧波茲曼的《娛樂至死》獲得靈感。[499]他們將「娛樂」作為「嚴肅」的對立面，並形成一種誤解，認定娛樂化的內容會讓我們走向滅亡。

一些人擔心的是，如果過多地以娛樂新聞取代公共新聞，以休閒取代反思，這會不利於傳媒公共領域的發展。這也是多數新聞人更不願意看到的。有研究分析顯示，媒體往軟新聞的趨勢發展影響人們減少對新聞的關注。[500]

但這種論述卻是十分片面的。在那個時代，有人發出呼聲，認為「電視將會毀掉我們的後代」——類似地，今天同樣有人會呼喊「互聯網將會毀掉我們的下一代」。但是我們看到的是，過去幾十年電視並沒有毀掉人類。同樣，更高維度的互聯網也沒有毀掉人類。

有人提到，《娛樂至死》批評的核心是導致娛樂化的電視等媒介，其指向並非娛樂業，而是公共嚴肅新聞的娛樂化；它最後的重點也並不是在於批判，而是在於尋找建設性方案。[501]

實際上，我們很難完全割裂娛樂與嚴肅，因為嚴肅的內容也可以有娛樂的形式表達，娛樂的新聞卻又可以有嚴肅的效果。

比如在中國事務上，國際媒體對周永康案件的言論多半是將其歸結為中國的「高層權力鬥爭」，往往把反腐敗描畫成電視連續劇式的過程。中國部分知識分子內部這樣的定調似乎比一般民眾看得更深入，但其學

498　阿蘭‧德波頓：2015 年，53 頁
499　尼爾‧波茲曼：2011 年
500　詹姆斯‧T‧漢密爾頓：2016 年，230 頁
501　虎小鯨：2018 年

者丁學良提到這樣的觀點：中國兩年半的反腐運動很多可取之處，雖然那些「連續劇般」的猜測不全是無稽之談，但中國的反腐運動是不應該被這麼全盤戲劇化的。[502]

相反，從一些研究者看來，萊溫斯基的醜聞經常被視為典型的低價值新聞，但是在事實上直接導致了對美國總統的彈劾事件。[503] 但多數都是經不起推敲的陰謀論，而曝光此等言行會並非一定帶來更好的政策或更廉潔的政府。[504]

在香港、臺灣或者媒體環境較為自由的地區，「膻腥色」的新聞會讓不少新聞人感到羞愧或者憤怒。但是這類具煽情性質的報紙，有時候能起到意想不到的監察政制及社會的作用，因為它們提高了公眾對相關政治事件的關注，並帶來反思。[505] 而娛樂方式的商品化是這些媒體鞏固自己的經濟基礎和自主權的必要手段，以對抗和挑戰政治力量的霸權。[506] 有人就提到，只要媒體繼續扮演「盲流和不法之徒」的角色，他們就能保持對世界的忠誠，發出其他人無法發出的聲音。[507]

同時，反對「娛樂至死」的另一端也值得我們警惕：實際上，媒體也通過熱血的政治題材讓我們「激動至死」而忽略重要的問題。引起人們恐懼、憤怒、驚喜的波動情緒的內容更容易激發人們傳播和分享。[508]

502　丁學良：2017 年，77 頁

503　Gentzkow Matthew, Shapiro Jesse M.: 2008；對於美國總統克林頓與萊溫斯基的性醜聞事件，多數人認為，總統的這種個人行為應該受到譴責，但是調查數據顯示，人們對克林頓的工作表現評價還算正面，反而認為媒體沒有必要對性醜聞咬住不放。見馬克斯韋爾‧麥庫姆斯：2018 年，96 頁

504　阿蘭‧德波頓：2015 年，53 頁

505　馮應謙：2015 年，27 頁

506　馮應謙：2015 年，27 頁

507　安東尼‧劉易斯：2010 年，138-139 頁

508　Berger J., Milkman K. L.: 2012

特別是那些帶著抽象概念口號的廣場政治、街頭政治，都能提高腎上腺激素分泌。這些極端的「價值觀」變成了流通最快的貨幣。

在這些情況下，走極端都容易出問題。再次從功利角度看，這些不同類別的新聞如何獲得資源分配是一個難題。

例如，英國廣播公司（BBC）的電視節目質量被不少媒體人所讚譽。但有記者抱怨這種「品質第一」的原則導致了資源上階級偏見，而這種偏見被精心包裝掩飾起來。例如 1952 年走高雅路線的「第三頻道」成本佔音樂節目總支出的 46%，但是只有 1% 的聽眾量。相比之下，擁有 70% 聽眾的「輕鬆頻道」成本卻只有 15%。[509]

我們並非說這些被認為高質量的節目毫無意義。但如果我們只有有限的媒體資源，究竟是縮窄信息弱勢群體與其他人的信息差，還是要堅持製造更多「高質量」的節目？裡斯勳爵在創立 BBC 的時候給它定的義務是提高公眾標準，而不是居高臨下。[510]

對於內容消費者，娛樂有理。如同那些嚴肅信息，民眾對於休閒、娛樂、感性的內容的追求也有著其社會基礎。[511] 在嚴肅的新聞信息之外，娛樂的需求是長存的，也對社會產生巨大的影響。即使在新聞呈現中，我們不能一味反對娛樂化，因為很多新聞只有娛樂化才有生命力，比如

---

509 Chapman Robert: 1992, P20; "When BBC Radio was restructured into the respective low brow, medium brow, and high brow, facilities of the Light Programme, Home Service, and Third Programme in 1945, the cultural tripartitism implicit within these reforms was played down. But by 1952 the Third Programme, with less than 1 percent of listeners nationwide, was accounting for 46 percent of the BBC music budget. The Light Programme by comparison accounted for 15 percent of the music budget, with 70 percent of the audience."

510 托尼‧朱特：2012 年，35 頁

511 梁偉賢：2015 年，248 頁

文體新聞。

　　有研究者對加拿大報紙關於二戰大屠殺的報道進行廣泛考察，結果發現電影《辛德勒的名單》的影響，無論在持續的長度或者強度上都超過了同期許多與大屠殺相關的新聞報道。[512] 在中國，在那個人們對商品經濟仍然抱有疑慮的 80 年代，廣州在 80 年代的《雅馬哈魚檔》電影就打開人們的思路，「破天荒地撕開了計劃經濟的一角」。[513] 到了在 2018 年，對於電影《我不是藥神》的關注和報道讓中國國家總理對電影所提及的藥品供應問題作出了批示。[514]

　　另一方面，硬新聞並未如新聞界宣傳的那樣衰落。在美國的新聞界，一些專欄往往形容電視網新聞報道曾經存在過的黃金時代如今一去不復返了（世界各地的記者都是如此認為，例如調查報道、嚴肅新聞減少）。但是大多數專欄沒有注意到，隨著電視網新聞內容的變化，公共事務節目的總體時長一直在增加，新聞類型的多樣性同樣也在增加。[515]

　　記者常常抱怨調查報道的減少、負面新聞減少，有部分是管制的原因，但是也有更多與社會需求、經濟發展甚至傳媒行業改革等多方面有關。況且，今天我們所看到的娛樂信息節目（infotainment）遠遠沒有到掌控傳統新聞報道的地步。

　　只要市場有一定自由，我們從來不需要擔心嚴肅新聞會被消滅，因為起碼在很長一段時間，精英依然是把控著「自由」的新聞，同時也有更多的平民需要獲得更多的信息使用權。從一些調查看到，公眾對不同的媒體的信任度不同，對嚴肅新聞有一定需求；讀者也可能很明顯地將

512　Soroka Stuart N.: 2000

513　何晶：2018 年

514　斯遠：2018 年

515　詹姆斯・T・漢密爾頓：2016 年，211 頁。

娛樂類信息和可信賴信息區分開來。[516]

即使到了傳播科技發達的時代，我們對於娛樂信息和嚴肅新聞有著各自的市場需求。例如，在中國，《局面》、《十三邀》等嚴肅節目一度有數千萬級以上的流量。[517] 即使有著市場力量和消費主義的主導，報道硬新聞、嚴肅新聞仍然可能為記者帶來一種精神收益，鼓勵其進行更多的追求低商業化但是高社會回報的報道。[518] 每隔一段時間，就有時事新聞廣受關注。但是，沒有什麼娛樂題材或者嚴肅題材是可以超越人們的注意力週期的。

我們再想遠一點，如果我們認為我們只是在硬新聞和軟新聞之間的選擇，這也是理想化的。在移動互聯網時代爭奪注意力的戰爭中，這種情況更為複雜，因為「看或根本不看新聞」是一個問題。[519]

畢竟人的注意力是有限的。如果觀眾不願意收看或者不能理解所謂「高質量」的節目，無論傳媒人如何期待，那麼增加政治類新聞並無價值。但是，矛盾的是，一部分傳媒人可能想政府增加此類新聞，但如果監管者想增加對社會有價值的新聞，就要限制公眾對娛樂新聞的更多需求，而這點更難實現。[520] 退一步來說，如果我們讓政府通過某種給監管措施讓所有媒體增加這類嚴肅的公共事務新聞，但理論上，它也只會導致普通觀眾收看更少的新聞，獲得更少的所謂有價值的信息。[521]

---

516 陳力丹：2006 年，69-70 頁
517 王若霈：2017 年
518 馮應謙：2015 年，27 頁
519 Gentzkow Matthew, Shapiro Jesse M.: 2008
520 Gentzkow Matthew, Shapiro Jesse M.: 2008
521 Gentzkow Matthew, Shapiro Jesse M.: 2008

實際上，我們很難量化缺少某類新聞報道所帶來的罪惡到底有多少。至今對於新聞媒體所傳播的很多所謂「嚴肅」信息究竟有多少公共利益，也是值得懷疑的。

很多新聞媒體的進步不只是依賴資本和市場的發展、那些嚴肅的新聞，也依賴於讀者的「娛樂至死」。學者漢密爾頓認為，改進媒體市場的人要認識到，「新聞並非是從尋求民主功能進步的個體中形成，而是從尋求消遣的讀者中、鍛造職業的記者中和謀求盈利的媒體所有者中形成」。[522] 正如香港的《壹週刊》有製作了不少黃色新聞，但也確實帶來改善社會的調查報道。

有句話說得很好：「最好的媒體政策在於鼓勵私人去追求公共目的」。[523] 內容是否嚴肅可能並非我們要判斷的重要部分，而這些內容是否達致一個廣泛的民主結果才是重要的。

522　詹姆斯・T・漢密爾頓：2016 年，7 頁
523　詹姆斯・T・漢密爾頓：2016 年，51 頁

客觀中立和偏見都是消費需求？

如同政府管制一樣，偏見的存在同樣被認為是臭名昭著的問題。[524]
人類似乎是靠偏見生活的，無形的意見是社會消費品，可能通膨，也可
能通縮。

不少人都認為傾向性不可避免，社會都是由帶有主觀意味的活動所
構成的。[525] 一個人眼中的真相可能是另一個人眼中的偏見。

例如，媒體裁剪事實更是必然的。[526] 新聞實際上是特定語境下通過
特定事實的選擇來構建的，總是隱藏著新聞工作者的價值導向。[527] 在一
些涉及交通事故的新聞報道中，中國很多記者往往會強調司機的女性性
別，但涉及男性的情況下卻不會強調是「男司機」。這造成了一種下意
識的錯誤判斷：女性司機比男性司機技術更差，更有可能成為馬路殺手。
但這與實際數據剛好相反。[528] 但行業很少意識到這個觀念問題。

新聞傾向性是多種因素共同作用的結果。[529] 傾向性的構造更像一種
洋蔥結構。學者在《調控信息》（*Mediating the Message*）一書中界定了
五個不同的層次：新聞來源、其他新聞媒介、新聞規範、媒介議程、個
體記者心理。[530]

524　阿蘭・德波頓：2015 年

525　王啟梁、載陳柏峰：2018 年，1-2 頁

526　Berger Peter Ludwig: 1966, P33

527　科爾・C・坎貝爾：《序：新聞事業是一門民主藝術》；載西奧多・格拉瑟：
　　　2009 年，3 頁；區家麟：2017 年，39 頁

528　陳淑晶：2018 年

529　Entman Robert M.: 2007

530　Shoemaker Pamela J., Reese Stephen D.: 1996；馬克斯韋爾・麥庫姆斯：
　　　2018 年，162 頁

首先是國家利益或者身份認同。正如「新聞自由」是有國籍的，大多數記者會願意為國家利益讓渡職業理念。如果記者無法表現正確的態度，就會被標籤為「不負責任」和「有意識形態問題的」。[531]

　　英國格拉斯哥媒體小組研究表示，在 1980 年代的英國對阿根廷的福克蘭群島爭奪戰中，記者對社會政治以及國家利益的認識也對戰爭的解讀產生了影響。[532] 在戰爭爆發的時候，BBC 由於其新聞節目的「中立」態度招致了政府和部分大眾報紙抨擊。他們批評 BBC：當戰爭和國家危機來臨，政府所關心的不是「你公正麼」而是「你站在哪一邊」。[533]

　　在撒切爾政府時期，政府改變了 BBC 遺留下來的公共服務傳統與理想，直接任命人士擔任 BBC 董事會主席，以保證政府在實際上控制BBC。[534] 最終，在涉及國族利益的爭議事件中，受到民眾的國家主義影響，記者所宣揚的客觀中立的原則就讓渡給這種身份認同。儘管 BBC 不時作出權威報道，但是它已經變味。

　　西方傳媒人在報道國際新聞的時候，往往比報道國內新聞的時候更多地面臨新聞專業主義和愛國主義之間的張力，讓傳媒產生「國內偏見」。他們在解讀新聞的時候仍然會以國內的視角去看國外的事件。[535]即使駐外記者在電視的政治新聞報道中也自由地代入各種個人判斷。[536]畢竟其讀者主要是本國社會的受眾。

531　Herman Edward S., Chomsky Noam: 2002

532　Nossek Hillel: 2004

533　石義彬：2014 年，461 頁、469 頁

534　Eldridge John: 1995, P2-5

535　Nossek Hillel: 2004

536　區家麟：2017 年，50 頁

麻煩的是，這樣的社會容易不斷產生「喧囂的螺旋」，形成偏見的槓桿作用，影響民意；而民意又反向對媒體槓桿作用，造成社會誤判，而人們也不會意識到問題所在。新華社高級記者嚴文斌在 2000 年提到，他在美國當訪問學者時，有一段時間故意不看中國報紙，多看了美國的媒體，就發現自己在那個環境下都會身不由己地受美國媒體行業的影響，更不用說一直身處其中的美國新聞人員。[537]

最終的結果是，大家都傾向於按照自己的文化所給定的、或者按照熟悉的方法去理解和接受外部世界的景象。[538] 難怪有人認為，最終決定報道的因素是意識形態。[539] 當然，我們也不主張將似乎是包羅萬象、無所不在的意識形態或價值觀念看作是唯一重要的因素。[540]

例如有人在 1994 到 2004 年對於主要的美國報紙進行研究，發現它們對於非洲的報道遠非公正、平衡，而是充滿了偏見與負面新聞，扭曲非洲故事。但它們對於非洲進步最為明顯的教育領域卻報道甚少。[541] 美國新聞媒體很難長期報道與美國國內利益不大的國際糾紛、非洲饑荒、人道主義危機。[542] 受其影響，其他地區也並未真正關心非洲饑荒或者某些人道主義危機。我們可能因為信息與其切身利益相關才去關注這些信息，平時可能漠不關心或者簡單了解。[543]

值得一提的是，個體記者最終的傾向還和公關處理有關，涉及他們在採訪編輯過程中所遭遇的一切。有記者提到，企業對記者的採訪要求

537 肖欣欣、劉鑒強：2001 年
538 沃爾特・李普曼：2006 年，35 頁、62 頁、72 頁
539 郭中實、陳穎琳、張少威：2017 年，序，x 頁
540 趙心樹：2002 年
541 龍小農：2009 年，序言 10 頁、正文 8 頁
542 劉肖、董子銘：2017 年，136 頁
543 孫旭培、吳麟：2006 年

所採取的態度也會給讀者不同的感受。如果企業對記者的態度更為積極，讀者也可能從報道中得到更為積極的感覺。[544] 這麼說來，公共關係也算是一種新聞自由或者輿論操縱的一部分。喬姆斯基甚至提到，公共關係產業也是瓦解美國民主的罪魁禍首。[545]

還有一個問題是，傾向可以有多少維度？傳統傳媒視角往往把我們的視野限制在某一些視角上。新聞框架顯著的傾向性往往表現為正負的兩方意見。[546] 這容易令人誤以為只有兩種意見，往往更難靠近真相。

但現實中，每一件事都可能超過兩個視角。在政治領域，在建制派和反對派之外還可能有中間派、溫和派、極端左右等。也有人就針對氣候變化的一次國際會議提出了五個不同的視角，但在媒體中出現的往往只有「正方」與「反方」。[547]

再例如，在香港媒體對「雙非」孕婦赴港產子和奶粉「限購」等衝突性事件的報道中，儘管這些報道通過引用政府官員、專家學者、民間團體和普通民眾的言語反應來表達多元的觀點，表面上採用了平衡修辭。但事件主要涉及的內地遊客、內地團體和中央政府的話語，卻很少或沒有被納入話語場域。[548]

按照一些學者的定義，一個主張指的是一個獨立統一的論點，但它可能包含多個獨立的句子，而一個段落可能包含多個不同主張。如果嚴格對其分析，可以從消息來源（政府、政黨、記者等）、立場（正面或

544 艾略特・紫格曼：2018 年

545 而哈貝馬斯認為，「公共領域」由大眾傳媒和大眾通訊社所支配，被市場研究機構和輿論研究機內所觀察，淹沒於公共關係、宣傳和政治黨派競爭之中。見哈貝馬斯：2003 年，454 頁

546 傑拉德・馬修斯、羅伯特・恩特曼：2010 年

547 McKenzie Lachie: 2013

548 陳薇：2016 年

負面）、推理基礎（經濟、意識形態、效率、道德基礎）、複雜程度（簡單或複雜），以及政策受益者是全民還是特定群體等多個方面編碼。[549]

最後，即使記者以「平衡」的報道將各方意見同時呈現，仍不免涉及意見先後陳列的順序，從而可能有目的地反映、保持、加強了現有的權力架構。[550] 一個常見的例子是「但」字，前後邏輯順序的不同安排往往產生完全不同的效果。

起碼，大家比較一致的傾向是認為傾向性不能避免。現實中，要期待記者以抽離的方式保持客觀，似乎在概念和操作上都不可行。[551]

「客觀」、「中立」、「獨立」與我們所談論的「真相」都是高度相對性的術語。像愛德華·薩義德所說，報紙、新聞和意見這些事物並不是自然產生的，它們是被製造的，「新聞與其說是被動的已知事實，不如說是源自一套複雜的過程，經過通常是深思熟慮的選擇與表達」。[552] 畢竟，事實是無法窮盡的，所以一定存在選擇，而不是絕對的客觀中立。[553]

對於客觀中立的批評還在於，它帶有一種安全避險的目的。按照塔奇曼（Gaye Tuchman）的分析，客觀是一種策略性儀式（Strategical ritual），是傳媒機構自我保護的方式，相當於一種免責條款，特別是在面臨社會外部壓力和媒體內部要求的情況下（如新聞截稿時間）。[554] 例如，新聞寫作中常常需要用到的「引述」也可以被視為一種避險策略，

549　Bell Carole V.; Entman Robert M.: 2011
550　Lee Chin-Chuan: 1998；陳薇：2014 年
551　Muñoz-Torres, Juan Ramón: 2012
552　Said Edward W.: 1997, P64-65
553　郝子雨：2019 年
554　Tuchman Gaye: 1978; Tuchman Gaye: 1980

但新聞工作者依然可以有意無意地加入了自己的主觀意見。[555]

其次，客觀中立本身就是一種傾向，從而可能走向反面，反而不能呈現真相。[556] 正如亨特‧湯普森（Hunter Thompson）所說，「你不可能客觀對待尼克松」，而「客觀報導是縱容美國政治變得如斯腐敗的主要原因之一」。[557] 類似地，香港法官曾在案件判詞中也有這樣的反問，「如果香港電台節目報道禽流感或販賣兒童問題，難道也要提供正反意見？」[558]

有人就批評，媒體有可能刻意強調客觀中立而對不公保持沉默，但實際上卻是一種不公正。傳媒記者也可能將自我審查的行為合理化。[559] 例如，在南非，產生於殖民主義和種族隔離這樣道德不公正的制度，採用客觀中立的專業主義就意味著專業記者和社會的其他大多數成員分離，這也就可能無意中放大了不平等和社會的兩極分化，導致歷史不公正的持續強化。[560]

CNN 記者 Christiane Amanpour 在採訪波斯尼亞戰事的想法：「所謂客觀，是要公平地聆聽各方的處境，但不代表要平等處理……在受害者與施暴者之間，若我們選擇道德中立，我們距離淪為萬惡的幫兇，只餘一步之遙。」[561]

---

555 Lee Francis L. F.: 2012；但被引述的專家或者意見代表的背後又或許還有資本和權力的操作，代替了傳媒自身的意見。見馬凌：2011 年

556 姜華：2014 年，208 頁

557 黃永、譚嘉昇、林禮賢、孔慧思、林子傑：2017 年，30 頁

558 區家麟：2017 年，95 頁

559 陳薇：2014 年

560 Wasserman Herman: 2015

561 Amanpour Christiane: 2012

甚至有人提到,機械式的平衡報道可能只是「假平衡」,而「中立」在特定環境下是叫人噤聲的「去政治化」愚民話語。[562] 批評者認為,我們要警惕中庸的解決方案。有時妥協或「中間道路」有其好處,但在更多情況下,一個更極端的立場也許才是對的。[563]

實際上,「客觀中立」的具體起源也有著一定爭議。[564] 但不為一般人所知的是,客觀性新聞報道極有可能是市場驅動下的商業產品。[565] 甚至有人認為,客觀性是城鎮化、工業化和消費主義的一種產物。[566]

在 19 世紀 70 年代之前,很多報紙公開宣稱與特定黨派相關。一份中立的報紙幾乎或者根本不可能,因為它會失去所有的讀者。[567] 但之後印刷技術等發展讓一份報紙可以覆蓋比以往更多的讀者,而如何能夠覆蓋更廣泛就成為一個現實的經濟需求。而客觀中立強調無黨派,能夠獲得更多不同立場的讀者。因此,客觀中立元素在 19 世紀 90 年代的報刊出現。[568] 無黨派偏向的報紙很大程度上源於技術的發展以及當時的競爭狀況。

這也與新聞記者所推崇的專業主義不謀而合。媒體人深諳此道,後來客觀中立卻成為他們投機贏利的擋箭牌。有新聞業者直白地說,「新聞界高唱客觀性的原因,主要是從本身的商業利益著眼,避免冒犯讀者

---

562 區家麟:2017 年,46 頁

563 布魯斯・N・沃勒:2015 年,13-14 頁。例如,當初美國妥協後的《密蘇里妥協案》允許奴隸制在南方繼續推行,在北方被禁,並要求北方人協助抓捕和遣送從南方逃出的所有奴隸。

564 姜華:2014 年,159-160 頁

565 詹姆斯・T・漢密爾頓:2016 年,52 頁

566 Mc Goldrick Annabel: 2006

567 詹姆斯・T・漢密爾頓:2016 年,63 頁

568 詹姆斯・T・漢密爾頓:2016 年,52 頁

的政治立場，以便促銷新聞、拓展市場」。[569]

但後來，近代的技術發展以及新的競爭，又為各種帶有傾向的媒體帶來復興。在 2000 年的美國，不少宣稱客觀中立的大型電視內容生產商可能吸引到 1000 萬的讀者，而其他的小電視節目生產商能吸引到 100 萬觀眾就足夠了。對於這部分電視生產商，吸收某一特定傾向的讀者反而是突圍之道，催生了美國 Fox 頻道這樣的電視生產商。[570]

無論怎麼說，如果把傾向當作產品差異化，就可以理解傾向為何是正常的，包括那些互相指責對方傾向的媒體。或者如一些媒體人提到，關於客觀中立的選擇也算是一種「平衡遊戲」。[571] 客觀公正與否都與商業利益最有關係。難怪有媒體人甚至指出，對於媒體大亨默多克來說，即使某篇報道會令其政治同盟感到尷尬，但是如果促進報紙銷量，他會對報道的傾向問題視而不見。[572]

傾向是再正常不過的，整體社會中也應該存在不同傾向的「信息對沖」。實際上他們構成了整體環境的一種「總體客觀」，屬市場的正態分佈。偏見是市場需求，客觀中立也是市場需求。只要不是一家之言或者由一家統制了各家之言的狀況就沒有什麼問題。[573] 例如，建制的觀點和反對派的觀點可能此消彼長，或者個人悲歡與國家宏大敘事可以同時存在又互相影響。而正是這種不同觀點的共存和相互制衡，才是一個社會輿論成熟的前提。[574]

569　姜華：2014 年，208 頁

570　詹姆斯・T・漢密爾頓：2016 年，3 頁

571　郝子雨：2019 年

572　尼克・戴維斯：2010 年，6-11 頁

573　程映虹：2016 年

574　孫旭培、趙悅：2008 年

不過要承認的是，這種「總體客觀」的狀態多少有點理想，我們不能放任自由而枉顧社會風險。因為精英群體與弱勢群體在媒體上話語的力量懸殊，媒體的偏見與選擇性報道都實際上帶來了傳播的失衡。[575] 如果我們要減少社會誤判，就依然要回歸客觀中立，特別是重大事件。是過去社會資本和媒體創造或者放大了某些分歧，也才造成了偏見的槓桿效應和整體的惡性循環。

575 劉肖、董子銘：2017 年，27-28 頁

總體客觀中立才是持續自由的根本

　　社會能否達致「總體客觀」關鍵的前提在於，是否對一些基本理念或制度問題上存在普遍共識。

　　香港學者李立峰認為，「對任何國家的傳媒而言，客觀中立其實並不代表真的完全沒有價值取向，而是有社會共識作為基礎的」，如果社會就部分問題仍未達成真正的共識，偏離客觀中立原則的情況亦會繼續出現。[576]

　　他提到美國的例子，美國傳媒可以在民主和共和兩黨之間保持中立，這是基於一套以兩黨為框架的民主制度。但如果美國有新的政黨或者制度破壞者出現，美國傳媒是不會對這新政黨保持客觀的。例如，特朗普就是這樣一個「非建制」式破壞者，現有兩黨建制力量也不斷對其進行反對阻撓。很多情況下出現問題的不是客觀中立，而是共識或者對話基礎。

　　反過來看，如果我們能夠做到超然的客觀中立，往往是因為我們沒有核心利益糾結其中，或者成本是社會已經可以支付的。

　　涉及到利益，不只是傳媒記者難以脫離「本土心態」或者容易變成民粹主義，一般民眾更不可能理性地讓渡本土利益。在電視節目中，讀者看到的偏見，往往是以節目內容和讀者自身意識形態的差距來界定偏向。如果節目整體遠離觀眾意識形態、政治觀念的話，讀者更可能把一個節目看作是有偏向的。[577]

576　李立峰：2007 年

577　詹姆斯・T・漢密爾頓：2016 年，99 頁

例如，近年香港曾有學者調查研究指出，當問到傳媒應該是客觀中立的時候還是維護本土利益時，有 44.3% 受訪者認為傳媒應該維護本土利益，而又同樣接近 43% 的人認為傳媒應該中立；那些被認為以港人角度出發的新聞機構，較能得到市民的認同，因而公信力就更高。[578] 在香港一些並不客觀的但強調本土利益的偏激媒體會受到市民接納。[579] 相反，如果傳媒機構在本土利益相關的重大議題上保持「客觀中立」，就被認為是一種審查。[580]

對於大多數市民來說，維護本土利益就是客觀中立本身，或者比客觀中立的原則更為重要。

但是這樣的「客觀中立」容易陷入民粹陷阱，因為媒體會創造所謂的民意和本土利益，開啟身份政治的鬥爭。有媒體人批評，在香港，媒體人和記者協會「會用一種很簡單、粗糙的方法做評價」，似乎只有反共的立場才有公信力；但這種簡單判斷對於香港「很不健康」，因為其剛好違背了媒體應該獨立自主判斷事件的方法論。[581] 結果，黃色媒體所帶動的偏向會造成社會的誤判，成本由社會整體負擔，這是「自由」的代價。

越來越明顯的是，對於某些爭議事件，我們也很難找到一家比較客觀中立的媒體去了解一個全域。這樣我們又不得不花大量的時間去查驗、反思與核對，甚至最後也不一定獲得中肯的結果。

「客觀中立」很難做到，但是我們不能因此否定其價值。我們要避免一種虛無主義，即認為客觀中立是無用的，或者認為我們不可能做到客觀中立。

578 蘇鑰機、陳韜文：2006 年
579 李立峰：2007 年
580 李立峰：2007 年
581 香港電台：2017 年

特別是面對一些文化霸權主義的例子時，不少中國的學者和新聞人都斷言，美國新聞人員所說的客觀、公正、平衡、超脫都是假的，是用來欺騙別人的幌子，甚至認為媒體應該完全成為政黨的宣傳工具。[582]

簡言之，客觀中立是一種自由博弈的最大公約數。儘管我們批判客觀中立成為一種「策略性儀式」，但通過各種「策略性儀式」的運用，新聞傳媒可以在應對政治壓力的情況下繼續履行監察政府、監督輿論的功能。[583]

相反，有用的「客觀中立」不是過多，而是過少。有人說，正因為專業主義不容易做到，常常在新聞報道中缺席，所以它得到了肯定。[584]

很大部分反對「客觀中立」的人僅僅是反對那種形式主義的客觀中立，或者反對某種異見。很多時候媒體人為了所要表達的觀點而尋找證據，或者裁剪事實片段去證明論點。[585] 這種對「客觀中立」的反對正是因為缺乏客觀中立。

例如，儘管我們對歐美霸權下的國際媒體操作難以全盤接受，但那種認為「西方傳媒記者也是無法完全客觀中立」的觀點也會過於粗暴。對西方媒體雙重標準的批評是有其原因，但是那容易讓人迷失於局部和外部，而忽視社會內部的實質問題。

儘管說新聞專業主義是媒體精英建構的烏托邦，但專業主義在新媒體時代仍然有價值。[586] 發達國家的新聞人員也未必故意地背離客觀公正的準則。如果我們仍然對民主的公共生活有所追求，那麼這種專業價值

582　趙心樹：2002 年

583　陳薇：2014 年

584　Zelizer B.：2004

585　朱科：2015 年

586　潘忠黨等：2008 年

仍然有意義。[587] 起碼對於記者，「它為記者提供了一個戰略立足點，從這一點出發，新聞記者可以要求更多的自由和獨立」。[588] 新聞的客觀性既防止「少數專制」，又預防「多數暴政」，有力地維護了現存民主制度的正常運行。[589]

在現代技術的影響下，一方面，技術的變化削弱了專業主義的獨佔性要求，對新聞專業主義的傳統理念施加了壓力。這也是部分調查記者減少的原因。但同時，為了明確何種信息應該被相信，這些技術變化也帶來了「追求專業化的強烈願望」。[590] 市場需求、道德回報以及自我追求都隨時帶來更多的調查報道。而面對非專業主義的圍攻，專業新聞要獲得生存與發展，只能以更為專業的理念、更為專業的方式、更為專業的精神展開新聞生產與傳播。[591]

對於媒體人本身，客觀中立依然有其職業價值和市場價值。到底什麼才是真正的客觀？有觀點認為，「客觀」是以承認個體立場的局限為前提，只有承認這點才能說自己是客觀的。[592] 不可避免地，人們總是在想著一邊可以對不客觀公正的信息包容，但是同時又有著糾正某些不客觀公正的欲望。客觀中立代表一種可重複驗證的邏輯推導，對其「認輸」的遵從才可能更靠近真相。

客觀中立也可以作為一種思考的方式，是一種方法論，而不是最終結果。畢竟媒體本來就是有立場的，媒體可以反對政府，也可以為政黨

587 陳輝、劉海龍：2018 年；吳飛、龍強：2017 年

588 Wasserman Herman: 2015

589 Schudson Michael: 2001

590 Meyers Christopher, Wyatt Wendy N., Borden Sandra L., Wasserman Edward: 2012

591 楊保軍：2013 年

592 呂新雨：2015 年（1）

發聲。標榜自己客觀公正反而是容易有傾向的，用報道的嚴謹來讓讀者感受自己的立場更為重要。

按照傳媒學者李金銓的說法，「在人的世界，沒有價值中立。我有我的價值，這些價值直接或間接地影響我的命題和解釋，但是我推論的過程和證據是可以公開檢驗的。」[593] 在大多數的情況下，我們在事件發生後都能在爭議性的事實中確定一種被普遍公認且推論正確的「核心詮釋」。[594]

在我們無法確定什麼是真相，也不知可以相信什麼的時候，至少還能相信這些可推導的程序正義。而客觀中立就是一種講求程序的「程序性倫理」。[595] 有學者認為，新聞作為第四權力，促進了一種深思熟慮的審慎文化。[596] 而這種專業主義下的審慎文化正是我們追求民主所長久需要的。

我們並不否認新聞業界有著那些純粹追求客觀中立的記者。在眾多的案例中，我們仍然有理由相信，「記者的個人觀念也會讓位於新聞專業主義規範，如客觀性原則。即使在最直白的信息表述中，記者也會儘量追求報道的平衡」。[597]

例如在香港，人們就曾經推崇《明報》的客觀中立，因為它在報道中國經濟現象時，「既強調經濟發展的成就，又反思發展過快的問題；既讚許經濟改革的碩果，也揭露不規範的市場行為；既報道市場的繁榮

593　趙智敏：2013 年
594　區家麟：2017 年，52 頁
595　Wasserman Herman: 2015
596　Wasserman Herman: 2015
597　Gans Herbert J.: 2004, P38-41；傑拉德・馬修斯、羅伯特・恩特曼：2010 年

景象，又評估潛在的風險」。[598] 這起碼讓各方可以有一個更全面的認識，避免回音室效應。

即使在我們談論多次的中美撞機事件中，相比廣播媒體，美國的印刷媒體如《紐約時報》等主流報紙都盡其所能進行了許多關於事實的報道，態度也是盡力走向客觀的，儘管他們在選題、挑選材料、處理標題的時候的主觀意見甚至偏見在所難免。[599] 再例如，英國廣播公司 BBC 在過去報道二戰、北愛爾蘭各派衝突、福克蘭群島（馬島）戰爭的時候仍然儘量發出與政府意志不同的聲音。[600] 即使在報道當今不少涉及英國利益的事件時，它仍然不時透露它那種令人敬佩的客觀姿態，而不只是偏向英國的國家利益。[601] 這是非常難得的，但是也是無奈的。

最後，我們要稍微跳出對媒體的苛責，因為最核心的問題是，我們總把客觀中立的責任放在媒體身上，而不是讀者自身。這是西方二戰後形成的新聞理論的一個陷阱，不願意承認民眾可能做出愚蠢的集體選擇，特別是媒體在不斷讚美人民的時候。

客觀中立更應該是讀者本身應該掌握的方法論和理性態度。在多數人都無法掌控客觀中立的情況下，僅僅依賴某一媒體單方面聲稱的客觀中立追求是難以為繼的。

作為讀者，無論媒體是否客觀中立，我們也不能因此放棄自己的思考。畢竟我們很難發現絕對客觀的媒體，很多時候通過不同媒體的不同報道進行理性分析才是最重要的。此外，一個社會的民主發展很大程度

598　李鯉：2017 年

599　趙心樹：2002 年

600　劉肖、董子銘：2017 年，86 頁

601　張聰：2014 年，143 頁、172 頁、174 頁。例如，1985 年 BBC 採訪了愛爾蘭極端主義的領導人，結果引起撒切爾夫人的極度不滿。當撒切爾夫人寫信給 BBC 董事長，要求取消相關節目，BBC 近 2000 名記者齊心舉行了一天的罷工。

上依賴有效信息的平等獲取，這就對傳媒和民眾如何對待客觀中立有更大的要求。

新聞業習慣性煽情和矯情

　　幾乎每個時代都有記者或者媒體人往往會發出這樣或那樣的慨嘆新聞媒體的地位大不如前，榮光正在褪去。[602] 在很長一段時期，新聞人往往對過去前行者史詩般的抗爭歷史有著宗教般的緬懷。

　　這似乎是媒體人的脾性。

　　最多的是樹立英雄或者感嘆世道。按照學者漢密爾頓的說法，「記者的回憶錄經常以悲觀的筆調結尾，報紙記者和電視廣播記者都對那個新聞帶來更多政府與政治信息的時代表達了嚮往之情。」[603] 但這種「今不如昔」、「世風日下」、「社會越來越墮落」的有毒史觀從未消停。

　　上世紀 60 年代，美國《華盛頓郵報》兩名年輕記者鮑勃·伍德沃德和卡爾·伯恩斯坦對尼克松水門事件的報道推動了尼克松的下臺。這成為新聞史上最大的一次成功，並為很多新聞記者樹立了一個核心方向和典型故事：用圖片和文字就可以促成權勢人物辭職或者坐牢。這讓新聞記者都興奮不已，並認定其最重要的社會貢獻是對權力（主要是公權力）展開問責。[604]

　　犬儒因此成為新聞行業重要的一部分，成功地構建了行業對聚焦政治權力的狂熱。記者或者相關負責人如果因為報道受到處罰，在媒體圈子中的影響力反而是水漲船高，成為有影響力的名人。[605]

602　騰訊媒體研究院：2018 年
603　詹姆斯·T·漢密爾頓：2016 年，6-7 頁
604　阿蘭·德波頓：2015 年，48 頁
605　蕭武：2011 年

這種品牌榮譽的發展在新聞媒體數量增加的競爭局面下更為重要。[606] 這種追求也往往符合新聞機構追逐商業利益的訴求。像其他公司一樣，媒體在出售其產品的同時也在出售信用（公信力）。[607]

有學者的觀點更為直白，「隨著媒體世界競爭的日益激烈，報紙維持其發行量的一個辦法是充當衛道士，對新的社會問題永遠敏感和關心」，而製造恐慌成為了新聞報道的程式。[608] 在一定程度的市場化的環境下，如果媒體要提高影響力，往往通過大量負面報道來表現其勇氣和魄力。正如有人說，「他不要真相和自由，他只要光環。」[609]

水門事件這類案例也引起一些媒體人的反思，因為其帶來了媒體業深層次的分歧。首先，尼克松的落馬並非純粹出於新聞界對事實的追求，而是因為《華盛頓郵報》或自由派新聞機構對理查德・尼克松的鄙視。[610] 但根本上，新聞傳媒猛烈攻擊尼克松這個個體及其當局，但是從來不會批評總統制，對根本制度毫無動搖。[611] 這個問題也在特朗普時代的美國凸顯。

與那種平實的客觀中立報道相比，這種挖掘報道的小圈子狂歡促進了新聞業者對名流化的刻意追求。[612] 當然，記者名流化是一種現實，而且記者熱愛香檳和歌劇也並不一定會阻止他們借樓權貴的貪腐和錯漏。[613] 這種名人化有時也確實能夠協助受眾克服某種類型的未知。

606　詹姆斯・T・漢密爾頓：2016 年，5 頁

607　Kirkpatrick David D., Fabrikant Geraldine: 2003

608　石義彬：2014 年，155 頁

609　賴勇衡：2019 年

610　邁克爾・舒德森：2011 年，132 頁、138-140 頁

611　陳立平、李濱：2009 年；阿特休爾：1999 年，154 頁

612　邁克爾・舒德森：2011 年，132 頁、138-140 頁

613　安東尼・劉易斯：2010 年，138-139 頁

美國資深報人吳惠連認為，水門事件一方面推進了調查性報道事業的發展，但另一方面又給這項事業造成了極大的損害：記者對負面的調查性報道的刻意追求，往往使新聞報道不能客觀地呈現全貌；同時這種犬儒主義色彩濃厚的報道風格，極富敵對性和攻擊性，揭露問題可能深刻，卻無解決問題之道，無形中加深了公眾對政治生活的不信任感。[614]

　　權勢人物的落馬會帶給大眾一時的滿足感，但是也可能將大眾帶入錯誤認識中，錯過許多隱蔽而重要的事情——這些事情往往不動聲色而對社會帶來極大的傷害。[615] 相反，媒體讓大眾可以追求到對官員「失態新聞」的報道，將政治娛樂化。

　　正如學者麥庫姆斯所說：「在一個由媒介設置公眾議程並引導對話的世界中，媒介忽略的那些事情就像不存在一樣。」[616]

　　類似地，在香港、臺灣等地區，社會也同樣很少人觸及問題的根本，只是不斷撕裂，減損共識。[617] 實際上香港的利益分配阻礙了香港社會治理的改善、制定合理的房屋政策，但是從「反修例」風波等看到，普通香港市民的憤怒並沒有指向這些資本巨頭及其權力代理（部分媒體），而一直無法取信於民的、但又無所不包的「政府」成為主要標靶。[618]

　　一直沒有變化的是，所謂嚴肅的政治相關新聞幾乎壟斷了新聞人的

614　吳惠連：2002 年

615　阿蘭・德波頓：2015 年，51 頁

616　麥庫姆斯：2018 年，188 頁

617　余一竹：2019 年

618　Bilahari Kausikan: 2019

抱負。[619] 香港浸會大學傳理學院教授柯林・斯巴克斯（Colin Sparks）曾經談及新聞學術領域存在的這種單一思維：很多學生對傳媒研究的興趣往往表現在政治權力、敢言媒體（如《南方週末》）、中央權力等方面，而很少對各種普通的新聞記者、新聞雜誌或者其他領域的媒體感興趣。他提醒，正是各類普通的非政治新聞的記者、雜誌反映著中國真實的社會變化，那才是真正有趣而且重要的。[620]

似乎脫離了「政治」內容，大家都無法說話了。如果按照傳統自由主義視角，那麼所謂的「新聞質量」往往只是跟政治掛鉤而已。在一些職業新聞人看來毫無價值的內容，對於很多群體來說，並非毫無價值的。例如，香港的《文匯報》、《大公報》常被人批評為保守建制，陷於「塔西佗陷阱」中，但其新聞報道主要是非政治類的，質量也是很高的。[621] 反對派媒體構建的「塔西佗陷阱」壟斷了香港的政治話語，更多是一種新聞資源中心化的體現。

除了強調嚴肅新聞的不足，新聞業界也經常抱怨「公司控制」——同屬私人領域的記者與媒體所有者之間在自由方面的衝突。例如，從很長一段時間內，香港新聞工作者看來，「抽廣告」、「換編輯」以及「解雇記者」的事件往往是「政治迫害」，是妨礙新聞自由的表現。

但為何有些新聞工作者會認定某些解雇是新聞自由的問題，某些又不是？其中很多事件與「新聞自由」的關係仍然牽強，更多是價值取態

---

619 有學者認為，這樣偏重政治類信息的傾向，反映的是一種男權主義，因為男性讀者偏好時政、財經、軍事等嚴肅新聞，多屬硬新聞，而女性更多關注流行與商品信息。見劉肖、董子銘：2017 年，229 頁。也有專家認為，記者、媒體所體現的專家系統是「（通常為男性）擁有特權的社會政治形勢觀察家和一位超級公民」。見 Nerone John, Barnhurst Kevin G.: 2003

620 柯林・斯巴克斯（Colin Sparks）：2015 年

621 嘉崎、甄言：2019 年

或者利益分歧。儘管這些事件的真相實際上存在一定疑問，但其整體效果，的確減低了電台節目的社會影響力。[622]

因此，有人認為，編採自主是無法實現的，工作一定要聽老闆的指示——這裡的「老闆」指廣泛的管理層，甚至包括高級編輯。記者圈認為媒體應該干預越少越好，始終交給新聞部或者編輯部，由他們而不是媒體老闆去決定內容。這也在香港媒體圈被視為政治正確的想法。

但香港媒體老闆于品海直指，這種想法是媒體的「習慣性煽情」，認為辦報不能從生意角度去思考的想法是「十分純情的」，而記者在加入媒體的時候應該知道媒體的取態，雙方在媒體企業發展中是相互作用的。[623]

有學者指出，這些事件部分反映的是媒體商業產權和員工新聞自由的衝突。[624] 畢竟我們不能要求商界一定要在某個傳媒登廣告，或者持某類政見的主持人就不可撤換。[625] 採編團隊去要求媒體公司必須說某些話的行為，實際和政府「不讓人說某些話」的管制本質上是差別不大的，都是一種權力審查。

從財產所有權來看，或者從美國第五修正案來看——即「任何財產都不得在沒有補償的情況下被取作公用」，要求媒體所有者對某些話題作出報道，實際上也是管制，只是轉變為對財產的徵用或沒收，儘管其中的經濟損失可能微不足道。[626]

622　李立峰：2015 年，90 頁

623　香港電台：2019 年；香港電台：2017 年

624　雷鼎鳴：2014 年。當然，其中也有香港新聞業內部立場先行的問題。對於大多數香港新聞業者，只有反對政府、反對中央才配擁有公信力，否則就是破壞新聞自由。這樣的「一刀切」的做法容易造成失真。

625　江雁南、余思毅：2014 年

626　歐文・M・費斯：2005 年，70 頁

在上世紀 70 年代，美國「《邁阿密先驅論壇報》出版公司訴托內羅案」就提到關於媒體產權的問題。美國聯邦最高法院認為第一修正案只規定了出版自由，並無規定媒體必須就任何政治人的言論發表承擔責任。也就是說，報社有權拒絕刊登自己不願意刊登的文章。[627]

在 1973 年「哥倫比亞廣播公司訴民主黨全國委員會案」中，多數法官也認為一個廣播公司有權決定將廣告時間是否賣給某種政見的組織，這也不會引起美國第一修正案關於言論自由的問題，因為其中並不存在政府行為。[628]

美國法律學者桑斯坦提到這樣一個比喻，「如果一個心存不滿的員工想要在通用汽車的地盤上反對通用汽車公司的政策，憲法也無法給她提供任何幫助。」[629]

這裡要面對的是媒體公司所固有的產權造成了一種天然的發言權不平等。[630] 如果國家也沒有這種權力去根據所謂的「公共利益」去管制或

---

627 該案件中，如果一個政治候選人在報紙上被批評，邁阿密州的法律要求各報社必須允許政治候選人在報紙相同位置回應政治評論，佛羅里達地方法院認為該項法律有利於規範新聞媒體的責任性。這被最終裁定違憲。不過值得注意的是，在較早 60 年代的紅獅廣播公司訴聯邦通訊委員會案中，聯邦通訊委員會認為，公共利益要求公眾應當具有獲知另一方觀點的機會，即使紅獅廣播公司必須承擔這段播出事件的費用，它仍然負有這樣的義務。這種「公平原則」獲得最高法院的支持，其認為「觀眾和聽眾的權利，而不是廣播公司的權利，才是壓倒一切的。」這與「《邁阿密先驅報》案」的結果似乎是相反的，國家以保護辯論強健性的理由管制媒體是被禁止的。這目前已經成為一個有影響力的先例。而到了 90 年代，聯邦通訊委員會主動推翻了「公平原則」。見費斯：《言論自由的反諷》

628 凱斯・R・桑斯坦：2005 年，245 頁。CBS v. Democratic Nat'l Committee, 412 U.S. 94 (1973)，Link: http://bit.ly/2UYcsET

629 凱斯・桑斯坦：2016 年，102-103 頁

630 陳力丹：2008 年

「新聞自由」有毒

者徵用媒體的話語，那麼上述媒體的記者編輯可以嗎？

回到上述事件中，媒體的員工也有抗議的自由，畢竟那也是私人空間；媒體所有者也可以不理會記者的抗議，畢竟如何處理產權也是私人空間。[631] 即使在媒體公司管理層追求利潤最大化的時候，公司內部也不可能監督干預所有編輯內容，記者還是有一定空間去追求低商業化但是高社會回報的報道，甚至傳媒所有者也可能有動力去用利潤換取一定名聲。[632]

上述「公司控制」的問題並非是自由的問題，更多是媒體公司內部對於新聞操作是否意見一致的問題，很多時候也是政治問題。

我們也看到媒體工作者有時候裹挾民粹主義、本土主義或者民族主義，從市場或者廣告主角度反向影響媒體企業的自我審查行為。近年香港媒體的生態發生變化，在後物質時代下，人們對於政治制度產生訴求，媒體公司新聞員工的「反權力中心」理念越為明顯，甚至有嚴重政治化的表現。[633] 這也對所有者產生實在壓力。

上述香港業界的一些操作實際上只是通過排除異己貶損了自由的地位，而不是保護自由。畢竟他們對媒體內容擁有實際的話語權、定義權和評價體系。

矛盾的是，當媒體人一方面控訴老闆干預新聞自由，另一方面還會踴躍通過定義標籤其他媒體是否「自我審查」、「宣傳」去樹立自己的地位，打壓異見。

---

631 我們也可以參考美國「Prager 大學訴 Youtube」案中，230 條法例明確企業私域不受第一修正案「言論自由」制約，但也是爭議較多的一條法例。

632 詹姆斯・T・漢密爾頓：2016 年，335 頁

633 朱世海：2015 年

「自我審查」本非不存在，但是其概念本身較為模糊，很難被覺察。如果「自我審查」是因為公權力、商業機構、其他個人等壓力原因而對報道內容刪改編輯，基本上我們每天的工作都在「審查」，將內容過濾給讀者看。編輯把握編採選擇的標準有可能是主觀的，也可能是客觀的，但這正是目前大多數媒體進行持續穩定新聞生產的基礎。

　　有媒體人就認為，編輯對文字的修改、對文章分析部分的審查，都是必然發生的，那種對「審查」和「編輯」的劃分是人們想象出來的。[634]

　　更何況，很多所謂的「自身審查」只是政治取態的差異。例如在香港，如果一個媒體被認為「自我審查」，往往是因為對政府的敵視、反對不夠。有時候媒體記者眼中的其他媒體「自我審查」正是他們所要打壓的異見，包括政治理念。這種指控更像是政治鬥爭、商業鬥爭的策略。

　　也有人認為，公信力和讀者群作為強有力的制衡力量，使媒體的自我審查停留在一定程度以內。[635] 但剛好相反，審查是相對的；如果真的有「自我審查」，讀者也是決定「自我審查」的一個基礎。而社會的所謂「民意」不是來自理性的判斷或者直接經驗，而是可能在宣傳的影響下達成表面的一致。[636] 例如，社會對於特定媒體的內容有著特定傾向的期待，並非可以隨意改變的。[637]

　　此外，即使不是真的「審查」，媒體還有各種非審查的技術手段去控制內容輸出，同樣可以防止某些言論的出現。例如在電視中讓講者提出觀點但不給時間論證清楚，這讓講者看起來像不可理喻的瘋子。其次，我們也提到，碎片化的敘事方式遠比新聞審查更具危害，同樣可以控制

634　香港電台：2017 年
635　李鯉：2017 年
636　劉肖、董子銘：2017 年，17 頁
637　李啟文：轉自郭中實、陳穎琳、張少威：2017 年，138-139 頁

人們的思想。

在正常競爭的市場經濟中，「自我審查」的指控更像是一種競爭打壓的手段而已。

至於宣傳，其成功之處在於讓人感覺自己是獨立的。在歐美等國家，記者正在急於製作冷戰思維的迷陣，讓民眾感覺更自由、更優越。這也是一種宣傳和洗腦，因為他們可能不再開放地接受科學的、符合邏輯的異見。那裡的人可能比所謂「洗腦」國家的人更容易被各種標籤所欺騙。

在西方國家，人們認為媒體遠離了政治力量的審查，從而認為自己更自由，更能獨立思考而不被欺騙。但是現實是，政治力量遠未從媒體中消除——對媒體的制約和控制不再是直接的，而是體現在市民社會和公共領域中各種政治力量的鬥爭。[638] 我們極有可能默默地說出媒體所要我們所說的、甚至做媒體所要我們做的事。[639]

「宣傳」本來是一個中性的概念，只是在過去大半個世紀，特別是冷戰期間，逐漸被賦予了負面意味。實質上所有政府都在一定程度上從事宣傳活動，並將其作為和平時期政府職能的一部分，因此我們不能機械地認為民主政府反對宣傳的假設。[640] 當然，相比而言，西方國家控制媒體進行宣傳的情況司空見慣，只是管制手段都是軟性或法律管控的方式，顯得較為隱蔽。[641] 更重要的是，他們的宣傳與現實他們看到的局部事實有一定吻合，加強了宣傳的效果。

638　葛蘭西：1992 年，574 頁

639　這類似於傳播領域「涵化理論」：某一特定人群看電視的時間越長，受眾對於現實的感知越接近電視的內容。

640　哈羅德・D・拉斯韋爾：16 頁

641　劉肖、董子銘：2017 年，126 頁

在上世紀 30 年代，美國宣傳分析研究所列出了以下一些常見但有效的的宣傳技巧，例如辱罵攻擊、粉飾光環、轉移視線、貼標籤、斷章取義等。[642] 另外，還有例如奧威爾在《1984》、提到的「斷言法、重複法和傳染法」。[643]

這些宣傳技巧並只是政府的專利，私有媒體和公關同樣擅長，用以掩蓋並加深了人們的自身問題。甚至某種程度上，兩者經常在宣傳上進行合作。西方輿論體系就是這樣構建的。例如，在所謂的新疆「種族滅絕」、2019 年香港社會事件以及俄烏戰爭等事件中，美國及其盟友的國家公權力和私人媒體合謀，不遺餘力地進行政治宣傳戰。

問題只是，為什麼有些信息流通是審查或宣傳，而其他的卻不是？如果真的存在「審查」，新聞業、社會實際上已經對審查的定義進行另一層的審查。

「老闆干預」、「自我審查」、「宣傳」等說辭並非不存在，但也確實掩蓋了媒體業面臨市場競爭時無法做到專業的無能與腐敗。因為連記者自身也無法確保在客觀中立的規範下如何能夠做出好的節目或者報道。[644]

儘管宣傳被污名化，但面對各種媒體報道，我們認為，政府也應該主動承擔宣傳的責任、做好宣傳工作。作為民眾，我們突破宣傳的武器是首先知道自己被洗腦，用邏輯去推導、對邏輯「認輸」。我們不僅需要逐步拆「牆」，還可能需要填埋隱性的「坑」。

642　E・M・羅傑斯：2005 年，219 頁；劉肖、董子銘：2017 年，17-18 頁。

643　馮克利：轉自古斯塔夫・勒龐：譯序 21 頁

644　梁啟業：轉自郭中實、陳穎琳、張少威：2017 年，27 頁

競爭不一定比壟斷好

一般認為，如果在觀點市場中沒有競爭，我們可能只會獲得有限的信息，社會利益也因此受到影響。

大多數時候這都是對的。例如，在中國大陸境內持「愛國」觀點的媒體利用近乎壟斷的地位去壓制其他觀點，那麼社會就會變得不那麼健康。

再例如，在 2001 年中美撞機事件的報道中，由於沒有外來媒體制衡美國媒體，美國主流報道就存在普遍的國家主義傾向。[645] 用學者趙心樹的說法，在美國的信息市場上，中國以及其他多數外國媒體未能有效地參與競爭。[646]

相反，競爭太大又是一個問題。在媒體數量眾多的印度，2010 年的 Nira Radia（拉蒂亞）錄音事件暴露了印度媒體深陷在政治與企業腐敗的問題中，媒體討好權貴拉蒂亞的根本原因就在於大量媒體帶來龐大的競爭，導致媒體只能仰賴大型企業主的廣告贊助。[647]

確實，廣告客戶也一直影響媒體內容。例如，美國特納廣播系統（TBS）計劃製作一個節目，關於太平洋西北部伐木者與環保主義者的爭議。但是由於伐木運輸業會認為該節目有傾向，不想讓 TBS 播放這個節目，最終 8 個廣告客戶受影響撤除節目的贊助。在另一個案例，媒體 NBC 為涉及墮胎權爭議的「羅伊訴韋德案」製作節目，但是由於害怕宗

645 趙心樹：2002 年
646 趙心樹：2002 年
647 克雷・錢德勒（Clay Chandler）、阿迪爾・贊努巴伊（Adil Zainulbhai）：2017 年，413-417 頁

教組織的聯合抵制，該製作節目同樣面對贊助的問題。[648]

但按照一些經濟學者說法，競爭對一家企業產品質量的影響十分複雜且無法確定，同樣地，媒體市場競爭對事實真相的最終影響是不確定的。[649] 一家媒體公司可能因為缺乏競爭而減少對新聞質量的投入，但也可能因為從報道內容的創新獲益而加大對新聞內容的投入。有媒體人曾擔憂：競爭市場不會很好地提供公共物品。我們可能很快會發現這樣的市場會有多糟糕。[650]

一個有趣的觀點是從達爾文的進化論去看待競爭。在亞當‧斯密看來，出於私利動機的競爭常常會提升群體的利益。荷蘭人伯納德‧曼德維爾甚至提到，「私人惡德即公眾利益」。[651]

但這是一個悖論。達爾文認為，亞當‧斯密所認為的競爭是依照個體成功的原則展開的，並不一定能夠提高物種或者群體層面上的生存適應性，有時候甚至是對群體有害的——特別是當競爭旨在獎勵個體的相對優勢而不是群體利益的時候，大家的努力就可能會相互抵消，損害群體利益。[652]

確實，現代理論對社會博弈的計算出現問題：個人利益的最大化僅僅計算到自己享有的專有利益，而往往把對自己同樣有利甚至更有利的共享利益忽略。後者涉及與他人關係的共享利益如安全、幸福、成就和

648　凱斯‧R‧桑斯坦：2005 年，255 頁

649　Gentzkow Matthew, ShapiroJesse M.: 2008

650　Wolf Martin: 2007

651　伯納德‧曼德維爾：2002 年

652　劉擎：2013 年，88 頁。實際上達爾文的「適者生存」都被誤解，它不只是「優勝劣汰」和「弱肉強食」，畢竟互助的群體有時候比內部互相廝殺的群體要更適合生存。

權力等，才是人們實際最大的但少有關心的利益。[653] 不能忽視的是，競爭也有可能是一種劣幣驅逐良幣的「比爛」競賽。

我們看到，來自不同信息源的匯總信息比任何單方面獲得的信息更為有效。[654] 但是是否越多信息源越好？起碼我們也不能確定，是否有多少信息源就一定需要相同數量的媒體。[655] 如果媒體都從同一個信息源獲取信息、重複刊載相同的新聞，那麼增加競爭者幾乎沒有增值；相反，即使壟斷者也有可能試圖開拓不同的信息源，為受眾提供多元的信息。[656]

新聞媒體的「傳聲筒」現象體現了競爭模式的現實問題。例如，在一些公開記者會，我們可以看到多家媒體同時對事件進行報道，但是最終出來的內容都是大同小異，形成基本一致的議程，甚至形成一種抱團。[657] 這種類同於經濟市場的公司壟斷，導致媒體報道內容趨同。這些同質化內容往往靠近記者行業所認同的標準，實質阻礙媒體多元發展。[658]

確實，有時候競爭越強，可能讀者所能獲得的高質量新聞並不一定就好。[659] 甚至於，如果一種社會本身已經存在一種強勢的偏見，在「沉默的螺旋」的作用下，增加競爭者只會讓公眾變得更加自閉，並且拒絕接受和其既有觀念相左的信息。[660] 例如，媒體都有可能盡力靠近符合民粹思想的內容，提升商業利益。

653　趙汀陽：2017 年，362 頁

654　Surowiecki James: 2005, P227-228

655　Gentzkow Matthew, Shapiro Jesse M.: 2008

656　Gentzkow Matthew, Shapiro Jesse M.: 2008

657　郭中實、陳穎琳、張少威：2017 年，209 頁

658　趙心樹：2002 年；Schudson Michael: 2008, P116-117

659　Zaller John: 1999

660　Mullanathan Sendhil, Shleifer Andrei: 2005

在國際上，媒體市場往往被認為應該獲得全面開放，但這易成為強者的武器。東歐國家在本世紀初為國際媒體打開國內市場，但是並未獲得好的結果。在 2004 年，歐洲議會一份報道指出，很多跨國媒體集團並未受到管理，而整個歐洲的媒體「越來越不本地化、觀點越來越不多樣化、越來越浮於表面而且信息量很少」。[661] 同樣，東南亞（例如印尼）在更自由開放的同時也面臨這個全球性的問題：實際上，大型媒體公司都通過控制去削弱當地公民社會，從而影響當地國的議程。[662]

在西方英文媒體主導的國際新聞環境中，歐美的媒體在報道外國事務的時候其實運用的是「一貫相似的模式」。[663] 儘管國際市場上有不同的媒體，但是主流的西方媒體差異並不大。美國媒體總有特定的議程和框架，在報道中國的時候總是關注經濟問題，報道朝鮮的時候總是關注核問題。

當我們回顧近年西方媒體對中國的各種報道、預測，發現很多議題都沒有找准核心。這也是為什麼在國際衝突中歐美國家能夠形成「反中」的共識但難以自我反思。現在，在這種「自由競爭」中的國際媒體塑造了各國人民對世界的認知。

可能重點不在於競爭，競爭並非不好，而在於競爭是否多元或者對所在群體有用。正如之前提到，市場本身並不一定就能很好地提供多元的產品。較少受制於市場競爭的英國廣播公司的新聞質量就被認為是特別豐富的。[664] 其節目也被認為比美國私人媒體的新聞質量要好。[665]

661　Council of Europe: 2004

662　雅爾諾・S・朗：2020 年，52-53 頁

663　Besova Asva: 2008

664　Prat Andrea, David Stromberg: 2005

665　Gentzkow Matthew, Shapiro Jesse M.: 2008

「新聞自由」有毒

横向對比的話，儘管中國的中央電視台作為政府的喉舌備受批判，但撇除政治元素，其具有一定壟斷地位，有可能比一般電視台提供更為高質量的內容。例如針對農民的農業頻道、三農報道等。這在其他國家都是少見的。

相反，臺灣地區的「狂歡化」就是一個反面參考。[666] 在市場化的自由下，90 年代的臺灣地區有線電視林立，但並沒有使多元化發展成為現實；相反，由於頻道數量多，而人力、資金分散，節目製作惡性競爭，這樣一個沒有成熟的市場暴露於西方大型媒體的圍攻之下，自由主義的口號下並未讓臺灣發展成為一個高水準的、健康的電視文化環境。[667]

同時，臺灣的電視節目有著明顯的性暗示或表達，這也讓臺灣知識分子痛恨無奈。甚至有臺灣學者提出一個業界少有個觀點，往往被認為「封閉」的中國大陸的文藝類電視節目「比臺灣的好」。[668]

因此，政府是否也需要確保競爭本身不會過度？在 2013 年發生的香港電視牌照風波就涉及這樣的爭議。當香港政府增發免費電視牌照到四家，但其中第五家的香港電視網絡有限公司沒有被列入發牌之列。有人認為，這樣是破壞了多元化。[669] 而香港政府委託的顧問認為，如果市場情況理想，則市場有可能支持四家機構持續經營，並認為香港免費電視市場將難以支持五家機構持續經營。[670]

---

666 段鵬：2013 年，緒論

667 呂新雨：2009 年。在上個世紀末臺灣地區的白曉燕撕票案中，傳媒在對主犯陳進興進行採訪報道的過程中頻頻越位，暴露了臺灣媒體制度的很多問題。例如，陳進興在逃期間多次利用媒體為自己的犯罪辯護，而媒體被這些「賣點」吸引，對其言論照登不誤，結果一些青少年讀者認為陳進興在報道中挺有人情味，是一個好爸爸、好丈夫。見呂新雨：2009 年，172-175 頁

668 呂新雨：2009 年

669 梁麗娟：2013 年；梁旭明：2013 年

670 香港政府：2013 年

「過度的控制與干涉」和「不受控制的市場經濟」都是危險的，分別是兩種自由的墮落形態有關。

新聞市場競爭帶來不少的好處，但也有代價，即可能導致有社會價值的新聞供應不足。也有人認為，這樣的代價的確存在，但是以此為由限制競爭也是沒有說服力的。[671]

回頭看來，開放與否實際操作中是一個偽命題。更多是開放多少以及如何開放的問題。現實中自由與控制永遠相伴，只是後者在新自由主義的崛起中被刻意污名化。可能如同傳媒學者所說，我們要避免將競爭絕對化，但究竟是選擇競爭還是集中管治，關鍵還要看一個產業結構是否按社會利益最大化的原則而設立和被管制。[672]

671 Gentzkow Matthew, Shapiro Jesse M.: 2008
672 趙月枝：2010 年

第三章

「新聞自由」

的成本

言論無罪？

　　諺語說「君子動手不動口」、「言者無罪」，或者說「你揮舞拳頭的自由止於我的鼻尖」。這都將行動與言論區分開，似乎再有惡意的言論，只要沒有造成身體傷害都是無罪的。

　　英美等國家對於言論自由背後的一種容忍傳統值得學習。例如，在英國蘇格蘭獨立公投中，無論政治領導人還是街頭組織者，支持或反對獨立的雙方即使辯論到白熱化的程度，但基本上雙方的較量還是約束在口頭表達的層面。這反映了「堅決反對對手的選擇，完全尊重對手選擇的權利」的道德底蘊。這種溫和的傳播策略也讓我們體會，意見可以先民主表達，讓大家更為容易接受，儘管決策最後可能是無奈的、決斷的。[673]

　　其體現的高度不只是不傷害對方，而是在程序上讓對方有足夠合理的表達空間。即使在一些自詡「自由」的國家中，很多民眾依然無法做到。過去數年香港「藍黃」不同意見陣營的尖銳對立就體現了這個問題。

　　確實，過去不同社會已經有很多因言獲罪的不幸歷史。但是壓制言論的罪惡不能完全證明自由的合理。不涉及行為的言論內容並非都是人畜無害的。相反，其造成的傷害可能比行為更加巨大深遠。

　　例如校園的言語霸凌問題。如果言語無害，我們也不用擔心校園霸凌的問題。《史記》中有這樣一句話：「眾口鑠金，積毀銷骨。」人言可畏，能夠顛倒是非，致人於死地，即使沒有造成生命傷害。面對西方對其他國家發起的輿論戰、信息戰，我們就能更清楚知道弱勢國家「眾口莫辯」的困境，以及輿論如何對經濟利益產生影響。

673　姬揚、李珊：2016 年；陳力丹：2017 年，27 頁

美國的「斯奈德訴菲爾普斯案」（Snyder v Phelps）帶出了這樣的問題，「如果某種言論侵害了他人的利益或感情，是否還應當受到法律的保護？」[674] 在該案中，首席大法官指出，評判案件的主要考慮因素是言論性質：是公共關切還是私人問題。不過，此案中唯一表達異議的大法官薩繆爾·阿裡托則認為，「為了讓一個社會能夠公開而強勁地辯論公共問題，沒有必要允許對無辜受害者的殘暴」。[675]

新聞侵權就是類似的例子。其借助報紙、廣播、電視等技術進行信息分發，影響範圍廣闊、獲取信息的人數眾多、傳播迅速，如果一旦構成新聞侵權，其所造成的後果可以相當嚴重的。這往往給受害者帶來極大的精神痛苦與社會壓力。[676]

即使一些西方國家對於沒有威脅性的「無知」言論也並非無限地包容。在歐洲很多國家，否認曾經發生的大屠殺是一項刑事罪行。例如在奧地利、法國和德國等地，否認納粹罪行的言行可以被視為非法，刑期最高可達 20 年。[677] 儘管我們知道這種想法是愚蠢的，讓人感到心痛，並且將其與一些極端主義聯繫起來，但是這種言論也確實並沒有對讀者或者聽眾產生直接的威脅。[678] 這恰好證明言論是需要區分對待的。

另外，討論較多是仇恨言論，因為它破壞了某種民主的辯論條件，

674　劉擎：2011 年

675　劉擎：2011 年

676　于海湧：2013 年，320-321 頁。有法律學者提到新聞侵權訴訟中的兩種傾斜：如果是普通民眾告媒體，就應該對弱勢的普通民眾傾斜，採用過錯推定原則，即在損害和因果關係得到證明的情況下，首先推定新聞媒體存在過錯，由媒體承擔舉證責任去證明自己沒有過錯；而在公眾人物告媒體的案件中，必須由公眾人物去證明媒體存在實際惡意。關鍵點在於如何證明「公眾人物」。見于海湧：2013 年，56 頁

677　劉擎：2013 年，33-34 年

678　布魯斯·N·沃勒：2015 年，313-314 頁

而不是實現自由。例如，在 1942 年的查普林斯基訴新罕布什爾州案中，美國最高法院指出，含「挑釁字眼」（fighting word）的言論不受保護，攻擊性的詞語給緘默的、非暴力的受害者（例如和平主義者、殘疾人士或者女性）的表達帶來潛在的困難。那些有意或無意地造成對方嚴重的情感傷害的言論也不受保護。[679]

有人認為，仇恨言論不僅僅是言論，其本質是一種發出威脅的行為：當某個群體正面遭遇其仇視對象，並大喊種族主義口號追打此人，或者將其包圍並嘲弄他，那就已經是一種威脅、騷擾和恐嚇行為。[680]試想極端意見陣營中闖入一個異見者，可能面臨的就是這種威脅行為。

同樣，美國女權主義學者凱瑟琳・麥金農就認為，在性騷擾和淫穢作品問題上，言詞不只是言詞，而是一種行動，因為那些參與了淫穢電影和雜誌製作的女性也捲入了一種特定的行動，那些作品也可能是誘發強姦的誘因之一。[681]

很多時候，言論與行為的區分並非充分的。在一些國家，有些行為似乎成為了憲法所定義的「言論」。例如，在美國多個案件中，焚燒國旗也被認為是一種言論的表達，因為其有很鮮明的表達特徵。[682] 在 2018 年 12 月法國「黃背心運動」中，有抗議者將蒙著總統馬克龍面部畫像的人偶斬首，隨後被法國警方以「煽動犯罪和侮辱」為由起訴處理。[683] 在

679　凱斯・R・桑斯坦：2005 年，294 頁；Chaplinsky v. New Hampshire, 315 U.S. 568 (1942)

680　布魯斯・N・沃勒：2015 年，308-309 頁

681　凱瑟琳・麥金農：2005 年；劉擎：2013 年，242 頁

682　凱斯・R・桑斯坦：2005 年，276 頁、289 頁；Texas v. Johnson, 491 U.S. 397 (1989)、United States v. Eichman (1990)；其中前者案件就指出，政府不應該因為社會覺得某個想法有冒犯性或者討厭而禁止這個想法的語言或者行為。

683　安晶：2018 年

這裡，斬首的行動同樣是一種思想表達，但是帶有威脅意味。

區分某種表達到底是言論還是行動的意義越來越薄弱，更關鍵的似乎依然是其實質效果。但是這同樣有不同的理解。

在美國斯特龍伯格訴加利福尼亞案中，對於是否禁止展示代表反政府的紅旗，法院提及這樣的觀點：不應該為了阻止某些隱約的和遙遠的不良傾向（some dim and distant bad tendency）採取的對言論的壓制。[684]但是什麼才是「隱約的和遙遠的」？言論到行為之間的轉化如何確定？事實上，有些言論一旦被放大，就可以馬上帶來突然的集體行動，對個人或社會造成巨大的傷害。

現實困難在於言論到犯罪之間介入的空間是越來越小。[685]言論自由的特殊性在於其侵害往往是無形的，要界定其邊界比較困難。[686]而反過來看，抑制行動自由的社會性制裁也可能會在同等程度上抑制表達自由。[687]

另一方面，美國法院又在 2003 年弗吉尼亞州訴布萊克案中，裁定焚燒十字架有恐嚇的目的。這似乎又是在允許對「挑釁性」言論和帶有威脅恫嚇色彩的言論加以限制。[688]類似地，英國在 1986 年通過《公共秩序法案》禁止種族仇恨言論等挑釁性的言論；歐盟議會在 2001 年採取了對互聯網仇恨言論定罪的措施。

對於仇恨言論，一方面，我們身邊有很多犯罪是出於仇恨。例如，一個男子傷害或者殺害介入愛情的第三者，就是因為仇恨。但仇恨並不

684　安東尼・劉易斯：2010 年，43 頁
685　Nossel Suzanne: 2016
686　魏夢欣：2012 年
687　歐文・M・費斯：2005 年，98 頁
688　布魯斯・N・沃勒：2015 年，302-303 頁

應該成為犯罪的理由；同理，似乎也不應該成為限制言論自由的理由。仇恨言論往往又是政治爭論中的自然反應。

　　有人認為，如果那是簡單明確的侮辱性言論，可能將會被剝奪不被保護；有時候，即使這種言論涉及攻擊性或者傷害，但如果其涉及思想交流的可能性，這種言論可能就不應該被規制。[689]

　　此外，如果「言論」是代表某種表達，那麼其概念就可能無限拓展。廣義上的文化也同樣代表某種言論，在不確定的時間內演化為行動。新加坡總理李顯龍曾經表示，西方肥皂劇、流行歌詞等文化內容所推崇的價值觀和生活方式，雖然表面上對新加坡沒有什麼影響，但是卻會潛移默化地對國家建設和經濟發展造成危害。在 1970 年，西方「嬉皮士運動」高潮時期，新加坡就不得不對部分滋長毒品文化的流行音樂採取禁止措施。[690] 後來新加坡毒品問題、種族衝突都在印證了類似擔憂的現實性。中國的《毛澤東語錄》在西方可能只是一個可笑的物品，但是卻在新加坡帶來 75 場非法集會以及騷亂。[691]

　　言論可能是行為，行為也可能是言論。極端的例子是，一個人保持沉默不表態或者不討論政治也是一種言論自由。沉默可以用來防範公權力的侵害，但是其本身沒有發表任何言論。延伸開來，一些國家認為穆斯林女性戴頭巾是保守甚至是危險的而對其禁止，但是戴頭巾與否類似於上述沉默權。它也可以是宗教自由或者對某種意見的自由，例如反對強迫婚姻、反對家庭暴力。[692]

689　凱斯・R・桑斯坦：2005 年，288 頁

690　Lee Hsien Loong: 1987, P7-8；而在美國幾十年的持續影響下，美式文化如嬉皮士就被大量輸入到菲律賓當地，其中包括吸毒的習慣。這也成為杜特爾特總統所要處理一大問題。

691　Lee Hsien Loong: 1987, P8

692　阿紮德・莫芬妮：2018 年

從這裡無限延伸，我們可能會將各種問題都認定為「言論」，並認為它們的表達都需要保護。但是並非如此。

在某一種程度上我們要注意那種羅伯特·伯克（Robert Bork）所提到的「類推逃竄」（analogical stampede）：我們容易把言論自由擴大化，可能讓各種問題都變成「言論」。他認為，在政治內容和由第一修正案保護的言論之間要有非常緊密的關聯，只有那種明確涉關政府的言論（例如，批評一個候選人，或者對政府政策的偏好）才應該被保護。[693]

在經典自由主義理論中，我們對言論的保護更多是集中在政治領域。有人認為，如果政府禁止嚴重的色情言論，人們仍然有政治言論的喘息空間不斷反對這樣的禁令；但如果政治言論被禁止，這樣的空間就變得小很多，我們就無法推翻那些禁止色情言論的行為。

不過，人們在擴展這個範圍，但是也使「言論」變得模糊不清。值得留意的是，對現有秩序最強烈的政治挑戰有時候可以在藝術、文學、音樂等領域的表達中發現；性有時也是社會革命的隱喻，「淫穢」這個定義也有政治源頭和結果，但是我們也往往傾向禁止色情作品。[694]

事實上，政府在在處理色情作品的時候就往往會認為，禁止色情作品所犧牲的表達自由的利益要遠遠小於政府所實現的社會利益。儘管有時候色情言論也是政治表達的一種方式，但是一些案例中所涉及的淫穢和下流言論，實際上對於公共討論的貢獻微乎其微。[695]

現實中，言論或者新聞對人的傷害往往是抽象或者廣泛的，究竟有

693　Bork RobertH.: 1971
694　凱斯·R·桑斯坦：2005 年，283-284 頁
695　于海湧：2013 年，17 頁

多大影響是難以確定的。[696] 即使嚴肅認真的言論，是否構成傷害也並非言論本身決定，而是與難以割裂的環境、個人因素等聯繫。對一個人不構成傷害的言論，對另一個人就有巨大的精神壓力。[697] 一個社會是否規制某種言論或者行為，形式本身可能並非根本，而是是否造成特定傷害，以及傷害與言行之間的直接因果關係。

明確的是，言論是可以有傷害的，而有很多言論是應該區分的。我們不應該統一地認為所有言論都應該獲得同樣的保護。即使一些我們曾認為應該獲得絕對保護的言論自由也會變化。例如，隨著「原子能」和「細菌學」知識的發明，那種要求絕對保護學者的自由的觀點也顯得不嚴謹和不準確。[698]

起碼我們看到，即使在歐美，仇恨言論、人身攻擊、色情言論的傳播都受到特定的限制，因為這一類言論實質讓他人參與自由辯論的地位受到貶損。[699] 其本質是對公平的言論自由的一種破壞。

即使政治言論，如果它是傷害了審議民主的話，那麼社會就有必要衡量得失。在很多情況下，言論自由都需要讓位於其他權利（例如不被仇恨言論貶低的權利）和其他重大利益（例如防止種族、宗教仇恨）。[700]

因此，每個社會都需要自行決定期望在言論自由和公開討論上獲得多少價值。[701] 我們其實都某種程度上支持限制特定言論。我們根本的分歧只是在於如何界定邊界，以及如何確定減少傷害的手段。

696　盛洪：2013 年
697　蘇力：1996 年
698　凱斯・R・桑斯坦：2005 年，283-284 頁
699　歐文・M・費斯：2005 年
700　布魯斯・N・沃勒：2015 年，310-311 頁
701　魏夢欣：2012 年

保護我們所憎恨的思想？

人們常說：一個健康的社會需要有反對的聲音。

這體現了一種社會要追求的高度包容。在《社會因何需要異見》中，桑斯坦這樣提到：「社會凝聚力很重要，而不從眾或者異見會逐漸削弱凝聚力。但是，社會影響似乎在更多時候會將個體和機構引到錯誤的方向。異見可以成為重要的矯正器，但在很多群體和機構中卻少之又少。」[702]

回溯 1929 年，美國霍爾姆斯大法官認為在憲法原則中最為重要的是「自由思想原則」：那些為我們所痛恨的思想，同樣自由。[703] 這往往就是為了保護那些可能被我們所憎恨的思想的自由。這種論述認為，假如言論自由都是有益而無害的，那麼就不需要社會保護；而保護它們正正是因為自由的言論在很多情況下會損害某政府、群體或者個人的利益。[704]

這同樣是非常偉大的理念，讓人們對異見保持包容，表現一個社會所能達到的包容高度。正如美國傑克遜法官在 1943 年所提到的關於自由的實質標準，即任何官方、權威甚至民心所向者也無法規定或者讓人認同什麼是正統思想。[705] 這種思想自由的原則是基於人們對歷史上言論自由被剝奪的恐懼，同時它也符合表面的保護各方言論的利益博弈規則。[706]

702　凱斯・桑斯坦：2016 年，12-13 頁

703　安東尼・劉易斯：2010 年，41 頁；United States v. Schwimmer, 279 U.S. 644 (1929)，Link：https://goo.gl/7nstfR

704　劉擎：2013 年

705　安東尼・劉易斯：2010 年，112 頁

706　不過，它本身就是以標準去破壞標準。只要涉及到價值判斷的問題，就肯定存在公權力的介入，其中很可能就是社會利益博弈的演化。另外，這種表面的「自由」往往容易導致合法的資本控制和黨派控制。

第三章　「新聞自由」的成本

社會需要一定的異見，也必然存在異見。但是「健康的社會需要反對的聲音」更像是政治鬥爭的口號，正確而可疑。

首先，「健康」又是一個似是而非的概念。健康的社會是怎麼樣的並沒有一個說法：健康是否代表良善的社會，或者是持續發展並自我改善的社會？誰去定性健康與否？有反對聲音的社會不一定健康，甚至可能存在大量問題，特別是純粹的破壞性言論。

功利地說，一些單純的反對意見成本很大但意義並不大，甚至正是社會需要糾正的錯誤。回想中國古代歷朝的諫官、言官，他們似乎比現代西方的反對黨更有道義感，但也最終成為「只發表空論而不負實責的反對機關」，慢慢被輕視、忽視。[707] 甚至，我們看到很多聲稱代表「反對聲音」的力量可能給固有制度提供保護，特別是在政府弱勢而資本等其他權力強勢的地方。

而更根本的問題在於，「保護我們所憎恨的思想」往往被偷換概念為「任何意見都應該被接納」。

我們試問一下：為什麼特朗普的言論在 2020 年初被各大平台禁止？這是否證明美國不夠健康？相反，美國政府是否應該包容更多極端思想在國土的自由傳播，例如讓「美國之音」自由地播放極端組織的視頻、音頻？這可能會讓其更加健康並求得自由？如果令人憎恨的思想同樣有自由，為何中國、俄羅斯等國的媒體會被美國關閉或者驅逐？難道因為他們是「邪惡」的？[708]

---

707 錢穆：2001 年，80-84 頁。如果用成本效益去分析，這種制度初期發揮了一定作用，也不能完全去掉，但是它的後期發展對社會治理的耗損遠大於收益。

708 很明顯這不是理由。正如傑克遜法官所說，我們很難確定什麼是正統思想，那麼，以國家去劃分邪惡就同樣不靠譜，因為它假定了有正統的國家。那反而掩蓋了利益之爭的問題。

言論要被保護，並不是因為「被憎恨」或者「有傷害」，而在於是否值得保護並使其有用。認為「異見」因為有傷害要被保護就更是讓常人無法理解，我們保護言論正是因為其對社會整體有用，或者在衡量長期的社會成本效益而決定。多數提到「異見」的語境都透露人們對其有功利的期待。即使在桑斯坦的表述中，我們社會需要的是糾錯的意見，而不只是反對的意見——儘管它往往以異見的形式出現。

我們憎恨的言論和異見很多，但是並非所有都值得保護。究竟哪些是社會有作用的異見，哪些是無用但同時無關痛癢的異見？各個社會最終還是會功利地區分看待。現實中，任何社會也不能無限度地、不計成本地為所有「異見」提供流通空間。

某種「令人憎恨」的異見之所以能夠被社會包容，大多數時候是因為這些言論「不夠痛」而已：這些觀點的成本被輕鬆支付或者轉移，或者自己沒有核心利益糾纏其中。在明顯利益衝突下，大多數人都可能傾向譴責不道德的行為；相反，大家可能就對罪惡的行為默認。[709]

美國學者布魯斯·N·沃勒在討論言論是否應該被規範的時候提到，對於有特權的人和未被邊緣化的人來說，宣佈允許所有言論是容易的，但他們很難感受到那些口頭辱罵所帶來的傷害和不安全感；而那些挑戰個人價值和尊嚴的辱罵將一些人從群體中排擠出去，並讓他們無法參與討論。[710]

有時候我們對某個群體言論的「大度」是對另一群體空間的壓縮。讓他人容忍對其產生精神傷害的言論，同樣是一種不公平。與仇恨言論、

---

709 托尼·朱特：2012 年，117-120 頁。知識分子往往持有不同意見，並且將責任推給易怒的領袖或者缺乏同情的聽眾所需要的道德勇氣。而這種「需要」對所有地方的知識分子來說，都「供不應求」。

710 布魯斯·N·沃勒：2015 年，309-310 頁

色情言論背後的關鍵邏輯一樣，一些「令人憎恨」的言論實際上是通過對身份的貶損去阻礙其他群體參與公共討論。

同時，異見是相對的，也可能是政治性的。異見的定義涉及不同的歷史背景、文化因素而導致的價值取態，一種異見可以作為主流意見去壓縮另一種異見。因此，很多時候，用一國的政治正確去對比另一國的常態並不公允。

正如安東尼‧劉易斯在《言論的邊界》提到，盧旺達將公開宣揚「隔離主義」的言論定為非法。他提醒：「難道我們這些有幸呆在美國而逃過如此浩劫（種族屠殺）的人，就應當告訴盧旺達人這樣做是錯的，這樣做是限制言論自由嗎？」[711]

對於否定納粹大屠殺的言論，有些國家會將這種傷害感情的言論納入法律禁止行列，特別是有歷史負擔的德國以及其他歐洲國家；另外，許多國家都有禁止種族歧視與「仇恨言論」等的相關法律。但是另一邊廂，當 2005 年丹麥《日德蘭郵報》用漫畫將穆罕默德描繪成恐怖分子的時候，美國總統布什主張新聞自由，因為其認為他們的「新聞自由」可容忍或接受這種諷刺伊斯蘭宗教的自由表達，而穆斯林的暴力則是因循守舊的、專制的宗教理念。[712]

要知道，對於在美國的基督徒，他們可能對一部嘲諷耶穌的卡通片感到厭惡，但是很難感覺自己受到威脅；但是對於在美國的穆斯林，一部嘲弄限制穆罕默德的卡通片給人感覺並不只是不悅，也可能是作為一種個人攻擊，讓他們感覺在這個國家不受歡迎和不被需要。[713]

711　安東尼‧劉易斯：2010 年
712　劉擎：2013 年，40-41 頁
713　布魯斯‧N‧沃勒：2015 年，309-310 頁。另外，美國法院在 2003 年弗吉尼亞州訴布萊克案中，裁定焚燒十字架有恐嚇的目的。

一旦涉及道德和秩序，每個社會都會有其政治正確的一面。商人蔡崇信在 NBA 言論事件上就提到「third-railissue」（敏感議題），也就是指一個社會中有爭議的問題，例如國家分裂與統一的命題在中國人心中是有著沉重的歷史負擔。[714] 但美國人能夠理解以色列的立國問題，卻似乎不能理解中國同樣的問題？

對比他們對這些同類事件的態度反差，我們不禁要問：為什麼他們的「言論自由」對某類情感傷害無法容忍，但是對另外的一些情感傷害卻為何有著與眾不同的放縱？這種雙重標準難以避免有人認定這是西方霸權的體現。[715]

這就涉及針對一個群體的「群謗」（group defamation）問題——一個群體被誣謗的情況。個人無論是否願意，但其個人利益大多數時候和主要利益集團綁定在國家上，而國家是國際競爭的主要參與者。話語權的競爭就涉及了國家及個人的利益。如果某些言論破壞了社會的統合（國家統一、文化認同、民族融合或者所謂的政治正確），就可能遭到社會默認的壓制。對於很多國家，這些不只是表面的概念，而是具有現實意義。

因為「異見」的存在暗示其背後必定有一個統一的、主流的意見。有人指出，人民要有相同的價值觀下才容許新聞自由、媒體自由，這個根本往往就是社會的憲制。[716] 如果異見可以破壞統合的力量，這個社會已經不是原來的社會。即使美國這樣的超強國也最終要面對一個問題：過去 200 多年來形成的言論自由傳統毫無疑問基於國家實力的自信。按

---

714 Shuhua Tang：2019

715 劉擎：2013 年，40 頁

716 Am730：2021 年 7 月 7 日；Am730：2021 年 6 月 24 日

照桑斯坦的說法，其前提是基於一個持續的、單一的、集體的國家統合力量。[717]

　　類似地，在《歐洲人權公約》中，第 10 條指示言論自由應該「不分國界地」保護那些冒犯、驚擾國家或任何人群的信息或觀念，但是又從同一條款中的「保護道德」和「防止混亂」等來選擇那些可能冒犯自身群體的例外言論。至於如何適用，正如我們提到的，定義權在話語權者手中，實際上就不是一種真正的自由。

　　針對這些問題，一些中國人常常提到法國、德國等國家也有很多敏感話題，以證明他們也沒有完全的言論自由。當然，引用別人的問題並不能證明自己情況有多好。這種說法並不能簡單地為中國嚴格的新聞管制開脫，但也反映了中國人在實際自由度認識與西方不同。

　　假如其他國家的媒體和話語權足夠強大，是否也應該在世界輿論場不斷揭想西方各國的傷疤。例如，我們在西方可見的媒體天天重複澳大利亞在阿富汗的罪行、美國的種族問題、加拿大的原住民兒童被虐殺問題，並將其演化成政策問題（類似今天因為新疆問題而帶出的禁止新疆產品的政策）。這些國家是否也對這些敏感議題能夠長期如此大度？這難免讓人懷疑，畢竟這些令一些人反思的言論同樣令人憎恨，並產生精神傷害。

　　西方的言論自由似乎更為大度，但是有其特定的歷史制度等原因。一方面，資本與權力共謀，讓對資本真正產生威脅的聲音不會長久或者塵囂而上；另一方面，他們通過霸權讓很多問題的成本被轉移。但假如「蛋糕」不夠大、成本無法轉移，他們是否仍然可以大度地面臨權利壓縮的現實挑戰。我們對此打一個問號，因為歷史已經在重複上演。

717　凱斯‧R‧桑斯坦：2005 年

最終我們還是要回歸功利的衡量上。在談及關於言論自由的長期論爭中，桑斯坦提到一種更精緻的認識：我們所保護的言論比我們應該保護的多，我們所保護的比我們應該保護的少。[718]

這裡包含兩層意思，對於那些對言論保護作用不大並造成嚴重社會傷害的言論，我們付出過多的保護；對於那些可以在政治平等中產生審議民主的言論，我們並沒有足夠保護。

很多國家地區都一直在調整其中的邊界，也應該根據實際需要去調整。

718 凱斯·R·桑斯坦：2005 年，300 頁

常被誤用的「寒蟬效應」和「滑坡論」

很多自由主義者提到「滑坡論」。[719] 他們認為，對某些言論的壓制也可能被不當利用去壓制異見，並形成「滑坡效應」，有了一種壓制就有了第二種壓制，然後有第三種。[720] 類似的還有「溫水煮青蛙」的論述。[721]

但我們也要留意，這些常用的術語可能是一種邏輯謬誤。[722] 這些實際上是一種危險的類比，因為它用比喻、比較或者隱喻等去簡單化事實，儘管有助理解，但是它的代價是扭曲部分事實。

在管制問題上，他們往往猜想或者前設：規管制度化之後政府公權力肯定會被濫用，但是實際上如何被濫用也並未說清楚，之後也並未打算在這方面作出明確的限制。這個謬誤一旦無限上綱上線就會有連串因果推論，或者會誇大每個環節的因果強度，而其中有些因果關係是未知或者是缺乏證據的。[723] 某一種情況要對其他情況達到「滑坡效應」要滿足一定的條件，而不是純粹基於經驗主義的妄斷。[724]

719　陳洲陽：2017 年

720　滑坡理論指，一旦允許某類活動，那麼就會形成滑坡一樣，其他類似的活動也被允許，造成無法逆轉的效果。

721　同樣地，過去人們發現並認為慢慢加熱的溫水中的青蛙不會跳出來。然而根據現代生物學家的研究發現這個論述是不完全正確的：如果把青蛙放入水中逐漸加熱，它依然可能會跳出來。但青蛙具體是否跳出來要看加溫速度等各項情況。鏈接：http://bit.ly/2L9NChQ

722　鄭光明：2006 年

723　岑逸飛：2017 年

724　Burg Wibrenvander: 1991

很多所謂的「滑坡效應」也是相對的。有時候，為了避免一種情況產生滑坡，我們可能要帶來相反的滑坡。

例如，美國在放鬆對兒童節目中暴力內容的規制之後，暴力內容不斷增加。在 1980 年前，兒童節目中每小時有 18.6 個暴力動作；在此之後，這個數字上升到 26.4 個。[725] 沒有合理管制，侵權行為是否也會滑坡式增加？如果這些效應絕對存在於政府對媒體的管制中，相反，我們要留意，反向的「滑坡效應」是否可能存在媒體的放縱甚至侵權行為中？

而在美國，政府對言論自由作出各種例外規制之後，但是我們也並未看到政府對言論有著更普遍的侵擾。即使在新加坡，我們不能忽略這樣一點：實行審查制度的新加坡並沒有繼續擴大審查範圍，而是隨著經濟發展在媒體內容政策上逐步放寬，畢竟其政府要維護多元種族、宗教的價值觀，也要兼顧民眾新的期許和需要。[726]

那種認為政府在某些領域的規制都必將有助更普遍侵犯言論自由的觀點多少讓人覺得奇怪。[727] 畢竟，滑坡謬誤並不是用來反對規制自由的最佳論據，它的作用在於提醒眾人，權利非常容易遭到剝奪。[728]

正如「權利為本」和「義務為本」的兩種進路。現代社會以權利抵抗權力為一種政治上更為成熟的結構，因為人們容易認為權利容易被逐步侵蝕，走向滑坡。但是以權利為本與以義務為本都還是不完善，各有不同的錯誤。權利為本的社會讓個人可以參與到博弈，抑制權力，但也會帶來各種權利的矛盾，也對社會和自然自願的支付能力提出挑戰，甚

725　凱斯・R・桑斯坦：2005 年，256-257 頁

726　趙靳秋、郝曉鳴：2012 年，76 頁

727　凱斯・R・桑斯坦：2005 年，238-239 頁

728　艾倫・德肖維茨：2014 年，4 頁

至還不如義務為本更容易保持平衡，反而更難以糾正。[729]

也就是說，如果存在滑坡效應，兩種傾向都可能產生滑坡效應，可能都是利害參半的。例如，在某些傳媒環境下，媒體做單純批評政府的報道比讚揚的報道更討好，但某種程度上也容易形成負面報道的滑坡效應——人們不敢對公權力或者建制陣營表達支持。

同樣，「寒蟬效應」也是一個常常會被濫用的概念，它並非不存在。特別是針對公權力，畢竟有些制度性的壓抑會對言論自由等憲法權利有直接損害，造成社會淡漠公共事務與公共危機。更深一層，在社會中關乎他人的言論都有寒蟬效應。

這個概念容易被濫用，因為任何對言論表達的影響因素都可以是「寒蟬效應」，但有些是合理規制。有部分「寒蟬效應」只是強調有人會減少表達意見的情況，但是卻忽略特定言論背後的社會環境、收益、成本和後果。可能對某一群體的「寒蟬效應」，是對另一群體的保護。例如我們多次提到的極端仇恨言論就是其中一種，其間接也對社會造成反向的「寒蟬效應」。

隱私權與新聞自由的矛盾是另一個例子：如果媒體要避免傷害社會中任何人的隱私，那麼就可能陷入無休止的自我審查；但是放任媒體報道個人真實但令人難堪的信息，就可能形成新聞專制，破壞了個人的「獨處權」。如果延伸去說，「獨處權」某種意義上也是一種「言論自由」，也被認為是對抗政府的手段之一，也是最有價值的、應用最廣的的權利之一。[730] 那放任媒體是否也有「寒蟬效應」？因為它有可能破壞個人內心生活從而影響其公共表達的。

---

729 趙汀陽：2017 年，235-237 頁
730 安東尼・劉易斯：2010 年，68-74 頁

有人認為，我們需要運用實用主義，根據對社會效率與社會正義產生的結果，來對不同的政府命令形式（包括管制或者補貼）進行評價。[731] 有時候，規制策略不能解決所有問題，但是有助於解決部分問題，至少我們不應把所有規制手段都看成是對自由的克減。[732]

　　假如政府管制可以促進促進審議民主，確保觀點的多樣性以及政治觀念的制衡，而且立法機關在此基礎上已經形成一個慎思的判斷，這種規制應該獲得支持；否則，我們應該反思政府規制的政策。[733]

731　凱斯・R・桑斯坦：2015 年，240-241 頁

732　凱斯・R・桑斯坦：2015 年，258 頁

733　凱斯・R・桑斯坦：2015 年，252 頁

媒體環境不應忽視社會風險

並非所有信息在任何時候都存在危險，但同樣，並非所有信息都是絕無危險。我們對權利保護也在日益增強，但是我們也擺脫不了風險和錯誤。[734] 而人們對於自由與風險有著不斷犯錯和反思的歷史，特別是國家安全的問題。

1798 年 5 月，詹姆斯‧麥迪遜在對時任美國副總統傑斐遜的信中這樣寫道：「或許存在這麼一條普遍規律：國家之所以壓制某種自由，就是為了應對某種實際存在或者假想中的外部威脅」。[735]

隨後，由於當時法國爆發的大革命在美國民眾中引起巨大的恐慌，民眾希望通過立法限制言論自由，最終防止革命。當時的美國政府迎合了這一民意，通過了《反叛亂煽動法案》，限制了憲法第一修正案所保障的新聞自由。儘管美國許多憲法條款制定的初衷是為了避免政府在極端狀態從事愚蠢的舉動，但是明顯地，比如每當遇到緊急災難的時候，大家仍然會忽視公民權利。[736]

今天美國早已廢除了《反叛亂煽動法案》，但國家安全隱憂與外部威脅恐慌，對於美國來說並未遠離。例如二戰時期對日裔美國人、共產主義者的打壓，或者近年我們看到在中美貿易戰大背景下麥卡錫主義在美國復興。

734　蘇力：1996 年

735　安東尼‧劉易斯：2011 年，69 頁

736　路易斯‧邁克爾‧希德曼：2017 年，33-34 頁

關於風險，美國霍姆斯法在上世紀官曾提出「明顯且立刻的危險」原則，即要達到立刻且明顯的危險才能成為壓制言論自由的條件。他提到，如果一個人在坐滿人的劇院裡面突然大喊「起火」引起恐慌，這種言論就不受保護。當然，用劇院的這個比喻很知名，但是未必公平。[737]

但這個原則存在一個悖論：如果是明顯且即刻的危險存在，就已經不是保護言論自由的問題了。例如上述在劇院突然大叫「起火」，往往就是用治安管理方面去處理這個情況。

這個原則實際上是靠近絕對自由的一個標準。例如，美國法律學者 Jeremy Waldron 提到，在仇恨言論的範疇內，這個原則並不總是適用的。他說，「你可以令情況慢慢惡化而沒有帶來即刻的危險，但是有時候，要看到明顯的危險到來需要相當漫長的等待。」[738]

美國布蘭代斯法官在「惠特尼訴加利福尼亞案」中提到，我們應該允許哪怕是最惡毒的言論的論斷，並說公共討論已經能夠防止這些言論散佈。這種態度是極為寬容的，但很難讓人信服。[739] 如果我們看到一些言論可能引起非法的行動，我們仍然應該採取法律措施。正如安東尼‧劉易斯所說，在教唆恐怖主義的言論下，如果聽眾已經「磨刀霍霍」要準備對其他人實施行動，這還不夠緊迫嗎？

不少學者反問，「明顯且立刻」的原則是否還能適應今天恐怖主義橫行和社交媒體冒起的時代？[740]

如果社會本身已經積累了特定的恐懼情緒，儘管風險並未達到「明

737　安東尼‧劉易斯：2010 年，31 頁
738　Eckholm Erik: 2015
739　安東尼‧劉易斯：2010 年，152-153 頁、156-157 頁
740　Sunstein Cass R.: 2015

顯且即刻」的程度，這種言論仍然有更大可能造成一種傷害行為。無疑，政府可以也應該在其激發犯罪行為前管控這類言論的發展。媒體或許不需要對人民負責，但是政府需要。

在 50 年代，美國的勒尼德·漢德法官並不認為「明顯且即刻」是第一修正案的合理解釋。他提出將「明顯且即刻」修正為「比例原則」（sliding scale），如果覺察危險是非常嚴重的，壓制就是正當的。[741]

其次，我們都希望提升自由的基準，但是不應該枉顧歷史事實與社會狀況。即使我們沒有經歷過歷史大屠殺，也不能認定德國、盧旺達等國家等禁止分裂主義、種族主義的法律是錯的？難道他們沒有基於歷史經驗進行預測的迫切性？有些枉顧社會現實的所謂「自由」、「人權」空間，實際上並不可持續。有些只是因為人們不夠痛而已。

即使是話語權強大的美國，在歷史的轉角處也面臨同樣的問題。

過去，軍隊可能需要花上幾個月才能橫渡大西洋，但在核武器和洲際導彈誕生後的現代世界，「明顯且即刻」對於國家安全的意義已經不大。

更何況，在互聯網、代碼等元素的加入下，危險言論的傳播並不以國界為限。

按照約瑟夫·奈的說法，21 世紀的權力變化有兩個明顯趨勢：權力在國家之間轉移；權力從國家行為體向非國家行為體的轉移擴散。非國家主體包括頂層銀行家（轉賬數額比國家預算還多）、轉移武器的恐怖分子和威脅網絡安全的黑客。[742]「維基解密」的出現就是這樣的例子：

741　安東尼·劉易斯：2010 年，117-118 頁
742　約瑟夫·奈：2015 年，XVIII-XIX 頁

一個非國家的、個人的組織能夠形成以弱制強的政治與文化力量。[743] 國家安全的內涵在文化、信息、環境等各種範疇延展。

美國學者勞倫斯‧萊斯格（Lawrence Leisig）指出，在進入 21 世紀時，代碼同樣威脅著我們的自由。[744] 在恐怖主義可以跨越圍牆的互聯網時代，美國也不能完全排除這樣的威脅。正如美國《外交政策》一篇文章所提到的：「如果過去 9‧11 事件之後美國人的最大恐懼是恐怖主義通過飛機進入美國，那麼在巴黎襲擊和聖貝納迪槍擊案之後，最大的恐懼是恐怖主義通過互聯網進入美國」。[745]

無論是哪個主體，對於人類社會最大的威脅在於權力的集中，無論是政府還是媒體等其他主體。[746] 現今能夠影響政治話語的權力分佈變得越來越廣泛。

我們估計過去那種「明顯且即刻」原則的可靠性，首先很大程度上依賴於美國的優越的制度、地理優勢以及強大的經濟、國防力量。美國保守主義作家羅伯特‧卡普蘭在其著作《西進的帝國》提出這樣的觀點，也許美國政治會混亂，但構建這個國家的基石——其地理優勢仍然處於堅固狀態。[747]

阿力克西‧托克維爾是「美國例外論」的提出者。他認為美國之所以是「例外的」，是因為美國有著極為豐富的資源和廣闊的沃土，人煙稀少，而這樣的條件在當時的歐洲和世界其他地方都不存在。[748]

743　劉擎：2013 年，102-107 頁

744　勞倫斯‧萊斯格：2009 年，136 頁

745　Nossel Suzanne: 2016

746　Friedman Milton, Friedman Rose: 1980, P309-310

747　Kaplan Robert D.: 2017

748　韓毓海：2014 年，228 頁

但在美國過去一段較長的歷史期間，首次有國外的敵對勢力（伊斯蘭國組織）成功地在美國境內宣傳了危險的信息，而這些信息的傳播被認為可以直接引起危險行為。而美國政府卻在這場宣傳戰中敗下陣來，難免讓人再次反思言論自由的界限。[749]

正所謂「星星之火，不可以燎原」。這是世界各國對於危險異見的實質反應與期待。

現在可以看到的是，儘管過去絕對主義觀點還是戲劇化地在美國最高法院贏得了諸多勝利，並影響世界各國，但其立足的承諾是陳腐乃至教條的。甚至已經有人質疑這些承諾是偶然的、隨意的，而不是原則性的。[750] 而在競選資金規制、仇恨言論、有價證券法、脫衣舞、商業廣告、色情作品等各種涉及言論的規制問題上，也浮現了諸多爭論，也不時導致「合理規制」的復興。[751]

如果我們不能排除生活中所有風險，就總是必須有人去支付這些風險的代價。一部分人會因為他人的自由而受到有意或無意的傷害。[752]

在 1997 年底，日本政府在發現出現銀行擠兌風險苗頭的時候，媒體在政府指示之下對擠兌事件一致地表示緘默。日本經濟也因此避免了毀滅性打擊。我們能說媒體這種集體緘默就絕對是錯的嗎？為了防範風險，一些合理的規制就顯得很有必要。

對於大部分人來說，一個政治系統的合法性和可信度，不僅建立在自由實踐和民主形式的基礎上，也建立在秩序與可預測性基礎上——這

749 Eckholm Erik: 2015; Allendorfer William H., Herring Susan C.: 2015
750 凱斯・R・桑斯坦：2005 年，237-238 頁
751 凱斯・R・桑斯坦：2005 年，238 頁
752 蘇力：1996 年

更多是法治所提供的。而模糊的「正義」也不如行政能力和街頭的秩序那麼重要。對於這一切，安全是前提。隨著全球威脅的增加，秩序在不同國家的吸引力就會因此加強。[753] 自由與管制、安全與秩序等都是現實的輕重緩急的抉擇。

最後，儘管上面我們一直強調風險與危機，但我們有時候也要反思，各種危險並不是我們要面對的常態。

家長式的管制也可能過分放大部分風險，而低估了人們接受負面信息的承受能力。例如，在上世紀末到本世紀初很長一段時期，廣東人都可以接收香港的電視、廣播，其中信息量很大，也有很多煽動性甚至反動的內容。但是根據原廣州日報報業集團董事長黎元江的說法，他們並未看到當地人有什麼大規模過激的反抗行動；即使上街遊行，他們也主要是針對經濟類要求，而真正的政治性要求基本沒有。相反，當廣東人在電視上聽到臺灣李登輝的「兩國論」，他們並沒有十分接受這種反動觀點，反而是對此十分憤怒。[754]

如果一個社會總是要考慮這種各種風險問題，基本上也是難以發展的。正如德肖維茨提到，「極端不該被視為規範，而是例外。」[755] 風險是要防範，但是過度防範就容易帶來其他風險。

到了近年，中國各種社會矛盾引起的示威遊行還是比較普遍，但是很多都是具體的、社會性的，而不涉及政治訴求，很少引起大的社會秩序的動盪。網上很多批評言論有是有理有據，帶有一定良善的目的。在這種情況下，我們的政府是否也需要在管治上有更大的自信和更好的策略？

---

753 托尼・朱特：2012 年，162 頁

754 孫旭培：2001 年

755 艾倫・德肖維茨：2014 年，4 頁

自由和控制如影隨形

新聞就是宣傳，宣傳就是新聞。

新自由主義的一個矛盾地方在於，其聲稱反對國家干預，但其卻通過強有力的國家干預，利用媒體和教育機構在其他地方推動新自由主義。[756] 連高舉「自由」的媒體行業本身也是得益於某種資源中心化的好處，而倡議去中心化的人最後都變得中心化。

除了「自由」、「發展」和「個人主義」這些典型關鍵詞外，自由主義發展過程中還伴隨著「國家」、「保護」這類看上去和自由主義相對立的表述。[757] 例如，大部分發達國家在其工業發展初期和經濟高速發展期，都採取了保護主義、政府補貼以及工業監管等政策來保護本國工業，而這些都是明顯違反自由主義的。[758]

表面上看，美國盛讚自由市場的作用而貶低國家力量。但事實剛好相反：他們的國家、政府總是插手其中。

一方面它在口頭上宣揚競爭與自由市場，另一方面那時美國經濟很大程度上卻是依賴免受外國競爭影響的國家保護政策。其中就包括標準化、管制、補貼、價格保護和政府擔保等各種「反自由市場」的政策措施。當時政府支持並甚至補貼了鐵路大亨、飛機製造公司、汽車製造商、農場主、鋼鐵工業等市場參與者。[759]

756　潘毅：2018 年，13 頁
757　冉昊：2017 年，68 頁
758　冉昊：2017 年，70 頁
759　托尼・朱特：2012 年，33 頁、146-147 頁

在上世紀 80 年代前，美國一直務實地運用國家力量，在需要的時候就實行保護貿易和操控匯率。這是美國成功的一個原因。[760] 例如羅斯福時期對黃金的強勢管制。

然而，在西方經歷長期的穩定期後，年輕人似乎認為穩定是理所當然，要求消除徵稅、制定規章和全面干預的政府這個「障礙」。[761] 貶低公共部門已經成為過去數十年大部分發達國家地區的默認語言。

但在今天，相對過去被追捧的市場資本主義，由國家主導、積極介入的市場經濟為主的國家資本主義也在 2007 年的金融危機後再次崛起。[762] 在各種經濟危機、金融危機中，政府最終要在管制不足的市場垮臺的時候收拾殘局，為「自由」的惡果買單。自由市場發展下的分配不合理也反向導致了人們對改革和管制的訴求。面臨越來越多不確定的變化時，尋常百姓重新走向仰仗國家資源的局面，開放社會被迫再次自我關閉，為了「安全」而犧牲自由。[763]

借用歷史學者尼爾·費格森的研究，就政府的開支在 GDP 的比重來說，歐美國家比中國政府在經濟上扮演更重要的角色——相比之下，中國只是在基礎建設上的投資比例較高。在他看來，現實的大多數國家往往在市場和國家兩極之間，只是國家干預經濟的意願、程度與方式有所不同；最關鍵的是何種法律和體制可以快速令經濟增長，同時以正當的方式分配經濟成果。[764]

760　Cohen Stephen S., DeLong J. Bradford: 2016；在提及美國今天成功的由來，這兩位作者也批評了上世紀 80 年代之後流行美國和全球的自由市場思潮。

761　托尼·朱特：2012 年，145 頁

762　劉擎：2013 年，140-145 頁

763　托尼·朱特：2012 年，149 頁、150 頁。也有人認為這種不平等是自由市場必然要承受的必要代價。但是在某些極端情況下，這種代價在政治上的影響可以是巨大的，讓政府也最終不得不介入。

764　劉擎：2013 年，144-145 頁

而在經濟學者張五常看來，中國臺灣、韓國的「經濟奇跡」不是建基於抽象的市場，而是建基於過去「戒嚴」或者「軍事政權」這類威權式政治體制之上；「鞭子下的分工協作」要比「無政府狀態下的競爭」更為重要。[765] 相反，很多聲稱推崇民主的機構都有著專制的活動決策機制去維持發展；他們對異見者缺乏容忍，成為他們所高舉的價值的破壞者。[766]

　　在美國人類學學者大衛‧哈維看來，自由和控制如影隨形，是矛盾統一的兩方面：為了保障大家所追求的自主和自由，人們就要在某個階段決定哪些人和事必須受到控制；為了成就正義的事業，我們也可能運用一些不義的手段。[767] 他指出，那種倡導自由放任的立場往往是出於主權利益儘可能積累財富的逐利本質而已。

　　本質上，某些社會推動的「自由市場」實際上正是動用了政府的專制權力去鎮壓那些要求均貧富的人，維護所謂的自由市場不受干預。同樣，在言論自由和新聞自由上，我們之所以可以有自由制衡政府甚至對抗政府，正是因為有政府存在。它動用了專制的力量去壓制破壞民主對話的因素。

　　既然自由和控制是一體的，如何衡量兩者是關鍵。

　　現在普遍認為管制是討好的，也不應該的。畢竟管制是要成本的。[768] 從經濟學角度看，國家干預可能成本高但效益不足，結果也可能不受歡

765　韓毓海：2014 年，225-227 頁

766　何以明德：2019 年；港大薄扶林社：2019 年；兔主席：2019 年 7 月 14 日。
　　　如同約瑟夫‧斯蒂格利茨所說，新自由主義為害民主多年：新自由主義遠不是
　　　那麼自由主義，其強行要確立一種思想正統，讓守衛者不能容忍異己。

767　大衛‧哈維：2016 年，222-225 頁

768　Friedman Milton, Friedman Rose: 1980, P64-65

迎。[769] 美國經濟學家羅納德‧科斯在《聯邦通訊委員會》說明了有些管制的效果是「無效和動機不良的，即使實現了預期目標，結果也是不受歡迎的」。[770]

同樣，張千帆在談論中國管制言論的時候也提到，中國社會存在很多只有通過政府才能解決的問題，在這些事還沒解決的時候，「政府是否有必要投入巨大的資源去做一件社會收益不甚清楚而風險又相當巨大的事情？」[771] 在很多人看來，管制似乎是政府一種迅速簡單的應對問題、掩蓋問題的方式，而不是解決問題的方式。

在現代社會，全面封鎖信息也基本上不可能。面對網絡防火牆，各國民眾都會尋找各種「翻牆」的方式，或者通過地下黑市等渠道獲得各種信息；另外，在技術上，反封鎖的技術一旦出現，總是會超越現有的封鎖技術。[772]

管制也可能增加不平等。例如禁止仇恨言論往往有利於最強勢的群體，而不是弱勢的少數群體，因為飽受歧視的人們經常對他們忍受的不公平對待表現激動，他們的言論通常有很強的對抗性情緒，並更多地使用侮辱性的語言，違反言語規範。[773]

但同時，對於某類風險放任不管也可能是有成本的。例如，在國家內部整合的實踐中，社會媒體的參與會讓國家權力面對更大的控制難度，而儘管這種控制（例如審查、宣傳）並不一定符合西方的民主標準和媒體標準，但是如果不進行控制，國家可能會走入短期或者長期的風

769　秦小建：2016 年
770　秦小建：2016 年；羅納德‧哈裡‧科斯：1994 年，78-88 頁
771　張千帆：2008 年
772　任孟山、張建中：2016 年，19 頁
773　布魯斯‧N‧沃勒：2015 年，306-307 頁

險中，陷入政治或者社會不穩定狀態中。[774]

　　反對管制的時候，我們似乎沒有必要為控制萬分之一的風險可能性耗費真正的百分之一的社會資源。但支持的管制的時候也存在類似的情況，我們是否有必要為了一分的自由利益而耗費真正的一百分的資源？那些否定審查的人也似乎並不能夠建設性地提出一種更好的輿論管理體制。即使最抗拒管制的人也在某些方面會認同另外一些方面的管制。

　　我們反而不能忽視的是，我們已經從不少規制政策中獲益良多（只是我們不知道自己共同默認了這些規制的合理性，並不強調其「管制性」）。例如美國政府的一些規制政策成為不少地方新聞真正能夠產生的原因所在，也幫助兒童節目提高了質量；大範圍高質量的公共電視節目的出現也得益於政府的介入。[775]

　　這給我們展現一種現實的悖論：為了利益，所謂的「自由主義者」可能在一種情況下支持管制，在另一種情況下又極力反對管制。如同上述的廣播事業一樣，美國教育事業一直受到很多管制，但是同樣很少知識分子反對，主要因為這些管制伴隨著政府對知識分子的財務資助的增加以及市場上對於這個群體知識勞務需求的增加。[776]

　　當然，政府的介入確實需要程序上的透明和正義。人們並非真的完全討厭管制，而是討厭對自己不利的管制，或者那些毫無預測性、透明度的管制。假設管制可以促進更廣泛有效的自由，那麼管制就變得更為容易被接受。

774　任孟山、張建中：2016 年，18-19 頁
775　凱斯・R・桑斯坦：2005 年，262-263 頁
776　羅納德・哈裡・科斯：1974 年

相比只追求「新聞自由」的策略，在各種力量較量的情況下，政府可以干預的、有更多利益相關者可以參與的新型公共傳媒體系或許是未來的出路。[777]

777　馬凌：2011 年

歷史潮流既有自由，也有規制

　　有觀點認為自由的擴張是歷史的潮流。我們確實看到不少國家也走向新聞自由化的方向，更多的自由也應該是多數社會要走的方向。正如美國法官提到，如果美國沒有壓力、狂熱和恐慌，法院還是會將第一修正案保障的自由放在一個自由社會應有的位置。[778] 誰不希望自由越多越好？

　　但「自由」可能只是歷史的一部分。歷史的潮流也可能是合理的規制，甚至可能是兩者結合——更多的自由和更多的規制。因為人們可實現的權利隨著現實擴大，兩者的邊界都可能在擴大。有不少規制本身是增加了公權力對「自由」的支持，涵蓋國家安全、種族保護、性別平等、保護兒童以及隱私權等。

　　有很多學者或者傳媒人也會提到一個近乎老套但正確的命題：新聞自由不是絕對的，應該與當時社會的狀況相適應。[779] 例如，法院和社會在為平衡不同利益而進行博弈鬥爭。因此顯示出壓制和保護的反復（或者是不斷調整）。

　　沒有人能夠知道多少的管制或者自由才是社會良好發展的必要條件。要知道，過去一個世紀，先行的美國也在不斷摸索關於國家安全和言論自由的平衡，一波三折。美國法院在經歷一個多世紀才開始保護不同政見者和出版商免受政府壓制，而且其至今仍然週期性徘徊在對自由

778　安東尼・劉易斯：2010 年，119 頁

779　Narayana K. R.: 2011, P153-158；其實這個說法並非錯誤，反而是過於正確。
　　　我們應該對具體問題中的自由去分析，而不是籠統地認定「自由不是絕對的」。例如，誰的自由、在什麼背景、涉及哪些利益與資源分配等。

的壓制與保護之間。[780]

在 1937 年的「德揚訴俄勒岡案」（De Jonge v. Oregon）、「赫恩登訴勞裡案」（Herndon v. Lowry）及之後的判決中，我們看到，早年在法院中佔據主流的對激進意識的恐懼才開始被興起的言論自由精神取代。[781] 但二戰之後，美國經濟發展迅速，不過社會新一輪的「紅色恐懼症」（Red Scare）有增無減。[782]

隨後，自由主義辭令基本上在全球獲得勝利，對「大政府」的懷疑是當時美國政治文化中的一種主流觀念。[783] 例如，在《紅獅案》判決後的數十年，美國人從新聞自由與政府中明確選擇了自由，推動社會治理的去管制化。

但在「9·11 事件」之後，美國為了防止再次發生恐怖襲擊，強化了各種檢查制度，從而減損公民的人身自由權。[784] 到了近幾年，我們再看到近年以「反中」為主的麥卡錫主義興起。

如學者提到，這個國家不斷在「美國政治臆想症」和「不可救藥的社會和歷史樂觀主義」中徘徊——前者認為公民的個人自由必須為保護國家免受未來威脅讓路，而後者代表一種對某些言論過度的寬容態度。[785]

780　安東尼·劉易斯：2010 年，5 頁、102-103 頁、123 頁。在很長一段時間，法院在阻止政府壓制上毫無建樹，大牌媒體也並未站在捍衛自由的一線，從麥卡錫主義橫行，到後來沙利文案等讓自由主義推上高峰，到布什政府成功說服國會剝奪「好鬥的敵對分子」的合法權利。

781　安東尼·劉易斯：2010 年，108-109 頁

782　安東尼·劉易斯：2010 年，103 頁。要知道，即使近一百多年來經濟發達、也並未如經歷魏瑪德國的災難，但是也無法免於恐懼。

783　Feldman Stanley, Zaller John: 1992

784　劉肖、董子銘：2017 年，138 頁

785　安東尼·劉易斯：2010 年，26 頁、151 頁

當然，美國歷史上那些在政府壓制和恐懼蔓延時為自由挺身而出的人值得我們敬佩，例如眾多持自由主義觀念的法官。[786]

　　同樣，對於英國，自從撒切爾政府開始，行政管理就是以「去管制化」為主。最充分體現這種矛盾的是國家安全和言論自由的衝突。在上世紀的福克蘭島爭議中，英國政府為了穩定政權，打擊國內外反對聲音，也採取了嚴格的新聞管制，只提供對英國有利的消息，達到危機處理的目的。[787]

　　之後，英國在 2011 年發生騷亂事件，社交媒體在其中推波助瀾，難辭其咎。到後來發生《世界新聞報》竊聽醜聞，英國多次嘗試通過新的管制法律，在 2014 年通過了《緊急通訊與互聯網數據保留法案》，對政府實施網絡規定了必要的限制和監督措施；在 2013 年，英國主要政黨同意制定《報刊自律皇家特許狀（草案）》，成立新的媒體監管機構，制定新的執業守則，並賦予機構施加罰款的權限。[788] 在 2019 年初，英國又開始考慮通過法案去抑制日漸氾濫的假新聞以及網絡暴力。

　　很多發展中國家、所謂的「專制」國家同樣如此。越南在 1989 年頒佈《新聞法》時規定：「國家創造條件，以便公民通過媒體順利實現新聞自由權、言論自由權，是媒體正確發揮自己的作用」。除了「宣傳」和「喉舌」功能，該新聞法還凸顯了政治參與、政治溝通、輿論監督等功能，對政策的辯論中，即使有激烈的言論發表，但是也沒有真正影響和動搖根本的制度和穩定的大局。[789] 當時看來，1989 年的新聞法被認為是更向「自由化」發展的。

786　安東尼・劉易斯：2010 年，105 頁
787　劉肖、董子銘：2017 年，150-151 頁
788　周麗娜、余博：2016 年
789　易文：2014 年

但越南隨後的兩次《新聞法》修訂卻是逐步細化和加強國家對媒體的管理，在保護性、授權性條款的基礎上增加了很多管理性條款以應對時代變化。[790] 相比中國，越南沒有屏蔽臉書、推特等外國社交媒體，有更大自由空間。但這也慢慢給越南政府的管治帶來了挑戰。最近幾年，越南互聯網媒體彙編了海外反對越共的評論和消息，「造成思想的混亂」。越南政府隨後採取嚴格的監管，在 2013 年頒發法令禁止在社交媒體上談論政治問題。[791]

從越南由開放到加強監管的狀況，既然當初越南開放，為何不繼續開放，而是加強法律監管甚至禁止社交媒體的政治言論？在面臨現實挑戰時，不同國家如何進行調整及其背後原因，這更值得我們思考。

儘管越南的這種「開放 + 法治平衡」的模式對於自由派看來並不美好，甚至是制度倒退。但是這種模式卻有自身可圈可點之處。

無論是政府管制還是媒體管理，無論媒體記者採編還是公民訴求，各個行為主體都是有法可依，也都有義務和權利的邊界。對於那些面臨國內外問題的發展中國家，如何可以不過度壓制民主和新聞自由的同時去快速有效地發展社會經濟民生，確實是一個難題，也很難知道一個完美的尺度。

表面上看，自由可能也在拓展，但是同時規制實際上也在拓展。關鍵看社會統合、公眾容忍度以及資源配置合理與否的問題。

一些人對公權力、審查的批判有很大部分在於他們的的信念前設——自由是絕對的，儘管他們很少能夠提出完美的絕對化論證，實際上極也少可能達成，本質依然是「相對自由」。

790　陳力丹、鄭豔方：2017 年
791　易文：2014 年

大多數人僅僅以歐美國家式的某一方向的自由作為絕對化上限，從而認定自由的範疇應該是不斷向他們的標準靠攏拓展的。這有良好的願望，大多數正常發展的社會中，客觀的自由環境也是在擴大的，很多新的自由也確實在誕生或者得到釋放。

但是另一方面，讓一個社會犧牲其他考量去生硬地、突襲式地為「自由」讓路也並不公允。

中國學者孫旭培就提到蘇聯突襲式搞媒體公開性的教訓。當時蘇聯解體就靠近「有媒體沒有政府」的狀態：新聞出版界在短時間內將一切公開，將蘇聯共產黨幾十年所犯的錯誤幾個月內全部搬到報紙上，「將國家搞亂了」。他說，新聞自由的發展不應該是炸壩洩洪，而是如開啟水庫閘門，逐步提升。[792] 印尼同樣面臨類似的問題：哈比比政府一下子放開許多限制，但這種自由引發了政治仇恨組織的產生和暴力事件的暴增；媒體為了銷售更多報紙，誇大政治事件，加劇社會對抗。[793]

我們所反對的是對「自由」絕對規則和先例的迷信，因為支持絕對價值的立足點可能是隨意和偶然性的，而不是原則性的。[794] 社會的發展也不能一蹴而就，而更多是逐步合理發展的。

總體上看，自由應該是在拓展的。它不只是特定利益團體可以任意做任何事，而是社會總體上每個人的「能力集」都越來越大。最好的結果是消極自由和積極自由都「相對好」——相對過去越來越好。

792　孫旭培：1999 年

793　雅爾諾・S・朗：2020 年，66-67 頁

794　凱斯・R・桑斯坦：2005 年，238 頁。同樣可參見：歐文・費斯在《言論的反諷》分析了 CBS 案、邁阿密先驅報案、太平洋煤氣與電力公司與「紅獅案」的一些原理上的不一致，一些案件的判決多少反映 1970 年代、1980 年代流行的政治哲學。

抱歉，政府比報紙重要

美國第三任總統傑斐遜曾說：「如果由我來決定，我們是要一個沒有報紙的政府還是沒有政府的報紙，我將毫不猶豫地選擇後者。」[795]

在社會契約論影響下，傳媒的立場就在於對有可能危害個人的國家權力進行監督。這對媒體擺脫政治控制起到了決定性的作用。[796] 這一角色也被形象地稱為「看門狗」。[797]

但是對於這個哈姆雷特式的最終選擇——要報紙而不是政府，近一百年來被新聞人奉為圭臬，特別是二戰後。而在很多地區，新聞自由成為了被單方面推崇的自由權利，造成了一種混亂：「對抗國家」、「對抗憲制」也是新聞自由。

一直以來，傑斐遜等人的論述被當成絕對自由主義的一個哲學來源，作為其理念來源的偉大「宗譜」，標榜自身的合法性。

795　梅利爾・D・彼得森：1993 年，1325 頁

796　社會契約論本身也受到質疑，社會服從政治權威更多是歷史習慣的積澱和社會選擇。休謨提到，「幾乎所有在歷史上留有一些紀錄的政府開始總是通過篡奪或征伐建立起來的，或者二者同時並用，它們並不自稱是經過公平的同意或人民的自願服從。」邊沁認為，「政府並非來源於主權者與人民之間的社會契約。」例如，如果從合法性來看美國的成立以及其憲法的制定，其正當性也受到質疑，基本上不大符合社會契約論，其前言說經過「我們合眾國人民」通過，但是事實是存在不少漏洞，「摻雜著政治陰謀、對憲法反對派言論的系統性扼殺、對事實的歪曲以及公然的脅迫」。而很長一段歷史內「合眾國人民」只包括特定的人群而已。見路易斯・邁克爾・希德曼：《憲法不服從》，2017 年，引言，3-6 頁

797　詹姆斯・卡倫：2006 年，278 頁

但同時，我們也看到，傑斐遜在長期一段時間內多次表達其對報刊（而不是政府）的失望，說報刊的「污物迅速使公共品味墮落」，再說到印刷商「就像狼群吸食羔羊的血」。[798]

其生平對於有關新聞自由的思想前後多有不一致之處：他不僅重視報紙反映輿論的作用，而且看重統治者利用報紙影響輿論，在寬容誹謗的同時又時刻對煽動誹謗保持警惕。[799] 他在反對國會制定《外僑法》和《煽動法》的時候，同時也沒有否認各州有權制定類似法律，並明確支持各州管制出版物。[800]

當然，我們這樣引用傑斐遜的這些反對媒體的言行也不能證明這句話的問題，從而去證明我們應該不要媒體。但是這卻提醒我們，引用權威有時候並不能證明自由多美好，因為有正面的權威往往就有反面的權威。

反復看來，他提倡的是相對自由而非絕對自由，新聞自由並非目的，通過新聞自由促進民主制度的完善才是目的。[801]

況且，傑斐遜說這句話後面還有一個轉折句，但往往被忽視：「但我所指的是每個人都應該收到報紙，並有能力閱讀它們」。這倒是現代大多數社會都需要考慮的核心問題：媒體和民眾需要同樣的開明。傑斐遜這種「要媒體不要政府」的理想對報刊和人民都有十分高的要求，但這樣的媒體似乎並不存在。[802]

---

798 約翰・C・尼羅等：2008 年，69 頁

799 馬凌：2007 年，321-328 頁

800 Levy Leonard Williams: 1963；美國建國初期，很多人認為臭名昭著的「煽動法案」是合憲的。見凱斯・R・桑斯坦：2005 年，133 頁

801 姜華：2014 年，72 頁

802 約翰・C・尼羅等：2008 年，67-70 頁

對傑斐遜及其戰友來說，自由隱含的前提條件是社會秩序，自由也並不是一件簡單的好事；只有在有德行的公民所組成的健康社會中，自由才是好事。[803]

　　西方「新聞自由」傳統傾向認為，政府始終是新聞自由最大的威脅。人們預設了一種前提性的觀念，即國家是自由的天然敵人，正是國家企圖壓制個人的聲音，因而國家必須首先受到制約。美國耶魯大學法學教授歐文・費斯提到，「這個觀點相當有洞見，但只是說出了真相的一半。的確，國家可以是壓制者，但也可以是自由的來源。」[804]

　　儘管政府是一種惡，但是我們不能不承認的一點在於，政府是一種必要的惡。例如，在市場中，政府為私人契約和個人財產權提供的可靠保護，取決於政府要足夠強大以保證這些權利的實施，同時人們又要對政府有足夠的限制以避免這些權利受到侵蝕。[805]

　　而在國家競爭中，政府和國家公權力更是必須。政府公權力的存在恰恰是人們能夠制衡公權力的基礎，但也可能是阻礙言論發展的力量。這是它的兩面性。

　　我們大多數人實際上都在享受國家狀態下的自由，也得到政府的保護，前提就是讓渡了一部分自由（包括那些聲稱不信任政府／國家的人）。我們出生的時候就已經讓渡了自由，以符合國家的資源配置。

　　1944 年美國總統羅斯福在國情咨文提出《第二權利法案》，明確國家與安全的地位，其中再次強調傑斐遜的獨立宣言中一句話：「我們意

---

803 約翰・C・尼羅等：2008 年，62 頁、70-71 頁、115-116 頁

804 歐文・M・費斯：2005 年，14 頁。

805 曼瑟・奧爾森：2018 年

識到一個壞事，沒有經濟安全和獨立，就沒有真正的個人自由」。[806] 而無論在哪個國家，民主自治的政府的核心任務都是保證有充足的資金，確保資源配置的方式能夠反映理性的政府工作安排。[807]

在上世紀初的美國聯邦政府無論在規模和作用上確實非常有限，直到 20 世紀 30 年代羅斯福總統新政才真正接近今天的美國政府。[808] 千萬不要忽略一段事實：上世紀很長一段時間，美國所謂的自由發展背後是國家對企業的保護主義。而在 2008 年的危機中美國政府仍然要保護自由的企業以免大規模失業。[809] 到了今天，為了保持企業可以競爭和雇傭勞動力，他們從沒停止過動用國家力量去干預市場，特別是中美貿易戰中的各項政策。

我們不應該只想到取消和削弱政府的這種強制力，而是要通過監督，使這種強制力用在必要的地方，並且在使用過程中不釀成更大的惡。[810] 西方政治法律思想的一條主線就是對政府的不信任。托克維爾說，人們似乎熱愛自由，其實只是痛恨主子。

而回到剛開始的選擇題，還有一個問題：一個社會真的可以長期沒有國家而讓媒體存在嗎？我們基本上找不到可以長期存在的「有報刊而沒有政府」的社會。在 2010 年，比利時政府因為政黨傾軋而關門長達 541 天，預算也照樣通過。[811] 但是實際上這只是政府功能弱化，而並非沒有政府。這種政府過度分權也造成各種問題，例如市民辦事十分不便。

806　凱斯・桑斯坦：2015 年，45 頁
807　凱斯・桑斯坦：2015 年，168-169 頁
808　安東尼・劉易斯：2010 年，139 頁
809　凱斯・桑斯坦：2015 年，36-39 頁
810　許向陽：2003 年
811　見蔡東傑：2015 年，192-194 頁

相反，當我們比較言論自由和最低收入保障權利的時候，在那些無政府狀態下的地區或者在一個貧窮的國家內，很多權利都不可能存在。

　　在香港日據時期，代表國家的權力機構離場。對於淪陷區每天為求自保的人們（包括媒體）而言，國家的形象與意義是很模糊的。[812] 儘管有少量媒體人對日本佔領者也採取了多種方式的「被動應付」和「消極反抗」，但總體上媒體進行自由報道基本上是不可能的。[813] 那個時候才算得上香港「新聞自由」最黑暗的時代，因為國家角色的缺席。

　　在 1997 年，美國法學家斯蒂芬·霍爾姆斯在《俄國給我們的教訓是什麼：弱政府如何威脅自由》認為，自由主義理想的實現有賴於一個有效政府。[814]《歷史的終結》作者弗朗西斯·福山在近年提到「國家構建」，即建立新政府制度以及加強現有政府，同時他指出，「軟弱和或失敗的國家是世界上很多最嚴重問題的根源」。[815]

　　唯一比政府太大更壞的情況的是政府太小。如同不少學者都提到，在失敗的國家（包括民主制度國家），人們承受的暴力和不公正與極權國家統治下的情況是一樣。[816] 在中國鄉土社會，特別是邊遠的農村地區

812　鄭明仁：2017 年，9-12 頁。在這段時期，香港媒體人的角色十分尷尬與複雜，作為日本佔領的英國殖民地下的中國媒體人，究竟堅持中國的道統思維拒絕報道任何東西，還是為求生計或者盡力為民傳播信息而做妥協式報道？這不是一個輕巧的問題。

813　當時有一些媒體人選擇了前者，而《華僑日報》等媒體選擇了後者。結果《華僑日報》等少數媒體在戰後因為其「委曲求全的抗爭」被英國殖民者所褒獎，但另一方面它們又被蔣介石的國民黨政府選擇性地定性為「漢奸」而受到追捕。見鄭明仁：2017 年

814　Holmes Stephen: 1997

815　弗朗西斯·福山：2017 年，7 頁

816　托尼·朱特：2012 年，104-105 頁。即使自由市場也並不與共產主義絕對違背，資本主義也更多是一種經濟生活方式而已，但我們在特定的語境（例如獨裁、專制、自由、資本主義等），會將問題簡單類比。

（甚至在沿海一帶的鄉郊地區），國家公權力實際上是相當孱弱的。[817]在「天高皇帝遠」的地方，公權力太弱而無法保護人民的實例依然存在。

回顧近代歷史，不少弱政府反而是人權的最大損害。這也難怪新加坡前外交官馬凱碩提到，有人權瑕疵的政府總比沒有政府強。[818]

如果在國際競爭處於弱勢的國家相信「小政府」、「媒體自由」的宣傳，那麼那裡的人民更無法長期得到可持續的自由。畢竟西方國家和媒體完全沒有義務照顧這些國家的利益。

此外，亞洲、非洲、拉丁美洲等不少國家的經驗也給我們指出，保護公民權利自由的出路不是消解國家，而是用民主的方式改造國家。[819]

自由派往往強調他們對於國家的恐懼，強調自身的權利與國家的衝突，但是他們也往往忽略權利的大前提：一個強有力的現代國家。但往往這變成了隱藏的主題。[820] 受西方自由主義思潮影響，海外學者對國家在中國傳媒市場化中的角色往往持批評態度居多，有意無意地忽視了國家的積極作用。[821] 在國際環境中，西方政府及媒體對中國發動的輿論戰，也影響了本國人民對國家的認同。香港在過去幾年社會動盪的經驗同樣證明了這個教訓。

817　蘇力：2011 年（1），26-37 頁。例如蘇力提到，在一些地方，村民借貸後十年都不還貸的案件十分多，但是出借方基本上毫無辦法；而基層法官或者其他權力機關如果沒有地方的影響力，只能借助當地的「村幹部」之威才可以勉強開展工作，很多糾紛的實際決定權更多在這些農村幹部手上。見蘇力：2011年（1），29-30 頁

818　馬凱碩：2004 年，92-93 頁

819　王紹光：2015 年

820　李強：2001 年；弗朗西斯・福山：2017 年，xxi 頁

821　劉兢：2010 年。也有人認為，自由主義所設計的最小國家掩蓋了金融資本的積累以及社會分裂下的現代化。見吳婷：2021 年 6 月 28 日

「新聞自由」有毒

如果回到傑斐遜的時代，他所說的「政府」是指美利堅聯邦政府，還是英國政府？抑或他只是提出一種理想主義的政治理念？在近現代看，這個「沒有政府的媒體社會」實際上只是「小政府主義」或者「弱政府」的傾向。即使在一些自由主義者看來，政府和自由也並不一定是對立的，我們不是不要政府，而是要一個公正的、好的、權力受到監督的政府。[822]

我們可以強調對政府權力的警惕，但是並不一定要削弱政府的能力，至少兩者在概念上沒有必然聯繫。[823]

那些弱化政府並企圖瓦解憲制的媒體實際上已經不可能獲得同一憲制下對「新聞自由」的保護。起碼在目前甚至更遠的將來，對人民負責的是政府，而不是自稱追求真理的媒體。

媒體治國（或者媒體所代理的資本治國）要比政府治國更虛無縹緲。我們沒有看到美國媒體會主動瓦解美國的憲制，社會也不容許他們勝出。美國主流的社交平台和媒體如何打壓特朗普及其支持者已經告訴我們答案。

822　周保松：2015 年，232 頁
823　泮偉江：2007 年

政府可以是言論自由的朋友

　　制衡政府的想法很好，但往往結合民粹情緒被簡化為「對抗政府有理」的想法。以至於我們在公共辯論的時候，往往傾向於得出「政府無能」、「政府失德」、「政府作惡」的結論（不少是虛無的猜想或者陰謀論），而不是區分個別和一般的差異。[824]

　　不少新聞事件中，人們傾向將問題歸因於抽象而遙遠的社會環境和制度，而不考慮其個人原因與偶發原因。[825] 例如在馬加爵殺害同學的案中，輿論質問事件是社會的錯，指責由於政府無能帶來的貧困差別和社會歧視，但事實上四位死者同樣家境貧寒並且是馬加爵的好友。[826] 在小販捅死城管案，人們又會指責城管制度，甚至認為城管制度不應該存在，基本上不考慮城市秩序的需求。[827]

　　人們容易認為，如果世界上的問題未能被解決，很可能是因為我們的統治者是白癡或者惡棍；似乎政府的公權力被馴服之後，很多問題就會被解決或者得到好轉。但在事實上，在政治的某些領域，任何個人或者黨派都無法帶來立竿見影的改變。[828]

824　陳柏峰：2018 年，134 頁

825　詹姆斯・T・漢密爾頓：2016 年，330 頁。「Iyengar（1991）通過實驗室實驗發現觀眾在收看新聞報道講述某個窮人的故事時，更可能將貧窮歸因於個體原因而非社會原因。」

826　蔡平：2004 年；石勇：2011 年

827　朱蘇力：2011 年

828　阿蘭・德波頓：2015 年，45 頁

我們從媒體中看到最常見的要求就是官員下臺，但這些人下臺後替代者究竟是否有改善制度並從系統結構去根治問題，媒體並未太多思考。[829]

　　對公權力保持警惕是需要的。在中國，官員腐敗問題嚴重而且不斷反復出現，這足以說明中國對公權力的監督和制約還是存在很多問題的。[830]例如，教條主義、官僚主義、形式主義惡習難改。[831]

　　在過去相當長一段時間內，大眾傳播史可說是政府和傳媒不斷衝突、妥協與抗爭的歷史。這主要聚焦在政府對新聞自由的干預和傳媒對此進行的反干預、反控制。[832]相對媒體，國家權力還是巨大的。即使在一些通過法律強力保護媒體獨立的國家，政府仍有許多手段對媒體施加影響。[833]現實中，即使非國家主體（例如社交平台）的影響越來越不容忽視，但仍然沒有哪家信息服務商能夠免於國家權力的影響。[834]

　　那種「國家還是媒體」的抉擇基於以個人和國家為兩極的古典主義，其面臨一個問題在於，它對於國家權力以外的其他權力缺乏認識，特別是「自由市場」本身，因為報刊不能免受資本的「控制或支配」。[835]美國國父要將公權力關進籠子裡，但是並未準備把資本關進籠子，因為制

829　黃永、譚嘉昇、林禮賢、孔慧思、林子傑：2017 年，215 頁

830　林來梵：2011 年，258 頁

831　李昌金：2013 年 5 月 22 日

832　劉兢：2010 年

833　馬修・根茨科、傑西・夏皮羅：2014 年。2005 年，美國《新聞週刊》發表文章說美國軍隊有人褻瀆《古蘭經》，在阿拉伯國家引起廣泛的遊行示威。在美國政府的壓力下，不少媒體決定終止與《新聞週刊》的合作，最終《新聞週刊》不得不收回報道。見劉肖、董子銘：2017 年，136 頁

834　約瑟夫・奈：2015 年，172-173 頁。畢竟「網絡空間利害關係太過重大，政府無法將其單獨交給私人行為體。」

835　約翰・C・尼羅等：2008 年，41-43 頁

憲會議的成員都是資本本身或者其代理人，他們更多是在保護彼此的資本上鬥爭和妥協。

人們期待媒體去監督權力沒有錯，但是往往權力僅被限定為公權力，而忽略了其他權力。中國不少新聞從業員也受到西方「四種傳媒理論」的影響，默認了「社會—國家」這種二元框架。福柯也曾指出這種普遍存在於機構、黨派、革命思想和行動的思維，即不認為權力具有國家機構以外的形式。[836]

實際上，權力是多樣性的，權力的角力關係也可能是多向的，而並非單向的，正如我們提到，將人民和政府二元劃分多數時候經不起考驗的。即使很多被稱為「專政體制」的政府，其內部關係也並非是單向的，例如中國最高層內部各方之間的制衡作用，以及中央與地方各級之間的博弈等。

從越來越多的社會變化看到，相比政府，受資本控制而走向壟斷的新聞業可能對我們的自由危害更大。因為媒體對於利益的追求，可能讓一些應當被報道的問題可能沒有得到報道，一些應該被關注的風險沒有得到關注。[837]

不少論者更反對把社會置於市場之下。[838] 儘管資本投入媒體也發揮了推動作用，但輿論產業中存在許多混亂乃至被資本操控之處。例如中國曾經被廣泛詬病的百度搜索競價排名、莆田系醫院推廣、賭博網站推廣等問題。[839] 起碼名義上對對民眾負責的是政府，而不是媒體和資本。

---

836 米歇爾・福柯：1997 年，43 頁
837 馬凌：2011 年
838 Polanyi Karl: 2001
839 余一竹：2020 年 5 月 3 日

只把政府當然個人自由的唯一敵人就可能讓其他侵害的個人自由的力量進入，畢竟個人需要被保護的理由太多了——強者對弱者的侵害、不公正制度的侵害、歧視性價值觀的侵害、輿論的侵害等。除了權力，權利也在侵害權利。[840] 不同的權利主張多少有著張力和衝突。

那種二元思維可能讓我們無法從更多角度思考社會問題、傾向於陷入「陰謀論」和「誅心論」中無法真正客觀討論。這是對民主的另一大戕害。例如，在考慮政府計劃的時候，民眾的反政府情緒會簡單地決定著他們對其他事物的評判標準。[841]1994 年在美國民調中發現，對於「克林頓醫療計劃」的支持度取決於如何標籤這個計劃，提及「克林頓」與否會讓最後的結果產生巨大的差異。[842] 這其中媒體及其他權力有太多操控的空間。

在《言論的反諷》中，歐文‧費斯提到，針對國家的那種片面的提防態度也已經產生了更為不幸的後果。原本為了維護言論自由而對國家公權力進行制衡，但結果導致了對廣泛多樣的立法和行政措施的冷漠、甚至是侵犯，未能給予公民在公共領域中更多的平等以及促進自由公開討論（美國涉及政府角色的一些司法案例被推翻就是對此的反思）。[843]

---

840 趙汀陽：2017 年，255-257 頁
841 Goldsteen Raymond, Goldsteen Karen, Kronenfeld Jennie Jacobs, Hann Neil E.
842 傑拉德‧馬修斯、羅伯特‧恩特曼：2010 年。如果將其提及為「克林頓計劃」，只有 37%的受訪者表示支持，但當訪員只是介紹該計劃的主要內容而不提及「克林頓」時，同樣的受訪者有 76%認為這個計劃是有吸引力的。
843 歐文‧M‧費斯：2005 年，84 頁。例如，限制競選開支的國會法令在「巴克利訴瓦萊奧案」被推翻了，管制仇恨言論的市政法令在「R.A.V 訴聖保羅市案」被推翻了，允許報紙回應人身攻擊的州立法令在「邁阿密先驅報」案中被推翻，州立公共事業委員為公民團體開闢表達通道的規定也在「太平洋煤氣與電力公司案」中被推翻。

費斯認為，政府除了管制者的角色，還可以通過適當的、主動的資源分配，使一部分弱勢的聲音能夠被聽到。[844] 公權力也可以是言論自由的朋友。不少人支持政府的介入或者管制的另一個原因是，政府可以主動對某弱勢聲音進行了「推動」或者「促進」作用，而不是「審查」強勢聲音。[845]

　　有觀點認為，表達自由不曾許可政府為了讓其他人有更好的收聽機會而限制另一些言論。但這明顯是錯誤的。[846] 一個言論自由的良好系統不僅要儘量有免於審查的自由，而私人和公共機構也應努力確保各種各樣的觀點能夠被人聽到。[847]

　　相對於主張限制國家權力的新自由主義，中國的新左派主張強化國家權力，認為「國家必須在中國的發展過程中發揮重要作用，為維持政治穩定，現存的國家權力必須得到增強」。[848]

　　不少學者也開始重新思考中國「威權加市場」模式對傳統西方「民主加市場」進行補充的可能性。[849] 有觀點認為，這兩者的爭議根源自雙方的不同的信念，各自由於自身所看到的現實對於中國未來有著不同的期待：新自由主義放大自由市場的作用，而新左派反而能夠從固有體制的延續性和中國國情的特殊性中有著足夠的清醒。[850]

844　歐文・M・費斯：2005 年

845　盛洪：2013 年

846　凱斯・R・桑斯坦：2005 年，264 頁

847　凱斯・R・桑斯坦：2016 年，108-109 頁

848　鄭永年：2009 年，166 頁、168 頁

849　史天健、瑪雅：2009，146 頁

850　劉兢：2010 年

政府既可能是無能低劣的，也可能是有效公正的。畢竟管理者出於「烏紗帽效應」一般都希望恪盡職守，儘管也有不稱職、照顧特殊利益的事情發生。這同樣適用於新聞自由。無論是商品市場的生產者還是思想市場的新聞界也有守信用的，也有不守信用的；而多數讀者並非總是理性的，掌握的信息不充分，也可能不理解信息含義。[851]

我們要承認，「政府是朋友」也可能是一種理想化的想法，因為我們依然無法監督國家對發表意見的公共資源的分配。因為國家介入也可能存在不公平，對強勢群體不合理的壓制，甚至也壓制弱勢群。[852] 例如，中國市民社會的力量較為薄弱，各種力量對傳媒公共領域的干預比較明顯，民主批判與監督功能還不能充分發揮出來。[853]

而在印尼等國家的媒體發展中，「政府的夥伴」和「自由但負責」等官方對媒體的說法也確實被幕後（特別是軍方領導人）施加影響。[854]

學者賀衛方提到一個悖論式的困境：在採取種種措施讓國家成為言論自由的朋友的過程中，潛在的防範心態卻不可避免地伴隨其中，只有敵視的姿態才能獲得友善的結果。[855]

但另一方面，無論是否存在「社會契約」，政府總是以各種形式代表社群利益的最大公約數，也不能被叫魂的媒體裏挾。我們看到一些民主國家中，喧囂的「民意」如何左右大多數人的利益。

851　羅納德・哈裡・科斯：1974 年

852　陳力丹：2008 年

853　石義彬：2014 年，101-102 頁

854　雅爾諾・S・朗：2020 年，60-61 頁

855　賀衛方：序言，載自歐文・M・費斯：2005 年

我們需要更精確去計算全社會的幸福與失望去衡量政府的成功與否。政府也應該擴大幸福並減少痛苦，作出利益均衡的艱難決定，既要守護自由，也要積極干預。這才是治理的最大功利原則。

　　如果說新聞媒體主要是制衡政府，那麼這個多少也會越走越狹隘。較好的一種媒體環境不只有「自由」和「制衡政府」。最理想的媒體環境是既能保證社會不受不同權力的濫用，也能幫助釋放社會的更大潛能。

第四章

「新聞自由」

的出路

更精緻的自由：溫和的專制主義

專制原本是中性的，代表一種權力集中的組織形式。但是它在話語中被慢慢污名化，讓人忘記了它的溫和一面。

從「國家—社會」的角度談及言論自由或者新聞自由的時候，我們往往會想到一個經典案例，那就是《紐約時報》訴沙利文案。隨著作者安東尼‧劉易斯《批評官員的尺度》出版，人們對案件細節有更多了解，而那種「公權力是自由的敵人」的觀念一度成為新聞領域的一大聖言。人們越來越認定：對公共事務的討論應該不受阻礙，包括對政府、公職人員激烈、苛刻甚至不快的尖銳抨擊。[856]

但是我們不能忽略另一個美國司法案件——「紅獅廣播公司訴聯邦通訊委員會案」。

「沙利文案」是制約國家，而「紅獅案」是信奉國家。正如費斯所說，「紅獅案」和「沙利文案」可以被視為一對同伴，是促進新聞媒體民主使命的兩個互補策略，共同構成了一種對新聞自由更為精緻的認識。「紅獅案」支持監管機構為擴展公共辯論而管制新聞媒體的權力，維護一種「公平原則」，本質與「沙利文案」所主張的價值完全相同。它們並不是對立衝突的，儘管在操作細節的層面上才發生緊張。[857]

由於言論自由、新聞自由下存在的天然不平等，一些強勢的機構和個人的發言權力比其他弱勢群體要大得多。因此，費斯認為國家和行政權力有必要介入協調，給「公共廣場」中聲音弱小的人分配公共資源——

---

856 安東尼‧劉易斯：2010 年，56 頁
857 歐文‧M‧費斯：2005 年，59-60 頁

分發擴音器——使他們的聲音能夠被廣播聽見；另一方面，國家甚至不得不壓制一些人的聲音，為了能夠聽到另一些人的聲音。[858]

一方面，紅獅案中，美國聯邦通訊委員會旨在確保廣播媒體自由表達政治觀點的「公平原則」事實上也確實造成了廣播政論節目的大幅減少。[859] 相對地，沙利文案為媒體提供了免受誹謗案侵擾的自由空間，但同時也助長了公共討論的庸俗化，甚至影響到每個人的生活。[860] 這是一個兩難，幾乎難以避免。

只是在「紅獅案」後長達 25 年的政治週期中獲得了勝利。這個時期的政治論題是所謂「大政府」的邪惡，執政黨共和黨呼籲「私有化」、「去管制化」以及「平衡預算」。那種對新聞自由與政府互補的精緻認識開始消失殆盡。[861] 在 1987 年，曾經堅信「公平原則」的聯邦通訊委員會推翻「紅獅案」的理念，宣佈自己曾經支持的「公平法則」是違憲的，也獲得了裡根總統的支持。

但是公平和自由那個更為重要？這是權衡新聞環境發展的根本要點。

與「公平原則」類似，南非學者對於南非新聞行業問題曾提出「聆聽」的概念。這要求記者聆聽那些不同於他們看法的觀點，並在報道時想象對當地社群重要的新聞視角和議程；而政府要介入，把一部分新聞資源分配給弱勢的群體，讓他們被聆聽。[862]

858 歐文・M・費斯：2005 年，3-4 頁
859 Hazlett Thomas W., Sosa David W.: 1998
860 安東尼・劉易斯：2010 年，58-60 頁
861 歐文・M・費斯：2005 年，60 頁
862 Wasserman Herman: 2015

當然，這考驗政府如何處理的能力和手段。美國學者桑斯坦在《助推》一書中提出的「自由主義的溫和專制主義」，就是在保留人們選擇權的同時，政府主動影響人們做決定的過程，以改善人們最終的決策。[863]如果可以，政府管制的根本取向應是創造運用市場制度的條件，也就是減少政府管制本身。[864]

「助推」也比喻國家的主動干預，以引起人們注意。[865]政府也可以表達其傾向，其作為「表意者」（speaker）表達自己觀也是合乎憲法的。[866]這是政府新聞發言制度的基礎。更為「極端」的是，政府可以在一定程度上運用政府基金去影響輿論。

在美國盧斯特訴蘇利文案（Rust v Sullivan）案中，法院表示，「政府可以在不違反憲法的條件下，有選擇地資助一個項目以鼓勵某種它認為屬公共利益的活動，而不需同時資助一項尋求以其他方式處理問題的替代性方案」。[867]也就說，只要不存在公權力審查的問題，美國政府可以主動介入資助某一項目，甚至不用考慮是否要公平對待其他同類項目。畢竟，政府也多少代表著很大一部分人的聲音，特別是支持建制的「沉默派」。[868]

863　理查德・泰勒、卡斯・桑斯坦：2015 年。學者胡泳認為這是一種相對柔弱、軟性和非侵擾性的專制主義，即使是這種專制主義，也不可以把手伸得過長。見胡泳：序言，載自理查德・泰勒、卡斯・桑斯坦：2015 年，xxii 頁

864　盛洪：2001 年

865　理查德・泰勒、卡斯・桑斯坦：2015 年

866　New York v. Ferber, 458 U.S. 747 (1982); Rust v. Sullivan, 500 U.S. 173 (1991)

867　凱斯・R・桑斯坦：2005 年，270-271 頁

868　在一定的社會環境，我們甚至看到，政府通過「購買輿論」、通過基金支持某些傾向的媒體，「以媒體打媒體」。畢竟，有人喜歡反政府的觀點，也有人喜歡支持政府的觀點。見劉瀾昌：2018 年，294-297 頁

我們重複提到，對抗壞的宣傳，政府甚至需要更強的宣傳。對待極端言論的時候，這些言論的實質危害不可能通過公共討論去消除，政府的強力干預是必須的。[869] 例如德國等國家對於納粹言論、仇恨言論的限制。

　　對特定言論，新加坡開國總理李光耀的取態就更為強硬。他認為，外國記者可以從任何角度向歐美讀者報道新加坡，但他們如果把一些關鍵性事實搞錯，新加坡政府有糾正和回復的權利。[870] 這種「糾正」當然不被西方媒體認同，這對他們的「自由」和國家利益是有一定衝突的。

　　中庸地說，政府既不一定像反對管制者所說的那樣無能低劣，也不一定是有效、公正的。[871] 政府不只應該被認定為思想自由的敵人，也可能是其朋友——只是大多數時候，政府這種「朋友」的角色被故意遺忘；相反，現實治理的複雜性也考驗政府的能力。

869　Sunstein Cass: 1995

870　Lee Kuan Yew: 1988

871　羅納德・哈裡・科斯：1974 年

感謝網絡防火牆

每當談論中國的自由問題，我們常常引用中國政府在國家層面所實施的網絡審查制度，其中較為有名的是網絡防火牆（Great Firewall）。這被認為是全球最大範圍的選擇性審查行為。[872]

這種「防火牆」在道德上不那麼高大上。很多人都認為，政府無權阻止人們不分國界地尋求信息，也不應該家長式地濫用國家安全等理念去剝奪人們自主獲取信息的權利；而政府聲稱的維護國家安全的出發點與言論自由並不矛盾，問題主要在執行尺度上。[873]

同時，審查制度被認為有效讓人失去獲取某類信息的興趣。在沒有臉書、谷歌和推特的新一代中國年輕人中，消費主義和國家主義確實成為了主流。有人提到，中國大學生對於獲取未經審查的政治敏感信息似乎漠不關心。[874] 不過，這種觀點也未能描述中國具體的信息生態，只反映了一部分事實。相對地，不少研究學者也提到中國的民眾如何努力地、勇敢地打破網絡防火牆的各種封鎖限制。[875]

無論怎麼說，審查制度也成為西方社會、媒體語境裡中國在新聞自由問題的其中一個主要形象。[876] 久居中國並見證文化大革命的外國學者 Colin Patrick Mackerras 提到，儘管當代中國社會化已經比以往更為自由，與全球社會的信息融合更為流暢，但有十分負面的形象，因為西方

872　King Gary, Pan Jennifer, Roberts Margaret E.: 2013

873　于海湧：2013 年，31-32 頁

874　袁莉：2018 年

875　Xiao Qiang：2011 年

876　端媒體：2016 年

世界認為中國政府在互聯網方面阻礙了融合的進行。[877]

　　但不可否認，網絡防火牆對一些國家有其合理之處和必要性。牆既可能阻擋前進，也可以保護全身而退。

　　首先是巨大的經濟利益。過去歐洲人諷刺中國人無法用上谷歌，現在他們卻陷入了另一個問題：谷歌等美國大型互聯網企業帶來了壟斷等問題，擁有關於歐洲人的大數據。現在他們也開始反思實際上的成本收益問題：大型社交媒體的收益來自哪裡，成本由誰去承擔？在 2018 年，即使同在「五眼聯盟」的澳大利亞也對外來網絡平台壟斷進行限制，主要是美國的谷歌和臉書，以保護本地新聞機構。[878]

　　更根本的、處於核心利益的問題在於議程設置與國家安全。[879] 西方軟實力比中國強是客觀現實。文化權力是最大的政治權力，文化之戰又是一場誅心之戰。[880] 如果一種價值變成普世價值，它就變成佔支配地位的話語而控制人心。這時候，人們只剩下「嘴」，但是話語都是別人的。這樣的後果是，一方面人們放棄自己的文化依附另一種文化；另一方面，主導的文化開始創造各種預言。[881]

　　如果沒有防火牆的話，西方話語可以讓中國人說任何話題（需要符合西方的傾向及利益），但這會妨礙中國對自身議題的設置。而議題一定要每個國家政府自己設置，這不容有商量空間。在某些角度看，有多大的防火牆，背後就可能有多大的霸權。

877　馬克林：2013 年

878　McGuirk Rod: 2019

879　當然，這個問題也被不少人認為是僅僅為了維護共產黨本身的獨裁利益而已。例如，在具體到某些政治領導人或者政治變動的報道，無論公正與否，都成為某些境外網站被禁止的原因。

880　趙汀陽：2017 年，346 頁

881　趙汀陽：2017 年，346 頁

在國際互聯網空間，以推特、臉書等互聯網巨頭為代表的社交媒體在管理層上是屬美國政府可以施加影響的私人公司，其中暗含的技術霸權與政治意圖的媾和，在信息傳播的時候會對發展中國家的政治危機與社會危機帶來加速發展的作用。[882]

早在 1971 年，斯邁思訪問中國，基於中國媒介制度和政策的親身體驗，寫出了《自行車之後是什麼？》。他曾經警告中國，西方技術總是帶有意識形態內涵，技術不一定服務於工人的利益，中國須謹慎採用外國技術。他建議中國利用技術服務於自身的利益，主張中國過濾外國科技，由工人控制技術，建立雙向反饋的電視系統。[883] 網絡防火牆似乎一定上形成了這種雙向反饋的系統。

梳理過往的歷史，中國原來是對臉書（Facebook）開放的。直到 2009 年烏魯木齊發生的騷亂之後，中國政府發現部分新疆獨立運動者使用 Facebook 為交流平台，但是卻無法封禁其中的極端群組。[884] 當然，Facebook 也沒有任何義務去聽從中國政府對於國家安全的要求，至今仍然有很多仇恨中國的群組。[885]

如果想到近年關於西方對「新疆強迫勞動」的傾向性報道，再到推特等平台上對香港近年政治事件的一面倒的觀點，很難避免中國人會對這種無法把控信息主權的情況感到擔憂。這不是個案，反而是很多毫無話語權的國家的疑慮：某些國家所推動的「互聯網自由化」可能只是「互聯網西方化」？

882 任孟山、張建中：2016 年，20 頁
883 陳世華：2014 年
884 MacDonald Emily: 2009
885 Rich Nathan: 2019.6.15

儘管社交平台是私人公司，似乎不服從任何國家權力，但當其傳播的內容有可能對美國或者其他西方利益受損，就一定會被選擇性的審查。在拒絕遵從中國政府的刪帖要求之後多年來，臉書、推特公司也被迫刪除可能影響法國大選、涉及極端組織的數以萬計的用戶；而推特公司也開始禁止俄羅斯的新聞機構 RT、Sputnik 等在其平台上做廣告。[886]這樣的事件越發增多。

　　在近年開放的緬甸，經歷過去數十年的封閉之後，臉書的進入讓更多人有了信息自由。但它也助長了種族主義情緒，快速傳播反對伊斯蘭的仇恨言論，加劇很多族群之間的仇恨，導致 70 萬羅興亞人無家可歸以及數千人喪生。[887]

　　起碼在很長一段時間內，「新聞自由」下的國際輿論場都是西方主導的包圍戰。在 2022 年俄烏戰爭的西方輿論戰中，多少俄羅斯媒體被歐美國家、媒體封殺，與西方主導輿論相同的暴力觀點可以被容忍；而與之相反，有法國記者作出不一樣的報道，卻遭到推特封禁。

　　這些媒體只能被母國及其利益同盟國所合理審查，對其他國家的社會治理毫無義務可言。當社交平台影響大選的時候，歐美國家都可能對其進行清算。當初英國在威廉王子婚禮前夕為了鎮壓政治活動，將數個有政治動機的群組和專頁從網站上移除或者中止。[888]這似乎是多麼自然而然的事情。西方常常以道德制高點批判中國對谷歌的審查與封禁。但是兩者的做法實質是大同小異的。

　　自由主義渲染的「國家、政府的邪惡」是一方面，但是另一方面，在日益頻繁的國際利益博弈中，個人利益與國家綁定，更不能天真接受

886　Isaac Mike, Wakabayashi Daisuke: 2017
887　Lee Ronan: 2018; Barron Laighnee: 2018; Miles Tom: 2018
888　Preston Jennifer: 2011

「外國的同情」。

　　值得我們注意的是，俄羅斯沒有嚴格的信息保護主義，而是有著更開放的互聯網，始終在最一線的主流傳統媒體和社交媒體與西方爭奪所謂的信息主權。他們在輿論戰中取得一定成效。[889] 這讓我們反思，我們是否也有什麼可以值得學習，起碼減少這種保護主義的依賴？但另一方面，我們也要看到，俄羅斯在對西方大型社交媒體開放的現實無奈與兩難，最終其也在一定程度上考慮採取管制措施。[890]

　　此外，許多曾經對國際互聯網巨頭開放的國家如印度、澳大利亞、加拿大、韓國也開始在數據本地化（data localization）的措施，即把數據保留在本土服務器上，以保護數據主權。[891] 這些措施都在一定程度上都是規制，最大的原因就是國家安全。

　　劍橋分析公司（Cambridge Analytica）事件暴露了網絡平台未能夠保護用戶數據。[892] 甚至某種程度上，它們「成功」操縱了美國、肯尼亞、墨西哥、印度等國家的選舉。[893]

　　其中，印度就認為有必要對跨國互聯網公司在印度的數據進行管制，讓數據保存在印度境內，防止被再次「殖民的危險」。此外，印度還受到文化被威脅等其他因素的衝擊。現實中，印度也潛移默化地認同美國的行為方式和對外政策。[894] 時間再推前，國外媒體對阿瑜陀衝突中焚燒清真寺的視頻肆意傳播，對印度造成了不小的社會傷害。

889　兔主席：2020 年

890　Troianovski: 2021

891　Wikipedia: http://bit.ly/2L9NChQ

892　Davies Anne, Meade Amanda: 2018; Meade Amanda: 2018

893　BBC: 2018.3.21；王慧：2018 年

894　趙瑞琦：2016 年

印度的回應也是越來越明晰，它也在考慮是否採用類似中國的保護手段。印度官員提到，他們不想象中國那樣建立防火牆去隔斷與世界的聯繫，「但是我們清晰認識到，數據是戰略資本」。[895]

除了涉及國家利益和安全的考量，還有就是國際聲音多元的保護。這堵「牆」某種程度上保持了一種均衡對比，也可以是對弱勢群體的聲音的保護。

假如沒有「牆」，我們的世界是否都會被西方話語的「獨裁」所統一？東方的異見是否會被消滅？這個可能性極大。在長期的「自由主義」下，香港媒體就自然而然傾向到西方，他們的主流觀點都成了西方利益和本土資本的映射而已。

另一方面，如同斯邁思提到，中國也應該通過「牆」獲得雙向的反饋。客觀來說，海外的批評聲音也有機會讓中國國內保持一定的反思而不干預主體施政。我們也需要多閱讀外國媒體報道，因為它們也確實間接幫助中國不斷改善一些治理問題；中國媒體本身的一些報道特別是對於海外的報道也存在不少偏見。

同時，中國政府實際上對防火牆進行一種相對靈活的管理，以達致試探式開放的狀態：儘管它沒有完全放開，但並未管得那麼死板，例如對「翻牆」（虛擬私人網絡）工具的管理。

很多人常常問，中國政府一定要通過網絡防火牆這種「不道德」的操作實行治理？也有一些人認為，當 5G 時代到來，防火牆的必要性已經沒有那麼大了。[896] 作為大眾，我們同樣希望可以有更無限制的信息溝通。但是在目前國際輿論由西方媒體把控、主流社交媒體依然是帶有歐

895　Goel Vindu: 2018
896　張維為：2019 年 1 月 21 日

美國籍的時候，完全打開防火牆任由他國設置議程並非是最明智的選項。

最後，或許值得提醒的是，西方成功地讓我們聚焦「防火牆」的道德問題，而忽略了更重要的問題：我們要達致高度的自由，還有更深層次的問題要解決。

在論文《防火牆真的讓中國與世隔絕了嗎？》中，學者通過研究提到，國家層面的網絡屏蔽造成全球互聯網互不連通的想法背後有這樣的假設：如果給予人們充分的自由，那麼網民會選擇使用所有的網站。而不少研究發現相反的發現：即使受眾有機會獲取來自外國的文化產品，他們仍然更加傾向選擇與其文化相近的事物。[897]

簡言之，文化的接近性對於人們使用互聯網的行為促成作用更大。相比審查，語言不通和文化不同往往更大地限制了人們積極獲取信息的動力。言論自由或新聞自由並不只是法律的問題，還有文化的問題。在一定程度上，全球媒體面對的一個重大問題是觀眾變得分割（fragmented）並且難以聚合。[898]

總的來說，在國際博弈下，保持多元聲音、消除溝通的文化障礙與開放互聯網並不矛盾，都是政府需要去穩步推進的。更重要的是，政府和民眾都要提升自己的水平，兼具統合考量和批判意識。

897　哈什·塔納加、吳曉：2016 年
898　Lowrey Wilson, Gade Peter J.: 2011, P3-21；林照真：2016 年

邊界問題：自由越多越好？

對於任何人和社會，個人能做的事情當然是越多越好。但是天下沒有免費的自由，相反是需要控制手段去維護自由。

自由和管治之間的邊界在哪裡？西方國家也沒有拿出一個方案，儘管他們已經做出了更多嘗試和樹立新的高度。對於發展中的國家，這個問題更有挑戰性，因為不確定性更多。

有人認為，比起西方，中國的現代發展是被壓縮了的。它面對加強的風險，但在風險的制度化預期和管理上有足夠時間。[899] 過去一段時間，中國在國際上面臨金融風險，而在國內就面臨社會風險，群體性突然事件發生頻率與規模都在快速增長，而社會公共安全事故和災變性事故也在增加。[900]

有不少人會問，面對同樣國際環境，為什麼其他有言論自由的國家沒有出現混亂？你不給人們自由，怎麼知道不行？難道中國一有言論自由就會天下大亂？更何況還有法律？[901] 首先，目前中國的輿論環境還不容樂觀，需要更多的開放和自由；但同時，也沒有人可以保證完全放開媒體的時候不會出現任何問題。另外，如果出現問題，代價誰去承擔？

借用法律學者林來梵在《憲法學講義》的一句話：這點疑慮沉澱在觀念之中，拂拭不去，也難以驗證，為此要痛快地付諸實踐，難啊！[902]

899 貝克、鄧正來、沈國麟：2010 年
900 馬凌：2011 年
901 周保松：2015 年，243 頁
902 林來梵：2011 年，46 頁

對於放鬆媒體管控的後果和代價，中國並非沒有品嘗過。在中國改革開放之前一段時間，一些批判是以「大批判」形式出現的，在實踐中往往導致自由主義和無政府主義氾濫成災。[903] 再到後來，1989 年的「六四事件」也是一個「無法驗證」的問題。事件發生的原因是多方面的。有研究提到，社會運動、傳媒、公眾輿論的互動很大程度上將運動推向了悲劇：當事件初期，中國政府曾經放開自由的空間讓國內外媒體進行報道，但是媒體卻並未能更有效地給社會帶來進步和溝通。[904]

這難免讓人產生對「新聞自由」作用的擔憂。至今為止，北京政府對於境外記者（包括香港）進入大陸採訪的一些限制，其主旨是為了防範敵意行為，而這是北京政府和境外新聞界在新聞自由的問題上出現的分歧的根源。[905]

而同期，蘇聯在 90 年代初一下子迎接全面的開放性，讓媒體大幅度提升言論、出版、新聞自由，將蘇聯共產黨過去幾十年的錯誤都全盤托出，就產生了顛覆性的效果，結果帶來國家長時間的亂局。[906] 至今，俄羅斯政府仍然對這種完全開放保持警惕，也對美國心有芥蒂。正如人們需要對公權力保持警惕，我們對外來力量也保持警惕。

中國問題學者傅高義（Ezra E. Vogel）在《鄧小平時代》就針對 80 年代末的國際變遷提出了很多「假如」：「假如中國人民在未來歲月裡獲得了更多的自由，這條邁向自由的路是否要比前蘇聯的道路少一些曲

903　石義彬：2014 年，100-101 頁

904　趙鼎新：2007 年，270 頁。一方面，運動開始時，中國包括官媒的新聞記者就試圖擺脫政府的控制，都給運動做正面報道，認為其是積極的；但另一方面，當媒體對運動進行負面報道的時候，公眾輿論並未緊貼媒體，而是追隨謠言；而當政府削弱對媒體的控制，正面報道又立刻壟斷新聞界，輿論向媒體靠攏，謠言也顯得不那麼重要了

905　劉瀾昌：2018 年，127-129 頁

906　孫旭培：1999 年

折？……我們必須承認，我們不知道答案。」[907] 傅高義也指出，現在能知道的是，目前大多中國人的生活要比當時舒適得多，也得到了比過往任何時期更多的國際信息和觀念。

同時，傅高義筆鋒一轉，也留給我們一些反思。他提到，中國也為當時最終的決定付出了巨大的代價，至今媒體仍然不允許公開討論敏感事件。另一條開放自由的路徑是否會更好，還是會更亂？我們同樣不知道，因為其取決的因素太多。

也有意見認為，如果沒有當年的事件，可能中國已經有更大的自信進入了更自由化的時代。[908] 例如在 1989 年 1 月，中國新聞出版署向全國人大常委提交了《新聞法（徵求意見稿）》，但是後來新聞法的起草工作被擱置。在這個時間節點上發生的一系列事件不免讓人反思那種可能性。當然，新聞法能否通過還取決於很多問題，例如各方對新聞自由的定性不同。

對中國來說，從功利角度看，相對開放所造成的傷害與動盪來說，近十多年新聞上的預先管制所產生的傷害和代價是存在的。但同時，政府的強勢介入可以爭取更多的喘息空間，讓事態可能往緩和的方向發展。

我們只能對於任何一方信誓旦旦的預測我們同樣保持警惕。或許這種「自由越多越好」的絕對觀念適用於今天的歐美國家，但是否真的適用於其他國家？

想到美國歷史上對自由的反復態度，我們也多少有保留。例如美國建國初期為何通過了《反煽動革命法》、二戰後麥卡錫主義為何在美國

907 傅高義：2013 年，567-570 頁
908 多維新聞：2019 年 6 月 6 日

獲得廣泛支持，再看到近年麥卡錫主義的興起，再到極端主義如何通過開放的互聯網侵蝕美國的利益。我們也許就更難回答。

中國人某種程度上已經做出了選擇。林來梵認為，中國由於百年積弱，急需完成國家統合的課題，而人們傾向於建立一個強有力的政府。[909]面對長期內憂外患的時局，中國人總是擺脫不了「保種圖存」的國家主義意識，民族主義和社會主義等集體主義意識形態更有現實意義。[910]長期歷史教育的「受害者」心態也在發揮作用。

中國不少人更傾向於樸素的實用理性主義，對政治不穩定心生恐懼，相比自由更珍惜社會秩序。[911]畢竟愛國也是一種自我保護，對大多數中國人來說，這是保護自己的基本盤。國際上歐美霸權主義形勢下，這樣讓人難以驗例子比比皆是。

起碼至今為止，在「自由指數」排名墊底的中國儘管有著各種問題，但這個政府無可否認在一直自我糾正，在社會經濟各領域都有改善，並沒有像西方媒體數十多年來所宣稱的「即將崩潰」。這種功利的結果也確實讓民眾有了傾斜。

我們不是鼓勵不斷創造敵人，也不支持把所有國內問題都歸咎於外國勢力介入，從而放大「西方陰謀論」。但我們也不能天真地認為「外部勢力」是不存在的，儘管有時候「外部勢力」並非決定因素，但是它們總是或明或暗地干涉到各國內政中。[912]

909　林來梵：2011 年，209 頁、231 頁

910　馮克利：轉自古斯塔夫・勒龐：2-3 頁

911　張維為：2012 年

912　劉擎：2013 年，78 頁。當然，這裡值得注意的是，「干涉內政」是一個不清晰的表述。支持中國政府的治理或者制度是否也是另一種的「干涉內政」？有些國家表達關注也可能是合理的，特別是涉及到與自身利益相關的時候。有些論述是值得斟酌的。

更根本，我們要小心掉入二元陷阱：對於邊界的問題，可能答案不在於「自由或管制與否」的問題，而是「如何更公開公平地平衡各方利益」的問題。

對於我們是否能夠一下子全部開放言論自由和民主制度，我們過去曾經嘗試過。有觀點認為，自由和民主是極為寶貴的價值，但是在一個民族中，假如屢試不爽地發現，一旦引入言論自由和民主互動就必然導致反向價值和低階價值對正向價值和高階價值的顛覆，那麼，說明這個民族還沒有成熟到能夠享受這些貌似美好的價值的地步。[913]

這道出了部分殘酷的現實，人民還不夠成熟。甚至很大程度上，一些自由社會中享有高度自由、包容的人民也並不一定真的成熟，英國脫歐、美國大選、香港撕裂等不少事件已經給我們提供了警示。

當然，有不少學者都已經表達了內心的焦急。從不同國家的新聞自由發展歷史看，國家貧弱、政治動盪、戰爭狀態都是新聞自由的大敵，只有國家強大、民族自信、政局穩定才能孕育最自由的新聞體制；而從社會發展的各方面看，中國已經具備這樣的條件。[914] 畢竟我們也不能以這種難以名狀的矛盾作為藉口去阻礙我們嘗試的步伐。

我們的困難不是要不要政府管制，而是什麼樣的管制才是合適的。或者說，我們的選擇不是「只要市場」或者「只要管制」，也不只是市場與管制某種特定的混合，而是在不同的歷史時期選擇不同的混合。[915]

新加坡的審查制度儘管被西方詬病，但其確實也幫助國家發展起到了作用。而這種制度下的界限也並非一朝一夕而確定的，與不少國家爭

---

913 許向陽：2003 年
914 孫平：2016 年，264 頁
915 劉擎：2013 年，66 頁

取自由的歷史一樣，也是「經過一個相當長的過程，中間夾雜著一些痛苦的經歷，根據實踐經驗逐漸演變而明朗化的」。[916] 這並非鼓勵一種對權力的善良，而是對真相採取更審慎的態度以及更好的博弈策略。

在推進積極自由（例如信息基建、互聯網平台）的同時，我們也不贊同人民面對權利濫用（不只是公權力）就輕易退縮。勇敢地進行明智的博弈互動才能求得可持續的有效自由。

916　趙靳秋、郝曉鳴：2012 年，120 頁

「自由指數」的獨裁

在西方新聞自由理論下，媒體總是告訴我們：自由總是收緊的，特別是在西方不喜歡的國家。為何是這樣的？

依據西方國家的自由指數來看，香港、美國都比中國大陸的自由程度要高。但我們在上面提到，美國和中國的民眾在上世紀末的中美撞機事件上認識上並不比對方深刻多少，甚至走向反面。

同樣對比美國和新聞自由度高更低的東歐，學者喬姆斯基認為，在某些情況下，東歐等國家的民眾對問題有著比美國民眾更高的認知度與反思能力。[917] 當然，這些更多是個案式的（anedotal）個人觀感，很難給出一個公允的答案，只是反映事實的一部分。

這個時候我們只能尋求從西方主導的評價體系中尋找答案，例如各種「自由指數」。

而在不同的新聞自由指數排名中，中國的排名很靠後，幾乎都是一百多個國家中的倒數前十名。要承認的是，中國確實存在西方認為的媒體審查問題，包括公權力、資本和其他權力的。

但是對於普羅大眾來說，新聞自由的排名似乎跟自身所能獲得的新聞信息程度並不相符。很多中國人無法想象中國的自由度指數排名與戰亂中的國家居然是不相上下的。這並非詆毀這些戰亂的國家，但如果回顧阿瑪蒂亞・森所提到的「能力集」，這種指數的結論與中國一般百姓在實際表達上所擁有的「能力集」有很大的差距。

---

917 諾姆・喬姆斯基、安德烈・弗爾切克：2016 年，60 頁

在這類指數中，話語權者將話語定義在「不自由」的絕對性上，並未反映真實的情況。從字義上理解，上述那種「新聞自由」指數更多是特定議題上的一種「新聞相對不自由」指數，更多是涉及到消極方面（也就是如何被限制自由），而不是實際上人們在廣義信息流通上的自由程度。按照這種做法，沒有公權力干涉的原始社會應該是最自由的，但是意義很薄弱。

上述自由指數或者說出了部分問題，某些毫無透明度或者毫無規律的審查問題確實值得政府去正視。因為這些審查問題減損人們對社會可預測性、確定性的期待。但以上述指數的實際價值越來越值得懷疑，僅成為西方宣傳輿論戰和議程設置的一部分。[918]

中國和印度的比較是其中經常引用的。例如，「自由之家」認為2004年的中國即使經歷了經濟開放，但在自由方面只取得了很小的進展，而印度儘管在克什米爾實行嚴苛鎮壓政策、在古吉拉特邦有大量穆斯林曾被屠殺，但自由方面被這些指數機構認為是進展更快的。[919] 但它沒有看到的是，中國新聞在過去30多年來發展都比印度快得多，而且更早開始現代化的進程。[920]

也有研究指出，「自由之家」對於緬甸新聞環境近20年發展的評估也被認為是不恰當的，因為其並未恰如其分地反映緬甸的民主進步，將很多媒體的作用忽視了。[921]

諷刺的是，一大批非洲、拉丁美洲和其他地區的政權即使是獨裁的，

---

918 Brooten Lisa: 2013

919 阿納托爾・利文：2017年，84頁

920 馬凱碩：2004年，77頁。有趣的是，「自由之家」（Freedom House）在2001年到2013年的調查中將印度定性為不完全新聞自由的國家，而印度人則認為他們的新聞自由不遜於發達國家。見王生智：2016年，80頁

921 Brooten Lisa: 2013

「新聞自由」有毒

也被這些指數列入「自由世界」的範圍，只因為它們是美國的地緣政治盟友。[922] 例如，近年在臺灣和香港地區同樣發生關閉電視台的政府決定。但「無國界記者」對兩個地區有著截然不同的態度：一個是無關新聞自由，另一個就是壓制新聞自由。[923] 這種雙標以及背後與歐美政府說不清的關係是這類組織被質疑的原因。

難免有人認為，這種數據還是帶有強烈政治色彩，為美國及其盟友的地緣政治利益服務，可能會讓某些國家為了追求指數排名而忽視實際問題，屬「國際指數排名領域的獨裁」。[924] 如果考慮到其中不少機構有大部分資金來自美國政府，也確實很難讓人再將這些機構定義為「非盈利」機構，或者忽略其霸權意味。[925]

媒體與讀者往往更關注自由度的排名位序，而對排名的參數設計與前設都很少深入了解。實際上，這些排名的調研方法本身就存在偏差，屏蔽了人們認識各個國家實際自由。

「自由之家」、「無國界記者」這些機構的指數在最初的問卷設計方法就受到批評，並違背了公平、公開與普遍適用的原則，帶有「非黑即白」的二分思維。[926] 很多指標存在重複問題，導致部分個案的媒體審查問題在整體佔有大量比重，而部分事件並未區分法治需要的考證。

有人指出，「自由之家」的這類指數帶著明顯的「國家中心論」，曾經在 90 年代出現的一個指標「免於社會經濟不平等的自由」在後來的

922　Herman Edward S.; Chomsky Noam: 2002, P26-28, P211-228
923　趙慶雲：2021 年 7 月 6 日
924　Høyland Bjørn, Moene Karl, Willumsen Fredrik: 2009
925　Giannone Diego: 2010
926　Brooten Lisa: 2013；例如，它們在具體的參考值上就剔除了很多屬「積極自由」的選項，存在各種雙重標準。

版本消失，而「獨立自由的媒體」的指標被定義為「免於國家干預的自由」，但並沒有提及經濟市場力量的干預。[927]

而經濟市場力量的干預恰恰是目前很多西方國家所面對的一大問題。這些自由指數往往把低分國家的問題歸於其國家（及其政府），而忽略了其他大國的責任，例如殖民時代的遺留問題以及地緣政治利益。[928]

上述指數在談論自由度的時候，存在這樣一種前設：任何國家的自由度越高越好。但我們很難有充分理由證明單方面定義的自由越高越好、或者說純粹的自由主義令社會更好，畢竟任何社會都不可能只有一種價值原則。[929] 同時，它們及其支持者又不斷去渲染「自由越來越少」的擔憂。

在新聞界的話語中，「自由收緊」、「自由倒退」的論述在自由主義者或者不少媒體人中都很有市場。似乎不這麼認為的媒體人都不是真正的媒體人。

在香港，不少新聞人經常提到當地「自由指數」在回歸後每年都在保護倒退，要保護新聞自由。在 2014 年，香港記者協會發起遊行示威，再次認為當時的香港是歷史上新聞自由最差的時候。這起源於數起事件，例如有媒體撤換總編輯、中資廣告大量減少、商業電台節目主持人被解雇等。[930]

其實，香港記協在 1994 年的年報中就認為言論自由以及新聞自由「正在受到嚴重的威脅」，自此「收緊」、「收窄」、「受壓」等字眼

927　Brooten Lisa: 2013

928　Brooten Lisa: 2013

929　趙汀陽：2017 年，302 頁

930　江雁南、余思毅：2014 年

頻頻出現在 20 多份年報中。[931] 如果真是這樣,我們應該看到一個比英國殖民時期更差的香港吧?但是這並沒有發生。

那種「新聞自由受到威脅」的說法在三十多年就存在,但是至今媒體仍然可以發出很多元的聲音。[932] 即使在 2019 年的香港「反修例」事件,公眾對政府決策、公共議題的推進有著相當大的制衡作用,也證明了香港的言論自由等有強力保障。[933]

相反,持不同意見的傳媒人認為,香港回歸後的新聞自由可能是歷史的最高點,比過去大半個世紀都高。過去根本不敢罵英國政府、港英政府,現在「馬照跑,舞照跳」,媒體都有大量文章批評香港特區政府和北京政府。[934] 而到近年,不少反對派媒體依然活躍,例如「Hong Kong Free Press」,而紐約時報、BBC 等國際媒體同樣在香港活動。只是諷刺的是,這樣的自由保障卻仍然無法解決香港的問題,甚至某種程度上將問題推向極端。

對於那些被認為與「新聞自由」甚至「公權力濫用」有關的事件,儘管它們也反映一部分問題,但是存在明顯的邏輯承接問題。在引發香港記者協會示威的一系列事件中,大多沒有直接證據去證明那些事件和香港政府打壓新聞自由有關。他們並未合理排除其他可能性(例如職業道德和辦公室政治問題等)。[935]

---

931 香港記者協會:1994 年

932 香港電台:2019 年、2021 年

933 余一竹:2019 年

934 江雁南、余思毅:2014 年;鄧小平:1993 年,221 頁。在一定程度上,國內也是如此,人民也有空間可以批評共產黨和政府,但是公開場合(或者在有大量受眾的媒體上)就可能有很多限制。

935 施永青:2014 年;江雁南、余思毅:2014 年;劉瀾昌:2018 年,190-191頁

它們更多是一種話術，體現特定政治光譜人群的主觀感受。這個過程中，很多媒體人通過想象、煽情去對事件未審先判是對新聞專業主義的一大諷刺。畢竟很多所謂的「收窄」或者「審查」也並非一定是政府去進行的，而是社會壓力或者是私有權力所主導的，也可能是輿論週期讓其不受關注。

當然，在某種程度上，「自由在收窄」的論述永遠是有利於新聞媒體的。有人直白指出，因為這些似是而非的論述可以掩蓋部分記者的無能。[936] 對於偏向自由主義的人來說，這也符合他們的政治立場和商業利益。但他們並未提出積極的建議去處理問題，只能提供一些引起恐慌的論述。這實際是消解了對話的空間。

如果不影響社會統合，自由肯定是越多越好，也是一個社會應該發展的趨勢。但是自由本身就是社會的公共產品，社會需要的是越來越多可持續的自由。但這就涉及成本問題。

長期以來，被政治傳播學者奉為經典的「傳媒的四種理論」將世界媒體系統劃分為集權主義理論、自由主義理論、社會責任理論以及蘇聯式共產主義理論四種模型。以上自由指數對消極自由的倚重正是是基於這種經典理論。

但這種理論無法完全反映世界上的不少國家傳媒制度的多樣性。例如，新加坡曾經的發展經驗就表明，「四種理論」儘管有一定的歷史真實性並產生了廣泛的影響，但是卻無法準確地概括發展中國家的政府與媒體的關係。[937] 要知道，自由度的相對下滑長遠來說也可能是好事，一些政府也應該介入信息流通市場中。

936　香港電台：2019 年、2021 年
937　趙靳秋、郝曉鳴：2012 年，45 頁

不論對歐美還是發展中國家，我們迫切需要一種更客觀、更全面反映媒體環境的指數，去解釋我們遇到的自由問題和尋找務實的解決方案。

　　「傳媒的四種理論」已經受到不少挑戰。在 2004 年，美國學者丹尼爾‧C‧哈林和和意大利學者保羅‧曼西尼不再限於四種固化的論述，提出了一個更多維度的描述性框架，其中包括媒體產業的發展程度、政治平行性、新聞專業化程度和國家對媒體的干預程度及性質等。[938]

　　我們也不應該將其作為真理，但是這些指數實實在在地在各國構建了自由的話語權，變成了另一種宣傳。其更多地鼓勵一種預支自由的方式，而不是一種可持續的方式。這是我們需要留意的。

第四章 「新聞自由」的出路

938　張萌萌：2012 年

中國沒有新聞自由？

我們在輿論場上經常會聽到這樣的批評：「中國只有一個聲音」，「中國沒有反對聲音」，「中國沒有新聞自由」。類似地，新聞界也常常會感嘆，「中國媒體報喜不報憂」、「這是中國媒體的至暗時刻」。[939]

第一個就是負面報道、調查報道似乎在減少。我們確實不時看到各種新聞媒體上很多負面報道的數量在減少。即使是我們上述提到經常報道負面新聞的《焦點訪談》，其播發負面輿論監督新聞的比例也從 1998年高峰期的 50% 一直下降到 2002 年的 17%，它甚至在 2007 年為後來「毒奶粉事件」中的主角石家莊三鹿集團進行了一期正面報道。[940]

不過以負面報道、調查報道的統計大多不準確。首先，負面報道減少與缺席報道某一議題並非等同。某些媒體如何安排報道有著各種原因，市場、社會發展、媒體變革、讀者注意力週期變化都是因素。

其次，「減少」是相對什麼而言？是比例減少還是總量減少？是否有人對其他報道的總量也做全面的統計？如果沒有這方面數據，很多所謂的「減少」更多是個案式的主觀感覺，儘管它反映了行業對監管的失望。要了解更真實的情況，我們需要更為廣泛的數據統計反映媒體業的全域。

---

939 林犀：2020 年 2 月 23 日
940 孫平：2016 年，156-157 頁

「新聞自由」有毒

新聞界很少願意提到，中國已經遠比過去開放，很多議題比過去可以得到更多被公開討論的機會，而各類公知和反對討論聲音都可以在網上找到。[941]

學者提到，在改革開放後到 1998 年，中國新聞事業有了各項提升，議政意見增多。具體而言，硬新聞（政治、經濟類嚴肅新聞）的自由度仍然有所提升，儘管不如軟新聞（社會新聞、文化生活新聞）的自由度提升大。[942] 對 2003 年「非典」、毒奶粉事件、2008 年春運雪災、5‧12 汶川大地震等突發事件還有各式群體性事件的報道，都體現了新聞自由度在不斷增加。[943]

在過去數年間，中國大陸在網絡媒體或者出版書刊上，還是可以不時看到被認為是各類政經事件的分析或者批判。當然，各種毫無預見性的審查、刪帖、打壓也是不爭的事實。

這與歐美、香港、臺灣地區的尺度仍然有很大差距，但是那些尺度並不一定是對中國社會更優的。我們並非說中國有多大自由，但是現在一些評價儘管反映了一些問題，但很難讓人們全面認識中國媒體環境。

儘管中國政府管制嚴格，但是由於存在不同地方和不同機關的媒體，還是可以出現不同的聲音。[944] 如果要理解中國的媒體狀況，這些現實都不能被簡單掩蓋。

比如說，在黨報體制下，《財經》、《經濟觀察報》、《二十一世紀經濟報導》等精英報刊已經幫助拓寬公共空間，媒體多樣化已經移除

941 多維新聞：2019 年 6 月 6 日
942 孫旭培：1998 年
943 孫平：2016 年，163 頁
944 趙靳秋、郝曉鳴：2012 年，234 頁

原有的體制邊界。[945] 很多地方性媒體如《現代快報》、《南京零距離》等，在中國過去近 20 年內不斷地給社會提出問題，艱難而實在地推動社會向民主的方向發展。而在上世紀 90 年代開始的都市報熱潮，乃至後來各種新聞種類的擴展，都在證明中國新聞機構的自主權擴大。[946]

另外，有國際機構習慣把一些國家領導人列為壓制新聞自由的獨裁者。[947] 不少中外媒體人對那種觀點很買賬，因為這樹立了一個直觀簡單的標靶。

國內傳媒學者展江對此明確表示反對，因為中國的新聞管制體系並不像西方人想象的那樣掌控在一個領導人手中，而是有著複雜的制衡與協商關係的。[948] 同樣，樹立國家官員為標靶充滿娛樂性，但是並不利於了解複雜的利益博弈。

如同西方學者魏昂德（A. Walder）提到，這類視角最大的缺陷在於對政府內部運作語焉不詳。[949] 不少美國的新聞人員在報道中國事務的時候，往往自然地不加分析地把「中國政府」看成鐵板一塊，因為他們太不了解中國。[950]

它們並未理清現實中黨和政府內部各機構、各級別黨委和政府之間的關係；相反，很多中國媒體改革中的現象可以用黨和政府內部的張力

945　黃旦：2016 年

946　孫平：2016 年，153 頁

947　對於具體情況，我們需要個案分析才能確定，也無法所有個案都得知真相，但有多大的權力，就有多大的反抗力。這種對高層權力的聯想的產生也就自然不過了。

948　BBC: 2013

949　魏昂德：《現代中國國家與社會關係研究：從描述現狀到解釋變遷》，轉自塗肇慶、林益民：1999 年

950　趙心樹：2002 年

去解釋，例如異地輿論監督和傳媒跨地區、跨媒體和媒體跨行業擴張動作遲緩。[951]

在不少中國政黨高層領導人的文選、黨章文件，以及各類官方報道中，政府高層卻又表露對傳媒監督權力的支持。包括鄧小平等中國共產黨領導人也提出了正確對待批評監督的觀點。[952] 例如，在 1989 年提出的「堅持正面宣傳為主」一直都被認為只能報道正面事實。學者陳力丹等傳播學者認為，這更應解讀為「以正面宣傳效果為主」，而不是只能報道正面內容。[953]

例如，在 2015 年深圳「12‧20 重大滑坡事故」的報道中，深圳方面積極協助境內外媒體對此開展採訪，結果增加了民眾的信任，並釋除疑慮。這次事件中，中國政府、媒體的表現被認為對救援處置創造了平衡有序的輿論環境。[954] 這是正面宣傳的例子。

在與 BBC 的採訪中，中國媒體學者喻國明表示，中國微博、社交媒體和傳統媒體現在都比過去更加開放，對於言論自由表達的限制總趨勢越來越少，包括中國新的領導人對於民意尊重的態度和過去比有很大不同。[955]

951　劉兢：2010 年。在不少國家，同樣的邏輯也存在。戰爭中的政府和軍隊以及軍隊內部經常存在著巨大的分歧，軍隊的某部分人如果認為自己在媒體曝光度有所欠缺的時候，會主動洩露消息給媒體以提升關注度。見石義彬：2014 年，472 頁

952　《鄧小平文選》：第三卷，222 頁。再例如 2008 年《南方日報》刊登前最高法院院長「仰天長笑」的圖片，時任廣東省委書記汪洋就稱讚其為「思想解放的表現」。見孫平：2016 年，246 頁

953　陳力丹：《「輿論監督與正面宣傳是統一的」》，轉自陳力丹：2017 年，76-82 頁

954　陳力丹：《「輿論監督與正面宣傳是統一的」》，轉自陳力丹：2017 年，81 頁

955　BBC: 2013

還有一種普遍的說法是，中國只有一種聲音。西方意識形態中最容易被認同的一種觀點在於：中國的公共電視台都是國家主義機器，表現為社會觀點的單一或者政權的不包容。西方媒體在報道時候，也會用上「China's state media」等，表示出對官方控制的媒體報道的懷疑。[956]

很多「只有一種聲音」的說法是反映新聞業界對中國政府開放度不似如期的失望，確實反映了一些問題。但在中國的社會討論中並非沒有異見，有時候它們聲量會比官方媒體的還要大。特別是今天有各種各樣的社交平台，人們在審查機制下以無限方式表達多元聲音。

如果「只有一種聲音」值得是缺乏多元觀點，那麼目前西方媒體主導的世界輿論界同樣也是「只有一種聲音」。

還有觀點認為，人們普遍認為中國媒體是政府工具，目的是維護政權；中國大陸新聞界沒有批評監督的功能，全部是為執政黨歌功頌德。[957]

確實，在實際操作或者新聞理念上，中國大陸與香港或者歐美新聞界的批評監督也存在很多差異。[958] 但大陸的社會主義新聞理論同樣重視輿監督功能。[959] 我們也不能忽視中國共產黨所表現出來的一種高度「政治自覺」，他們認為自己為人們服務，替人民說話。儘管存在各種人權瑕疵，實際上它也很大程度是這麼做的。[960]

那些被認為是「政府喉舌」的中央電視台在進行調查報道的時候，其角色也符合中央政府將其作為輿論監督以及約束權力的定位（儘管也

---

956 劉肖、董子銘：2017 年，196-197 頁

957 Susan Shirk: 2010, P11-15

958 劉瀾昌：2018 年，118 頁

959 有人也提到，相對于「新聞自由」，中國內部不同觀點的人士對「輿論監督」這樣的說法更為接受。

960 林來梵：2011 年，213 頁

帶有市場化的商業需求）。即使存在某種審查機制，但央視記者在很多時候擬定題材並不需要請示中央。[961] 到了今天，很多涉及地方問題的負面報道，都有各類媒體監督和批判的聲音。

如果只有一種聲音，那麼我們就無法解釋《新聞調查》這樣嚴肅的新聞欄目為何會出現在央視。這在近年來的各種熱點事件如疫苗事件、天津爆炸等各類熱點事件就可見一斑。例如，2013 年財新記者陳寶成在自家房屋拆遷事件中涉嫌非法拘禁他人而被刑拘，當時人民網還專門開設版塊去讓陳寶成律師、家屬與讀者進行直播訪談。[962]《焦點訪談》的節目同樣有較大的自由度，可以影響省級部門領導的自律，甚至可以讓官員丟掉烏紗帽。[963]

在 2008 年 11 月發生在重慶的「出租車罷運事件」就獲得國家級官方媒體新華社破天荒的客觀報道，是「中國新聞史上從來沒有過的」。[964] 在國家層面之外的地方城市，早在 2002 年中國首個民生新聞《南京零距離》誕生前後，已經有很多地方媒體在進行各種負面報道，儘管影響力受到跨區監督等多種因素限制。

此外，中國國有媒體也不希望太過脫離讀者和市場。有西方學者對中國網絡的試驗性研究表明，即使在中國國內，支持政府的網絡言論比批評政府的言論更容易遭到讀者屏蔽。[965] 如果只有唱好的新聞報道，讀者是很難去買單的。

甚至有人認為，一定程度上，中國媒體在報道社會運動或群體性事

961 畢研韜：2007 年

962 人民網：2013 年

963 呂新雨、趙月枝：2010 年

964 孫旭培、胡素青：2009 年

965 King Gary, Pan Jennifer, Roberts Molly: 2013

件的時候，比西方同行有更為激進的報道方式。[966] 例如在宜黃拆遷自焚案中，官方媒體新華社、《人民日報》也用最嚴厲的口吻批判了「沒有拆遷就沒有新中國」的說法。[967] 這不只是中國的情況。按照學者的說法，即使在一個政府無限管控的國家，媒體的角色往往也是多維度的。[968]

那麼，中國究竟有多少的新聞自由？或者更精確地說，中國在某些領域或者單一事件上的討論尺度有多大？

在《以自由之名》中，美國學者喬姆斯基及記者弗爾切克認為，中國的電視台和報紙對自己社會的經濟和政治體制的批評多得多，甚至比一些西方媒體都自由。[969] 他們並不是唯一這樣概括中國自由度的人。但這些感受確實有主觀性，也是個案式的。最正常不過的是，不同的人對一個社會的自由有著不同的主觀感受。

這提醒我們，要先了解我們在新聞環境的「能力集」總體有多大。如果沒有這部分信息，我們很難得到一個客觀的指數，否則所謂的「新聞自由指數」的高低可能僅僅是對各種審查事件的簡單疊加統計而已。

當然，從更廣義的角度上看，我們也不敢說中國的新聞自由程度比美國高。中國傳媒學者孫旭培認為，美國的新聞自由度可能為 95 度，而中國不解決新聞媒體有法可依和有法必依的問題，永遠只能在 20、30 度或 30-50 度之間徘徊。[970] 畢竟，我們不能回避在中國的一個事實是：某些被認為敏感的話題難以被公開討論，只能在私底下發表（儘管在互聯

966　林芬、趙鼎新：2008 年

967　蕭武：2010 年，47-49 頁

968　雅爾諾・S・朗：2020 年

969　諾姆・喬姆斯基、安德烈・弗爾切克：2016 年，45 頁

970　孫旭培：2013 年

網、私人空間會被委婉地探討）。[971]

那些讓人難以預測的預先審查問題（censorship）需要解決改善，這也是中國新聞環境被認為「不自由」的首要原因。在中國，事前審查制度仍然是客觀存在的，新聞媒體的負擔還是較重的，除了要處理基本事實的真實，還要對「政治真實」、「紀律真實」等負責任。[972]

各類管制指令或者「刪帖」是懸在不少中國媒體人頭上的利劍，而政府宣傳紀律帶有很大的隨意性。政府的這種紀律主要是依靠業者對上級強調的社會穩定效應來考量，沒有以條文形式出現，在法律上也找不到具體的條文（即使存在這些條文，也具有較大的主觀裁量空間）。[973]中國對媒體的管理存在與新加坡類似的多層手段：明文規定的法律條文、沒有明文規定的「遊戲規則」，以及「不可逾越的界限」。[974]

至今我們仍然可以看到，不少法律法規（特別是《治安管理處罰法》等）仍然是較少或者沒有兼顧言論自由，同時我們也看到不少新聞提到

---

971 這種更多是一種「公民直接言論自由」。學者孫平曾經提到兩種言論自由：制度性的言論自由和公民直接言論自由。前者主要指依賴一定制度的言論表達，如新聞、出版、廣告等，而後者指那些不需要任何附加組織支撐的言論自由，例如公共場所演講、民謠、口傳，以及現代的 BBS、郵件、短信等形式。見孫平：2016 年，71 頁。我們確實可以發現，很多關於敏感話題在大陸很難在「制度性的言論自由」中被發表。但是同時，即使對於這類敏感話題、人物並非在出版物上毫無涉及。例如，客觀地說，在傅高義大陸版《鄧小平時代》，對天安門事件、鄧小平南巡前後對改革停滯的不滿、鄧小平子女的腐敗傳聞等敏感話題並未避而不談。見李慧敏：《＜鄧小平時代＞大陸版少了什麼？》，2013 年 3 月 21 日。不少學者的著作也對國內敏感議題時有批評。只是現實中確實較少可以發現系統地介紹這些敏感話題的公開內容。

972 孫平：2016 年，248 頁

973 孫旭培：2001 年

974 趙靳秋、郝曉鳴：2012 年，113 頁

公民言論受到過度的懲治。[975]

　　縱觀過去三四十年，儘管中國新聞法被擱置、憲法權利並未得到法律上的根本保障，但中國公民言論自由提升是巨大的。這表現在多個方面，例如新聞媒體在市場經濟中的體制改革、自身經濟實力與自主權的提升、敏感議題在學術討論的自由擴大、政府信息公開、輿論監督方式的創新等。[976]總之，中國在近代利用媒體、法律等為專制的現代化服務，存在各種問題，但實際上也創造了一個可以制衡權力的公共空間。[977]這個空間也推動執政黨推行相應政策解決問題、改善社會民生以及擴大其他權利空間。

　　例如，從法院、媒體與政府的互動來看，研究統計顯示，在 2005 年之前，中國媒體遭起訴時的敗訴率是 70%，而在美國，媒體遭起訴時的敗訴率僅為 8%。[978]但在 2005 年後，由於媒體專業化水平的提升、黨媒成為被告的比率下降，媒體在名譽侵權案件的勝率在逐步上升。[979]這種演變正折射出法院、國家、媒體的關係變化以及新聞自由實際在司法系統被考量的權重在提升。

　　相比很多國家，中國對於政治言論在公共場合的表達有著較為嚴格的限制。但是同時我們要反思的是，很多時候「言論自由」這個概念也被政治化。對絕大多數公民來說，最常見的言論並不那麼政治化。我們也必須轉變或擴大對言論自由的理解。[980]

975　孫平：2016 年，83 頁、138 頁、172 頁

976　孫平：2016 年，242-243 頁

977　Lei Ya-Wen: P3-5

978　陳志武：2004 年

979　林芬：2018 年

980　蘇力：1996 年

最後，還有這樣一種迷思：對於中國的管制，很多人傾向認為這種管制似乎是無所不包的、毫無理性的。

哈佛大學學者曾發表一份研究，題為《為何中國政府允許對政府的批評但讓集體表達噤聲》。它提到，與較為普遍的認識不同，對政府不滿的聲音在一定上獲得政府的較大容忍度，而網絡的審查主要是為了限制社會動員行動。這往往通過對那些「體現、加強或者激化社會動員」的言論，而不是那些負面的（甚至刻薄的）言論。[981] 值得注意的一點是，網絡用戶的批評言論更多是針對中國執政黨的某些舉措行為，而並沒有直接要推翻政權本身。[982]

媒體人方可成在指出中國審查的問題時也提到，互聯網審查下也還是有很多空間或者「孔洞」，而中國的媒體管理制度並非全面審查，而是留有很多「即興互動」空間。[983]

這些「孔洞」以及實質的信息存量正是我們需要統計考量的。但西方「自由指數」背後所體現的話語體系對我們了解一個地區的媒體環境全貌造成了困難。

在現代的社會，我們處於一個專業記者、公民記者和社會媒體相互交錯的「辮子新聞」（braided journalism）環境中，信息更多層次。[984]例如在城管和小販衝突事件中，有研究者統計指出，博客、微博、微信等自媒體在傳播上更為快捷、碎片、主觀，而主流傳統媒體的報紙等就

---

981 King Gary, Pan Jennifer, Roberts Margaret E.: 2013

982 Yang Yue: 2013

983 方可成：2018 年

984 辮子新聞（braided journalism）是謝爾·以色列在《微博力》（Twitterville）中提到的。但是究竟互聯網和新興媒體究竟在多大程度上能夠制衡傳統媒體，並且為人們提供更多平衡的高質量報道，還是一個未知數。參見劉肖、董子銘：2017 年，50 頁

表現滯後，但是更為理性客觀。對這些議題的報道，除了媒體自身對報道的報道模式、主題進行設定外，官方「意見」也積極干預其中。[985] 這些都應該被納入考量的範圍內。

中國媒體治理問題要兩方面觀察。一方面是中國政府官僚體系下僵化的「烏紗帽」心態、基層出於怕麻煩而進行生硬的管制，宣傳過於「低級紅」等。另一方面，「自由」並非無度，社會治理有太多的風險需要防範管理。其間的衡量非常艱難，並非媒體報道可以化解現實問題，也不應該只有「正面宣傳」。[986]

因此，針對「自由」的指標，我們還要追問更多，例如平等問題、市場力量和資本力量、社會基建、多元性等各種問題；否則，自由只是話語權和評價體系的一部分，無法獲得長久的認可和實現。

更重要的是，當我們冷靜下來，我們會發現上述關於中國的自由度的問題容易將我們帶偏。有人就反對簡單以新聞自由度高低去評估一個國家的新聞情況。畢竟信息不是單點的，而是立體的。

985　張強強：2014 年
986　林犀：2020 年 2 月 23 日

媒體的舉證特權、實質惡意問題

「當記者審視全世界時，為什麼新聞業本身要免受審視？」這是英國記者尼克・戴維斯在《媒體潛規則》中提出的一個問題。[987]

馬凱碩在其《亞洲人會思考嗎？》一書中提到類似的問題：在美國政治中心華盛頓，很多資深記者擁有著比國會議員更大的權力或者影響力，但是兩者卻受到不同的監督。例如，兩者同樣是對國家政策有著重大影響，同樣可能受到私人利益支配，為何記者不用公開收入？[988]

媒體的尺度問題在美國《紐約時報》訴沙利文案後被推上高峰。該案詳細探討了「實質惡意」原則和「公眾人物」理論，涉及到媒體在批評政府官員的尺度。

涉及媒體的誹謗訴訟中，原告只要證明被告媒體在發表不實陳述的時候具有「實質惡意」才能得到損害賠償；公眾人物如同政府官員、公務員一樣，具有隨時可以利用的資源去影響公眾政策、反駁批評和澄清解釋，在類似案件中應該與政府同等對待。原告要成功證明媒體存在「實質惡意」是具有很大難度的，但這無礙這些原則和理論被人們所推崇。這實際上已經徹底改變了原有誹謗法中的證明責任分配體系。

但並非所有人都認同「實質惡意」原則和「公眾人物」理論。即使同為普通法系的英國最高法院曾經在 1991 年的報告中明確拒絕引入美國的「實質惡意」原則，其認為準確和慎重是新聞報道本應該具有的準則，引入這個原則難免會鼓勵不負責任的新聞報道。這也不符合普通法

987　尼克・戴維斯：2010 年，4 頁
988　馬凱碩：2004 年，73-74 頁

中「人民不分階級，平等適用法律」的傳統，而真實抗辯、公正評論抗辯足以保障媒體的言論自由。[989] 澳大利亞、加拿大的最高法院也曾表示沒有引進「實質惡意」原則的必要。

對於「公眾人物」，我們還容易認為：任何社會名人、政府官員、公務員都應該被定性為「公眾人物」，而不管牽涉的事件是否具有公共性；在所有涉及媒體和「公眾人物」的案件中都應該優先保護媒體。

在 2004 年德國的漢諾威卡羅琳案，歐洲人權法院認為，儘管對特定政治人物或公眾人物的報道（包括私生活中的行為）是民主制度的基本要求，但是案中的都是與政治和公共討論毫無關聯的私生活細節，對其曝光的新聞內容僅僅是為了滿足部分讀者的好奇心。娛樂新聞和政治新聞並不享有同等的新聞自由。那些無助於公眾的信息、無助於社會公共觀點形成的報道，只能享有有限的新聞自由，而知名人物對其私生活的保護也有合理的期待。[990]

另外，即使是列為「公眾人物」的政府官員也有反駁的空間，儘管其言論往往不被接受。當官員比一般民眾更有權力和資源，媒體也比一些官員更有資源，更有話語優勢。這都要具體去分析。

國內有學者曾經認為，上述原則不適合中國的國情，因為其會將實際的舉證負擔放在不屬領導幹部的基層「小吏」或演藝體育學術等各界的普通「名人」身上，而他們反而要忍受新聞媒體的「合理損害」而無

---

989 孫平：2016 年，208-209 頁。後來在 1996 年英國頒佈的《誹謗法》中，英國會還是通過責任承擔方式、訴訟時效等擴大了對新聞媒體的保護。此外，英國上議院法庭在 1993 年的 Derbyshire County Council v. Times Newspapers Ltd. 和 1999 年的 Reynolds v. Times Newspapers Ltd. 兩案中特別了強調了涉及公共利益的言論的重要性。

990 孫平：2016 年，234 頁

法得到救濟，但領導幹部卻可以安然無恙。[991]

　　如果對此延伸，這又涉及到「人格權」的爭議。對於人格權與新聞自由（或更廣義的言論自由）之間的衝突，究竟誰應該更為優先，存在不少爭議。[992] 日本或德國設立「人格權」，規定在公眾地方謾罵別人會觸犯法例，而美國的誹謗法較為寬鬆。

　　極端的案例是 1988 年的福爾韋爾案（Hustler Magazine, Inc. v. Falwell）。在該案中，原告福爾韋爾是美國知名的牧師與公共評論家，以倡導傳統道德價值而聞名。一份有名的成人雜誌在其刊登的酒廠廣告中，杜撰了福爾韋爾是在和其母親喝了該品牌的酒之後就發生了第一次性關係。

　　最後美國聯邦最高法院認為，僅僅以被告雜誌的意圖和行為對他人感情傷害是否達到「殘忍」作為判定承擔責任的標準，將大大加強法律的不確定性，並造成對政治諷刺這種言論形式的壓制——而政治諷刺在美國公眾和政治辯論中曾經發揮了傑出的作用。[993]

　　但有人對這種偏重媒體自由而壓縮個人權利的做法提出質疑，「人們也永遠有理由質疑，美國為言論自由付出的代價是否過高了？」[994]

　　但並非所有國家都對這種諷刺言論有著如此的偏重。在德國 1987

991　孫平：2016 年，250-251 頁。例如，中國著名的冤案「佘祥林案」在平反的時候，當初一名辦案民警潘余均被認為是受到輿論壓力自殺身亡，死前留言「我冤枉」。在上述一些極端案件中，公務員的個人身份與職業身份往往難以被簡單割裂，也就是個人的名譽權並不總是和「公共利益」衝突的。公務員作為個人的權利也可能得不到保護，特別是遇到媒體誹謗、假消息侵害的時候。見吳應海：2005 年；于海湧：2013 年，54 頁、75 頁

992　孫平：2016 年，17-18 頁

993　孫平：2016 年，227 頁

994　劉擎：2011 年

年的施特勞斯政治諷刺案中，有雜誌在幾幅政治諷刺漫畫中將原告弗朗茲·J·施特勞斯描繪成穿著法袍的豬，並且正在與其他的豬交媾。

與美國法院不同，德國憲法法院判決認為，儘管諷刺漫畫是德國基本法所涵蓋的「藝術自由」，原告也是公眾諷刺和批評的重點對象，但即使如此，那種過分的諷刺形式還是超過了比例原則的限度。儘管性題材有時候也是政治表達的一部分，但性活動也是人性尊嚴最隱秘的部分，這種諷刺形式無疑是對人格的嚴重侵犯。[995]

我們很難說哪個做法是更優的。但是我們社會確實需要更為務實的處理態度。正如隱私問題，西方依然在走向一種隱私與公共利益對立、政府與人民對立的框架中。而中國可能或許已經看到了數字治理的好處，如何處理個人、社會、政府和網絡的關係是將來意識形態的要點。[996]這就取決於大家是否願意讓渡部分權利。

如果說政府和公眾有一種社會契約，傳媒當初獲得制衡權力的特權時是否也有一種社會契約？不受約束的媒體是否會以制衡公權力為由去拖延或者遮蓋媒體自身的問題？

英國傳媒學者克勞德·吉恩·伯特蘭認為，「媒體代表民眾把控那些法律上或者傳統上確定的權力。這些權力的代表並沒有清晰的契約基礎。為了保持這種特權，新聞媒體必須通過提供高質量的服務。」[997]如果社會已經為媒體提供普通人沒有的權力和便利，媒體承擔的義務必須與其他社會整體利益之間取得平衡。[998]

---

995 孫平：2016 年，224-225 頁

996 兔主席：2021 年 4 月 13 日

997 Bertrand Claude Jean: 2002, P25

998 梁愛詩：2017 年，230-240 頁

過去，政府可能因為濫用權力陷入信任危機，今天媒體利用「制衡公權力」的藉口進行一些「惡行」同樣會陷入信任危機之中。正如傳媒學者展江提到：「同時我們應該警惕另外一種傾向，就是覺得新聞界應該擁有特權。就是比較注重新聞界的權利，而忽視了公民權利。」[999] 例如新聞媒體與個人在隱私權、人格權等方面的衝突。[1000]

最令人擔憂的是，當政府和媒體這兩大權力機構勾結，任何勢單力薄的公民的權利和社會的法治就會遭到極大破壞。[1001]

在美國李文和案中，多家媒體報道李文和從事間諜活動，將機密洩露給中國，但後來被證實那只是右翼、種族主義傾向的情報官員的懷疑。[1002] 李文和在事後獲得了賠償以及法官的道歉，但是涉及媒體卻並未為其對李文和的卑劣行徑有任何道歉。媒體反而更關心如何保護自己從「秘密信息來源」獲取信息的能力。[1003]

在 2003 年，《紐約時報》名記者朱迪斯‧米勒在兩篇失實報道中，援引「不願透露姓名的美國官員和情報專家」的話，堅稱已經在伊拉克找到了大規模殺傷性武器。過程中她以美國《新聞保護法》為由拒絕透露信息來源。這成為發動一場戰爭的導火線。後來美國前國務卿也認定

---

999 展江、艾曉明：2009 年

1000 例如，在中國大陸《秋菊打官司》案件中，電影攝製組在陝西寶雞進行攝影時，攝下了在場賣棉花糖的賈桂花的形象。賈桂花由於患過天花，臉上有麻子，在片中的鏡頭也因此被熟人嘲弄。賈桂花於是對電影製片廠提起訴訟，要求其賠禮道歉並剪除相應鏡頭。相比有著更多資源的製片廠，賈桂花是「弱者」形象，因此不少學者也提到保護其公民權利，應該讓電影刪除相關片段。見蘇力：1996 年

1001 安東尼‧劉易斯：2010 年，92-93 頁

1002 安東尼‧劉易斯：2010 年，88-91 頁

1003 安東尼‧劉易斯：2010 年，90-93 頁

這場戰爭為「重大錯誤」。[1004]

這些案件都涉及到新聞記者拒證特權的問題，即新聞記者是否有權利拒絕向法官披露信息源。媒體權利主張並不總是像上述媒體虛構故事那麼荒唐，而且確實有重要的報道（例如水門事件）借助非公開的信息來源才得以曝光的。[1005]

有學者認為，我們應該給予記者這種特權，人們不應強迫新聞界披露其消息來源。如果記者沒有這個特權，可能有以下的一些問題：信息提供者難以自我保護、破壞記者與信息提供者之間的信賴關係、威脅新聞自由的基礎以及破壞市民社會與政治國家之間的互動關係。[1006]

世界不少國家儘管否定了記者絕對的拒證特權，但還是承認了有限的特權。[1007] 況且，確認記者拒證權的潮流似乎已不可逆轉。[1008] 即使在中國新聞實踐中還沒有在新聞立法上確認這種特權，但不少電視台在輿論曝光類報道中都會用模糊視像、聲音的方式去保護匿名信源人士，含蓄地表達了這種態度。[1009]

不過，我們對特權的維護是基於一個前設：記者是理性的、可信的。我們也看到一些素質低劣的記者，出於仇怨、私利、名聲而進行虛假報道。「據可靠消息」、「消息人士提到」、「不願透露姓名的人士」等已經成為假新聞的保護傘。[1010]

1004 李強：2011 年
1005 安東尼・劉易斯：2010 年，88-89 頁
1006 于海湧：2013 年，312-315 頁
1007 許加彪：2008 年
1008 高一飛：2010 年
1009 許加彪：2008 年
1010 許加彪：2008 年

美國經濟學家羅納德‧科斯在《商品市場與思想市場》直接指出，「不應強迫新聞界披露消息來源」這種論點被認為是捍衛公眾知情權，但實質上卻是公眾無權知道新聞界發佈的材料的來源；因為這種想法在涉及新聞界自身利益時卻不是如此。[1011] 在科斯看來，發佈信息來源可能涉及信用、盜竊文件等問題，這也可能某種意義上是阻礙信息流。

　　媒體一方面要求他人能夠符合崇高的道德準則或者嚴格地遵守法規，一方面認為自己應該是例外的。當它認為別人都應該被管制約束的時候，也認為自己行業並不要管制。實際上，這裡媒體已經剝奪了讀者通過公開信息源進行自己判斷的權利。這是否實際上破壞了程序正義這個民主制度的基礎？

　　正如我們談論成本支付問題，新聞記者的拒證特權涉及新聞自由和司法利益之間的「利益估價」問題：當兩者的利益不能同時得到滿足的時候，我們如何進行制度設計達到利益最大化並將摩擦降低到最低限度。[1012]

　　它涉及了各方的道德或者重大利益問題，更多是一個公共政策問題。法院也只能在洩露信息的危害以及信息對於公眾重要性之間權衡。[1013] 我們要看具體情況去劃定，而不是說記者的拒證特權就是至高無上的。[1014]

1011 羅納德‧哈裡‧科斯：1974 年

1012 于海湧：2013 年，310-311 頁

1013 安東尼‧劉易斯：2010 年，94-97 頁

1014 我們可以參考美國在布蘭茲伯格訴哈斯案（Branzburg v. Hayes）中斯圖爾特法官所提到的三步檢驗法：第一，記者是否擁有與具體的違法行為直接關聯的第一手資料；第二，當事人是否無法從任何其他渠道獲得記者所擁有的信息，第三，該信息包含著令人非信不可的、壓倒一切的公共利益的需要。當然，我們還有很多問題要處理。例如我們可能還要判斷究竟誰才算是記者，有一些網絡博客可能並不算是。見許加彪：2008 年；高一飛：2010 年

更重要的是，媒體也應該意識到，自己不應該傲慢自大、將自己與法律或者主流社會意見走得太遠，而是適應社會利益的變化。[1015] 媒體人常常勸勉政府要虛心接受批評，而多數政府很少會大度地主動尋求對自己的批判；但是同樣地，媒體同樣永遠不會主動設置議程批判自己。

借用美國國父傑斐遜的話，「權力問題，請別再侈談對人類的信心，讓憲法來約束他們吧。」[1016] 對待媒體權力同樣如此。

1015 安東尼・劉易斯：2010 年，98-99 頁
1016 陳雲生：2006 年，21-22 頁

新聞自律無異於緣木求魚

我們的社會在給予媒體權力的時候也就有一種期待：媒體應該是有用，或者起碼媒體不應該是作惡的。

在 1980 年一宗涉及言論的案件中，德國聯邦法院判決認為，對媒體施加適當的責任可以使他們在引述他人的言論時能夠保持正確引用，這並不會傷及民主或公共觀念的形成；相反，如果缺少保證報道正確和精准的責任，傳遞信息以形成公共觀點的目的就不能實現，反而會對被批評的人造成嚴重的傷害，特別是在大眾媒體上。[1017]

但如何讓媒體不作惡並推動社會改善是一個難題。這個問題在媒體越來越融入「自由市場」時變得更尖銳。

在面對最主要的「重商主義」問題如傳媒業的集中、報業集團壟斷時，新聞業傾向推出一種「自由而負責任」的自律方式。[1018] 美國「新聞自由委員會」於 1947 年提出「社會責任論」（A free and responsible press），其針對的正是「重商主義」的問題，試圖以媒體的自律強化來應對這個問題。[1019]

然而，在 20 世紀下半葉，「新聞自由委員會」在報告中反思，新聞行業曾經要解決的各種現象不但沒有得到遏制，反而愈演愈烈。如果新

1017 孫平：2016 年，223-224 頁。該案中，一位著名的評論家在電視節目中批評諾貝爾文學獎獲得者海因裡希・伯爾（Heinrich Boell），並認為他的作品主張了德國的恐怖主義，但是他在評論過程中，錯誤地引用了伯爾的話。德國聯邦法院認為，錯誤的事實並不受憲法對意見自由的保護。

1018 程金福：2011 年

1019 新聞自由委員會：2004 年

聞媒體繼續做出讓社會譴責的事，社會將不可避免地對之採取監管控制的措施。但從上述的各種案例我們很遺憾地看到，媒體犯錯的情況依然是如此氾濫。[1020]

自律系統並非沒有作用。例如在丹麥、挪威、芬蘭、冰島等北歐國家就有較為成功的自律系統，由於長期傳統因素，媒介評議會受到記者、媒介老闆和普通民眾的廣泛支持。[1021]

但是似乎只有這些北歐國家可以實現如此高的自由和自律。很多其他歐洲國家（包括英國）在實施一個有效和受尊重的媒介責任系統的時候都面臨各種問題，其中有媒介老闆、記者參與度、法律支持以及公眾態度等。結果是，社會要麼無法行使媒介評議會，要麼自律觀念受到較大程度懷疑。[1022]

例如震驚世界的英國電話竊聽醜聞和隨之而來的萊韋森（Leveson）調查。這讓人們看到，即使在英國的報業投訴委員會監管下，對隱私和人權的公然侵犯竟能允許發生。[1023] 學者認為，媒體權力的腐敗所帶來的代價，在某種程度上已經超出了英國公眾所願意承擔的範圍。[1024]

其他國家是否可以參照這些北歐國家的模式？然而，每個國家地區的自律模式在很大程度上都取決於各種不同的因素，基本不存在一個可以被全世界複製的自律模式。[1025] 在建立自律機構和理念的時候，我們要考慮不少難題，例如誰應該負責、通過誰去建立、自律的目的是什麼、

1020 梁偉賢：2015 年
1021 陳力丹：2006 年，38-40 頁
1022 陳力丹：2006 年，38-40 頁
1023 Meyers Christopher, Wyatt Wendy N., Borden Sandra L., Wasserman Edward: 2012
1024 趙靈敏：2013 年
1025 陳力丹：2006 年，150 頁

想獲得怎麼樣的結果。而這些問題都是沒有一個固定、唯一的答案。[1026]

源於歐美的「新聞自律」在東方的境遇也並不理想。

臺灣地區的自由程度讓不少自由主義者羨慕不已，但它也沒有新聞記者法，目前是通過新聞評議會等方式去限制新聞記者濫用新聞自由的情況。但從不少臺灣媒體從業者和研究者獲得關於「媒體自律」的反饋幾乎是一致的：現實生活中新聞評議會全無作用。由於缺乏強制力，新聞評議會遠遠不足以構成制衡的力量。而沒有任何限制的新聞自由導致了臺灣媒體產生「腐敗」的根源。[1027] 這種腐敗不是金錢或經濟方面的腐敗，而是媒體不能真正為民主服務。

香港的媒體自律有類似的問題。一方面，有意見認為，在沒有專門法律約束或專業團體監管的情況下，香港媒體整體上能夠保持較高的新聞專業化水平；這部分確實得益於一些新聞工作者對專業主義理念的認同與堅守。[1028]

但另一方面，香港部分媒體在高度自由的環境中，在面對涉及商業利益問題的時候，往往最為注重銷量和收視，結果各種違反專業道德操守問題的不斷重複出現。[1029]

儘管有香港記者協會這樣表面上保護新聞自由的行業組織，但它的影響力十分有限。由於該組織帶有自願性質，首先它未能保護記者合法

1026 陳力丹：2006 年，11 頁

1027 呂新雨：2009 年

1028 李鯉：2017 年

1029 梁偉賢：2015 年，245 頁。有研究提到，在香港近 15 年來最能影響傳媒違反專業操守的誘因中，31 個不同性質的違反專業操守行為類別中，商業利益考慮有 18 個，佔 58%；政治利益表現於 9 個違反專業操守行類別中，只有 29%。見梁偉賢：2015 年，257 頁

權益或者爭取更多從業員的福利，也未能在監管記者上有所作為。[1030] 香港銷量最大的三張報紙《東方日報》、《蘋果日報》及《太陽報》都沒有參加這個媒體組織；而諷刺的是，大部分對報章的投訴往往又與這幾家報紙有關。[1031]

如果我們查閱香港記者協會的投訴機制，實際上也很難找到其對違反操守的媒體的有效處理辦法。其對媒體並無實質約束力。[1032] 還有一點，香港記協在捍衛表面上的「自由」方面在當地最為活躍，但明顯繼承了西方的議程設置，對於「新聞自由」存在雙標和特定政治取態。

可以這麼說，香港新聞業界並不存在有約束力的、一致的職業道德標準；即使有這樣守則，也無法有效監督、約束違反守則的媒體或記者。[1033]

結合眾多國家地區的情況，媒體自律達到效果的成功率不高，而且成立自律監察組織可能只是治標不治本。[1034]

媒體權力和其他任何權力一樣，都脫離不了「絕對的權力意味著絕對的腐敗」的演變規律。記者的自律就像政府的自律一樣不可靠。要讓自律可以創造負責任的媒體的想法多少讓人有點悲觀。新聞自律的成效問題存在不少爭議，也間接說明了現代新聞自由不得不付出代價。[1035]

有意見直指，新聞業訴諸新聞自律，「將革除弊端的希望寄託在道

1030劉瀾昌：2018 年，222-223 頁

1031李少南：2015 年，7 頁

1032香港記者協會網站：投訴報告，鏈接：https://goo.gl/sjgNpG

1033李鯉：2017 年；林海安：2020 年

1034李月蓮：2015 年，277 頁

1035程金福：2011 年

德層面，無異於緣木求魚」。[1036] 特別是在一些嚴重的、普遍的媒體侵權問題上，那也不是媒體是否負責任的問題，而是需要社會調整的問題。

相對大多數「不確定」的方案中，法律起碼是可以同時確定規管的邊界並能夠保留一定空間的。新聞立法應該在兩方面著手：一方面保護自由空間，一方面防止公權力濫用。[1037] 現實我們也需要對各種權利進行制度性配置，以避免更大的傷害。

例如，在 2003 年 7 月，香港基本法 23 條立法的草案在修改過程中，曾經採用了公共利益的原則，其中這樣提到，「為加強保障公眾人士，特別是傳媒界的利益，在有關非法披露官方極密的條文中，加入公眾抗辯理由。」[1038] 儘管這個草案在後來被無限期推遲表決，但是這種立法上關於公眾利益原則還是可取的。[1039]

新聞立法既可落實新聞自由，也可以對「限制」、「不可濫用」的部分明確規定，這才是落實相關新聞自由的最根本保證。[1040]

不過，反對立法規管的聲音不小，新聞人大多數抗拒任何對自己監管的制度。一直以來，自由派更為強調法律的限制性的一面，而弱化了立法在媒體保護上的作用。例如保護隱私的法律可能會讓人忽視對一些嚴重的不正當行為的監督，並使人們將注意力轉移到媒體干擾私生活的憤怒上。[1041]

1036 新聞自由委員會：2004 年，8 頁

1037 孫旭培：2010 年，328 頁

1038 劉瀾昌：2018 年，294 頁；梁偉賢、陳文敏：1995 年，213 頁

1039 孫旭培：《從薩斯危機看新聞自由與保守國家秘密》，載自孫旭培：《自由與法框架下的新聞改革》，2010 年，32 頁

1040 劉瀾昌：2018 年，290 頁

1041 陳力丹：2006 年，19-21 頁

第四章 「新聞自由」的出路

276

有人相信，自律可以讓律師遠離編輯室，我們很難以法律的標準去要求記者，「法律可以扼殺良好發展的新聞業，但是不能創造好的新聞業，這是因為好的新聞業是關乎責任的事情，不能強制每個人都去做好」。[1042]

坦白說，上述這個說法有一定的迷惑性和模糊性。例如我們很難知道什麼才是好的新聞業，社會需要的不只是業界自認為的「好的新聞業」；另外，我們確實很難強制媒體做好，但是可以避免它們濫用權力。不過，它也指出一些問題。

確實，有時候國家出面進行法律監管可能有效，但是也會帶來更為嚴格的管控問題和成本問題。畢竟我們不能總是用看待法律的方式去看待言論自由、新聞自由，或者強求人們需要拿出十分的證據才去參與表達。如果法律要求我們說話行動的時候總是要考慮是否會傷害他人，這個法律也難以實行。[1043] 相反，正是這些私有空間與公權力領域之間的灰色地帶，成為了國家和社會的緩衝區。

另外，如何獲得有用的自由不只是法律的問題，還是文化的問題。因此我們社會還要形成言論自由的文化，而不只是通過法律去防備審查。[1044]

在立法監管、業界自律之外，還有傳媒教育。[1045] 它是要大眾了解區分傳媒現實與客觀現實的分別。[1046]

1042陳力丹：2006 年，19-21 頁
1043蘇力：1996 年
1044凱斯・桑斯坦：2016 年，109-110 頁
1045李月蓮：2015 年，271 頁
1046李月蓮：2015 年，268 頁

大多數民眾對民主更精緻的理解和認識可能才是對媒體更有效的制衡。不過，對大眾的傳媒教育的成本效益極高。首先因為受到教育的人也往往會用情感判斷信息而不是用理性，而即使是理性的人也會陷入某種非理性的想象中。另外，這種傳媒教育「要頗長時間才見成果」，而成效是無法直接確定的。[1047]

　　但目前來看，如何接納公民並讓更多民眾參與媒介倫理活動，已經成為全球化媒介環境中最緊迫的任務。[1048] 很多國家已經有民眾、企業主或者其他機構加入到監管媒體的行列。

　　更重要的是，我們不能只把監督依賴予媒體或者政府。我們需要更全面的方式制衡媒體、資本和公權力，讓其變得對社會長期有用。

1047 蘇鑰機：2015 年，222 頁
1048 Wasserman Herman: 2015

「新聞自由」的本質與核心

「我誓死捍衛你說話的權利」是設計精緻的辯論空間的程序正義，是一種很偉大的思想，也代表個人和社會很高的包容度。但如果條件有限，它可能只能在普羅大眾中間歇性實現。

正如權利是公共的，一種言論脫離了公眾就沒有意義，最多只能算自言自語、竊竊私語。新聞自由更是如此。只要涉及到被傾聽，就涉及到廣播資源的分配；一旦涉及到廣播的問題，就有權力濫用的空間。

「新聞自由」沒有告訴我們事情的另一面：你可以說話，但是媒體及其背後的權力有各種手段讓你的聲音不被聽到或者被誤解。過去，為了商業或者政治利益，傳媒實際上也在無意識地生產「普遍贊同」的優勢觀點。[1049] 畢竟它們也在實質上把控一種稀缺的公共資源——人們的注意力。

「新聞自由」的本質就是利益博弈下的廣播資源分配。這個政治問題涉及的依然是利益的平衡和分配。

廣播的形式從書籍報刊的流通到大氣電波的發射。過去，主要媒體通過印刷媒體、收音機和電視掌握了話語。到了而今天這個就變成了更廣泛的互聯網平台，大眾媒體和大型社交媒體成為了新的頻譜資源。將來，這個廣播形式還可能拓展。

現在我們面臨了一種新的問題：頻譜資源的內涵在擴展，已經不再只是物理上的頻譜，而是注意力上的重新分配。而這大量的注意力資源大量集中在私營機構上，例如各種大量社交媒體。

1049 石義彬：2014 年，152-154 頁

在 2019 年的 Prager U 訴 YouTube 案中，美國最高法院裁定，私人企業並不受第一修正案約束，也就是說，它們並無保障言論自由的義務。[1050] 其中又涉及到美國「230 條款」（Section 230）：作為業主的企業對於其平台上的內容有著絕對的控制權，可以審查他們不喜歡的內容。傳統認為，這些平台不算是公權力，言論自由也不是私人企業一定需要關注的地方。

相反，如果公權力要動用企業的資源，就要得到所有者的許可，否則就是侵犯其產權。政府不能決定什麼應該說或者什麼不能說，這正是美國第一修正案的要點之一。

但是人們發覺，「230 條款」讓社交媒體擁有比傳統媒體更大的權力，並免除其大部分社會義務，已經不是一種我們以往認識的媒體。不少人都認為這是一個危險的先例，一些國家也並不認同這種豁免條款。有人質疑，這些法律是否跟上社會發展，因為那些平台越來越大，已經遠遠超過傳統媒體，是否也可以算是廣義的「公共領域」？在產權的角度看，如果言論是一種產權，那麼它是平台的還是用戶的？

可以有星星之火，但是不可以燎原。這是大多數國家實際上執行的信息管治政策。

最明顯，在中國，很多議題在小型場合和私人場景都是可以討論的，但是如果廣播出去，就可能會被禁止。實質上在西方國家有更多的政治上的自由，但是依然沒能脫離這個規則。如同我們所說，大多數言論被廣播出去僅僅是因為對西方社會（特別是資本階級的致勝聯盟）沒有極大的傷害。

資本的力量可以讓一個人或者群體的聲音徹底消失在互聯網，例如

1050 Link: https://bit.ly/3gifduJ

美國總統特朗普及其團隊賬號在 2021 年初被各大社交平台封殺。在不關乎資本利益的前提下，要讓私人企業負責任地承擔公共的義務同樣是天真的、危險的。目前這些問題只能部分通過用戶的市場行為去影響結果。

對於特朗普的言論是否應該被壓制，這些大平台內部都存在著相左的意見。對於一些員工來說，特朗普的言論就是煽動暴力，應該被單獨處理。[1051] 而且這些平台並非約定行動，反而是出於社會某些共同價值、避免社會矛盾的一致行動。

但是，這樣就不是審查嗎？很多審查不正是出於某種「良善」的目的？社交媒體在政治方面的副作用對社會有著潛在的傷害。

在大型平台可以鎖定、壓制和放大政治信息的世界中，思想市場很可能會崩潰。儘管推特和臉書等對特朗普的審查並非屬公權力的運作，但是它們有特定黨派傾向的（民主黨或者左派等），讓這次封禁刪帖的行動更像是黨派鬥爭。這種先例有著危險的味道：這些平台可以標明特朗普的言論是錯誤的和有問題的，但是特朗普也應該有擁護這種觀點的權利。[1052] 這也間接說明了美國式的「自律式互聯網」有多少失敗。[1053]

歐洲可能不太同意將言論自由的審查權交給民營公司，因為後者比政府代表更少數人的利益和偏好。最理想的狀況是應該通過政府實現公開透明的討論過程。德國時任總理默克爾就認為，讓民營公司審查言論是有問題的（problematic），並透過發言人表示，應該由權力部門來決定言論自由的限制規則是什麼，不是企業自己。[1054] 這些超國家的私人企業也在實質上行使某種公權力。

1051 Shead Sam: 2020.6.1
1052 Chemerinsky Erwin: 2021
1053 薛子遙：2021 年 1 月 13 日
1054 Browne Ryan: 2021

很明顯，新聞自由不是給所有人的。你的聲音能夠被多少人聽到？你聽到的聲音究竟是誰讓你聽到的？有哪些聲音沒有被聽到、被扭曲？

我們不斷提到，在國際環境下，「新聞自由」和新聞媒體大多數是有國籍的，特別是關鍵國際事務的表現上。「國際社會」和「新聞自由」更多是歐美及其強勢媒體的利益代理，其他國家在「被定義」的命運下根本無法真的獲得「自由」。只有當你的利益和他們的利益是相同的時候，才可能通過「滴灌效應」享有一定自由。

而在踐行「自由」、「市場經濟」的社會內部，媒體往往代表商業利益和寡頭資本權力。對於他們，「新聞自由」是「人民鬥人民」的最佳手段，既符合一定的程序正義，也可以消耗敵人有生力量。

較為中庸而有點俗套的觀點是，新聞媒體的自主性不是絕對的，而總是反映了多種競爭利益之間的調和，是價值和均衡價值的一種綜合（synthesis）。[1055] 在美國，政治正確備受重視，基本上媒體的言論都不敢嘗試逾越雷池；假如有諷刺社會的言論波及各種宗教組織、社運團體、動物保護協會、家長聯誼會等，就會面臨各種施壓，被社會過濾掉。

因為，「新聞自由」首先是政治問題。新聞的價值就是最大限度地體現共同的利益原則，而信息資源的開發利用就涉及這些利益原則。[1056]

當然，有些人會認為，在「新聞自由」較高的地方似乎也享受更高的個人自由。這一定程度也是正確的。首先，這些國家都在世界工業體系（主要是交通、通信和能源）的頂端，享有著較高的物質基礎和社會信息基建。這才是這些社會個人自由較高的根本原因。他們所讚頌的制

1055 歐文‧M‧費斯：2005 年，59 頁
1056 呂新雨：2015 年（2），181 頁、186-188 頁

度設計反而更多是在社會的沉澱和歷史選擇中衍生的。[1057]

　　儘管一般人似乎有了左右媒體、政府的力量，但「新聞自由」的決定權依然不在一般人手中，即使前線的媒體人最多只是特定利益的代理人。沒有這些利益者的首肯，個體的聲音難以被廣播。

　　例如，有人指出，香港市民過往數十年之所以享受著不少的權利，完全是英國為香港富豪階層發財而設立的條件，一般人只是順便享受了這種便利的「滴灌效應」。[1058] 在這個時候，作為「致勝聯盟」的核心，無論是政府建制還是資本力量也會釋放特定的空間給予一般人，以獲得更持久的利益紅利。對於社會中更為弱勢群體，媒體可能會關注這些人的狀況。但是這些更像是「滴灌」後的偶爾「濺射」，沒有根本改變這些人「無聲者無權」的根本問題。

　　在現實生活中，我們談及的「新聞自由」肯定是服務於一部分人的，而且從來都是相對的。當「新聞自由」不利於利益群體時，就會受到限制，而這些限制很少會被認為有問題。

　　不過，自由仍然是我們大多數社會所追求的。因為它所體現的重視個體價值、契約精神、程序正義、公權公用可以讓我們防止封建主義和特權主義。[1059]

　　新聞自由的核心在於幾個方面，第一個是多元信息的流通。這是廣播資源的最主要的分配方式。

1057 類似于有學者提到的「制度派生說」。

1058 Bilahari Kausikan: 2019；某種程度上，他們也是在後殖民時代全球工業化鏈條的中間獲利者，而目前的「滴灌效應」在國際形勢變化下已經失效，即使繁榮的社會組織也無法幫補政府。

1059 吳婷：2021 年 6 月 28 日

我們能夠了解更真實的世界有很多原因，其中有一部分與信息流通有關。這並非簡單是所謂「新聞自由」的功勞，也可能是一種更廣義的信息流通（而不一定是信息自由），或者大眾信息傳播能力的解放。[1060]信息的流通是普惠的，才是可持續保證新聞業的根本。

這也就是我們上述所說的積極自由。過去一段時期內，我們大眾、私有機構或者互聯網平台也釋放了大量的信息。例如，很多時候媒體都在鄙視「內容農場」網站的低廉，但是實際上我們很多媒體都在做內容農場。社會的很多基礎信息就是基於這些內容農場。另一方面，當新聞聚焦在某些議題上的時候，很多基礎信息都依然缺乏。

新聞媒體的信息流通既能夠減少信息差，也在增加信息差。當媒體出現權力化的現象，公眾只是獲得表面的自由使用權。「新聞自由」所體現的只是整體信息流通的一方面。

甚至在某種程度上，即使一個人沒有獲得所謂的新聞信息，但是從具體社會環境與權力話語的衝突中，我們也能慢慢發現真相。這種「現實衝擊」和其他信息網絡提供的信息對沖，正是人們觸摸真相邊緣的開始。

畢竟信息不是單點的，而是立體的，可以互相引證的。社會環境的真實情況反而是高密度信息。儘管我們知道中國境內屏蔽了部分負面聲音，但其內部依然有不少互相引證的信息，關鍵是人們是否會反思。甚至某種情況下，如果一個地區的信息是流通較快的，即使同一流派的觀點非常強勢，但也可能在互相引證中導致流派的「內爆」。例如中國大陸的所謂「愛國」自媒體在相互引證中帶出很多自相矛盾的問題；或者

第四章 「新聞自由」的出路

1060 有學者提到，目前我們將新聞媒體生產的內容都納入到「新聞」之中，但是「新聞」的概念應該是更為狹義的，應該是倡議人群的福祉與原則，服務於公眾需求，而不是娛樂性的新聞。見傑夫・賈維斯：2016 年，67-69 頁

在香港的反對派媒體在追求「民主自由」的路上走向「反民主自由」。

這也是不少留學外國的中國人對不少外媒報道越來越不認同的部分原因：過去的中國社會現實似乎與西方媒體的報道非常吻合，但是在中國生活的人會越來越接觸更多元的現實信息。他們就會發覺西方媒體報道的離地問題，而西方記者專業水平沒有完全跟上。因為傳統新聞媒體（特別是西方媒體）之外，社會的信息基建提供了各種「信息對沖」。很多真實的情況不是通過紙面的或者抽象的政治理念去感知，而是通過生活中的事實去感知。

對比之下，香港社會對新聞自由的理解與中國大陸非常不同，同樣是因為所在社會的現實信息衝擊所帶來：他們也確實享受著作為世界利益鏈上游、中外中轉站所帶來的「自由」的好處，也實際上受到西方信息深度影響。這是中國大陸需要理解的。

同樣，如果沒有網絡防火牆，中國人民基本上依然可能被西方輿論帶著走，因為西方整體更高的發展水平也會對國內信息環境進行衝擊。正因為如此，我們才需要反思「防火牆」的實質作用，才發現有用信息平等獲取的可行性，而不是被強勢信息渠道灌輸。

傳播學者麥克盧漢有句名言：「媒介即信息」。我們所使用的媒介更能決定我們的信息自由程度。假如我們的媒介（例如手機、互聯網）能夠更進一步解放大多數人的信息生產能力以及傳播能力，例如在 5G 甚至 6G 技術下，大眾都可以生產大量信息並將其高速傳播。

這樣的通信革命將會以大幅度的「積極自由」推翻原來的以「消極自由」為主的話語體系，進行降維打擊。起碼在今天，從電視到互聯網的基建發展利大於弊：對個別人無效的信息明顯增多了，但有希望成為

另一些人有價值信息的線索也增多了。[1061]

信息差的製造和接收能力才是自由的變革根本，也是將來通信領域生產力差異的關鍵。正如上述提到，西方自由理論是多數建基於工業化帶來的生產力發展的，才有後來宗譜式的理論體系。其內涵價值過於正確，只在現實衝擊和生產力發展下才有實質意義。

在過去，一個國家靠軍事力量去主導一切，但現在最擅長國際報道的國家和社會、更有戰鬥力的信息更可能會勝出。而國家報道的基礎建設就是信息傳播媒介。[1062] 我們也可能重新評定世界的自由程度：能夠在廣場自由辯論的古羅馬公民也極可能嚮往通信方便但實施信息管制的現代集權國家。這是維度的不同。

這或許也是美國對中國通信設備公司華為、社交平台 TikTok 表示敵意的原因之一。因為除了涉及國家安全等問題，5G 等更高維度的信息基建從信息生產規模上看，可能會嚴重威脅目前歐美的話語權和評價體系。

當然，有人提醒，信息量的巨大也確實並非代表有價值的信息量也是巨大的。或者說，信息不等於信息量。很多信息量只是相對信息量，而非社會的絕對信息量。有學者在多年前就曾經提到，宏觀地看，中國的傳媒隊伍從規模上看是世界最大，電視台數量就是美國的兩倍，但是同時它們所提供的信息量並不大，很多信息是不完整的或者是重複的信息。[1063]

1061 大包：2018 年

1062 約瑟夫・奈：2015 年，XV-XVI 頁

1063 孫旭培：2003 年。孫旭培提到的一些問題仍然明顯，但信息量這一部分在過去十年已經有了很大不同，不但是數量上的提升，也是質量上的提升。一個例子是微信公眾號上的自媒體的誕生，更不用說在通信技術水平提升下，抖音、快手等各類視頻平臺如抖音等也更快地提升了信息傳播。

例如，曾經有研究者發現，過去對於溫州炒房團、釘子戶、蟻族的不少報道實際上重複率非常高，基本上就是同樣的寫作模板，只是換了主角或者換了城市，但是整體報道的廣度和深度行為沒有太大差別。[1064] 不過，信息欠缺多元化的問題是世界各地同樣存在的，只是程度高低而已。

　　而究竟如何統計一個社會所流通的真正信息量？但起碼到目前為止，很多所謂的「自由指數」也沒對信息的存量和多元性有一個完整的描述，還是聚焦個案式的「消極自由」問題。

　　除了促進信息流通這個內核，「新聞自由」所體現的對於公權力的監督、言路暢通，也是值得我們學習的。目前包括中國在內，社會對於公權力的監督還需要有更大的提升空間，而公權力需要對社會的力量有更大的容忍度。這和國家安全利益有一些衝突，但並非總是矛盾的，反而有時候是推動國家整體利益的。或者說，相比「制衡公權力」，如何「促進社會良性互動」更為準確。

　　此外，如同我們不斷指出，如果只著眼「公權力」，這種「新聞自由」是狹隘的。因為私有權力有著等同甚至超越國家力量的可能（例如大型社交平台影響民主選舉）。而西方發達國家也依然無法摒除「控制」的力量，無論是公權力還是私有權力。

　　最後，「新聞自由」所鼓勵的社會包容度、自由空間確實也是我們都應該追求的，因為我們社會應該為新事物提供一定空間。正如亨廷頓所說的「現代化邏輯」，當人民生活條件物質好，也追求自己的權益並要求有更開放、民主、自由的社會空間。這是大多數社會發展的必然過程，特別是中產階級增加的地區。

1064 劉丹凌：2014 年，25-36 頁

當然，究竟哪裡是邊界依然是一個問題。例如，如何區分國家利益和新聞空間的界限、如何認定有害的假新聞和可容忍的信息、是由資本還是國家主導、民眾如何更多參與等等，都是我們需要摸索調整的。

總的來說，西方主導的「新聞自由」有其值得我們共同追求的價值，但其核心並非「自由」本身。那些認為只要自由就可以產生和維持經濟繁榮和社會穩定的的想法，純屬穆勒式功利主義者的一廂情願。「自由」是社會治理的一部分價值，也應該被追求，不能被輕易否定。[1065] 但它不是事實的全部，最終也要回到治理上。

1065中國人並非不愛自由，儘管都說「自由民主是騙人的」，但實質上他們正在享受「自由民主」一定程度的好處。他們更多反對的是一種「父愛式」的自由觀。

我們需要怎樣的信息環境？

因為大多數「新聞自由」的話語是被西方定義的，我們往往脫離了西方世界就說不了話。最後發現嘴是自己的，話語都是別人的。

例如，關於「恐怖主義」的報道。在一些學者看來，「恐怖主義」和我們正在媒體領域經常聽到的「出版自由」、「全球信息自由流通」這些被定義的話語的產生、傳播都離不開權力網絡的運作。[1066] 西方依然把控這些概念的定義權，並設置議程。在近 20 年來，關於「恐怖主義」的高頻報道容易讓我們以為世界上的可怕暴力事件比上世紀初要多。但實際上並非如此，僅僅因為以前被廣泛界定為「暴力革命」的活動後來被界定為「恐怖主義」活動。[1067]

再例如，在西方媒體語境中，它們常用「pro-democracy」（支持民主）形容一些國家地區的反對派。這究竟是真的支持所謂的民主或者公共利益，還是支持西方利益和資本利益（pro-West）？難道「pro-establishment」（建制派）就不支持民主的理念？即使中國政黨、香港建制派都不會完全說反對民主理念的，更多是反對某種西方家長式的制度安排。

在新聞理論領域，施拉姆等人的「四種傳媒理論」一定程度影響了新聞人對新聞制度的理解，認為是只有威權、自由市場等四種傳媒制度。[1068]

1066 高宣揚：2005 年，260 頁
1067 丁學良：2017 年，93 頁
1068 弗雷德裡克·西伯特、西奧多·彼得森、威爾伯·施拉姆：2008 年

那種二元對立思維在香港尤為明顯。根據英格爾哈特－韋爾策爾的文化價值去衡量，相比中國大陸更強調穩定以及控制意見表達，香港與其他發達國家地區相似，處於後物質主義時代，物質繁榮足以讓大多數公民將自己視為中產階級。[1069] 人們的價值理念已經從熱衷於經濟增長和財富分配等物質價值轉向對人權與公民自由、生態環境、生活質量等後物質價值為主的關注。[1070] 人們對自由（或者說「能力集」）的要求也更高，特別是「消極自由」，但是人們也要意識到，對物質的需求並未遠離。

由於長期受到西方新聞觀念的影響，香港新聞界主要傾向認同西方發達國家陣營的新聞自由觀，認為新聞自由受到的限制應該越少越好。[1071] 他們偏好信息自由、市場化而帶有反政府色彩。[1072] 基本上在回歸之後，他們沒有停止過對中央政府與香港特區政府的批評。[1073] 甚至一定程度上，香港媒體一直秉持的「反權力」傾向比西方媒體更為明顯，在批評政府方面是有過之而無不及。[1074]

不過，在繼承西方「新聞自由」理論之後，儘管香港已經在一個比較高的起點上，但它並沒有真的找到自己的新聞之路。

有香港傳媒人認為，香港新聞界對新聞自由的認識是相對狹窄

1069 劉擎：2013 年，128-129 頁

1070 Cheng Raymond, Yau Alice Hau-man, Ho Shun-ching: 2016；但我們已經提到過，這種後物質主義並非完全脫離物質基礎，而是相對的。例如在香港雙非兒童的問題上，為保護本土利益，香港媒體還是傾向支持政府進行入境政策上對大陸父母在港生產的限制，而不是更多關注人權部分。

1071 劉瀾昌：2018 年，111-130 頁

1072 郭中實、陳穎琳、張少威：2017 年，137 頁、155 頁、170 頁

1073 劉瀾昌：2018 年，118 頁

1074 朱世海：2015 年

的。[1075] 作為「跟隨型政治體」的香港並沒有對自己的特殊情況進行歸納，而是照搬西方的新聞自由理論。[1076] 甚至有評論者認為香港的政治話語「特別貧瘠、落後，缺乏想象力，不能呼應時代」，反而不能像其過往那樣實事求是。[1077]

在過去多年的社會危機中，媒體並沒有讓社會變得更好，而是把整個社會帶入死胡同中。例如，在香港的反修例事件中，我們看到了所謂的「自由主義者」乃至社會整體對媒體操控身份政治和仇恨言論的縱容，加劇社會分裂。[1078] 而長期以來，香港社會和媒體界卻無法為那些選擇接受和認同中國共產黨的民意提供空間，讓他們不至於受到異樣的對待。這是對於一直自詡有自由環境的香港的反諷。[1079] 甚至有人認為，香港人的保守性遠高於內地，而後者某種程度上更多元。[1080]

一方面，香港過去數十年所獲得了「超高度自由」是不可持續的。它的自由度甚至比很多西方國家都要高——它可以批評政府，更可以反對國家利益、反憲制。這種「新聞自由」是世界上為數不多的。但這也註定了它在國際競爭中不能長久。因為這種異常的「自由」不能脫離歷史發展的脈絡，其中包括經濟發展、地緣政治發展等內外因。

香港的「自由」不是過少，而是過多，特別是來自非統合力量的「自由」，例如外國媒體或者社交平台的介入。儘管當地最大的問題依然是財富分配，而不是意識形態的問題，但在反對派媒體和外國媒體的配合下，後者被無限放大，無法公正呈現議題的不同面以及聚焦其根本。這

1075 Am730：2021 年 6 月 24 日
1076 中評社：2021 年 5 月 25 日；于品海：2021 年 8 月 10 日
1077 兔主席：2020 年，167-168 頁
1078 Banjo Shelly, Lung Natalie: 2019
1079 于品海：2021 年 6 月 17 日
1080 嘉崎、甄言：2019 年 7 月 26 日

種情況在其他國家地區（例如自由化後的印尼）同樣發生。

很多國家地區包括香港，都需要重新基於自己的社會現實去作出更為有想象力的新聞傳媒論述，否則在時代大變遷中更難以理解這個多元的世界。

有媒體人指出：一方面，中國政府應該如同鄧小平的指示，正確對待香港媒體的輿論監督，吸收積極元素；另一方面，香港在落實新聞自由的時候不應只是消極地以中央政府為對立面，也「應該檢查或檢點一下自己」。[1081]

起碼明確的是，信息環境以及媒體政策都應該是在互動中變化的。盡可能從社會發展事實和軌跡看新聞媒體的角色和作用，並跳脫西方媒體長期主導所塑造的自由主義框架去理解這個問題。

一個社會的媒體信息環境還有沒有其他可能？是否真的可以達致更多的可持續自由？我們不能只看西方目前的成功，也應該看看應該從東方、南方、北方去尋找可能的答案，特別是那些可持續成長的國家的路徑。他們的媒體政策一定是在特定時間做對了什麼。

我們已經看過不少國家的事實選擇。不只是歐美，還有新加坡、越南、中國大陸、俄羅斯等國家地區。為什麼它們會在某個時間點最終選擇某種「看似不自由」但是行之有效的媒體政策？例如之前提到的越南在過去三十多年對《新聞法》上的調整，最終採用了「開放加法治平衡」的模式。

新加坡的「發展新聞觀」同樣值得我們參考。為了實現經濟發展、社會安定以及種族和睦的目標，新加坡更推行了「發展新聞」傳播制度：

1081 劉瀾昌：2018 年，129-130 頁

大眾傳媒以推動國家發展為首要任務，必須與政府保持一致；媒體以經濟優先，滿足社會需求並負有責任；優先保護本國文化語言；國家有權對媒體進行審查和管制，以確保國家發展和社會穩定；新加坡也應該在國際上表達自己的聲音。[1082]

馬來西亞前總理馬哈蒂爾·穆罕默德也是這個理念的倡導者。他認為，只要媒體與政府立場一致，社會應該允許媒體在沒有政府干預的情況下運作。[1083]

總體上，新加坡政府在信息自由流動上有著一定空間，但同時仍堅持選擇和實施新聞審查制度。這是因為新加坡歷史已經證明，當地媒體對受眾確實產生過負面影響，帶來種族紛爭與流血衝突：1950 年的瑪利亞暴亂事件、1964 年種族暴亂、1969 年馬來西亞大選所引發的新加坡種族紛爭，以及 1995 年新加坡處決菲傭的事件被媒體扭曲而引起菲律賓憎惡新加坡的情緒。[1084] 在新加坡國父李光耀看來，在印度這種多民族和多宗教的社會中，奉行西方的「新聞自由」將會加劇分歧和偏見，很難達成共識。[1085]

矛盾並非不存在，只是媒體既可能用不負責任的、、煽動的報道去激化矛盾。相比之下，香港在過去放任媒體在「身份政治」、「仇恨言論」等方面的民粹操作，也確實極速放大了「社會撕裂」。[1086]

1082 趙靳秋、郝曉鳴：2012 年，45-46 頁。與之相關的「亞洲價值觀」就在東南亞各國獨立初期可能被記者認同，後來卻被當作威權體制統治的工具。在後來的民主化浪潮中，新聞業從政府的合作夥伴變成了與其對立的監督者。見雅爾諾·S·朗：2020 年，47-48 頁

1083 雅爾諾·S·朗：2020 年，47-48 頁

1084 趙靳秋、郝曉鳴：2012 年，68-69 頁

1085 趙靳秋、郝曉鳴：2012 年，47 頁；Lee Kuan Yew: 1988

1086 有人認為這種「社會撕裂」是被製造出來的，應該進行具體定義。見黃永、譚嘉昇、林禮賢、孔慧思、林子傑：2017 年，87-90 頁

總體上看，新加坡的傳播制度說不上是很自由，而是以社會總效益的功利目的為主。其中包含對抗不平等以及保護多元文化的考量。我們起碼可以反思，「自由」是否要逐步拓展的，所謂的制度或者抽象概念並不是治理的全部。

另外，我們看看中國大陸的情況。客觀來說，中國依然存在著各種問題，例如毫無預測性的甚至過度的信息管制、十分低效的政府宣傳、民族主義對社會的審查等，這些都是不能否認的。

有中國大陸新聞學者認為，中國與西方國家的標準還有差距，但我們不能僅用西方的傳統的「自由還是控制」的簡單分析中國的情況。實際上，中國自由得益於體制、市場和技術的提升，言論和新聞的自由度總趨勢也是提升的。[1087]

傳媒學者孫旭培認為中國的新聞自由應該是適度的，有所節制的，而中國也能夠創造自己的新聞文明。[1088] 他所提到的新聞文明是一個思考新聞傳播業的新思路，因為它不是簡單以新聞自由度高低去評估一個國家的新聞環境。

相比歐美模式，甚至有學者開始對中國式的「威權加市場」式的傳媒改革有所期待。[1089] 回顧前幾年重慶衛視的改革實驗，我們看到中國式媒體的市場社會主義存在的空間，而中國媒體改革的方向應該是「最大限度地促進社會民主與進步、平等與參與」。[1090]

1087 BCC: 2013
1088 孫旭培：2013 年。有責任的自由才是 freedom，無節制的自由是 license。目前不少人所提出的是要新聞放蕩（press license），而不是新聞自由。
1089 史天健、瑪雅：2009 年
1090 呂新雨：2011 年

臺灣學者馮建三就認為，中國大陸各省有衛星台，地方各地不論經濟差異都有頻道，如果這個結構不變，在生產力提升的情況下，中國無疑會比奉行資本邏輯的國家的傳媒，來得具有潛力，因為它們可以以較大水平給予本地居民較多的傳媒資源。[1091] 這種模式在管制部分信息的同時，主體上仍然是一定程度上支持信息自由流動、言路暢通和制衡權力的，這與新加坡的模式有一定的類似。

　　更值得留意的是，當我們對比《人民日報》這類官方媒體過去的報道時，我們會發現，很多官媒記者對事實的尊重以及與群眾的聯繫是大大超過今天媒體市場化時代的不少記者。[1092] 有些空間不能全部依賴資本或者市場力量。我們不能因為這種意識形態而否定這類「官方媒體」，它們也有積極參與監督的行動，並利用一切可能的條件去使其往有利於民主的方向發展，而不讓其以政治和市場力量合謀尋租。[1093] 同時，我們也要明白，很多體制內的媒體工作者也以頑強的理想主義在堅守。[1094]

　　有意思的是，孫旭培也提到這樣的觀點：不主張現在完全取消所有宣傳紀律、宣傳口徑，有些紀律還是有遵守的必要，但限制不應該是常規。[1095]

　　他曾經表示，如果說，中國過去吃虧就因為沒有保障公民起碼的新聞出版自由；中國今天也得益於新聞出版自由沒有完全開放，讓經濟可以有條不紊地發展。相比之下，蘇聯搞公開性的教訓給中國以啟示：新聞自由的發展應該是逐步提升；同時，我們也不能因為形勢很好而擔心更多的新聞自由破壞了大好形勢，這樣就會矯枉過正，濫用公權力壓制

1091呂新雨：2011 年
1092呂新雨、趙月枝：2010 年
1093呂新雨、趙月枝：2010 年
1094呂新雨、趙月枝：2010 年
1095孫旭培：2001 年

「新聞自由」有毒

295

自由。[1096] 不同的傾向都有各自的好處和風險。

　　學者認為,在判斷中國的新聞自由的時候,既要考慮到國際通行的標準,也需要考慮中國的實際狀況,特別是有關的自由是否有利於中國社會的穩定和發展。[1097]

　　例如不同國家對名譽權和媒體言論自由的權重。有實證研究顯示,在過去的新聞侵權案件中,中國法官側重於保護人格權。中國法院給予媒體言論自由的權重為 37%,名譽權的權重則為 63%;而美國的法院給予媒體言論自由的權重為 91%,名譽權的權重僅為 9%。[1098] 但是,美國那種對言論自由的重視是否就一定是合適中國社會的,這也未必。起碼從一些案例看到,德國等大陸法系國家在言論自由和人格權的衝突中不會絕對傾斜保護言論自由。

　　正如我們上述提到,歷史的潮流既有自由,也有規制。我們拓展自由的同時,也需要引入合理的規制去為社會帶來利益的最大公約數,從社會統合、官民互動、制約權力、平等和多元化、社會基建及信息流通、權利平衡等去考量。

1096 孫旭培：1999 年
1097 BBC: 2013
1098 陳志武：2004 年

中國大陸、香港的新聞之路

　　正如上述所提到，包括中國大陸、香港在內的每個地區應該找到自己的媒體之路。「新聞自由」的問題依然是政治問題，要麼公權主導，要麼私權（資本）主導。

　　但無論怎麼變，它們都需要建立一個良性互動而有用的信息環境，例如在以下這些方面著手：信息流通、官民互動、傳媒教育、新聞法治和信息合規。

　　中國大陸和香港像是天平的兩端：要麼自由空間不足，要麼自由被其他權力濫用。但起碼它們都在往一個更全面的信息環境走去，也需要有更合適、更開放的信息管治。

　　一方面，對於中國大陸，「積極自由」的建設是它做的比較好的一塊。例如它在新一代信息基建上發力，加快 5G 等建設，讓信息流通更快、產生更多信息對沖。但另一方面，中國提供的自由空間客觀上是上升的，但它在內容審查上的不可預測性、宣傳的低級效能等問題上亟待改革。

　　起碼我們的共識是，基本的法律框架還是需要的，法治是社會利益的最大公約數。首先是制約公權力、保護新聞的自由空間，讓社會有延展的可能性；另外就是對某些較為明確的媒體權力濫用進行制衡。實際上不少國家地區也在這樣做。

　　對於中國的新聞法的建設，有人認為其面臨兩重困境，一是新聞法保護公民表達自由的前提與當局以控制為主的執政思維衝突，因此難以出台新聞法；二是新聞法出台後極有可能成為如同憲法一樣沒有效用的

空文。[1099]

　　而新聞法律學者魏永征認為，實際上中國新聞法已經有了，甚至是相當完備，只是其主要功能是將新聞媒體至於黨和國家的隸屬之下。儘管憲法規定了言論自由、新聞出版自由，但是與通常的論述不同，中國的公民言論出版自由不包括創設媒體的自由，所以其合法性並非來自憲法，而是來自國家特別授權。[1100]

　　這樣看來，媒體監督也是國家權力內部的自我調整和完善的手段而已。魏永征認為中國大眾媒體已經有一個相對穩定的體制，可總結為「公民有自由，媒體歸國家」。[1101] 至今仍然沒有哪個官方文件肯定媒體的「自由」，因此，國家如何調控媒體都不會發生憲法問題。反而，由於權利是制約權力的，一旦肯定媒體的權利，就會影響國家的調控。[1102]

　　其他學者如孫旭培也有類似的看法，中國新聞立法的根本困難在於協調新聞法治和党的領導的問題。如果有了新聞法，目前受到較大爭議的黨內宣傳部門的指令就無法生效了。[1103]

　　如果要對新聞立法，他總結幾個新聞立法原則：民主法治原則、公平正義原則、國情原則和漸進原則（一定程度上漸進原則也可以歸於國情原則）。一方面我們要保證新聞自由權包括創辦權、採訪權、報道權和批評建議權，同時還要建立中國特色的新聞評議會，用以協調法治、黨治、社會監督和媒體自律的幾個平衡。

1099 吳飛：轉自潘忠黨等：2008 年，108-110 頁
1100 一種類似的情況是新加坡，新加坡憲法只保障公民的言論自由，賦予的是進行表達的權利，而不是接受表達的權利。也就是公眾觀點被廣播與一般的表達是不一樣的。
1101 魏永征：2008 年
1102 魏永征：轉自潘忠黨等：2008 年，111-113 頁
1103 孫旭培：轉自潘忠黨等：2008 年，106-108 頁

他認為，「我們不以制定制定最自由的方案為目標，只能以儘量使各方都能接受為目標」。[1104] 在這種觀點看來，立法的目標就是為了在均衡利益之下保障最大可能的自由空間，而不是為了最大的自由空間而壓迫其他利益考量。

但不可否認的是，我們要糾正那種任何事都以「國家安全」、「集體利益」為由壓制個人自由的濫用情況，畢竟不可能什麼情況都涉及極端的國安問題。這種極端也不應該成為常態，也不應該被各級政府和資本力量濫用。

也有學者提出，中國可以參照外商投資的「負面清單管理制度」，提出新聞領域的負面清單制度。也就是說，政府以清單方式列明新聞報道活動的禁區；反之，清單以外的都是被允許的。反對者當然不允許任何違背絕對自由的定性。支持者認為，如果能夠走出這樣的一步，這將有助於媒體對外傳播中國的聲音。[1105]

先不論是否能夠真正實現，這個想法有一定的合理性，因為我們的社會實質上都是某種程度上的清單制度，例如國安、隱私的負面清單。這根本上是解決宣傳或者審查的不可預測性問題。這種清單制度提供更為透明清晰的指引，既然激活政府的宣傳，不再那麼束手束腳；也能劃定社會安全的護城河。當然，能否走出這一步依然是一個大問題。

相比之下，在香港，最為薄弱的就是統合部分的工作。甚至可以說，過往香港媒體並沒有一個有效統合的力量，是世界上為數不多擁有反憲制自由的地方。過往香港擁有高度自由是在特殊的歷史發展形成的，與特殊的國際地緣政治、經濟發展相關；而後來二十多年的自由空間實質上越來越高——儘管反對派人士可能不認同，但這種自由空間剛好是他

1104孫旭培：轉自潘忠黨等：2008 年，106-108 頁
1105劉肖、董子銘：2017 年，220 頁

們所挑戰的憲制基礎所提供的。

我們相信法治有著巨大的作用，但是沒有統合基礎的法治是一隻跛足鴨。香港過去二十多年的社會發展中，西方認可的法治制度基本上沒有對媒體產生有效的制約，從而帶來和放大社會內部的衝突，甚至轉移了矛盾的核心。

最根本的是，香港需要改變過往在西方「市場經濟」、「新聞自由」影響下的小政府心態，認為政府「越少干預越好」甚至「不能干預」。這種「吏治」心態形成了有組織地不負責任，而過去香港各種問題產生甚至惡化的根源之一。而媒體治理是社會治理的一部分，需要有人去承擔管治責任，而媒體信息的治理更不能假手他人。

首先，香港政府可以馬上做的就是對於各種大型互聯網平台的信息合規，特別是大型的外籍互聯網平台。正如我們上述提到，這些平台公司涉及到利益博弈下最大的廣播資源分配。先不論政治取態，這類社交平台在當地運營就應該做好對於仇恨言論、極端言論的管制。因為在世界範圍內，各地對這個法例本身已經有一定的要求。而且這些社交媒體在其母國都需要遵守類似的法律法規，不能因為在他國不受憲制約束而不實行。

回顧過去二十多年的社會政治環境，美國血統的社交媒體在各地運營，但是在社會危機發生的時候沒有盡到維護本地憲制的責任；相反，對於仇恨言論、身份政治、以及極端言行是起到了關鍵的不可磨滅的推動作用。

抖音公司下的 TikTok 被美國封禁是否告訴我們，本地政府有同樣足夠的國安等理由去合理規管外籍社交平台？而歐洲國家開始思考對臉書等平台追收數字稅也讓我們反思，沒有實體經濟的社交平台在當地收益是否遠遠高於支付成本？他們是否也應該承擔相應的合規責任，不說

要建立良好的民主氛圍，但起碼不破壞當地社會秩序。我們很難完全消滅極端的言論，但是仍然大量的空間需要平台去負責任——這是以往傳統媒體被要求的。

2019 年，香港警方透過當時臉書旗下的 WhatsApp 開通賬號去讓市民舉報暴力行為，但是被 WhatsApp 刪除；2022 年 4 月，香港特首候選人李家超的 YouTube 賬號曾被停用。這些被認為是不同公司對於美國國內法律的合規操作。那麼，同樣對於信息合規，香港政府是否需要反思這些不對等的法律對待，做出最起碼的規制？

更為重要的是，在國家安全層面，香港還需要重新融入國際博弈中理解戰爭的概念，特別是輿論戰和信息戰。儘管信息戰爭不應該是常態，但是也要意識到並非流血的才是戰爭。香港也確實得益於信息中間橋樑的位置，在常規保持一貫的開放態度的同時，要有輿論戰啟動的熔斷機制，保護新聞主權。

例如在 2019 年後的連串社會事件中，西方媒體和本地媒體在傳播領域進行密集式一面倒的信息餵養，讓事態不斷惡化、社會越發撕裂。這其實已經可以算是輿論戰。

再次，新聞治理是政治問題，政府不需要忸怩，要建立更強大的宣傳去對抗壞的宣傳。打擊假新聞是一個勢在必行的方向。例如，政府應該組織立法，或者成立打擊假新聞的新聞審裁部門，特別是關鍵社會信息，甚至也應該對社會上的信息提供參考性的、有公信度的判斷。這對於多數人來說，要比壓制部分言論要好得多。最起碼，政府不應該讓較明確的事實遲到。

香港需要加強信息基建和宣傳系統。社會基建不能完全交由市場，政府要讓社會產生更多的信息流通和信息對沖，達致總體的「客觀中立」——這種「客觀中立」也是基於社會核心的共同利益的。

正如我們提到，對抗壞的宣傳，政府需要更優秀的宣傳。香港的文宣策略和整個系統同樣需要不斷改革。例如，在 2019 年《逃犯條例》的宣傳上，政府文宣部門在策略、內容製作、回應速度上都存在嚴重問題。[1106] 而政府負責的信息基建也需要檢討升級。例如，香港政府動用成本 1.5 億元的緊急警示系統一直未啟用，之後在 2022 年 3 月初才被運用以此，被人嚴重詬病。

有意見指出，香港政府需要向其他地區學習（甚至包括中國大陸的一些地區），優化跨部門之間協作宣傳公關策略，提高政府文宣能力和意識，並制定特定的宣傳指標。[1107]

最後，無論在香港還是中國大陸，都需要進行長遠的傳媒教育——如何看待、判斷獲取的信息，也包括現代社會所需要的數碼技能（digital literacy）。政府應該摒棄資本及其代理媒體鼓吹的「小政府」，而是主動引導、良性互動，保證言路暢通。

儘管傳媒教育的成本效應高、收效週期長，但是仍然是政府需要做的，畢竟提升人民的新聞素質更艱難但是更為根本。政府也應該果斷進行基礎傳媒教育，提高廣大群眾在信息時代的知識水平和認知能力是更為根本的。這是政府減少社會總體治理成本必須要做的。

我們避免陷入一種虛無主義：沒有人知道真假，所以我們不需要有人特別是政府教人們去辨認真假。但這種虛偽的「不設限」只是另一種設限。有些問題確實很難判斷對錯，但是大多數問題都是可以找到和社會普遍認同的相關判斷。

1106 文公子：2021 年 4 月 6 日
1107 譚嶽衡：2022 年 8 月 4 日

我們不能回避的是，政府並不一定需要總是告訴人民應該說什麼、有什麼想法。這也不可能做到。但政府和社會仍然有空間也需要有責任告訴人民哪些是愚蠢的、有風險的行為。例如政府依然不斷需要做防騙工作，因為即使聰明的人都會上當。

　　政府可以嘗試通過桑斯坦所說的「助推」的方式，在民眾的傳媒教育中提供框架以及規範，兼顧統合也有批判。例如，客觀中立對於大多數社會依然是稀缺的。無論權力如何變化，人們應該遵循基本客觀邏輯。

　　起碼它可以讓大家對世界和社會有一個更全面的、更具理性的理解：不能只看歌功頌德，統合的媒體也需要批評聲音；但是也防止「積毀銷骨」的情況，「誅心」實際上是摧毀自由。

　　在信息流瀑下，這些框架顯得更為重要。傳媒教育目的應該是培養可以理性推動政府、社會和其他權力同步進步的民眾，幫助人民在平等獲得有用信息的情況下做出理性的選擇。如同宣傳一樣，你不去搶奪，就有其他力量去搶奪。如何獲得公信力是一個問題，這也考驗政府智慧，需要廣泛的參與，但是起碼這是不能讓與他人的。

　　學校的傳媒教育是一部分，社會的傳媒教育也是一環。政府還是可以參照美國，成立基金支持弱勢社群能夠得到部分廣播資源、改革部分公共媒體，甚至支持建制統合的媒體做有效宣傳。

　　回到媒體自身，傳媒業也需要從知識儲備、國際視野、薪酬、媒體環境等提升自己整體的專業水平，在越來越多維度的信息發展中分層發展，建立更適合本地社會發展的新聞理論。除了勇氣，社會同樣需要遵從客觀中立的謹慎理性的媒體人。

「新聞自由」有毒

最後，我們常常將責任歸於媒體或者政府，其實民眾的參與更為重要。當然，公眾的參與是一個難題。我們不可能總是讓公權力統治人民的思想，同時還要現實的衝擊也需要給予人民自己反思的空間。這就需要政府提供更有利的客觀條件（信息基建）去提升人們的知識邊界和範疇，讓社會從信息產業中獲利。

基於統合的媒體、人民也應該勇於博弈，與公權力和其他權力互動，作出理想的選擇，推動社會前進。畢竟社會要的不只是批評，還需要轉化為改善問題的務實方案，否則自由不可能持久被追求。歷史發展證明，社會總是在鬥爭中逐步前進的。

社會治理需要自由這味藥，但是自由氾濫就會中毒。相比「新聞自由」，大多數社會需要的是良好的信息環境。這需要我們在治理和利益均衡中尋找前進的可能性。我們對極端的自由和極端的管制都需要保持懷疑，同時保護人們可以客觀中立地指出問題的空間。

「新聞自由」有毒

參考文獻

Acemoglu Daron, Como Giacomo, Fagnani Fabio, Ozdaglar Asuman: Opinion fluctuations and disagreement in social networks, 2010, Link: https://goo.gl/SJfpY4

Alegre Alan, O'Siochru Sean: Communication Rights, 2018.12.12, Link: https://goo.gl/ZNrU2N

Allan Stuart: The Routledge Companion to News and Journalism Routledge, 2010, Link: https://goo.gl/ycVJWx

Allendorfer William H., Herring Susan C.: ISIS vs. the U.S. government: A war of online video propaganda, 2015.12.7, Link: http://bit.ly/2HY5wBT

Alleyne Mark D.: Global Lies?: Propaganda the UN and World Order, 2003, Palgrave MacMillan, Link: https://goo.gl/mBPyns

am730：《股壇C見｜蘋果停刊 VS 新聞自由！》，2021年6月24日，鏈接：https://bit.ly/2Wy1clA

am730：《施永青：回歸後中共對新聞自由過度放任，反對派傳媒帶領港人走上歧途〈灼見政治〉》，2021年7月7日，鏈接：https://bit.ly/3sSX2Az

Amanpour Christiane: Objectivity in War, 2012.4.24, Youtube Link: https://goo.gl/tvhP6V

Arrow Kenneth J.: Social Choice and Individual Values, 1978, Yale University Press, Link: https://goo.gl/1qA8WE

Auden W. H. Prose 1963-1968, Volume V, edited by Edward Mendelson, Link: https://goo.gl/dMdhQ4

Baker C. Edwin: Human Liberty and Freedom of Speech, 1992, Oxford University Press, Link: https://goo.gl/T1BKNe

Banjo Shelly, Lung Natalie: How Fake News and Rumors Are Stoking Division in Hong Kong, 2019.11.13, Bloomberg, Link: https://bit.ly/3yKjCh7

Barron Laignee: Could Facebook Have Helped Stop the Spread of Hate in Myanmar?, 2018.4.9, Link: https://goo.gl/c7L5um

BBC：《「臉書」個人用戶數據被濫用？「劍橋分析」在全球有何影響》，2018 年 3 月 21 日，鏈接：https://bbc.in/2Vodrvj

BBC：《黎智英出售《壹週刊》員工憂易主後編採方針受影響》，2017 年 7 月 18 日，鏈接：https://goo.gl/prQ3uX

BBC：《十八大後新聞自由「不能簡單化分析」》，2013 年 5 月 3 日，鏈接：https://goo.gl/T5WpSu

Beharrell Peter, Davis Howard, Eldridge John, Hewitt John, Hart Jean, Philo Gregg, Walton Paul, Winston Brian: Bad News, 1976, Routledge Glasgow University Media Group, Link: https://goo.gl/Smdgt7

Bell Carole V., Entman Robert M.: The Media's Role in America's Exceptional Politics of Inequality: Framing the Bush Tax Cuts of 2001 and 2003, 2011, Link: https://goo.gl/njV4RT

Berger J Milkman KL.: What Makes Online Content Viral?, Journal of Marketing Research, 2012, 49(2): 192-205

Berger Peter Ludwig: The Social Construction of Reality, 1966, Penguin Books, Link: https://goo.gl/ihSL7q

Berlin Isaiah: Four Essays On Liberty, 1969, Oxford University Press, p.118-172, Link: https://goo.gl/Gx4Wev

Berry William E., Braman Sandra, Christians Clifford, Guback Thomas G., Helle Steven J., Liebovich Louis W., Nerone John C., Rotzoll Kim B.: Last Rights: Revisiting Four Theories of the Press, 1995, University of Illinois Press, Link: https://goo.gl/qwjL2d

Bertrand Claude Jean: Media Ethics and Accountability Systems, 2002, Transaction Publishers, Link: https://goo.gl/P2kUpj

Besova Asva: Foreign news and public opinion: attribute agenda-setting theory revisited, 2008, Link: https://goo.gl/LRD6sB

Bhaya Abhishek G: Analysis: Was 'staged' gas attack footage used to bomb Syria?, 2019.2.15, CGTN, Link: https://goo.gl/TULQTy

Bilahari Kausikan, Harsh truths for Hong Kong: extradition bill protests will not achieve anything, 2019.7.10, South China Morning Post, Link: https://bit.ly/3uG49eS

「新聞自由」有毒

Black Duncan: The Theory of Committees and Elections, 1987, Kluwer Academic Publishers, Link: https://goo.gl/QoMkaq

Boller Jr. Paul F., George John: They Never Said It: A Book of Fake Quotes Misquotes and Misleading Attributions, New York, Oxford University Press, 1989, p.124-126.

Bork Robert H.: Neutral Principles and Some First Amendment Problems, 1971, Indiana Law Journal, Link: https://goo.gl/4QU4BK

Branstad Terry: Responding to China's ad in the Des Moines Register Trump's ambassador calls out China, 2018.9.30, Link: https://goo.gl/LKn2J7

Brooten Lisa: The Problem with Human Rights Discourse and Freedom Indices: The Case of Burma/Myanmar Media International Journal of Communication, 2013, Link: https://goo.gl/3ZsPSz

Browne Ryan: Germany's Merkel hits out at Twitter over 'problematic' Trump ban 2021.1.11, CNBC, Link: https://cnb.cx/3pKWlaV

Bunn Daniel, Asen Elke: What European Countries Are Doing about Digital Services Taxes, 2022.8.9, Tax Foundation, Link: https://taxfoundation.org/digital-tax-europe-2022/

Burg Wibren van der: The Slippery Slope Argument, 1991, Ethics Link: http://bit.ly/2Kj6jzk

Callaghan Karen, Schnell Frauke: Assessing the Democratic Debate: How the News Media Frame Elite Policy Discourse, 2010, Journal Political Communication, Link: https://goo.gl/aFpvwQ

Chapman Robert: Selling the Sixties: The Pirates and Pop Music Radio, 1992, Routledge, Link: https://goo.gl/Nt6tvo

Chemerinsky Erwin: Trump's Twitter Facebook Bans Go a Step Too Far, 2021.1.13, Bloomberglaw, Link: https://bit.ly/36jHN93

Cheng Raymond, Yau Alice Hau-man, Ho Shun-ching: What does the Inglehart-Welzel cultural map tell us about the freedom of Hong Kong, 2016, South East Asia Journal of Contemporary Business Economics and Law, Link: https://goo.gl/YVf7Hx

參考文獻

Chomsky Noam: Chomsky: The U.S. behaves nothing like a democracy, 2013.8.17, salon Link: https://goo.gl/NJqQk9

Chomsky Noam: Counting the Bodies, 2009.1.9, Spectre No. 9, Link: https://goo.gl/UG9gr7

Chomsky Noam: Rogue States: The Rule of Force in World Affairs, 2000, South End Press, Link: https://goo.gl/ZCKV6g

Chrisafis Angelique: John Galliano found guilty of racist and antisemitic abuse, 2011.9.8, The Guardian, Link: http://bit.ly/2vdaUIT

Christians Clifford, Nordentreng Kaarle: Social Responsibility Worldwide 2004, Journal of Mass Media Ethics Link: https://goo.gl/qE4GWG

Churchill Owen: Twitter and Facebook suspend accounts for being part of China-backed campaign to disrupt Hong Kong protests South China Morning Post 2019.8.20.

Coase R. H.: Essays on Economics and Economists, 1995, The University of Chicago Press, Link: https://goo.gl/BpbZuM

Coase R. H.: The Market for Goods and the Market for Ideas, 1974, The American Economic Review, Link: https://goo.gl/nq3nmF; https://goo.gl/hAjHxE

Cohen Stephen S., DeLong J. Bradford: Concrete Economics: The Hamilton Approach to Economic Growth and Policy, 2016.2.9, Harvard Business Review Press.

Cookson John Richard: The Real Threat of Chinese Nationalism, 2015.8.28, The National Interest, Link: https://bit.ly/2Ikwq5Y

Council of Europe: Transnational media concentrations in Europe Media Division Directorate General of Human Rights Council of Europe Strasbourg, 2004.11, Link: https://goo.gl/zez8oY; Quoted in Humphreys Peter, Simpson Seamus: Regulation Governance and Convergence in the Media, 2018, Edward Elgar Publishing Limited.

Cramer Benjamin W.: The Two Internet Freedoms: Framing Victimhood for Political Gain, 2013, Link: https://goo.gl/9mhMSZ

Darling-Hammond Sean: Lives Fit for Print: Exposing Media Bias in Coverage of Terrorism, 2016.1.13, The Nation, Link: https://bit.ly/2TkRi4I

「新聞自由」有毒

Davies Anne, Meade Amanda: Facebook and Google face crackdown on market power in Australia, 2018.12.10, The Guardian, Link: http://bit.ly/2G12bQ0

Delaney Robert, Gan Nectar: Journalists with Chinese state broadcaster CGTN in US denied passes to cover Congress, 2019.6.2, Link: http://bit.ly/2HOAB9v

Dreze Jean, Sen Amartya: Hunger and Public Action, 1991, Clarendon Press.

E・M・羅傑斯：《傳播學史——一種傳記式的方法》，2005，上海譯文出版社。

Eckholm Erik: ISIS Influence on Web Prompts Second Thoughts on First Amendment, 2015.12.27, New York Times, Link: https://nyti.ms/2UkTLvG

Edelman: 2019 EDELMAN TRUST BAROMETER Global Report, 2019.1.20,Edelman, Link: https://goo.gl/UXnUkd; https://goo.gl/iCZy9r

Eiras Ana: IMF and World Bank Intervention: A Problem Not a Solution, 2003.9.17, Link: https://goo.gl/857ZoT

Eldridge John: Getting the Message: News Truth and Power, 2006, Routledge, Link: https://goo.gl/w5gAfQ

Eldridge John: Glasgow Media Group Reader Volume 1: News content language and visuals, 1995, Routledge, Link: http://bit.ly/2WP0Pxm

Entman Robert M.: Framing Bias: Media in the Distribution of Power, 2007, Journal of Communication, Link: https://goo.gl/ntTGXK

Feldman Stanley, Zaller John: The Political Culture of Ambivalence: Ideological Responses to the Welfare State, 1992, American Journal of Political Science, Link: https://bit.ly/2VnhuYx

Fisher Max, Taub Amanda: How YouTube Radicalized Brazil, 2019.8.11, New York Times, Link: https://www.nytimes.com/2019/08/11/world/americas/youtube-brazil.html

Fiss Owen M.: The Supreme Court and the Problem of Hate Speech, 1996,Yale Law School, Link: https://goo.gl/KAZEmJ

Foot Philippa: The Problem of Abortion and the Doctrine of the Double Effect, 1967, Link: https://goo.gl/eXnfjM

Friedman Jeffrey: Hayek's Political Theory Epistemology and Economics, 2015, Routledge, Link: https://goo.gl/q622tH

參考文獻

Friedman Milton, Friedman Rose: Free to Choose: A Personal Statement, 1980,New York, Link: https://goo.gl/Ku8Nqj

Furedi Frank: Wikileaks: this isn't journalism - it's voyeurism, 2010.11, spiked, Link: http://bit.ly/2ZoF2xS

Gans Herbert J.: Deciding What's News: A Study of CBS Evening News NBC Nightly News Newsweek and TIME, 2004, Northwestern University Press, Link: https://goo.gl/5ccDsG

Gans Herbert J.: Multiperspectival news revisited: Journalism and representative democracy, 2011, Link: https://goo.gl/7orHtG

Gardels Nathan, Eric X. Li: A New China Looks at the West, 2011.06.30, Huffpost. com, Link: https://www.huffpost.com/entry/eric-x-li-a-new-china-loo_b_888053

Garman Anthea: Teaching journalism to produce "interpretive communities" rather than just "professionals" ,2005, African Journalism Studies, Link: https://goo.gl/iweK4B

Gentzkow Matthew, Shapiro Jesse M.: Competition and Truth in the Market for News, 2008, Journal of Economic Perspectives, Link: https://goo.gl/4NgM3q

Gentzkow Matthew, Shapiro Jesse M.: What Drives Media Slant? Evidence from U.S. Daily Newspapers, 2006, Link: https://goo.gl/GDgxna

Giannone Diego: Political and ideological aspects in the measurement of democracy: the Freedom House case, 2010, Link: https://goo.gl/vyQoyw

Goel Vindu: India Pushes Back Against Tech 'Colonization' by Internet Giants, 2018.8.31, The New York Times, Link: https://nyti.ms/2FSN1uW

Goldsteen Raymond, Goldsteen Karen, Kronenfeld Jennie Jacobs, Hann Neil E.: Antigovernment sentiment and support for universal access to care: Are they incompatible?, 1997, American Journal of Public Health, Link: https://bit. ly/2CXFIRW

Hazlett Thomas W., Sosa David W.: "Chilling" the Internet? Lessons from FCC Regulation of Radio Broadcasting, 1998, Michigan Telecommunications and Technology Law Review, Link: https://bit.ly/2FVPzIT

「新聞自由」有毒

Heller Michael A.: The Tragedy of the Anticommons: Property in the Transition from Marx to Markets, 1998, Harvard Law Review, Link: https://bit.ly/2VkEzv0

Herman Edward S., Chomsky Noam: Manufacturing Consent: The Political Economy of the Mass Media, 2002, Pantheon.

Holmes Stephen: What Russia Teaches Us Now: How Weak States Threaten Freedom, 1997, American Prospect (July-August 1997), Link: https://bit.ly/2FOKxOh

Høyland Bjørn, Moene Karl, Willumsen Fredrik: The Tyranny of International Index Rankings, 2009, Link: https://goo.gl/xPnMkP

International Churchill Society, 2018(1), Link: https://goo.gl/NPBAwP

International Churchill Society, 2018(2) , Link: https://goo.gl/TgVQ1b

Isaac Mike, Wakabayashi Daisuke: Russian Influence Reached 126 Million Through Facebook Alone, 2017.10.30, The New York Times, Link: https://nyti.ms/2K8yErI

Jones Josh: An Introduction to the Political Philosophy of Isaiah Berlin Through His Free Writings & Audio Lectures, 2014.1.14, Open Culture, Link: https://goo.gl/zZRf5F

Jurkowitz Mark: Iran Dominates as the Media are the Message PEJ News Coverage Index June 15 - 21 2009, 2009.6.22, Link: https://goo.gl/iK7v4k

Kalven Jr Harry: The Concept of the Public Forum: Cox v. Louisiana, 1965, Supreme Court Review, Link: https://goo.gl/frC7U7

Kaplan Robert D.: Earning the Rockies: How Geography Shapes America's Role in the World, 2017, Deckle Edge

Katz Jack: What makes crime 'news'?, 1987, Media Culture and Society, Link: http://bit.ly/2VPGHPL

Khalid Saif, Sarker Saqib: Ten years of Sheikh Hasina: 'Development minus democracy', 2018.12.28, Al Jazeera, Link: http://bit.ly/2Kaj4fv

Kim Sung Tae: Making a Difference: U.S. Press Coverage of the Kwangju and Tiananmen Pro-Democracy Movements, 2000, Link: https://goo.gl/2pqYFZ

參考文獻

Kinder Donald R., Kiewiet D. Roderick: Sociotropic Politics: The American Case, 1981, Link: https://goo.gl/yJkupC

King Gary, Pan Jennifer, Roberts Margaret E.: How Censorship in China Allows Government Criticism but Silences Collective Expression, 2013, American Political Science Review, Link: https://goo.gl/3vDrin

King Gary, Pan Jennifer, Roberts Molly: A Randomized Experimental Study of Censorship in China 2013, APSA 2013 Annual Meeting Paper, American Political Science, Link: https://goo.gl/H9swMw

Kirkpatrick David D., Fabrikant Geraldine: Changes at the Times: Reactions, Advertisers and Wall St. See an End to Turmoil, 2003, New York Times, Link: https://goo.gl/EEKcaa

Kovach Bill, Rosenstiel Tom: The Elements of Journalism, 2014.4.1, Prima Publishing.

Kull Steven, Ramsay Clay, Lewis Evan: Misconception the Media and the Iraq War, 2003.4, Political Science Quarterly, Link: https://goo.gl/ZBPESs

Lake Eli: If you can't beat ISIS online ban them, 2017.12.2, The Straits Times, Link: https://goo.gl/aFPGU2

Lee Kuan Yew: Singapore and the Foreign Press: ADDRESS BY PRIME MINISTER MR LEE KUAN YEW TO THE AMERICAN SOCIETY OF NEWSPAPER EDITORS, 1988.4.14, Singapore, Link: http://bit.ly/2JbZ6zz

Lee Chin-Chuan: Press self-censorship and political transition in Hong Kong, 1998, Harvard International Journal of Press.

Lee Francis L.F.: Remediating prior talk and constructing public dialogue, 2012, Journalism Studies, Link: https://goo.gl/ETc1oL

Lee Hsien Loong: When the press misinforms 1987, Singapore: Information Division Ministry of Communications and Information, Link: http://bit.ly/2WHgwHz

Lee Ronan: Facebook is Hurting Democracy in Myanmar, 2018.5.11, Asia Sentinel, Link: https://goo.gl/WYpFhf

Lei Ya-Wen: The Contentious Public Sphere : Law Media and Authoritarian Rule in China, 2017, Princeton University Press, Link: https://goo.gl/bLdjLn

「新聞自由」有毒

Leigh David: Iraq war logs reveal 15,000 previously unlisted civilian deaths The Guardian, 2010.10.22, Link: https://goo.gl/MUo3ve

Levin I. P., Gaeth G. J.: How consumers are affected by the framing of attribute information before and after consuming the product, Journal of Consumer Research, 1988, 15(3): 374-378, Link: https://doi.org/10.1086/209174

Levy Leonard Williams: Jefferson & Civil Liberties: The Darker Side 1963, Harvard University Press, Link: https://bit.ly/2VmL1BN

Lou Michelle, Griggs Brandon: Even with measles outbreaks across the US at least 20 states have proposed anti-vaccination bills, 2019.3.6, CNN, Link: https://cnn.it/2DALI3w

Lowrey Wilson, Gade Peter J.: Changing the News: The Forces Shaping Journalism in Uncertain Times, 2011, Link: https://goo.gl/VdFMjA

MacBridge Sean: Many voices one world: towards a new more just and more efficient world information and communication order, 1980, UNESCO, Link: https://goo.gl/83RWQp

MacDonald Emily: China's Facebook Status: Blocked, 2009.7.8, ABC News, Link: http://bit.ly/2MuLhgx

Mahbubani Kishore: What Happens When China Becomes Number One?, 2015.4.9, Institute of Politics, Youtube Link: http://bit.ly/2OPHERi

Masmoudi Mustapha: The New World Information Order and Direct Broadcasting Satellites, 1979, Journal of Communication.

Massing Michael: Does Democracy Avert Famine?, 2003.3.1, Link: https://goo.gl/8J6n8y

McChesney Robert W., Nichols John: The Death and Life of American Journalism, 2010, Nation Books, Link: https://goo.gl/4rGi8r

McCleod Alan: With People in the Streets Worldwide Media Focus Uniquely on Hong Kong, 2019.12.6, FAIR.org, Link: https://bit.ly/3vAvwYR

McDonald Sean, Mina An Xiao: The War-torn Web: A once-unified online world has broken into new warring states, 2018.12.19, Foreign Policy, Link: http://bit.ly/2TYM6hx

參考文獻

McGoldrick Annabel: War Journalism and 'Objectivity' ,2006, Link: https://goo.gl/q5r8oU

McGuirk Rod: Australia could jail social media execs for showing violence, 2019.4.4, Fox News, Link: https://fxn.ws/2UjIbkn

McKenzie Lachie: Taking the Media's Temperature, 2013.2.2, HuffPost, Link: https://goo.gl/yi7r43

Meade Amanda: ACCC head says journalism's survival one of 'the defining questions' of our age, 2018.7.3, The Guardian, Link: http://bit.ly/2G41N3m

Meyers Christopher, Wyatt Wendy N., Borden Sandra L., Wasserman Edward: Professionalism Not Professionals, 2012, Journal of Mass Media Ethics, Link: https://goo.gl/rwSDEy

Miles Tom: U.N. investigators cite Facebook role in Myanmar crisis, 2018.3.13, Reuters, Link: https://goo.gl/byaaKQ

Miller George A.: The Magical Number Seven Plus or Minus Two Some Limits on Our Capacity for Processing Information, 1955, Psychological Review, Link: https://goo.gl/X12rtE

Miller Judith: AFTEREFFECTS: PROHIBITED WEAPONS, Illicit Arms Kept Till Eve of War An Iraqi Scientist Is Said to Assert, 2003.4.21, New York Times, Link: https://goo.gl/nCBpKr

Milton John.: Areopagitica: A Speech to the Parliament of England for the Liberty of Unlicensed Printing

Moyo Dambisa: Is China the new idol for emerging economies?, 2013.6, Link: https://goo.gl/Vjq4gw

Mullanathan Sendhil, Shleifer Andrei: The Market for News, 2005, The American Economic Review, Link: https://goo.gl/YeZpyw

Muñoz-Torres Juan Ramón: Truth and Objective in Journalism: Anatomy of an endless misunderstanding, 2012, Link: https://goo.gl/wLk3Wi

Narayan Deepa: India is the most dangerous country for women. It must face reality, 2018.7.2, The Guardian, Link: https://goo.gl/bShh5e

Narayanan K.R.: In the Name of the People: Reflections on Democracy Freedom and Development, 2011, Link: https://goo.gl/qYSA9x

「新聞自由」有毒

Nerone John, Barnhurst Kevin G.: News form and the media environment: a network of represented relationships, 2003, Media Culture & Society, Link: https://goo.gl/o32Ah1

New York Times: The Statistical Shark, 2001.9.6, New York Times, Link: https://goo.gl/3LxoBB

Nordenstreng Kaarle: Myths About Press Freedom, 2007, Brazilian Journalism Research, Link: https://goo.gl/TuJRfr

Nossek Hillel: Our News and Their News: The Role of National Identity in the Coverage of Foreign News, 2004, Link: https://goo.gl/mq6t3z

Nossel Suzanne: Should the United States Ban the Islamic State From Facebook?, 2016.1.5, Link: https://goo.gl/p7Czqk

Nyce Caroline Mimbs: The Atlantic Daily: Our Interview With Barack Obama, 2020.11.17, The Atlantic, Link: https://bit.ly/3qJK3QD

Orei：《被屏蔽的真相》，知乎網，2017 年 2 月 9 日，鏈接：https://goo.gl/4BRmBt

Patrikarakos David: Social Media Networks Are the Handmaiden to Dangerous Propaganda, 2017.11.2, TIME, Link: http://bit.ly/2IeoB1L

Phillips Peter: News Bias in the Associated Press, 2006.7.24, Link: https://goo.gl/77dhAH

Polanyi Karl: The Great Transformation: The Political and Economic Origins of Our Time, 2001, Beacon Press, Link: https://bit.ly/2YU2nbw

Popkin Samuel: The Reasoning Voter: Communication and Persuasion in Presidential Campaigns, 1991, Link: https://goo.gl/tbKaNk

Prat Andrea, David Stromberg: Commercial Television and Voter Information, 2005, Link: https://goo.gl/KpymVz

Preston Jennifer: Facebook Deactivates Protest Pages in Britain, 2011.4.29, Link: https://nyti.ms/2YDcfEQ

Read Jonathon: Boothroyd brands Johnson a 'charlatan' as she declares support for People's Vote, 2019.1.15, The New European, Link: https://goo.gl/Zm7zDR

Reese Stephen: Journalism Research and the Hierarchy of Influences Model: A Global Perspective, 2011, Link: https://goo.gl/6St43A

參考文獻

Rich Nathan：《Facebook 臉書在中國被禁的真正原因》，2019 年 6 月 15 日，鏈接：
http://bit.ly/31eGnYT

Robert M. Entman, Framing U.S. Coverage of International News: Contrasts in
Narratives of the KAL and Iran Air Incidents, Journal of Communication,
1991.12, Volume 41 Issue 4, P.6-27, Link: https://doi.org/10.1111/j.1460-
2466.1991.tb02328.x

Said Edward W.: Covering Islam: How the Media and the Experts Determine How
We See the Rest of the World 1997, Vintage 1997, Link: https://goo.gl/jkfdoj

Schudson Michael: The Objectivity Norm in American Journalism, 2001, Journalism,
Link: https://goo.gl/ypcJyU

Schudson Michael: Why Democracies Need an Unlovable Press, 2008, Polity
Press,https://goo.gl/93wTLS

Shanmugaratnam Tharman: An investigative interview: Singapore 50 years after
independence - 45th St. Gallen Symposium, 2015.5.7, St. Gallen Symposium,
Link: https://goo.gl/3zt7Sp

Shead Sam: Facebook staff angry with Zuckerberg for leaving up Trump's 'looting ...
shooting' post, 2020.6.1, CNBC Link: https://cnb.cx/2Wxifns

Shirk Susan: Changing Media Changing China, 2010, Oxford University Press,
Link: http://bit.ly/2Uli78s

Shoemaker Pamela J., Reese Stephen D.: Mediating the Message: Theories of
Influences on Mass Media Content, 1996, Longman, Link: https://goo.gl/
FVPBhb

Simon Herbert A.: Rationality as Process and as Product of Thought, 1978, The
American Economic Review, Link: https://goo.gl/jzE54P

Singer Jane B.: The Socially Responsible Existentialist: A Normative Emphasis for
Journalists in a New Media Environment, 2006, Journalism Studies, 7(1): 2-18,
Link: https://goo.gl/7yJ38w

Siru Chen: How Chinese Fans Enforce Chinese Nationalism on the World, 2021.5.8,
The Diplomat, Link: https://bit.ly/2UVEgvP

Sklair Leslie: The Transnational Capitalist Class - Theory and Empirical Research,
2009, Link: https://goo.gl/63PXnq

「新聞自由」有毒

Slaughter Anne-Marie, Bosco David: Plaintiff's Diplomacy, 2000, Foreign Affairs, Link: https://goo.gl/NidfjL; https://goo.gl/7zd8fY

Solomon Norman, Erlich Reese, Zinn Howard, Penn Sean: Target Iraq: What the News Media Didn't Tell You, 2003, Context Books, Link: https://goo.gl/swnqy7

Soroka Stuart N.: Schindler's List's Intermedia Influence: Exploring the Role of 'Entertainment' in Media Agenda-Setting, 2000, Link: https://goo.gl/G7wxTF

SPIEGEL staff The WikiLeaks Iraq War Logs: Greatest Data Leak in US Military History, 2010.10.22, SPIEGEL, Link: https://goo.gl/mib4ia

Streitfeld David: Tech Giants Once Seen as Saviors Are Now Viewed as Threats, 2017.10.12, The New York Times, Link: https://nyti.ms/2Ig5JQ3

Sunstein Cass R.: Islamic State's Challenge to Free Speech: Does "clear and present danger" fit the age of terror and social media?, 2015.11.24, Bloomberg, Link: https://bloom.bg/2Vl3E98

Sunstein Cass: Democracy and the Problem of Free Speech, 1995, Link: https://goo.gl/TKpEsm

Surowiecki James: The Wisdom Of Crowds, 2005, Anchor Books, Link: https://goo.gl/M9MQJC

The Daily Star: We firmly believe in press freedom: PM says urges responsible media role, 2018.9.20, Link: http://bit.ly/2TV2UGp

Thomas Maria: Modi's government claims it's improved the lives of women. But here's the reality, 2018.7.23, Link: https://goo.gl/DLKxYj

Toynbee Polly: Press ganged, 2003.5.21, The Guardian, Link: https://goo.gl/Dvorjt

Troianovski Anton: China Censors the Internet. So Why Doesn't Russia?, 2021.2.21, New York Times, Link: https://nyti.ms/2TlL7NL

Tuchman Gaye: Making News: A Study in the Construction of Reality, 1980, Contemporary Sociology, Link: https://goo.gl/CH8AFa

Tuchman Gaye: Objectivity as Strategic Ritual: An Examination of Newsmen's Notions of Objectivity American, 1972, Journal of Sociology, Link: https://goo.gl/FGV1od

Tversky A., Kahneman D: The framing of decisions and the psychology of choice, 1981, Science, 211(4481): 453-458, Link: https://doi.org/10.1126/science.7455683

參考文獻

Tversky Amos, Kahneman Daniel: Availability: A heuristic for judging frequency and probability, 1973, Cognitive Psychology, Link: https://goo.gl/27hmWT

Volkmer Ingrid: News in the Global Sphere: A Study of CNN and Its Impact on Global Communication 19◉

Vosoughi Soroush, Roy Deb, Aral Sinan: The spread of true and false news online Science, 2018.3.9, Vol.359 Issue6380, p.1146-1151.

Waldron Jeremy: In three-part Holmes Lecture Waldron seeks to uphold individual dignity through the regulation of hate speech, 2009.10.28, Link: https://goo.gl/rg5aaj

Wang Haihang: Disinformation and 'Fake News': Final Report: UK Parliamentary Committee Releases a Report on Disinformation, 2019.2.27, Harvard University, Link: http://bit.ly/2viBArM

Wasserman Herman: GLOBALIZED VALUES AND POSTCOLONIAL RESPONSES South African Perspectives on Normative Media Ethics, 2006, The International Communication Gazette, Link: http://goo.gl/WCP2q6

Wasserman Herman：《聆聽：以南非視角看自下而上的新聞倫理》，馮若毅譯，2015 年 3 月，《全球傳媒學刊》。

Weiss Jessica Chen: Powerful Patriots: Nationalist Protest in China's Foreign Relations, 2014, Oxford University Press.

Whyte Martin King: Myth of the Social Volcano: Perceptions of Inequality and Distributive Injustice in Contemporary China, 2010, Stanford University Press.

Williams Sarah: Vietnamese Americans Save Memories For History, 2013.3.12, Link: https://goo.gl/21w2uz

Wolf Martin: Why the Journal should not be sold to Murdoch, 2007.6.11,Financial Times, Link: https://goo.gl/oxNwKS

Xiao Qiang: Liberation Technology: The Battle for the Chinese Internet, 2011, Link: https://goo.gl/QiFAU7

Yang Yue: Three Things that Western Media Fail to Tell You About Chinese Internet Censorship, 2013.10.24, HENRY JENKINS, Link: https://goo.gl/gUeHx1

Zaller John: Market Competition and News Quality, 1999, Link: https://goo.gl/hJ1hqU

Zelizer B.: Taking journalism seriously: news and the Academy, 2004, Thousand Oaks: Sage, Link: https://goo.gl/nzV4R9

Zhang Weiwei: Talk to Al Jazeera - Zhang Weiwei: The China Wave, 2012.1.14, Al Jazeera English, Link: http://bit.ly/2U1Mdct

Zhong Raymond: The Latest Hot E-Commerce Idea in China: The Bargain Bin, 2018.7.25, New York Times, Link: https://goo.gl/AuGVZA

阿萊特·法爾熱、雅克·勒韋:《謠言如何威脅政府》,2017 年 11 月 1 日,浙江大學出版社。

阿蘭·德波頓:《新聞的騷動》,2015 年,上海譯文出版社。

阿馬蒂亞·森:《以自由看待發展》,2013 年,中國人民大學出版社。

阿納托爾·利文(Anatol Lieven):《美國的正確與錯誤》,2017 年,中信出版集團。

阿特休爾(美):《權力的媒介》,黃煜、裘志康譯,華夏出版社,1989 年版,第 154 頁。

阿紮德·莫芬妮(Azadeh Moaveni):《為什麼歐洲的年輕穆斯林女性主動選擇戴上面紗?》,2018 年 9 月 12 日,澎湃新聞,鏈接:https://goo.gl/BA3zTY◎ https://goo.gl/iA7AvR

埃德蒙·柏克:《反思法國大革命》,2014 年,上海社會科學院出版社。

艾倫·B. 艾爾巴蘭:《傳媒經濟》,2016 年,東北財經大學出版社。

艾倫·德肖維茨:《你的權利從哪裡來?》,2014 年,北京大學出版社。

艾略特·紮格曼(Elliott Zaagman):《中國公司老闆和公關怎樣搞定外媒?》,2018 年 1 月 6 日,虎嗅網,鏈接:https://goo.gl/eXKqbD

安東尼·劉易斯:《批評官員的尺度:〈紐約時報〉訴警察局長沙利文案》,2011 年,北京大學出版社。

安晶:《被做成假人斬首,行宮險遭圍攻:馬克龍這個節不好過》,2018 年 12 月 29 日,界面新聞,鏈接:https://goo.gl/EQSzod

安納托勒·列文(Anatol Lieven):2005 年,Carnegie Endowment for International Peace,鏈接:https://goo.gl/qHEe7P

包瑞嘉(Richard Baum):《中國的「溫和權威主義」改革之路》,2004 年 6 月,二十一世紀雙月刊,鏈接:https://goo.gl/UCedLU

保羅‧肯尼迪：《大國的興衰》，2006 年，國際文化出版公司。

北大飛：《從效用主義原則看米兔運動「冤假錯案」問題：承擔微量風險不等於送死》，2018 年 7 月 27 日，搜狐網，鏈接：http://bit.ly/2UFj3Uy

貝克、鄧正來、沈國麟：《風險社會與中國——與德國社會學家烏爾裡希‧貝克的對話》，2010 年 5 月，社會學研究，鏈接：http://bit.ly/2KcuZcC

奔流：《侮辱和謾罵不是戰鬥——論自由主義者對許向陽先生的反映》，2003 年 8 月 2 日，凱迪網絡，鏈接：https://goo.gl/QfBMSY

本‧阿裡斯：《好轉還是惡化　蘇聯解體前後生活質量之比較》，2011 年 11 月 28 日，透視俄羅斯，鏈接：https://goo.gl/ct3gQr

比爾‧科瓦齊、湯姆‧羅森斯蒂爾：《真相：信息超載時代如何知道該相信什麼》，2013 年，中國人民大學出版社。

畢研韜：《中國媒體是「第 N 權」？》，2007 年 5 月 11 日，香港電台，鏈接：https://goo.gl/dmDKD4

伯納德‧曼德維爾：《蜜蜂的寓言：私人的惡德，公眾的利益》，2002 年，中國社會科學出版社。

布魯諾‧德‧梅斯奎塔、阿拉斯泰爾‧史密斯：《獨裁者手冊：為什麼壞行為幾乎總是好政治》，2014 年，江蘇文藝出版社。

布魯斯‧N‧沃勒：《優雅的辯論：關於 15 個社會熱點問題的激辯》，2015 年，中國人民大學出版社有限公司。

蔡東傑：《政治是什麼》，2015 年，上海人民出版社。

蔡平：《不是因為貧窮——馬加爵的犯罪心理分析報告》，2004 年 4 月 14 日，人民網，鏈接：http://bit.ly/3m8l8rC

岑逸飛：《政治滑坡理論及其謬誤》，2017 年 8 月 10 日，經濟通，鏈接：http://bit.ly/2CTwpmf

查爾斯‧埃德溫‧貝克：《媒體、市場與民主》，2008 年，上海人民出版社。

柴會群、邵克：《「永州幼女被迫賣淫案」再調查唐慧贏了，法治贏了沒？》，2014 年 12 月 15 日，南方週末，鏈接：http://www.infzm.com/content/93029

柴會群、邵克：《什麼造就了唐慧》，2013 年，南方週末，鏈接：http://www.infzm.com/content/93030

陳柏峰：《傳媒監督的法治》，2018 年，法律出版社

陳柏峰：《傳媒監督權行使如何法治——從「宜黃事件」切入》，2013 年 10 月 29 日，鏈接：https://goo.gl/ZkJ2NQ

陳輝、劉海龍：《2017 年中國的新聞學研究》，2018 年，國際新聞界，鏈接：https://goo.gl/Xenecn

陳健佳：《「拳打腳踢」報道的背後》，2015 年 9 月 29 日，明報，鏈接：https://goo.gl/JosrdR

陳力丹、李林燕：《互聯網語境下的新聞誤讀》，2016 年，新聞與寫作

陳力丹、劉慧：《走向法治化新聞自由的智利新聞傳播業》，2016 年，第 17 期，新聞界，鏈接：http://bit.ly/3IBX5Zx

陳力丹、鄭豔方：《在開放與法治平衡中發展的越南傳播業》，2017 年，第 7 期，新聞界，鏈接：http://bit.ly/2IbyYDy

陳力丹：《解析中國新聞傳播學 2017》，2017 年，中國人民大學出版社。

陳力丹：《論西方新聞自由與言論自由的固有矛盾》，2008 年，愛思想網，鏈接：https://goo.gl/PFyhtY

陳力丹：《如何理解黨性和人民性相統一》，2018 年 3 月 20 日，青年記者，鏈接：https://goo.gl/CwFQjx

陳力丹：《自由主義理論和社會責任論》，2003 年，第 3 期，當代傳播。

陳力丹編：《自由與責任：國際社會新聞自律研究》，2006 年，河南大學出版社。

陳立平、李濱：《馬克思的報刊使命觀》，2009 年，第 23 期，黑龍江史志。

陳銳：《物聯網——後 IP 時代國家創新發展的重大戰略機遇》，2010 年，中國科學院院刊。

陳世華：《達拉斯·斯麥茲的傳播思想新探》，2014 年，第 3 期，南昌大學學報：人文社會科學版。

陳世清：《不能以帕累托改進理論作為中國改革開放的理論基礎》，2014 年 10 月 23 日，大公網，鏈接：https://goo.gl/kZ9e1C

陳淑晶：《女司機真的等於「馬路殺手」？我們分析了三個城市的數據找到了答案》，2018 年 10 月 26 日，界面新聞，鏈接：https://goo.gl/SM1ku9

陳韜文、李立峰：《從民意激蕩中重構香港政治文化：七一大遊行公共論述分析》，載馬傑偉、呂大樂、吳俊雄：《香港文化政治作者》，2009 年，香港大學出版社，53-75 頁，鏈接：https://goo.gl/Be8L1Q

陳薇：《被建構的「自由行」：新聞話語的宏觀語義、符號方式與權力關係》，
　　2016 年，國際新聞界，鏈接：https://goo.gl/L8guAZ

陳薇：《媒體話語中的權力場：香港報紙對中國大陸形象的建構與話語策略》，
　　2014 年，第七期，國際新聞界，鏈接：https://goo.gl/ve6kwX

陳文茜：《蔡英文拒絕承認九二共識，不要一國兩制》，2019 年 1 月 12 日，文茜
　　世界週報，視頻鏈接：https://goo.gl/UV1EH9

陳文茜：《朝野聯手封殺脫歐協議，英相苦吞史上最慘潰敗》，2019 年 1 月 20 日，
　　文茜世界週報，視頻鏈接：https://goo.gl/bCDVxs

陳永苗：《侮辱和謾罵不是戰鬥——論自由主義者對許向陽先生的反映》，2003 年
　　8 月 2 日，凱迪網絡，鏈接：https://goo.gl/QfBMSY

陳佑榮：《媒介自主的尺度：新自由主義、民主與電視殖民——解讀布爾迪厄的〈關
　　於電視〉》，2017 年，新聞與傳播研究。

陳雲生：《和諧憲政：美好社會的憲法理念與制度》，2006 年，中國法制出版社，
　　鏈接：https://goo.gl/D9iuTZ

陳志武：《從訴訟案例看媒體言論的法律困境》，2004 年 10 月，第 2 期，中國法律人，
　　鏈接：http://bit.ly/2G5yEF3

陳洲陽：《警惕「滑坡論」》，2017 年 9 月 29 日，中國軍網，鏈接：https://goo.
　　gl/AUtqEQ

程金福：《西方新聞自由的歷史建構》，2011 年，汕頭大學學報：人文社會科學版。

程思遙：《冰島的 0° 新聞自由——基於〈現代傳媒倡議〉的分析及啟示》，2012 年
　　11 月 2 日，今傳媒，鏈接：https://goo.gl/7NrRvT

程映虹：《傑斐遜與美國奴隸制之二：傑斐遜的矛盾和遺產》，《南方週末》，
　　2016 年 7 月 3 日，鏈接：https://goo.gl/tkPdGz

程映虹：《美國高中生如何識別媒體的政治偏見》，2016 年 10 月 15 日，南方週末，
　　鏈接：https://goo.gl/3sJaAV

大包：《「這屆科學家不行」，這屆媒體呢？》，2019 年 3 月 11 日，觀察者網，鏈接：
　　https://goo.gl/uM8wuh

大包：《批評浮誇文風，指出了問題，但給出的藥方也有問題》，2018 年 7 月 4 日，
　　觀察者網，鏈接：https://goo.gl/C2F5hz

大衛・哈維：《資本主義的 17 個矛盾》，2016 年，中信出版社。

鄧紅陽：《河南杞縣「核洩漏」謠言發難的前前後後》，2009 年 7 月 23 日，法制網，鏈接：https://goo.gl/zRDjRg

鄧小平：《鄧小平文選》（第三卷），1993 年，人民出版社，鏈接：https://goo.gl/QkQ7HX

翟明磊、吳達：《英國規則遭遇中國農民：農村如何開會？「羅伯特議事規則」的南塘試驗》，2009 年 4 月 2 日，南方週末，鏈接：https://goo.gl/EdsQJY

第一財經：《劉瑜：這個世界缺的是溫和而意志堅定的人》，2020 年 8 月 15 日，新浪財經，鏈接：https://bit.ly/3gpddj0

丁學良：《政治與中國特色的幽默》，2017 年，香港牛津大學出版社

東方日報：《探射燈：誹謗法參差，美國寬鬆，縱容歪風，臺灣嚴謹，保障市民》，2018 年 4 月 24 日，鏈接：https://goo.gl/ks8CT9

董山民：《杜威與李普曼「公眾」之爭的啟示》，2012 年，第 4 期，武漢理工大學學報，鏈接：https://goo.gl/9qrMZn

董子銘、劉肖：《英國〈衛報〉涉華新聞圖片編輯策略分析》，2011 年，第 11 期，編輯之友。

獨立媒體：《關注自我審查加劇，籲傳媒揪出施壓敗類》，2011 年 4 月 26 日，獨立媒體，鏈接：https://goo.gl/bpUAuE

端媒體：《「無國界記者」：全球新聞自由下滑，中國倒數》，2016 年 4 月 22 日，鏈接：https://goo.gl/rssV5q

端媒體：《都怪地方官？中國人高度滿意中央政府》，2015 年 9 月 16 日，鏈接：http://bit.ly/2I03Jfr

段鵬：《社會化的狂歡：臺灣電視娛樂節目研究》，2013 年，中國傳媒人學出版社

多維新聞：《【多維 CN】社論：新冠疫情對西方新自由主義的詰問》，2021 年 1 月 1 日，多維新聞網，鏈接：https://bit.ly/3pNKbhf

多維新聞：《【佔領國會】專論｜世界正在見證美式民主的制度性危機》，2021 年 1 月 8 日，多維新聞網，鏈接：https://bit.ly/3izLBur

多維新聞：《港中大學生會前會長談六四：十年的沉澱和反思》，2019 年 6 月 6 日

21 世紀經濟報道：《「自由貿易」和「公平貿易」，都是美國維護自身霸權的藉口》，2018 年 09 月 26 日，鏈接：http://bit.ly/2P1erTw。

範勇鵬：《【自由論‧八】言論自由》，2020 年 10 月 13 日，Bilibili，鏈接：https://bit.ly/3hQU769

範勇鵬：《那麼多宗教在歷史上崛起，怎麼偏偏就中國人不信神呢？》，2018 年 4 月，Youtube：Guan Video 觀視頻工作室，鏈接：https://goo.gl/vKEdvp

方可成，《關於端傳媒的文章「全面審查時代：中國媒體人正在經歷什麼？」》，2018 年 9 月 13 日，鏈接：https://bit.ly/2SO9fsk

馮應謙：《媒體競爭、擁有權及政治過渡》，轉自李少南：《香港傳媒新世紀》，2015 年。

鳳凰網：鳳凰講堂，2014 年 4 月 11 日，鏈接：https://goo.gl/VxYRky

弗朗西斯‧福山：《國家構建：21 世紀的國家治理與世界秩序》，2017 年，學林出版社。

弗朗西斯‧福山：《政治秩序與政治衰敗：從工業革命到民主全球化》，毛俊傑譯，2015 年，廣西師範大學出版社。

弗雷德裡克‧西伯特、西奧多‧彼得森、威爾伯‧施拉姆：《傳媒的四種理論》，戴鑫譯，2008 年，中國人民大學出版社版，第 36 頁。

付曉燕：《網絡空間的「文化休克」與文化認同：基於中國留學生社交媒體使用的生命故事》，2018 年，國際新聞界，鏈接：https://bit.ly/2CZchyS

傅高義（Ezra.F.Vogel）：《鄧小平時代》，2013 年，生活‧讀書‧新知三聯書店、香港中文大學出版社。

傅瑩：《朝核問題的起起伏伏中方視角》，2017 年，布魯金斯學會，鏈接：https://goo.gl/TLVMPB

港大薄扶林學社：《聲明：港大依舊可愛》，2019 年 7 月 15 日，鏈接：https://posts.careerengine.us/p/5d2d36ac8bde9529d2356c27?from=latest-posts-panel&type=title

高宣揚：《當代法國思想五十年》，2005 年，中國人民大學出版社。

高一飛：《美國法上「記者」的含義》，2010 年，現代法學。

葛蘭西：《葛蘭西文選》，李鵬程編，2008 年，人民出版社。

耿冕：《西媒涉華報道褒揚為主？可笑！》，2020 年 1 月 14 日，環球時報，鏈接：https://bit.ly/3c1cQdl

古斯塔夫・勒龐：《烏合之眾：大眾心理研究》，2004 年，中央編譯出版社。

關昭：《屈穎妍被「屈」記協啞了？》，2015 年 5 月 22 日，大公報，鏈接：https://goo.gl/Lb2zTZ

郭紀：《新聞自由與媒體責任——當今國際新聞傳播秩序透視》，2009 年 8 月 16 日，求是，鏈接：https://goo.gl/GCeqn7

郭中實、陳穎琳、張少威：《界線與戒線：傳媒工作者眼中的新聞創意》，2017 年，香港城市大學出版社。

哈貝馬斯：《在事實與規範之間：關於法律和民主法治國的商談理論》，2003 年，三聯書店。

哈羅德・D・拉斯韋爾：《世界大戰中的宣傳技巧》，2003 年，中國人民大學出版社。

哈什・塔納加、吳曉：《防火牆真的讓中國與世隔絕了嗎？——從整合互聯網屏蔽和文化因素的角度來解釋網絡用戶的使用習慣》，2016 年，傳播與社會學刊，鏈接：https://goo.gl/9eCBnk

韓毓海：《一篇讀罷頭飛雪，重讀馬克思》，2014 年，中信出版集團。

韓知寒：《美國的越南研究》，2010 年，南洋問題研究，鏈接：https://goo.gl/yde3D9

郝鐵川：《權利衝突：一個不成為問題的問題》，2004 年，法學。

郝子雨：《專訪資深傳媒人張潔平：在「非全知世界」中怎樣清醒同行》，2019 年 11 月 05 日，香港 01，鏈接：https://bit.ly/3wFTxOv

何晶：《〈雅馬哈魚檔〉：一部影片和它開啟的南粵電影新篇章》，2018 年 9 月 19 日，羊城晚報，鏈接：https://goo.gl/4PMQRp

何以明德，《【公開信】為了港大的明天，請幫助我們停止任何形式的暴力》，2019 年 7 月 16 日，香港新聞網，鏈接：http://www.hkcna.hk/content/2019/0716/774340.shtml

胡和之：《老家的那些地市級電視台你還在看嗎，他們的出路又在哪裡？》，2017 年 1 月 30 日，虎嗅網，鏈接：https://goo.gl/zsUWg4

胡泳：《謠言作為一種社會抗議》，2014 年 8 月 7 日，愛思想網，鏈接：https://goo.gl/rKHRFf

胡泳：《在缺乏信息自由的社會裡，謠言成長得最好》，2011 年 8 月 15 日，經濟觀察網，鏈接：https://goo.gl/9thR3C

虎小鯨：《有關〈娛樂至死〉的三種誤讀，誤解比沒讀更可怕》，2018 年 5 月 8 日，鏈接：https://goo.gl/Vdy6Y1

環球時報：《「反中」報道不管　香港記協卻對港媒「反台獨」零容忍》，2018 年 12 月 25 日，鳳凰網，鏈接：https://goo.gl/BBAFX5

荒野雄兵：《〈娛樂至死〉讀後感》，2018 年 8 月 6 日，簡書網，鏈接：https://goo.gl/jhKNYj

皇金：《天津會談｜北京不承認美式標準　也不掉入話語陷阱》，2021 年 7 月 27 日，多維新聞，鏈接：https://bit.ly/3EaKDgo

黃旦：《中國媒體的公共空間及其未來》，轉自邱林川、黃煜、馮應謙：《傳播學大師訪談錄》，2016 年，117-119 頁。

黃力之：《西方普世價值觀：「無形的國家利益」》，2011 年 04 月 02 日，人民網，鏈接：http://bit.ly/2uRqNnS

黃天賜：《新聞與香港社會真相》，2013 年，中華書局，鏈接：http://bit.ly/2IxTeQJ

黃亞生：《從希拉裡新書看共和黨老贏選票的原因》，2017 年 9 月 14 日，鏈接：https://goo.gl/2zm2oW

黃永、譚嘉昇、林禮賢、孔慧思、林子傑：《解困新聞學——後真相時代的答案》，2017 年，商務印書館（香港）有限公司。

惠風：《北洋政府常被民眾欺負》，2017 年 3 月 7 日，多維新聞，鏈接：https://bit.ly/3QZ19Gk

慧昌：《宜黃官員撰文談拆遷自焚：沒強拆就沒新中國》，2010 年 10 月 12 日，新世紀週刊，鏈接：https://goo.gl/HpYYaJ

姬揚、李珊：《論溫和的政治傳播——以蘇格蘭公投和中俄爭論為例》，2016 年，對外傳播。

嘉崎、甄言：《對話香港教育界專家：地產霸權「緊箍咒」怎麼摘》，2019 年 7 月 26 日，多維新聞，鏈接：https://www.dwnews.com/ 香港 /60142658/ 對話香港教育界專家地產霸權緊箍咒怎麼摘

江亞平：《怒懟：特朗普與媒體的一場持久戰》，2018 年，大公報出版有限公司。

江雁南、余思毅：《反滅聲 vs 反假聲香港新聞自由大辯論》，2014 年 3 月 9 日，鏈接：https://goo.gl/zQ2LzE

姜華：《現代思潮與新聞文化》，2014 年，香港中和出版有限公司。

姜英爽：《「最大願望是把這些人繩之以法不想再有孩子遭到這樣的傷害」》，2012 年，新浪網，鏈接：http://news.gd.sina.com.cn/news/20120812/1341483.html

焦緒華：《析英國資產階級革命期間的出版自由理念》，2007 年，山東理工大學學報（社會科學版）。

傑夫・賈維斯：《媒體失效的年代》（Geeks Bearing Gifts: Imaging New Futures for News），2016 年，遠見天下文化出版股份有限公司。

傑拉德・馬修斯、羅伯特・恩特曼：《新聞框架的傾向性研究》，2010 年，浙江大學學報（人文社會科學版），鏈接：https://goo.gl/y4a2zX

今夜九零後：《吳昕一口氣嗑 10 種保健品，最終肝臟受損：女明星也逃不過的騙局》，2019 年 1 月 30 日，鏈接：https://goo.gl/66ju5A

靳錦：《咪蒙：網紅，病人，潮水的一種方向》，2017 年 3 月 14 日，GQ 雜誌，鏈接：https://goo.gl/LoztmL

居斯塔夫・福樓拜：《庸見詞典》，2010 年，上海譯文出版社。

局勢君：《【局勢君】被燒毀的巴黎聖母院萬眾矚目，被炸毀的巴爾夏明神廟無人問津》，2019 年 4 月 20 日，Youtube，鏈接：http://bit.ly/2vqSNiI

局勢君：《【局勢君】冰島指責菲律賓禁毒行動太殘忍，杜特爾特笑對方一無所知》，2019 年 7 月 21 日，Youtube，鏈接：http://bit.ly/2O8RRMc

局勢君：《美國的隔離牆和英國的脫歐協議，都是權力鬥爭的犧牲品》，2019 年 3 月 20 日，Youtube，鏈接：https://goo.gl/onGtzX

局勢君：《新冠肺炎催化了美國的憲政危機，順便暴露了資本的真面目》，2021 年 2 月 15 日，bilibili，鏈接：https://bit.ly/3eq9gKX

凱瑟琳・麥金農：《言詞而已》，2003 年，廣西師範大學出版社。

凱斯・R・桑斯坦：《極端的人群：群體行為的心理學》，尹宏毅、郭彬彬譯，2010 年，新華出版社。

凱斯・R・桑斯坦：《偏頗的憲法》，2005 年，北京大學出版社。

凱斯・R・桑斯坦：《信息烏托邦》，畢競悅譯，2008 年，法律出版社。

凱斯・桑斯坦：《社會因何要異見》，2016 年，中國政法大學出版社。

凱斯‧桑斯坦：《網絡共和國》，2003 年，上海人民出版社。

凱斯‧桑斯坦：《陰謀論和其他危險的想法》，2015 年，中信出版集團。

柯林‧斯巴克斯（Colin Sparks）：《社會轉型中的媒介研究：資本主義、共產主
　　義與媒體》，2015 年，傳播與社會學刊，鏈接：https://goo.gl/ZSus5S

克雷‧錢德勒（Clay Chandler）、阿迪爾‧贊努巴伊（Adil Zainulbhai）：《重
　　新想象印度》（Reimagining India: Unlocking the Potential of Asia's Next
　　Superpower），遠足文化，2017 年。

寇延丁、袁天鵬：《可操作的民主：羅伯特議事規則下鄉全紀錄》，2012 年，浙江
　　大學出版社。

賴勇衡：《中美利堅》：理想破滅的時代，2019 年 6 月 3 日，時代論壇，鏈接：
　　https://bit.ly/2SC94QC

藍筱涵：《遠離甘地的國度：世俗主義與宗教民族主義交戰下的印度政治》，2013
　　年 7 月 16 日，新銳文創，鏈接：https://goo.gl/aBuBUj

廊間聽步：《劉瑜的聲音很寶貴，請不要輕易「打倒」她》，2018 年 7 月 30 日，
　　豆瓣網，鏈接：http://bit.ly/2IlP8Ku

勞倫斯‧萊斯格：《代碼 2.0：網絡空間中的法律》，2009 年，清華大學出版社。

雷鼎鳴：《民主民生的經濟解讀作》，2015 年，中華書局。

雷鼎鳴：《自由與尊重》，2014 年 1 月 24 日，香港經濟日報，鏈接：https://goo.
　　gl/LTPj5A

李昌金：《「宜黃 9‧10 強拆自焚事件」六周年隨想》，2016 年 9 月 13 日，三農中國，
　　鏈接：https://bit.ly/2HXZAbX

李昌金：《「真正懂農村的人越來越少了」》，2013 年 5 月 22 日，武漢大學中國
　　鄉村治理研究中心，鏈接：https://goo.gl/PYL2P3

李昌金：《新型城鎮化下再思宜黃事件》，2013 年 12 月 3 日，三農中國，鏈接：
　　https://bit.ly/2OQW5or

李店標、沈賞：《英國議會立法辯論制度及其啟示》，2012 年，學術交流，鏈接：
　　https://goo.gl/uioxQP

李慧敏：《〈鄧小平時代〉大陸版少了什麼？》，2013 年 3 月 21 日，紐約時報中文網，
　　鏈接：https://nyti.ms/2uO17sr

李靜：《UGC 社區的尷尬：如何讓信息回歸「真面目」？》，2014 年 3 月 19 日，鈦媒體，鏈接：https://goo.gl/7juqNV

李康樂：《新媒體時代，看好你的注意力！》，2018 年 1 月 25 日，新華社，鏈接：https://goo.gl/uAFdiy

李鯉：《回歸以來的香港政媒關係生態——基於媒介規範理論框架的分析》，2017 年，廣州大學學報（社會科學版），鏈接：https://goo.gl/hB1Gy9

李立峰：《網絡另類媒體、政治傳播，與社會動員》，2015 年，轉自李少南編《香港傳媒新世紀》，香港中文大學出版社。

李立峰：《在全球化比較研究中看香港新聞工作者的自主程度》，2016 年 10 月 21 日，明報新聞網，鏈接：https://goo.gl/oMjtwP

李立峰：《政治環境和香港傳媒的政治平行——從報道「兩太選舉」說起》，2007 年，鏈接：https://goo.gl/rnmP2P

李強：《抵制虛假新聞，我們責無旁貸》，2011 年 4 月 12 日，中廣網，鏈接：https://goo.gl/d6d2g5

李強：《自由主義與現代國家》，選自陳祖為主編《政治理論在中國》，香港：牛津大學出版社。

李清池：《通向信息烏托邦的道路讀〈信息烏托邦〉》，2010 年，中國私法網，鏈接：https://goo.gl/WvvWGd

李少南：《香港傳媒新世紀》，2015 年，香港中文大學出版社，鏈接：https://goo.gl/tM443g

李迅雷：《中國有多少人沒有坐過飛機　探討擴內需的路徑》，2019 年 1 月 19 日，鏈接：https://goo.gl/qovdoo

李一言：《面對不明病毒，恐慌止於公開》，2003 年 2 月 14 日，人民網，鏈接：http://bit.ly/2UDUKqf

李月蓮：《知識社會：從「傳媒教育」到「傳媒資訊教育」》，2015 年，轉自李少南《香港傳媒新世紀》，2015 年，香港中文大學出版社。

理查德·波斯納：《資本主義的失敗》，沈明譯，2009 年，北京大學出版社。

理查德·泰勒、卡斯·桑斯坦：《助推：如何做出有關健康、財富與幸福的最佳決策》，2015 年，中信出版股份有限公司。

參考文獻

莉雅：《為什麼沒有出現「平壤之春」？》，2016 年 10 月 4 日，VOA，鏈接：
　　https://goo.gl/nsooSr

連嶽：《說說權健事件》，2018 年 12 月 28 日，鏈接：https://goo.gl/VnWd6E

梁鶴年：《西方文明的文化基因》，2014 年，生活‧讀書‧新知三聯書店

梁麗娟：《從發牌風波看香港文化創意產業前景》，2013 年 11 年 13 日，香港電台
　　網站，鏈接：https://goo.gl/z5eSB8

梁麗娟：《雜誌內容多項報導遭抨擊〈壹週刊〉反控報評會誹謗》，2003 年 11 月
　　15 日，香港電台網站，鏈接：https://goo.gl/bMntm3

梁偉賢、陳文敏主編：《傳播法新論》，香港商務印書館，1995 年版，

梁偉賢：《常見恒存的傳媒操守問題》，轉自李少南《香港傳媒新世紀》，2015 年。

梁旭明：《從電視霸權到參與式文化——重構港人認同的電視政策？》，2013 年
　　12 月 11 日，香港電台網站，鏈接：https://goo.gl/XaLA9j

林芬、趙鼎新：《霸權文化缺失下的中國新聞和社會運動》，2008 年，第 6 期，傳
　　播與社會學刊。

林芬：《權力與信息悖論：研究中國媒體的國家視角》，2018 年，第 45 期，傳播
　　與社會學刊，鏈接：http://bit.ly/2YRRqae

林海安：《以「可信媒體」拉起封鎖線，香港警方與媒體如何和解》，2020 年 8 月
　　18 日，多維新聞，鏈接：https://bit.ly/35guh5E

林嘉禾：《【圍觀基辛格】瘟疫蔓延時「盟軍」盡失的自由主義世界》，2020 年 4
　　月 16 日，多維新聞，鏈接：https://bit.ly/3wSCsky

林來梵：《憲法學講義》，2011 年，法律出版社。

林犀，《2020 臺灣大選：蔡英文怎麼又不穩了》，2019 年 7 月 15 日，鏈接：
　　https://www.dwnews.com/ 臺灣 /60141147/2020 臺灣大選蔡英文怎麼又不穩
　　了

林犀：《「中國媒體迎來至暗時刻」這話得深思》，2020 年 2 月 23 日，多維新聞網，
　　鏈接：https://bit.ly/3wgHbwg

林豔、段曉魯：《中評深度：郭一鳴論住房破解之道》，2021 年 9 月 8 日，中國評
　　論新聞網，鏈接：https://bit.ly/2X8IyBd

林照真：《來自南方：半島電視台的新聞聚合研究》，2016 年，新聞學研究，鏈接：
　　https://goo.gl/9zETPj

劉丹凌：《民生話語與權力博弈——住房改革報道研究》，2014 年 5 月，復旦大學出版社。

劉海龍、連曉東：《〈新聞的十大基本原則〉與新聞專業理念的形成》，2011 年 3 月 30 日，鏈接：https://goo.gl/ufJ3Sk

劉海龍：《大眾傳播理論：範式與流派》，2008 年，中國人民出版社

劉海龍：《坎坷之路：新聞自由在中國》，2014 年，新聞學研究，鏈接：https://goo.gl/V3zLGG

劉海年：《言論自由和社會發展》，1999 年，中國法學網，鏈接：https://goo.gl/zYosGA

劉兢：《「當代中國傳媒改革」的海外視角——20 世紀 90 年代以來海外學者「中國傳媒改革」研究綜述與思考》，2010 年 07 月 07 日，鏈接：https://goo.gl/yTi2xw

劉瀾昌：《在河水井水漩渦之中：一國兩制下的香港新聞生態》，2018 年，秀威資訊科技股份有限公司，鏈接：https://goo.gl/LtSi5B

劉甯榮：《客觀與理性：香港困境的思考》，2019 年 9 月 17 日，香港大學專業進修學院，鏈接：https://bit.ly/2SGvTms

劉擎：《紛爭的年代：當代西方思想尋蹤 2003-2012》，2013 年，廣西師範大學出版社。

劉擎：《面對言論自由的傷害》，2011 年 3 月 23 日，愛思想網，鏈接：https://goo.gl/uSyuvp

劉擎：《自由及其濫用：伯林自由論述的再考察》，2015 年，第 4 期，中國人民大學學報，鏈接：https://goo.gl/ZEqZuZ

劉尚希，《全文 | 劉尚希：數字稅是我國未來發展不能繞開的 一個大問題》，2021 年 12 月 2 日，新浪財經，鏈接：https://bit.ly/3Q0sxSU

劉小楓選編：《西方民主與文明危機：施特勞斯讀本》，2018 年，華夏出版社。

劉肖、董子銘：《媒體的權利和權力的媒體——西方媒體在國際政治中的角色與作用》，2017 年，中國社會科學出版社

劉燕：《案件事實的人物建構——崔英傑案敘事分析》，2009 年，法制與社會發展。

龍七公：《妄議與批評界限在哪》，2015 年 10 月 29 日，東方日報，鏈接：https://goo.gl/nW7BDK

龍小農：《超越非洲範式：新形勢下中國對非傳播戰略研究》，2009 年，中國傳媒大學出版社。

盧春天、趙雲澤、李一飛：《沉默的大多數？ 媒介接觸、社會網絡與環境群體性事件研究》，2017 年，國際新聞界，鏈接：https://goo.gl/nP5caC

盧山：《「新聞自由」光環下的印度新聞運作》，2005 年 12 月 08 日，人民網，鏈接：https://goo.gl/fMP6NY

路易斯‧邁克爾‧希德曼：《論憲法不服從》，仇之晗譯，2017 年，譯林出版社

羅伯特‧D‧帕特南：《使民主運轉起來》，2001 年，江西人民出版社。

羅伯特‧福特納（Robert S.Fortner）：《國際傳播：全球都市的歷史、衝突及控制》，2000 年，華夏出版社。

羅伯特‧帕特南：《獨自打保齡：美國社區的衰落與復興》（Bowling Alone: The Collapse and Revival of American Community），2011 年，北京大學出版社。

羅伯特‧威斯布魯克：《杜威與美國民主》，王紅欣譯，2010 年，北京大學出版社。

羅恩惠：《犬儒與病態——一個前 TVB 記者的自省》，2009 年 7 月 15 日，香港電台，鏈接：https://goo.gl/nhtu3n

羅豪才：《為了利與權力的平衡——對話羅豪才教授》，2014 年，中國法律評論，鏈接：https://goo.gl/3VibFR

羅納德‧哈裡‧科斯：《聯邦通訊委員會》，1959 年，載自羅納德‧哈裡‧科斯《論生產的制度結構》，1994 年，上海三聯書店。

羅納德‧哈裡‧科斯：《論生產的制度結構》，1994 年，上海三聯書店。

羅納德‧哈裡‧科斯：《商品市場與思想市場》，1974 年，載自羅納德‧哈裡‧科斯《論生產的制度結構》，1994 年，上海三聯書店。

羅世宏：《打擊假新聞常有「限制言論自由」爭議，為何德國、法國仍堅持立法？》，2019 年 3 月 11 日，BuzzOrange 報橘。

呂德文：《媒介動員、釘子戶與抗爭政治宜黃事件再分析》，2012 年，社會，鏈接：https://goo.gl/oaapoU

呂鵬：《作為假像的自由：用戶生成內容時代的個人與媒介》，2017 年，國際新聞界，鏈接：https://goo.gl/RpWoRS

呂新雨、趙月枝：《中國的現代性、大眾傳媒與公共性的重構》，2010 年，傳播與社會，鏈接：https://goo.gl/SGpGfG

呂新雨：《媒體的狂歡——對臺灣傳媒生態的觀察與思考》，2009 年，載呂新雨《學術、傳媒與公共性》，2015 年，華東師範大學出版社，鏈接：https://goo.gl/yfLd1r

呂新雨：《政府補貼、市場社會主義與中國電視的「公共性」——重慶衛視改革芻議》，2011 年，鏈接：https://goo.gl/EDTnfk

呂新雨：《轉型社會與央視〈新聞調查〉的自我理解——關於〈新聞調查〉欄目十周年的思考》，2015 年（1），載呂新雨《學術、傳媒與公共性》，華東師範大學出版社。

呂新雨：《作為社會存在的新聞與新聞事業——關於新聞理論中諸概念的重新思考》，2015 年（2），載呂新雨《學術、傳媒與公共性》，華東師範大學出版社。

馬國川：《美國為什麼會錯過防疫黃金時間？——專訪美國得州神經外科協會主席黃海濤》，2021 年 4 月 31 日，財經，鏈接：https://bit.ly/3pmP5BX

馬傑偉：《權力、媒體與文化》，2015 年，轉自李少南《香港傳媒新世紀》，2015 年，香港中文大學出版社。

馬凱碩：《亞洲人會思考嗎》，韋民譯，2004 年，海南出版社。

馬克林（Colin Patrick Mackerras）：《1949 年以來中國在西方的形象》，2013 年，香港中和出版有限公司，鏈接：https://goo.gl/aFU2kq

馬克斯韋爾・麥庫姆斯：《議程設置：大眾媒介與輿論》，2018 年，北京大學出版社

馬凌：《風險社會語境下的新聞自由與政府責任》，2011 年，《南京社會科學，鏈接：https://goo.gl/YMG92o

馬凌：《共和與自由：美國近代新聞史研究》，2007 年，復旦大學出版社。

馬修・根茨科、傑西・夏皮羅：《新聞市場中的競爭與真相》，2014 年 4 月 28 日，鏈接：https://bit.ly/2D20P5L

邁克爾・舒德森：《新聞的力量》，劉藝娉譯，2011 年，華夏出版社。

曼瑟・奧爾森（Mancur Olson）：《權力與繁榮》，2018 年，上海人民出版社。

曼瑟・奧爾森：《集體行動的邏輯》，2018 年（2），上海人民出版社。

毛克疾：《毛克疾：都說「經濟基礎決定上層建築」，但是印度偏偏不一樣》，2019 年 1 月 7 日，觀察者網，鏈接：http://bit.ly/2FKYoWK

毛克疾：《毛克疾：印度優秀工程師那麼多，為什麼是中國抓住了全球化機會》，2017 年 5 月 15 日，觀察者網，鏈接：http://bit.ly/2LthDaO

毛克疾：《毛克疾：中國憑什麼不拿我當大國？印度很委屈》，2020 年 9 月 9 日，觀察者網，https://www.guancha.cn/MaoKeJi/2020_09_09_564503_s.shtml

梅利爾・D・彼得森編：《傑斐遜集》，劉祚昌、鄧紅風譯，1993 年，三聯書店。

米爾頓・弗裡德曼：《資本主義與自由》，2004 年，商務印書館。

米歇爾・福柯：《規訓與懲罰：監獄的誕生》，2003 年，生活・讀書・新知三聯書店。

米歇爾・福柯：《權力的眼睛——福柯訪談錄》，嚴峰譯，1997 年，上海人民出版社。

明報：《【佔中九子案】湯家驊：判決帶正面信息　絕不構成寒蟬效應》，2019 年 4 月 10 日，鏈接：http://bit.ly/2X37wMt

明叔：《美國媒體不是天使，也不是魔鬼！》，2020 年 5 月 6 日，微信公眾號「明叔雜談」。

牧惠：《大字報的興衰》，2002 年，第 4 期，同舟共進，17-20 頁。

尼爾・波茲曼：《技術壟斷：文化向技術投降》，何道寬譯，2017 年，北京大學出版社。

尼爾・波茲曼：《娛樂至死》，2011 年，廣西師範大學出版社。

尼克・戴維斯：《媒體潛規則》，2010 年，廣東南方日報出版社。

聶建松，《布魯諾因為日心說被燒死？真相沒那麼簡單》，2016 年 7 月 22 日，騰訊文化，https://cul.qq.com/a/20160722/020089.htm

寧南山：《為什麼我們總是打不贏輿論戰》，2020 年 4 月 11 日，雪球網，鏈接：https://bit.ly/3gc5JzR

諾姆・喬姆斯基、安德烈・弗爾切克：《以自由之名：民主帝國的戰爭、謊言與殺戮》（On Western Terrorism: From Hiroshima to Drone Warfare），2016 年，中信出版社。

歐文・M・費斯：《言論自由的反諷》，2005 年，新星出版社。

潘毅：《中國新生代農民工》，2018 年，中華書局（香港）有限公司。

潘忠黨等：《反思與展望：中國傳媒改革開放三十周年筆談》，2008 年，第 6 期，傳播與社會學刊，鏈接：https://goo.gl/ULg7A3

泮偉江：《評〈權利的成本：為什麼自由依賴於稅〉》，2007 年 2 月 10 日，中國民商法律網，鏈接：https://bit.ly/2OTOXYs

蘋果日報：《刊被虐裸照〈東週刊〉停刊》，2002 年 12 月 31 日，鏈接：https://goo.gl/PQKpbh

錢鋼：《延光》，2007 年，南方週末，鏈接：https://goo.gl/r3Ga3Z

錢穆：《中國歷代政治得失》，2001 年 6 月，三聯書店。

搶佔外媒高地：《一名外媒記者的來信》，2020 年 3 月，微信公眾號「搶佔外媒高地」。

秦小建：《言論自由、政治結構與民主協商程序的多元構造》，2016 年，法制與社會發展（雙月刊），鏈接：https://goo.gl/ANkYcV

秦小明：《300 億美金！首日暴漲 40%！80 後黃崢身價超劉強東，靠什麼？》，2018 年 7 月 27 日，微信公眾號，鏈接：https://goo.gl/Sq88c1

秦小明：《社會不需要更多李文亮》，2020 年 2 月 7 日，微信公眾號「秦小明」。

青蘋：《北京之問遭遇冷處理，西方為何如此反感趙立堅？》，2021 年 7 月 24 日，多維新聞，鏈接：https://bit.ly/3z6ZIfc

區家麟：《二十道陰影下的自由》，2017 年，香港中文大學出版社。

冉昊：《福利國家的危機與自我救贖》，2017 年，北京大學出版社。

讓‧諾埃爾‧卡普費雷：《謠言——世界最古老的傳媒》，鄭若麟譯，2018 年，上海人民出版社。

人民網：《平度拆遷事件》，2013 年 8 月 16 日，人民網，鏈接：https://goo.gl/f2a1QG

苴苒：《中國官媒開播新版〈大國重器〉》，2021 年 5 月 30 日，多維新聞，鏈接：https://bit.ly/3uJaTc5

任孟山、張建中：《伊朗大眾傳媒研究：社會變遷與政治沿革》，2016 年，中國傳媒大學出版社。

阮紀宏：《演藝新聞的背後》，2015 年，轉自李少南《香港傳媒新世紀》，香港中文大學出版社。

三表龍門陣：《乏人問津的滴滴司機遇害案》，2019 年 3 月 25 日，虎嗅網，鏈接：https://goo.gl/MW2AD3

桑德拉：《從〈紙牌屋〉到 Spin Doctor》，2014 年 3 月 4 日，虎嗅網，鏈接：
http://bit.ly/2vgDmJZ

尚小明：《宋案重審》，2018 年，社會科學文獻出版社。

邵文光：《美國政府與新聞媒體的關係》，1998 年，國際新聞界。

沈旭暉：《解構中國夢——中國民族主義與中美關係的互動（1999-2014）》，
2015，香港中文大學出版社年。

盛洪：《誰來許可「許可制度」？——再評〈互聯網信息服務管理辦法〉》，2001 年，
中評網，鏈接：http://bit.ly/2G8Qrdh

盛洪：《思想市場會失靈嗎？》，2013 年，天則經濟研究所，鏈接：https://goo.gl/
KgKZRz

施永青：《未失言論新聞自由》，2014 年 2 月 25 日，微信公眾號「獅子山下」，鏈接：
https://goo.gl/c39Z1Q

石義彬：《批判視野下的西方傳播思想》，2014 年，商務印書館。

石勇：《心理分析：李玫瑾為藥家鑫開脫的真相》，2011 年 4 月 9 日，天涯網，鏈
接：https://bit.ly/2VutJTv

史蒂芬‧霍爾姆斯、凱斯‧R. 桑斯坦：《權利的成本：為什麼自由依賴於稅》，
2003 年，北京大學出版社。

史天健、瑪雅：《走出「民主」迷信》，2009 年，第 6 期，《放時代，鏈接：
https://goo.gl/yxbt69

史雨軒：《第十周！無視馬克龍「全國大討論」，7000 人再上巴黎街頭》，2019
年 1 月 20 日，觀察者網，鏈接：https://goo.gl/3FdrmZ

數根朽木：《壟斷企業以女色腐蝕高官，解讀跨國巨無霸對韓國政權的腐蝕》，
2018 年 12 月 19 日，Youtube，鏈接：https://goo.gl/ygEg7g

斯遠：《總理批示〈我不是藥神〉直擊民生痛點》，2018 年 7 月 19 日，鳳凰網，鏈接：
https://goo.gl/MLo3vG

宋魯鄭：《如果辯論有用的話，還要革命幹什麼？》，2019 年 1 月 18 日，觀察者網，
鏈接：https://goo.gl/Acav8q

宋魯鄭：《與法國媒體辯論新聞自由》，2013 年 01 月 24 日，鏈接：https://goo.gl/
unydkK

宋石男：《我沒有性騷擾，被網絡指控就死路一條嗎？》，2018 年 7 月 26 日，騰訊大家，鏈接：http://bit.ly/2UikR6G

蘇力：《〈秋菊打官司〉案、邱氏鼠藥案和言論自由》，1996 年，法學研究，鏈接：http://bit.ly/2JwlKTy

蘇力：《從藥家鑫案看刑罰的殃及效果和罪責自負》，2011 年（2），第 6 期，法學，鏈接：https://goo.gl/LJUzmx

蘇力：《送法下鄉：中國基層司法制度研究》，2011 年（1），北京大學出版社。

蘇鑰機、陳韜文：《近 10 年香港傳媒公信力的恆與變》，2006 年，鏈接：https://goo.gl/sX5Um6

蘇鑰機、張宏豔、譚蕙芸、李玉茹：《一人以故事：新聞人的心聲細語》，2010 年，天地圖書有限公司。

蘇鑰機：《市場新聞導向 3.0》，2015 年，轉自李少南《香港傳媒新世紀》，香港中文大學出版社。

蘇子牧，《新疆棉花 | BCI 中國：從未發現新疆有強迫勞動事件 支持中國標準》，HK01，2021 年 3 月 27 日，鏈接：https://bit.ly/3CPj1iy

隨風打醬油：《城管來了》，2011 年，北京理工大學出版社。

孫平：《衝突與協調：言論自由與人格權法律問題研究》，2016 年，北京大學出版社。

孫皖寧、苗偉山：《底層中國：不平等、媒體和文化政治》，2016 年 3 月 17 日，《開放時代》，鏈接：https://goo.gl/AvwKQc

孫旭培、胡素青：《輿論監督與社會共識》，2009 年，第 3 期，湖南大眾傳媒職業技術學院學報。

孫旭培、劉潔：《傳媒與司法統一於社會公正——論輿論監督與司法獨立的關係》，2003 年，第 2 期，國際新聞界。

孫旭培、吳麟：《「信息疲勞」與傳播控制》，2006 年，新聞大學。

孫旭培、趙悅：《論言論自由的道德維護》，2008 年 12 月 4 日，愛思想網，鏈接：http://bit.ly/2Uz1962

孫旭培：《從精英主義新聞觀念到 "無產階級新聞自由"》，2008 年，載羅以澄主編，《新聞與傳播評論》，武漢大學出版社。

孫旭培：《對我國新聞事業發展的幾點宏觀思考》，1999 年，第 2 期，同舟共進。

孫旭培：《論作為信息產業的傳媒業》，2003 年，第 5 期，現代傳播：北京廣播學院學報。

孫旭培：《入世對我國新聞的影響和對策》，2001 年，載自孫旭培《自由與法框架下的新聞改革》，2010 年，華中科技大學出版社。

孫旭培：《在中國表達真理比發現真理還難》，2013 年 6 月 29 日，紐約時報網，鏈接：https://goo.gl/PF5xU3

孫旭培：《中國新聞業的商業性發展》，1998 年，載自孫旭培《自由與法框架下的新聞改革》，2010 年，華中科技大學出版社。

孫旭培：《自由與法框架下的新聞改革》，2010 年，華中科技大學出版社。

泰勒 - 科爾曼（Jasmine Taylor-Coleman）：《國際縱橫：為什麼那麼多人痛恨希拉裡？》，2016 年 10 月 15 日，BBC 中文網，鏈接：https://goo.gl/Nj2d3K

貪涼：《盧梭：社會契約與公民美德》，2015 年 5 月 15 日，鏈接：https://goo.gl/ho37go

譚嶽衡：《三方面優化傳播策略　講好香港故事》，紫荊雜誌，2022 年 8 月 4 日，鏈接：https://bit.ly/3ToFIQF

湯姆·尼科爾斯：《專家之死：反智主義的盛行及其影響》，2019 年，中信出版社。

唐興華：《治理有關新型肺炎的謠言問題，這篇文章說清楚了！》，2020 年 1 月 28 日，最高人民法院微信公眾號，鏈接：https://bit.ly/3vBTCmk

陶然、王瑞民、史晨：《反公地悲劇：中國土地利用與開發困局及其突破》，2014 年，《二十一世紀》，鏈接：https://bit.ly/2OXQZXz

騰訊媒體研究院：《「在變局中堅守，在堅守中秉持公義」》，2018 年，騰訊雲。

田飛龍：《謠言治理考驗法治細分理性》，2020 年 1 月 31 日，微信公眾號「法學學術前沿」，鏈接：https://bit.ly/2SMb7BB

田雷：《理解修憲，要先讀懂〈鄧小平文選〉》，2019 年 2 月 13 日，觀察者網，鏈接：https://goo.gl/C5wdE5

塗肇慶、林益民主編：《改革開放與中國社會：西方社會學文獻述評》，1999 年，牛津大學出版社。

兔主席，《極端運動（參與者）的相似之處》，2019 年 7 月 14 日，微信公眾號「tuzhuxi」。

兔主席：《美國兩黨的反華政治與戰略──兩黨合謀之涉華法案讀後（三）》，2021 年 4 月 13 日，微信公眾號「tuzhuxi」。

兔主席：《撕裂之城──香港運動的謎與思》：〈不同社會對信息的看法（從 truth，post-trust 到 relative-truth）〉，2020 年，中華書局（香港）有限公司。

托比‧米勒、馮應謙：《電視研究的前沿思索》，2012 年，第 19 期，《傳播與社會學刊》，鏈接：https://goo.gl/DwXouv

托尼‧朱特：《沉屙滿地》，2012 年，新星出版社。

汪暉：《「去政治化的政治」與大眾傳媒的公共性》，2009 年，傳播與社會學刊，鏈接：https://goo.gl/FmmuCq

王紅茹：《專家：通過勞動合同法傾斜性保護勞動者是一個善良的錯誤》，2017 年 01 月 09 日，中國經濟週刊，鏈接：http://bit.ly/2U1q91k

王慧：《臉書數據洩露事件蔓延，巴西印度也動手了⋯⋯》，2018 年 3 月 22 日，觀察者網，鏈接：http://bit.ly/2Z0UTn4

王緝思：《美國外交思想的最大特點》，2009 年 3 月 16 日，人民網，鏈接：https://goo.gl/dQ1QsD

王建勳：《〈憲政要義〉書摘二：言論自由的四種價值》，2017 年 4 月 21 日，The News Lens，鏈接：https://goo.gl/m3XSgb

王建勳：《憲政要義──有限政府的一般理論》，2017 年，香港城市大學出版社。

王進昌：《1978 年以來中國媒體追求新聞自由的努力研究》，2013 年，University of Technology，鏈接：https://goo.gl/2iyAfR

王利明：《公共利益是否就等於「大家的利益」》，2006 年 9 月 4 日，《解放日報》。

王青雲：《16 世紀中期至 17 世紀中期英國的「非法印書」及其影響》，2006 年，武漢大學。

王若霈：《高級智力節目還能這麼玩，〈十三邀〉的畫風果然不一樣》，2017 年 1 月 15 日，商業週刊，鏈接：https://bit.ly/3yT1nq2

王紹光：《「公民社會」是新自由主義編造的粗糙神話》，2013 年 8 月 8 日，人民網，鏈接：https://goo.gl/NuR7BX

王紹光：《評〈權利的代價──為什麼自由依賴於稅〉》，2015 年 7 月 15 日，中國私法網，鏈接：https://goo.gl/w4BH4d

王生智：《印度新聞自由與法治研究》，2016 年，學習出版社。

王小石：《中國若動盪，將會比蘇聯更慘》，2013 年 8 月 1 日，新華網，鏈接：
　　https://goo.gl/BCCQ6p

王志安：《記者節｜記者的榮光正在遠去》，2018 年 11 月 18 日，搜狐網，鏈接：
　　https://goo.gl/fcx1jN

魏程琳、呂德文：《從哪裡找回群眾？──評呂德文〈找回群眾〉》，2016 年 4 月
　　28 日，三農中國，鏈接：https://goo.gl/v19q93

魏夢欣（Katherine Wilhelm）：《司法如何為言論自由劃界》，2012 年 3 月 5 日，
　　第 9 期，財新週刊，鏈接：https://goo.gl/ukdv1s

魏武揮：《謠言止於智者⋯⋯這是一句很奇怪的話》，2018 年 7 月 28 日，鏈接：
　　https://goo.gl/Uk8c68

魏永征：《中國媒介管理法制的體系化──回顧媒介法制建設 30 年》，2008 年，
　　國際新聞界。

溫鐵軍：《美國好因為它是殖民地國家，我們不好要怪我們的老祖宗（系列講座
　　下）》，2019 年 10 月 14 日，鏈接：https://bit.ly/3hSBn7Q

文公子：《【文公子手記】重建心戰室統籌文宣》，2021 年 4 月 6 日，文匯報，鏈
　　接：https://bit.ly/3RgJB93

沃爾特・李普曼：《公眾輿論》，閻克文、江紅譯，2006 年，上海人民出版社。

吳飛、龍強：《新聞專業主義是媒體精英構建的烏托邦》，2017 年，《新聞與傳播
　　研究》。

吳惠連：《美國新聞業縱論》，2002 年，第 3 期，美國研究，鏈接：https://goo.gl/
　　zZV5XD

吳婷：《專訪北京大學宋朝龍｜這不是專制主義與自由主義的對決》，2021 年 6 月
　　28 日，多維新聞，鏈接：https://bit.ly/2WVgdxr

吳應海：《潘余均究竟是怎麼死的？》，2005 年 5 月 30 日，搜狐網，鏈接：
　　https://goo.gl/DfhSDD

伍逸豪：《記者觀察：如果方方在臺灣寫日記》，2021 年 6 月 1 日，多維新聞，鏈
　　接：https://bit.ly/3gIBQbE

西奧多・格拉瑟：《公共新聞事業的理念》，2009 年，華夏出版社。

現代快報：《江西宜黃書記昌北機場女廁攻防戰實錄》，2010 年 9 月 16 日，騰訊網，
　　鏈接：https://goo.gl/FnsWMT

香港01網：《【七日冷靜期】消委會10年前已倡立法　「佛系」政府怯懦擱置》，2018年4月22日，鏈接：https://goo.gl/NoPUug

香港電台：《時代的記錄 – 鏗鏘說——于品海 – 一個傳媒老闆的觀點》，2019年3月23日，鏈接：https://bit.ly/3hM5lKI

香港電台：《視點31：【留港不留人？于品海篇】》，2021年2月2日，香港電台，鏈接：https://bit.ly/3436SnQ

香港電台：《星期日主場》——《香港01》創辦人于品海，香港電台，2017年8月27日，鏈接：https://bit.ly/2SkPOqw

香港電台：《星期三主場：廣西政協委員、藝人王祖藍》，2018年2月21日，鏈接：http://bit.ly/2JtSegW

香港記者協會：《1994年年度報告》，1994年，香港記者協會，鏈接：https://bit.ly/3wckcCN

香港記者協會：《機構背景》，2018年12月12日獲取，鏈接：https://goo.gl/W6QpBe

香港政府：《署理資訊科技及廣播局局長記者會致詞全文》，2000年4月19日，香港政府網站，鏈接：https://goo.gl/rjk1SW

香港政府：《政府進一步闡釋行會就免費電視牌照申請的決定》，2013年11月5日，香港政府網站，鏈接：https://goo.gl/iBvUtL

蕭武：《警惕某些釘子戶與媒體壟斷正義理解拆遷》，2011年，《綠葉》，鏈接：https://goo.gl/z22aGx

蕭武：《宜黃事件反思》，2010年11月24日，人文與社會，鏈接：https://goo.gl/g3ppx8

小牆：《政治新聞的產業經濟學：自由的媒體「姓什麼」？》，2016年7月1日，知乎網《選・美 iAmElection》，鏈接：https://goo.gl/z8StJw

肖欣欣、劉鑒強：《中美傳媒在相互「妖魔化」嗎？——中美主流媒體記者、專家學者對話錄》（清華大學國際傳播研究中心和國際問題研究所於2000年12月12日聯合舉辦的「美國媒體與中美關係」研討會發言記錄），2001年3月，新聞記者》，鏈接：https://goo.gl/gHZFBx

新聞自由委員會：《一個自由而負責的新聞界》，展江譯，2004年，中國人民大學出版社。

信報：《亞視六君子憶六四，潘福炎：中國迷信穩定》，2014 年 5 月 21 日，鏈接：https://goo.gl/8XrY4W

邢春燕：《巴雷特：警惕「媒介帝國主義」入侵》，2016 年 3 月 28 日，東方早報，鏈接：https://goo.gl/QZXVrU

徐達內，《唐慧形象逆轉：被污染的「偉大母親」》，2013 年，搜狐網，鏈接：https://goo.gl/9BCf2p

徐實：《某些西方國家不願看到中國崛起，怎麼辦？》，2019 年 2 月 9 日，觀察者網，鏈接：https://goo.gl/XzLw5i

徐勇：《美國何以撕裂：「祖賦人權」觀對美國政治的解釋》，2021 年 1 月 11 日，愛思想，鏈接：https://bit.ly/3iNHY4b

許海：《從「新聞自由」到「社會責任」——西方新聞自由觀念辨析》，2013 年，第 8 期，前線，鏈接：https://bit.ly/2UhSlCi

許紀霖：《當代中國的兩種「自由」》，2001 年 12 月，香港《二十一世紀》，鏈接：https://goo.gl/njmnhd

許紀霖：《家國天下：現代中國的個人、國家與世界認同》，2016 年，上海人民出版社。

許加彪：《道德和法律視野下記者拒證特權的思考》，2008 年，新聞界。

許向陽：《對廢止收容遣送制度的換位思考——兼評知識分子的人道主義清議》，2003 年 8 月 4 日，鏈接：https://bit.ly/2TR6ocQ

薛子遙：《特朗普被禁言｜比「言論自由」更嚴重的問題》，2021 年 1 月 13 日，多維網，鏈接：https://bit.ly/3hCfesK

薛子遙：《新自由主義的喪鐘：疫情解放經濟思想》，2020 年 12 月 13 日，多維新聞網，鏈接：https://bit.ly/2TZPCOy

雅爾諾・S・朗（Jarno S. Lang），《外交政策與媒體——印尼新聞報刊中的美國形象》，2020 年 9 月，世界知識出版社。

楊保軍：《極化與融合——民眾新聞與專業新聞關係的觀念論觀察》，2013 年，2013 年，第 6 期，新聞記者。

楊保軍：《新媒介環境下新聞真實論視野中的幾個新問題》，2014 年 12 月 22 日，新聞記者，鏈接：https://goo.gl/ACcetm

楊繼繩：《墓碑——中國六十年代大饑荒紀實》，2007 年，天地圖書有限公司。

伊麗莎白·諾爾-諾依曼：《沉默的螺旋：輿論——我們的社會皮膚》，2013 年，董璐譯，北京大學出版社。

宜黃慧昌：《透視江西宜黃強拆自焚事件》，2010 年 10 月 12 日，新浪博客，鏈接：https://goo.gl/XBNZnE

宜人：《我是宜黃事件人員，我認為輿論對我們的指責是不公正的！》，2010 年 10 月 14 日，天涯論壇網，鏈接：https://goo.gl/snKyV9

亦言：《重讀柏克的〈法國大革命的反思〉》，1997 年，《二十一世紀》，香港中文大學出版社，鏈接：https://goo.gl/ayyHh9

佚名：《沒了「政治正確」，這個世界只會更糟》，2016 年 6 月 30 日，鳳凰網，鏈接：https://goo.gl/S3Ta5i

易文：《越南革新開放以來新聞傳媒的發展歷程及對社會主義新聞事業的啟示》，2014 年，東南亞縱橫。

應濯，《遭遇重重困境的中國自由派》，2019 年 7 月 15 日，鏈接：https://www.dwnews.com/ 中國 /60141010/ 遭遇重重困境的中國自由派。

英國那些事兒：《在這個窮困的歐洲小城，卻有一群年輕人靠著假新聞，發家致富 ...》，2019 年 6 月 2 日，鏈接：http://bit.ly/2HRm78V

尤利：《對中國的「莫須有」報道是西方新聞界最大的醜聞》，2020 年 5 月 5 日，微信公眾號「搶佔外媒高地」，鏈接：https://bit.ly/3fZ7rWl

于海湧：《新聞媒體侵權問題研究——新聞媒體侵權的認定、抗辯與救濟》，2013 年，北京大學出版社。

于品海：《香港十大改革認識之八｜拒絕博弈政治　重構香港的政治生態》，2021 年 8 月 10 日，多維新聞，鏈接：https://bit.ly/3ljcpP4

于品海：《于品海：要客觀評價黎智英和〈蘋果日報〉》，2021 年 7 月 13 日，多維新聞，鏈接：https://bit.ly/393pdDu

于品海：《于品海：中國共產黨的一百年，香港人能視而不見嗎？》，2021 年 6 月 17 日，多維新聞，鏈接：https://bit.ly/3sWsvl6

于小龍：《展望 2021｜新冠變異疫苗難撐，歐美經濟陷入「失能」》，2021 年 1 月 1 日，多維新聞，鏈接：https://bit.ly/35biMN5

余一竹，《專論：沒有「錢先生」，何來「德先生」？》，2019 年 7 月 14 日，鏈接：https://www.dwnews.com/ 香港 /60141031/ 專論沒有錢先生何來德先生。

余一竹：《被指向當局「媚」的葛劍雄　說中共是歷史的選擇錯了嗎》，2021 年 6 月 19 日，多維新聞，鏈接：https://bit.ly/3joWuzf

余一竹：《觀察站：旋渦中的方方日記》，2020 年 5 月 3 日，多維新聞，鏈接：https://bit.ly/3x48J86

余一竹：《徐麟為何突然喊話「防範資本操縱輿論」》，2020 年 11 月 27 日，多維新聞，鏈接：https://bit.ly/3zh8HMf

喻國明：《網絡「放大鏡」與民意「無影燈」》，2008 年，人民網，鏈接：https://goo.gl/gefg9e

袁莉：《那些和「防火長城」一起長大的中國年輕人》，2018 年 8 月 7 日，紐約時報，鏈接：https://goo.gl/quudAq

約翰·C·尼羅、威廉·E·貝、桑德拉·布拉曼、克利福德·克裡斯汀、托馬斯·H·古貝克、史蒂夫·J·赫勒、路易斯·W·利博維奇、金·B·羅佐：《最後的權利：報刊的四種理論》，2008 年，汕頭大學出版社。

約翰·彌爾頓：《論出版自由》，吳之椿譯，2016 年，商務印書館。

約瑟夫·奈（Joseph S. Nye Jr.）：《論權力》，2015 年，中信出版集團。

臧具林、陳衛星：《國家傳播戰略》，2011 年，中國傳媒大學出版社，鏈接：https://goo.gl/qrJoo9

詹姆斯·C·斯科特：《弱者的武器：農民反抗的日常形式》，2007 年，譯林出版社。

詹姆斯·T·漢密爾頓：《有價值的新聞》（All The News That's Fit to Sell: How The Martket Transforms Information Into News），2016 年，展寧、和丹譯，浙江大學出版社。

詹姆斯·卡倫：《媒體與權力》，2006 年，清華大學出版社。

展江、艾曉明：《學者展江接受艾曉明採訪》，2009 年，鏈接：https://goo.gl/QwPyJS

張聰：《從英國媒體：看國家軟實力的興衰》，2014 年，知識產權出版社。

張恒山：《由個人意志自由到公共意志自由康德的權利學說》，2013 年，第 3 期，環球法律評論。

張景宜，《01 多聲道｜誰有資格當新聞統籌專員？》，2022 年 7 月 5 日，香港 01，鏈接：https://www.hk01.com/sns/article/788634

張巨岩：《權力的聲音：美國的媒體和戰爭》，2004 年，三聯書店。

張雷，《演化注意力經濟學：注意力貨幣化與媒介職能銀行化》，2017 年，浙江大學出版社。

張萌萌：《一種非典型的自由主義模式——比較視野下的香港媒體系統》，2012 年，鏈接：https://goo.gl/XiWFMw

張綺霞：《前無線記者吳曉東，在「新聞自由」戰場當死士……》，2015 年 8 月 21 日，信報，鏈接：https://goo.gl/nJDqcA

張千帆：《憲法保護色情網站？論言論自由及其界限》，2008 年 7 月 16 日，鏈接：https://goo.gl/nKT9AX

張千帆：《憲政常識》，2016 年，香港城市大學出版社，鏈接：https://goo.gl/kjKjYB

張乾友：《西方民主理論的認識論轉向》，2015 年 10 月 28 日，中國社會科學報，鏈接：https://goo.gl/hbdwYB

張強強：《框架理論視野下的「城管與小販」衝突類議題研究——以中青報系為例》，2014 年 10 月 20 日，鏈接：https://goo.gl/5i4AdG

張威：《中西比較：正面報道和負面報道》，1999 年，國際新聞界。

張維為：《OUHK——中華學社講座系列：中國崛起的世界意義》，2019 年 1 月 21 日，Youtube，鏈接：http://bit.ly/2DAz7NW

張志安：《記者如何專業》，2007 年，南方日報出版社。

趙丹喵：《回劉瑜：中國的「咪兔」很寶貴，請不要輕易毀掉它》，2018 年 7 月 28 日，微信公眾號「趙丹趙丹喵」，鏈接：http://bit.ly/2IgNcD2

趙鼎新：《國家‧社會關係與八九北京學運》，2007 年，香港中文大學出版社。

趙靳秋、郝曉鳴：《新加坡大眾傳媒研究：媒介融合背景下傳媒監督的制度創新》，2012 年，中國傳媒大學出版社。

趙靈敏：《新聞自由的代價》，2013 年，人民文摘，鏈接：https://goo.gl/Y7cdqb

趙慶雲：《選拔「自由掠奪者」的記者組織，為何被點名為顏色革命先鋒》，2021 年 7 月 6 日，多維新聞，鏈接：https://bit.ly/2X88nku

趙瑞琦：《美國媒體在印度的結構霸權與話語權力》，2016 年 9 月 29 日，中國網，鏈接：https://goo.gl/PakfeK

趙汀陽：《壞世界研究：作為第一哲學的政治哲學》，中國人民大學出版社，2017 年。

趙心樹、馮繼峰：《政治傳播研究的新發展》，2014年，載自洪俊浩《傳播新趨勢》，
　　2014年，清華大學出版社。

趙心樹：《知理的民主，還是盲情的媒主？（中文完整版）》，2002年，鏈接：
　　https://goo.gl/wyaEX6

趙月枝、邱林川、王洪喆：《東西方之間的批判傳播研究：道路、問題與使命》，
　　2014年，第28期，傳播與社會學刊，鏈接：https://goo.gl/ZwZas3

趙月枝：《西方媒體的新自由主義轉型與民主「赤字」》，2010年，鏈接：https://
　　goo.gl/LBbfdv

趙智敏：《學術的生命在於與生命同行——訪香港城市大學媒體與傳播系李金銓教
　　授》，2013年7月31日，人民網，鏈接：https://goo.gl/twCmFy

鄭光明：《麥肯能的噤聲論證》，2006年，歐美研究，臺灣中央研究院歐美研究所，
　　鏈接：http://bit.ly/2uKBxEI

鄭海森：《痛批港府迫害媒體，總是「選擇性失憶」的蔡英文政府》，2021年6月
　　18日，多維新聞，鏈接：https://bit.ly/3zCmTiQ

鄭明仁：《淪陷時期香港報業與「漢奸」》，2017年，香港練習文化實驗室有限公司。

鄭若麟：《大辯論兩月之久，黃馬甲關心的都避而不談》，2019年3月19日，觀
　　察者網，鏈接：https://goo.gl/9qztrt

鄭若麟：《法國的新三權分立：政權、媒體和財團》，2014年9月23日，觀察者網，
　　鏈接：https://goo.gl/yXFSzh

鄭永年：《全球化與中國國家轉型》，2009年，浙江人民出版社。

中國新聞週刊：《罵夠了，然後呢？》，2017年4月3日，第12期，中國新聞週刊，
　　10頁，鏈接：https://goo.gl/p7eTa8

中評社：《大咖講書：劉瀾昌詳解香港新聞生態》，2021年5月25日，中國評論
　　新聞網，鏈接：https://bit.ly/3mEWlcO

中新網：《香港一雜誌因刊登劉嘉玲被虐裸照遭到罰款》2008年8月13日，鏈接：
　　https://goo.gl/WjGs3G

周保松：《政治的道德：從自由主義的觀點看》（增訂版‧精裝），2015年，香港
　　中文大學出版社。

周華蕾：《兒子與童話》，2011年9月16日，南方週末，鏈接：https://goo.gl/
　　UgWb8w

周麗娜、余博:《英國對互聯網新聞信息的法律規範》,2016年,第2期,國際傳播。

周衛:《中國兩會:女記者翻白眼被直播引爆社交網絡》,2018年3月13日,
　　BBC中文網,鏈接:https://goo.gl/q9rWxC

周志發:《新自由主義的實質:「新殖民理論」──兼論非洲「結構調整計劃」》,
　　2015年,學術界。

朱錦華:《最寒冷的冬天,閱讀韓戰與「記憶斷片」》,2017年9月9日,
　　ETtoday,鏈接:https://goo.gl/w5CSym

朱科:《觀點的自我修正就是「打臉」?──與曹林老師商榷》,2015年10月20日,
　　微信公眾號「書評之亂」,鏈接:https://goo.gl/cCCz4Z

朱士群:《公共領域的興衰──漢娜·阿倫特政治哲學述評》,1994年,社會科學。

朱世海:《香港新聞媒體與政府「交惡」原因》,2015年,中央社會主義學院學報,
　　鏈接:https://goo.gl/wmA4ni

朱蘇力:《從藥家鑫案看刑罰的殃及效果和罪責自負》,2011年,法學。

「新聞自由」有毒

「新聞自由」有毒

作者： 龍史

編輯： Margaret

設計： 4res

出版： 紅出版（青森文化）

地址：香港灣仔道 133 號卓凌中心 11 樓

出版計劃查詢電話：(852) 2540 7517

電郵：editor@red-publish.com

網址：http://www.red-publish.com

香港總經銷： 聯合新零售（香港）有限公司

台灣總經銷： 貿騰發賣股份有限公司

地址：新北市中和區立德街 136 號 6 樓

(886) 2-8227-5988

http://www.namode.com

出版日期： 2023 年 5 月

圖書分類： 社會科學

ISBN： 978-988-8822-52-2

定價： 港幣 108 元正／新台幣 430 元正